B
E
S 嚴
T 選

奇幻基地出版

刺客正傳2

經典紀念版

The Farseer 2

皇家刺客（下）

Royal Assassin

羅蘋・荷布 著
姜愛玲 譯

Robin Hobb

For Ryan

獻給雷恩

皇家刺客Ⅰ

目錄

上冊

下冊

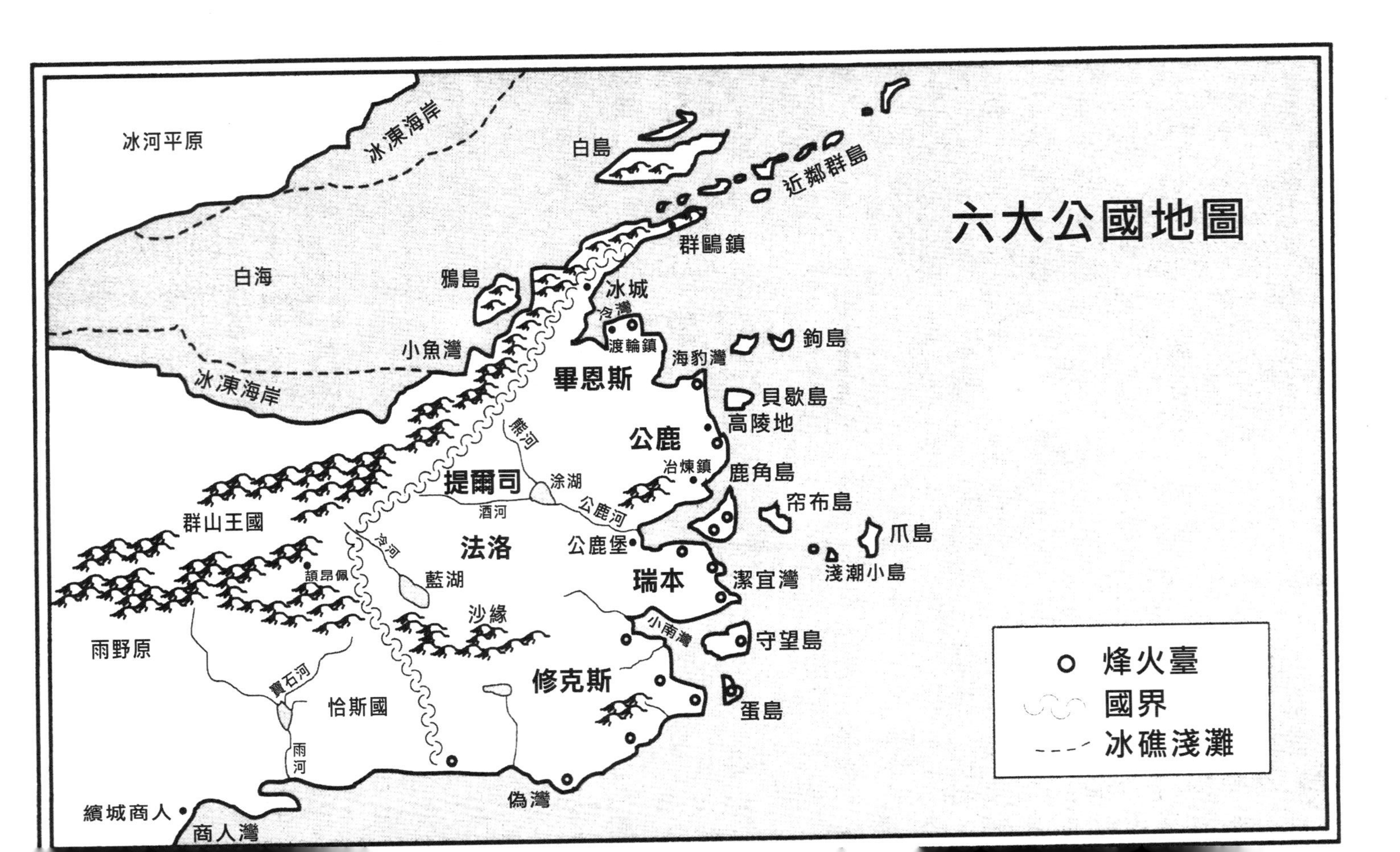
六大公國地圖
冰河平原
冰凍海岸
白島
近鄰群島
群鷗鎮
白海
鴉島
冰城
冷灣
渡輪鎮
鉤島
海豹灣
小魚灣
冰凍海岸
畢恩斯
貝歇島
高陵地
公鹿
熊河
治煉鎮
鹿角島
提爾司
涂湖
酒河
公鹿河
帘布島
群山王國
冷河
法洛
公鹿堡
爪島
頡昂佩
藍湖
瑞本
潔宜灣
淺潮小島
沙緣
小南灣
守望島
雨野原
寶石河
修克斯
恰斯國
蛋島
雨河
偽灣
繽城商人
商人灣
烽火臺
國界
冰礁淺灘

插曲

他們的骨骼來自磐石，是群山裡閃閃發亮有紋理的石材。他們的血肉是閃耀大地的白鹽結晶，但他們的心是智者的心。

他們從遙遠的地方千辛萬苦長途跋涉而來，毫不遲疑地犧牲自己早已疲憊不堪的生命，終結他們的人生邁向永恆，將血肉軀骨拋在一旁，放下武器，駕馭重生的羽翼升起。他們是古靈。

當國王終於傳喚我的時候，我便前去晉見他。如我之前對自己所做的承諾，自從那天下午之後我就沒有主動去拜訪過他。雖然他和普隆第公爵對婕敏和我的婚事安排所帶來的痛苦依然侵蝕著我，但儘管憤怒仍在我內心翻騰著，國王的召見可不得輕忽。

他在一個秋日的早晨接見我，距離我上次晉見他時至少已經有兩個月了。我先前遇到弄臣的時候，即忽略他朝我投射出那受傷害的表情，也在惟眞偶爾詢問我爲什麼不拜訪黠謀國王時轉移話題，這挺容易做到的。瓦樂斯仍然像攀在壁爐上的蛇般嚴守門戶，而且國王體弱多病也已經不是祕密了，再也沒有人能獲准在中午之前進入他的房裡，所以我告訴自己這場早晨的會晤，意味著某件重要的事情即將發生。

我原以爲這個早晨將完全屬於自己。過早出現的猛烈秋風肆虐了兩天，強勁的風勢毫不留情地颳著，伴隨而來的傾盆大雨保證會讓任何搭乘無覆蓋船隻的人忙著把船中的水舀出去。我前一天晚上在小酒館中和**盧睿史號**的其他船員爲這場暴風雨乾杯，希望紅船因此而遭滂沱大雨淹沒。然後我全身濕透地回到公鹿堡進房倒頭就睡，心中確信我愛睡到隔天早上的什麼時候都行。但是，一位意志堅定的侍童不斷敲門直到把我吵醒，然後告訴我國王正式召見我。

我梳洗乾淨、刮好鬍子，將頭髮向後平順梳整綁成辮子，然後換上乾淨的衣服。我下定決心不顯露出悶在心裡的憤怒，等到可以完全掌控自己的情緒之後，我才離開房間。我來到國王的房門前，滿心期待瓦樂斯的白眼和怠慢，但他這天早上卻出乎意料地在我敲門之後立即開門，雖然神情依舊不悅，仍馬上領著我晉見國王。

黠謀坐在壁爐前的一張軟墊椅上。儘管我內心對他仍有怨怒，但當我看到他變得如此消瘦時，整個心都沉了下去。他的皮膚看起來就像透明的薄羊皮紙，雙手的手指骨瘦如柴，面容凹陷，曾經結實的肌膚如今變得鬆弛，深沉的雙眼整個陷了進去。他用我熟悉的姿勢將雙手擱在膝上，而我也握著雙手好隱藏時而感受到的顫抖。他手肘下方的小茶几上擺著一個香爐，只見一陣陣燻煙從爐中裊裊升起，在房椽上形成一層藍色的薄霧，而弄臣就悲傷地癱坐在國王的腳邊。

「蜚滋駿騎已經來了，國王陛下。」瓦樂斯宣布我的出現。

國王好像被什麼戳到似的先是一愣，然後將視線轉移到我身上，我也移動位置站在他的跟前。

「蜚滋駿騎。」國王對我打招呼。

他的語調毫無力氣，一副根本不存在似的虛無縹緲。我的內心依舊十分痛苦，但無法蓋過我看到他這樣子所感到的悲傷，再怎麼說他仍是國王。

「國王陛下，我如您所吩咐來見您了。」我慎重地說道，試著保持冷漠。

他疲憊地看著我，別過頭去對著自己的肩膀咳了一聲。「我知道了。很好。」他盯著我一會兒，深深地將空氣吸進肺裡，發出呢喃似的吸氣聲。「畢恩斯的普隆第公爵派遣的一位使者於昨晚來訪，捎來收成的報告和類似的消息，大部分是帝尊所需要的新訊息。但是，普隆第的女兒婕敏也送來這幅卷軸，是給你的。」

他伸出手將卷軸遞給我。這是一幅用黃色緞帶綁著，還用一滴綠蠟封印的小型卷軸。我心不甘情不願地走上前接過它。

「普隆第的使者今天下午就會返回畢恩斯，而我相信你在這之前就能做個得體的回覆。」他的語氣讓這話聽起來不像是個要求。接著他又咳了一聲。而我對他所產生的種種矛盾情緒相互翻攪著，在我的胃中持續發酵。

「請容許我先看看卷軸內容。」我提出要求，而國王不表反對。於是我戳開卷軸上的封印並解開緞帶，展開之後發現裡面還有另一幅卷軸。我約略瀏覽第一幅卷軸，只見婕敏乾淨俐落的字跡，接著展開第二幅卷軸細看了一下，抬起頭就見到黠謀正注視著我，我面無表情地望回去。「她寫了一些祝福我的話，然後送來她在漣漪堡圖書館找到的卷軸抄本。或者更確切地說，是卷軸上字跡仍清晰易讀的部分抄本。從包裹卷軸的布看來，她相信這是屬於古靈的卷軸。她在我走訪漣漪堡時發現我對這些很有興趣，在我看來上面所寫的像是哲理，也或者是詩篇。」

我將卷軸回呈給黠謀，過了一會兒他就拿了過去，拉開第一幅卷軸用一隻手臂的距離拿著，皺皺眉頭瞪了一會兒，然後將卷軸放在膝上。「我的視線變模糊了，在早晨有時候就會這樣。」他說道。接著，他謹慎地將兩幅卷軸重新捲在一起，看起來像是執行一項艱難的任務。「你得寫一封得體的感謝函回覆人家。」

「是的，陛下。」我的語調有一股謹慎的莊重。他重新把卷軸交給我。我又在他面前多站了一會兒，而他也還是盯著我瞧，於是我問道，「您要我離開嗎，陛下？」

「不。」他又重重地咳了一聲，接著嘆息般地深深吸了一口氣。「我沒要你走。如果我要讓你走，早在好幾年前就讓你走了，讓你在某處窮鄉僻壤長大，或者根本不讓你有機會成長。不，蜚滋駿騎，我並沒有摒棄你。」他的語氣又重現了些許昔日的威嚴。「我在幾年前和你談妥一樁交易，而你也忠實地謹守承諾，並確實把它做好。我瞭解你無微不至地效忠我，就連你無法親自前來報告時也一樣。我也明白你是如何盡忠職守，甚至當你對我滿懷憤怒時，也不曾改變對我的忠心。我實在也無法再對你要求什麼，因爲你該做的都做了。」他又忽然一陣咳，一陣劇烈的乾咳。當他再度開口時，卻不是對我說話。

「弄臣，請端一杯溫酒來，還有請瓦樂斯用……香料藥草調味。」弄臣立刻起身，但我可見到他滿臉不願，然而當他經過我身邊時，看著我的眼神可真傷人。國王略微示意要我等一等，他揉揉雙眼然後又靜靜地將雙手擱在膝上。「而且，我也得信守對你的承諾，」他繼續說道。「我承諾關照你的任何需求，且將做得更多。我會親眼看你迎娶高尚的仕女，也將看著你……噢，謝謝你。」

弄臣把酒端來了。我注意到他只斟了半杯酒，還有國王是如何用雙手接過酒杯。我聞到一股陌生的藥草味混雜在揮發的酒味中，但見高腳杯邊緣在黠謀的牙齒上打顫了兩次，然後他才稍微用嘴穩住，喝下一大口酒。他嚥下口中的酒，然後又坐了好一會兒，閉上雙眼好像在傾聽什麼似的。當他再度睜開雙眼抬頭望著我的時候，看起來有點兒困惑，但過了一會兒他就回過神來了。「我會賜給你應得的頭銜，讓你掌管一塊土地。」他又舉起高腳杯喝了一口酒，接著用削瘦的雙手緊握酒杯取暖，同時打量著我。「我想提醒你，普隆第如此看重你，願意將他的女兒許配給你，這可不是件小事。他雖然知道你的身世卻毫不猶豫，婕敏也將帶著她自己的頭銜和財產與你成親，你的這門親事更讓我有機會親眼見到你擁有相同的身分地位。我只希望給你最好的，這很難理解嗎？」

這個問題讓我有機會暢所欲言，我深吸一口氣，然後試著解釋給他聽。「國王陛下，我知道您是為我好，我很明瞭普隆第公爵對我的恩寵，而婕敏女士也是任何男性心目中的理想伴侶。但她並不是我的選擇。」

他的臉色更深沉了。「你現在的口氣倒挺像惟真，」他不悅地說道。「或者也像你的父親。我想他們倆都從他們母親的胸脯中吸吮了固執的性格。」他舉起酒杯將剩下的酒喝完，把身子向後靠回椅背上，然後搖搖頭。「弄臣，請再多斟些酒來。」

「我聽到了一些謠言，」他在弄臣拿走他手上的酒杯後，語帶沉重地繼續說道，「是帝尊告訴我的，還像廚房女僕般悄悄說出來，好像這些是天大的事情似的。母雞咯咯叫，狗兒汪汪吠，就是這些雞毛蒜皮事兒。」我看著弄臣依吩咐又把酒斟入酒杯中，削瘦的身上每一吋肌肉都顯露出萬般不情願。瓦樂斯如同受魔法感召似的出現，把更多燻煙加進香爐中，嘟起嘴小心地吹著一小塊煤炭，直到香爐冒煙為止，然後又像一陣風似的走了。黠謀小心翼翼地俯身，讓冒出來的煙拂過他的臉龐。他吸了一口氣，輕微地咳了一聲，然後繼續吸進更多煙，接著將身子向後靠回椅背上，只見弄臣沉默地端著國王的酒。

「帝尊聲稱你迷戀一位女僕，並且持續熱烈地追求她。我想，所有的男人都曾年輕，就如同所有的姑娘般。」他接過酒杯繼續喝酒，而我只能站在他面前，咬著雙頰內側並露出冷酷的眼神，我那不聽使喚的雙手開始無力地顫抖。我希望將雙手交叉在胸前好讓顫抖停止，但我仍將雙手擱在身側，並集中心

智免得弄皺了握在手中的小卷軸。

黠謀把酒杯放在手肘下方的小茶几上，深深嘆了一口氣，靜靜地伸直擱在膝上鬆弛的雙手，同時把頭向後靠在椅背上。「蜚滋駿騎。」他說道。

我麻木地站在他面前等候，看著他眼皮垂下然後閉上雙眼，接著再睜開一條縫隙，一邊輕輕地搖頭晃腦一邊說道。「你擁有堅貞那張憤怒的嘴。」他如此說著，然後又闔上雙眼。「我只是爲了你好。」他喃喃自語。過了一會兒，他微微張開的口中傳出一陣鼾聲，而我依舊站在他面前注視著他。這是我的國王。

當我終於不再看他時，我看到了唯一能讓我更加慌亂的景象，弄臣膝蓋靠著胸膛，悲傷地縮在黠謀的腳邊。他怒視著我，雙唇緊緊地抿成一直線，黯淡的雙眼充滿了澄澈的淚水。

我立刻逃離。

我在自己房裡的壁爐前來回走動，內心的情緒灼燒著我。我強迫自己要鎮定，坐下來拿出紙筆，寫了一封簡短得體的感謝函給普隆第公爵的女兒，並小心地將它捲起來用蠟封好，然後起身拉直襯衫，將頭髮向後梳理平整，接著把封好的信軸丟進爐火中。

然後，我再度坐下來寫信給婕敏，那位在餐桌上對我調情的害羞女孩，陪著我站在山崖上等待一場從未來臨的挑戰。我謝謝她幫我捎來卷軸，接著描述我如何度過夏日，在**盧睿史號**戰艦上日復一日地划著槳，因爲劍法生澀而讓斧頭成了自己的武器，又敘述了我們在第一場戰役中種種殘忍的細節，還有我之後是多麼地難受。我告訴她當紅船來襲時我是如何驚恐地愣在我的槳邊，但沒提我看到的那艘白船。最後我對她坦承因爲之前在群山生了一場重病，如今還不時爲顫抖的後遺症所困。接著我仔仔細細將信看過一遍，很滿意自己在她面前刻畫出一位平庸的划手、蠢蛋、膽小鬼和殘廢的形象，然後把信捲起來用她的黃色緞帶綁好，沒有用蠟封住，也不在乎誰會打開來看。私底下，我希望普隆第公爵能夠把信的內容鉅細靡遺地唸給他的女兒聽，然後禁止她再提到我的名字。

當我再度輕叩黠謀國王的房門時，瓦樂斯用他一貫討人厭的不悅態度應門，好像碰到什麼髒東西似的從我手中取走信軸，接著在我面前用力把門關上。在我走上樓回房去的時候，不禁想到如果有機會的話，要在他身上用哪三種毒藥，這可比想著國王單純多了。

回到房裡，我將自己用力地拋在床上，心中企盼倘若此刻是夜晚該有多好，如此一來就可以去找莫莉而不讓其他人發現。接著，我想起了自己的祕密，先前那份喜悅的期待蕩然無存。我跳起來打開窗戶看著外面的暴風雨，然而就連天氣都在欺騙我。

烏雲中露出一片敞開的藍，透出一道帶水氣的陽光，而在海面上方逐漸匯集的烏雲顯示這乍現的晴朗稍縱即逝。然而，風雨在此時都已停止，空氣中甚至透著一絲暖意。

此時夜眼立刻來到我的心中。

現在太潮濕無法狩獵，每根草都沾了水氣。此外，陽光也很耀眼，只有人類才會蠢到在陽光普照時外出狩獵。

懶惰的獵犬。我責怪著牠，知道牠此時正蜷縮著身子，鼻頭碰著尾巴躺在牠的窩裡，也感受到牠塡飽肚皮後那份溫暖的飽足感。

或許今晚吧！牠提出建議，然後又漸漸地睡著了。

我將思緒從牠身上拉回來，然後抓起斗篷，離開公鹿堡朝城裡走去，只因帶著我此刻的心情待在城堡裡實在於事無補。我因黠謀爲我的決定所感到的憤怒，和我心中因他日漸衰弱而產生的驚惶感交戰著。我輕快地走著，試著逃離國王那顫抖的雙手和被藥麻醉後的沉睡。該死的瓦樂斯！他從我身邊偷走

了國王，而國王也從我身上偷走了我的人生。我拒絕再想下去。

水滴和邊緣泛黃的樹葉在我經過時飄落下來，鳥兒唱著清脆悅耳的旋律，歡慶大雨之後突如其來的短暫晴朗。陽光更加耀眼，讓萬物閃爍著濕潤的光芒，泥土也散發著濃郁的芬芳。儘管我內心依舊悲傷，這美好的一天仍深深地讓我動容。

剛下過的那場雨讓公鹿堡城煥然一新。我發現自己走到了市場，在熙來攘往的人潮中看著每個人匆匆忙忙採買，好趕在下一場暴風雨來襲之前回家。這般親切的忙碌和友善的喧嘩聲與我內心的酸楚恰巧形成強烈的對比。我瞪視市場四周，直到一件明亮的緋紅斗蓬吸引住我的視線，心中不禁一陣翻攪。莫莉雖然在公鹿堡中必須穿著藍色的僕人裝，但她外出來到市場時，仍穿著她那件紅色舊斗蓬，想必耐辛又趁著短暫的雨過天晴派她外出辦事。我看著她並小心地不讓自己被發現，只見她爲了一袋袋恰斯香茶的價格固執地討價還價。我深愛她對商人搖搖頭時那揚起來的下巴，接著心中忽然靈機一動。

我的口袋裡有些銅幣，是我擔任刈手的薪酬。我用這些錢買了四顆香甜的蘋果、兩個葡萄乾小圓麵包、一瓶酒，還有一些胡椒肉，也買了附繩子的袋子裝東西，還有一條紅色的厚羊毛毯子。我用盡切德所傳授的所有技巧一邊買東西，一邊不被發現地跟隨莫莉。更累的是，我得同樣低調地跟蹤她到女帽店買絲織緞帶，然後在她動身走回公鹿堡時尾隨於後。

在一條小徑上的某個轉彎處，我在樹叢的遮蔭下趕上了她，從她身後躡手躡腳，出其不意地將她一把抱起來轉圈子。這可讓她吃了一驚。我將她放下來好好親吻她，卻說不上來爲什麼在戶外耀眼的陽光下親吻她，感受會如此不同，我只曉得內心所有的煩惱頓時一掃而空。

我迅速地向她鞠躬致意。「不知這位女士能否與我一道用餐？」

「噢，我們不能，」她雖然這麼回答，雙眼卻閃閃發亮。「我們會被發現。」

我誇張地環視四周，然後抓住她的手臂把她拉離路面。樹林後面只有少許矮樹叢，我催促她穿越低垂的樹枝，躍過一根掉在地上的圓木，穿越一片濕答答地黏著我們雙腿的公鹿刷。當我們來到時而隆隆出聲、時而沙沙作響的海洋上方的山崖邊時，我們就像孩子般沿著岩石的狹窄裂口向下爬到一處小小的沙灘上。

浮木雜亂地堆在海灣的這個角落，山崖的一處懸垂區域有一小灘沙和幾乎風乾的頁岩，但仍無法遮蔽從空中照射下來的一束陽光，而此刻陽光正散發出一股令人驚喜的溫暖。莫莉從我手中接過食物和毯子，然後吩咐我生火，不過到頭來讓潮濕木材燃燒的功臣卻是她。海鹽讓火焰透出一陣綠一陣藍，而它充沛的熱氣也讓我們把斗蓬和帽子擱在一旁。能在開闊的藍天下坐在她身邊看著她的感覺眞好，耀眼的陽光讓她的秀髮閃爍著光芒，風也吹紅了她的雙頰。我們放聲大笑，讓自己的聲音和海鳥的叫聲混在一起，完全不用擔心會吵到別人。我們喝著那瓶酒，用手指抓起食物大快朵頤，然後走到浪潮邊，將黏答答的雙手洗乾淨。

我們匍匐在岩石和浮木間尋找暴風雨所帶來的寶藏，讓我感覺從群山回來之後所未曾感受到的自我，而莫莉看起來也酷似我小時候認識的那個野丫頭。她沒紮成辮子的秀髮就這麼飄散在臉上。當我追逐她時，她滑倒了，然後我們就一同跌入潮波之中。接著，我們鑽進毯子裡，她也把鞋子和短襪脫下來放在火邊烘乾，躺回毯子上伸展四肢。

突然間，讓彼此一絲不掛似乎是個非常好的主意。

莫莉倒沒我這般篤定。「毯子下面砂石很多，我可不想帶著一整個背的瘀傷回去！」

我俯身親吻她。「我不值得妳這麼做嗎？」我說服似的問她。

「你？當然不！」她忽然推我一把讓我背朝下躺著，然後大膽地撲到我身上。「但我值得。」

她俯身看著我的時候，眼中閃爍著狂熱的光芒，眞是讓我驚訝得快透不過氣來。當她狂烈地占有我之後，我發現她說得對極了，無論是砂石或是她溫熱的身體，再多的瘀傷都値得。湛藍的天色透過她如瀑布般宣洩而下的秀髮若隱若現，而我從未見過如此壯麗的景象。

過了一會兒，她幾乎全身躺在我身上，然後我們就在冰涼但甜蜜的冷空氣中小睡片刻。最後她渾身發抖地坐了起來，接著拿起身旁的衣服穿上。我心不甘情不願地看著她重新把罩衫上的束帶綁好，因爲以往黑暗和燭光總是讓我看不清她的身體。她看到我發呆的表情，就對我伸伸舌頭，然後停頓了下來。我綁著辮子的頭髮亂了，她就把我的辮子拉出來框住我的臉，然後摺了摺她的紅色斗蓬蓋在我的額頭上，搖搖頭說道。「你應該會是個極爲樸素的女孩。」

我嗤之以鼻地回答。「我也不是個多麼像樣的男人。」

她看起來像生氣了。「你也不討人厭呀！」她若有所思地用一根指頭沿著我胸膛的肌理比劃著，「前兩天我在洗衣房裡聽說，你可是自博瑞屈以來最稱頭的馬廄男子。我想這是因爲你的頭髮不像多數公鹿公國的男人般粗糙，所以讓你看起來與衆不同。」她用手指將我的頭髮捻成一股髮繩。

「博瑞屈！」我哼了一聲。「妳該不是說這群女人對他有好感吧？」

她對我皺了皺眉頭。「怎麼不可能？他除了個人衛生和態度之外，也算是個很體面的男人啊！他的牙齒完好整齊，還有他那對迷人的眼睛！他深沉的幽默令人卻步，但可有不少人很想讓他輕鬆起來。那天所有的洗衣女僕都同意，如果他在她們的床上出現，她們可會毫不猶豫地和他親熱。」

「但這不太可能發生。」我指出。

「是不太可能，」她若有所思地表示同意。「這是她們所贊同的另一件事情。只有一個人宣稱她曾在某年的春季慶和他親熱過，也承認他當時爛醉如泥。我相信她是這麼說的。」莫莉瞥了瞥我，然後望著我臉上不可置信的表情大聲笑了出來。「她還說，」莫莉揶揄地繼續，「『他倒妥善利用時間跟種馬學了不少東西，他在我肩膀上留下的齒痕整整一個星期之後才褪掉。』」

「怎麼可能，」我的雙耳此刻因博瑞屈而發熱。「他不會如此虐待女人，無論再怎麼爛醉都不可能這樣。」

「傻男孩！」莫莉一邊對我搖頭，一邊綁頭髮。「沒有人說她被虐待，」她狡猾地瞥著我。「或是不高興。」

「我還是不相信。」我再度宣稱。博瑞屈？這女人很喜歡這樣？

「他是不是在這裡有道小小的新月形疤痕？」她指著我的臀部，然後透過睫毛看著我。

我張開嘴又喊了出來。「我不相信那女人竟胡扯這種事情。」我終於說了出來。

「在洗衣房裡，她們可不會談什麼別的事情。」莫莉平靜地透露。

我忍著不開口直到抵擋不住心中的好奇。「那她們怎麼說阿手？」當我們一起在馬廄工作時，他的獵豔奇遇可真令我吃驚。

「說他的眼睛和睫毛很漂亮，但其他部分就需要好好清洗，而且要洗好多次。」

我高興地笑了出來，並且記住這些話，好在他下一次對我吹牛時糗他一頓。「那麼，帝尊呢？」我鼓勵她說出來。

「帝尊。嗯……」她迷濛地對我微笑，然後看到我臉色一沉便笑了出來。「我們不談論那些王子，親愛的。有些規矩還是得遵守。」

我把她拉下來躺在我身旁並親吻她。她緊貼著我的身體，然後我倆就靜靜躺在一片蒼穹的藍天下。此刻我的內心填滿許久未曾享受過的寧靜祥和。我知道沒有任何事情能將我們分離，就算是國王的計畫或是命運的乖違都無法阻撓我們在一起。看來此刻似乎應該把我和黠謀，以及婕敏之間的問題告訴她了。她溫熱地躺在我身旁靜靜聽我吐露黠謀愚蠢的計畫和我尷尬的處境，而我直到感覺一滴溫暖的淚珠滴落在脖子上，才發覺自己眞是個呆子。

「莫莉？」我驚訝地坐起身子，看著她的臉龐問道。「怎麼了？」

「怎麼了？」她的語調上揚，同時顫抖地呼吸。「你躺在我身旁對我說國王已將另一位女士許配給你，你卻還問我怎麼了？」

「我只對妳許下承諾。」我堅定地說道。

「事情沒那麼單純，蜚滋駿騎。」她睜大雙眼非常嚴肅地說道。「那麼，當國王告訴你非得和她交往時，你該怎麼辦？」

「不洗澡讓渾身發臭，好讓她不敢接近？」我問道。

我原本希望她會笑出來，但她卻將身子移開，用充滿哀傷的眼神看著我。「我們一點機會也沒有，根本毫無希望。」

天空似乎正呼應著她的話一般地突然暗了下來，一陣狂風呼嘯而過。莫莉躍起身子站好，抓起她的斗蓬將上面的沙子抖掉。「我又要挨一頓唸了。我早在幾個鐘頭以前就該回到公鹿堡。」她冷漠地說著，好像那些是她唯一關心的事情。

「莫莉，他們得殺了我才能將我們分開！」我生氣地對她說。

她收拾好從市場上買來的東西。「蜚滋，你的口氣聽起來眞是孩子氣，」她平靜地說道。「像個既傻又固執的孩子。」第一滴雨如同被拋下的小卵石般啪答一聲落了下來，在沙地上形成一個個小漣漪，然後就變成一場傾盆大雨。她的話讓我啞口無言，我也想不出她還能對我說出什麼更糟糕的話。

我收起紅色的毛毯，將上面的沙子抖掉，只見她拉緊斗蓬抵擋強烈的風勢。「我們最好不要一道回去。」她說著便靠近我，然後踮起腳尖親吻我的下巴。我不知該對誰生氣：是讓局面如此混亂的黠謀，還是相信他的計畫的莫莉。我沒有回吻她，她也沒說什麼，只是匆忙離去，輕巧地爬上岩石的狹窄裂口，從我的視線中消失。

我整個下午的歡愉消失無蹤，原本一件像閃亮貝殼般美好的事情，如今卻成了我腳下的碎片。我哀傷地冒著強風大雨走回城堡，未紮成辮子的頭髮一股股地打在我的臉上，潮濕的毛毯發出毛料特有的味道，紅色的染料也沾在我的手上。我上樓走進房間擦乾身子，爲了取悅自己便小心調製了對付瓦樂斯的完美毒藥，這可會在他斷氣之前折磨他的腸子。當我均勻地調配完粉末後便將它倒在一張紙上，我把藥劑放好然後盯著它瞧，有好一會兒幾乎想自己吃下去算了，但後來還是拿起針線把它縫在我袖口裡隨身攜帶。我懷疑自己是否眞會用到它，這樣的懷疑卻使我自覺比以往更像個膽小鬼。

我沒下樓吃晚餐，也沒上樓去找莫莉。我打開窗戶讓風雨濺濕我房裡的地板，我熄滅爐火也不點燃任何蠟燭，只因那些舉動挺符合我此時此刻的心情。當切德打開通道時，我故意忽略他，只是躺在床上盯著窗外的大雨。

過了好一會兒，我聽到一陣遲疑的腳步聲，切德下樓來像個鬼魂般出現在我灰暗的房裡。他瞪著我，然後走到窗前啪一聲關上窗戶，在扣緊窗板時生氣地問我，「你知道我房裡這股氣味是哪來的嗎？」我沒有回答，他抬起頭像狼一樣地四處嗅著。「你在這兒弄毒藥？」他忽然問道，然後走過來站在我面前。「蜚滋，你沒做什麼傻事吧？」

「傻事？我嗎？」我笑到嗆了一下。

切德俯身端詳我的臉。「上來我的房裡吧！」他用一種幾近仁慈的語氣說道，並扶著我的手臂帶我

上樓。

這是個令人愉快的房間，壁爐裡燃燒著爐火，碗裡也盛裝著成熟的秋季水果；但這和我此刻的心情太不搭調了，我只想砸東西，不過我沒這麼做，反倒問起切德，「還有比對心愛的人懷有怒氣更糟糕的事情嗎？」

過了一會兒他說道：「看著你心愛的人死去，然後怒火中燒，但不知該如何排解這股憤怒。我覺得這更糟糕。」

我跌坐在一張沒有扶手的椅子上，雙腳往前不斷踢動著。「黠謀沾染了帝尊的習性。燻煙、歡笑葉。只有埃爾神才知道他的酒裡面還有什麼。今天早上在他還沒服藥之前，他開始渾身顫抖，接著便喝下混了這些東西的酒，吸了一整個胸腔的燻煙；當他再次重申要我務必和婕敏交往，而且還強調這是爲了我好之後，就在我眼前睡著了。」我透露了這些，毫無疑問切德早已知道我剛才告訴他的事情。

我盯著切德看。「我愛莫莉。」我向他坦白。「我已經告訴黠謀我愛的是另外一位女士，但他仍堅持將婕敏許配給我，還問我爲什麼不能理解他想把最好的給我。那麼，他又爲什麼無法理解我希望和心愛的人結婚？」

切德看起來像在思考。「你和惟眞討論過這件事嗎？」

「那有什麼用？連他都無法和他不愛的女子結婚了。」當我說出這些話時，感覺似乎背叛了珂翠肯，但我知道這可是千眞萬確的。

「想喝點酒嗎？」切德溫和地問我。「它會讓你鎭定下來。」

「不。」

他揚起眉毛看著我。

「不，謝謝你。看到黠謀今天早上如何用酒『鎮定』他自己之後……」我讓這份抱怨不了了之。「那人從沒年輕過嗎？」

「他曾經非常年輕，」切德微笑著。「或許他還記得他的雙親選擇堅媜成爲他的夫人，他心不甘情不願地和她交往，也很不高興地與她成婚；直到她去世之後，他才明白自己愛她愛得有多麼深。相反地，他自己選擇了欲念，只因一股燒昏頭的熱情。」他停頓了一會兒。「我不說逝者的壞話。」

「這不一樣。」我說道。

「怎麼說？」

「我又不會當上國王，我跟誰結婚只會影響到我自己。」

「事情可沒這麼簡單。」切德溫和地說道。「當六大公國需要各方團結一致時，你相信自己能在不激怒普隆第的前提下拒絕和婕敏交往？」

「我有把握讓她決定不和我交往。」

「怎麼做？當個呆子？然後讓黠謀蒙羞？」

我感覺自己被困住了。我試著想出解決的方法，但只找到一個答案。「我只會娶莫莉，不會娶其他人。」大聲說出來讓我感覺好多了，然後我的眼神和切德的視線相遇。

他搖搖頭。「那麼，你就別想結婚了。」他指出。

「或許不會，」我表示同意。「也許我們無法名正言順地結婚，但將會一起過生活……」

「然後養一堆你自己的小雜種。」

我全身痙攣似地站著，不由自主地握緊雙拳。「別那樣說。」我警告切德，然後轉過身去，瞪著他房裡的爐火。

「就算我不說，其他人可會這麼說。」他嘆了一口氣。「蜚滋，蜚滋，蜚滋。」他走到我身後將雙手放在我的肩上，用非常、非常溫和地語氣說道，「或許還是讓她走吧！」

他搭在我肩上的雙手和這份溫柔消除了我的怒氣，接著我舉起雙手摀住自己的臉。「我沒辦法這麼做，」我透過手指頭說道。「我需要她。」

「那麼，莫莉需要什麼？」

一家後院有蜂窩的小蠟燭店、孩子們，還有一位合法的丈夫。「你為了黠謀這麼做，好讓我如他所願行事。」我指控切德。

他拿開放在我肩上的雙手。我聽到他遠離的腳步聲，接著他就把酒倒進一只酒杯裡，然後端著酒杯坐回爐火前的椅子上。

「我很抱歉。」

他看著我。「總有一天，蜚滋駿騎，」他警告我，「光說那些話是不夠的。有時候將一把刀從一個人身上拔出來，都比請求他忘掉你說出口的話來得容易，更別說是氣話了。」

「我很抱歉。」我重複。

「我也是。」他簡短說道。

過了一會兒我謙遜地問他，「今晚你為什麼要見我？」

他嘆了一口氣。「被冶煉的人，在公鹿堡西南方。」

我感到一陣嘔。「我以為自己不需要再做這種事情了，」我平靜地說道。「當惟真派我到戰艦上替他技傳時，他說或許……」

「這不是惟真的意思。這情況已告知黠謀了，他也就決定要這麼做。惟真早已……精疲力竭，而我們不希望在這時候還拿其他事情去煩他。」

我再度用雙手摀住臉。「難道沒有其他人能做這件事？」我懇求他。

「只有你和我受過這樣的訓練。」

「我不是在說你，」我疲憊地說道。「我想你不會再做這種工作了。」

「是嗎？」我抬頭看到他眼中的憤怒。「你這自負的傻小子！蜚滋，當你隨著**盧睿史號**戰艦出海時，你以為是誰讓劫匪一整個夏季不侵犯公鹿堡？還是你以為因你自己想規避這項任務，這樣的工作就再也不需要了？」

我感到一陣未曾有過的羞愧，於是別過頭去避開他的怒氣。「噢，切德，我眞的很抱歉。」

「因為你逃避責任而抱歉？或是因為你認為我不能再進行這項任務而抱歉？」

「兩者都有。我為每件事感到抱歉。」我忽然間完全讓步。「求求你，切德，如果再多一個我所關心的人對我懷有怨氣，我不認為自己還受得了。」我抬起頭來堅定地看著他，直到他迫使自己的眼神和我的視線相遇。

他舉起一隻手搔搔鬍子。「這個夏季對我們倆來說也夠長了。祈禱埃爾神讓暴風雨驅離紅船，讓他們永不來犯。」

我們寂靜無聲地坐了好一會兒。

「有時候，」切德說道，「為自己的國王殉國，可比把自己的人生交給他容易多了。」

我低頭表示贊同，然後和他一起準備毒藥，好再度為我的國王執行殺戮任務。

古靈

紅船之役第三年的秋季對王儲惟眞來說充滿辛酸。他的戰艦一直是他的夢想，他也把所有的希望寄託在它們身上。他相信自己能將劫匪驅離他的海岸，甚至在最惡劣的冬季暴風雪中，也能成功地將劫匪趕到敵方的外島沿岸。但姑且不提這些早期的捷報，他的戰艦並未如他當初所願地掌控整個海岸。初冬時他有了五艘戰艦，其中兩艘在最近遭受嚴重損害，而唯一完好如初的是那艘擄獲來的紅船戰艦，它的船身已經重新改裝過，也派駐船員駕著它協助巡航和護送商船。當秋風終於到來時，只有一位艦長對自己船員的技巧和戰艦本身仍信心十足，並願意執行突襲外島海岸的任務；而其他戰艦的艦長卻認爲至少還需要花一整個冬季的時間在境內波濤洶湧的海岸演練航海技術，再花上另一個夏季演練戰技，才可能達成這個野心勃勃的目標。

惟眞不會派不願作戰的人出征，卻也無法掩飾他內心的失望，而這份失望也在他爲了唯一願意出征的戰艦進行裝備時表露無遺。這艘重新命名爲**復仇號**的戰艦獲得了可能範圍內最精良的補給，艦長親自挑選的船員亦然。他們身穿各自挑選的戰甲，也分派到工匠所能製造出的最精良的嶄新武器。**復仇號**的啓航典禮眞可說是盛大隆重，就連身體狀況日漸走下坡的黠謀國王都出席了，王后也親自將海鳥羽毛掛在戰艦的桅杆上，據說這樣可讓船隻迅速安全地返回家鄉的海港。當**復仇號**戰艦出海時，群眾們大張旗鼓地歡呼送行，當晚無數的人也爲了祝福艦長和船員而舉杯慶祝。

讓惟眞懊惱的是他在一個月之後所接獲的訊息。一艘和**復仇號**戰艦外觀相同的船隻在六大公國南方較平靜的海面上恣意劫掠，爲繽城和恰斯國的商人帶來極大的痛苦，而這也差不多就是傳回公鹿堡的有關艦長、全體船員和戰艦的唯一消息。有些人將責任歸咎到戰艦船員之中的外島人，然而優秀的六大公國船員人數和外島船員一樣多，艦長本身也是教養良好的公鹿堡城居民。這對惟眞本身的自尊心和領導能力來說是一大打擊，而有些人認爲從那時起，他就決定犧牲自己以尋求最終的解決方式。

我認爲是弄臣鼓勵她這麼做的。他的確花了很多時間待在烽火台頂端的花園陪伴珂翠肯，也由衷欽佩她爲了重建花園所做的一切努力，而眞誠的讚美總會贏得許多善意回應。在夏季接近尾聲的時候，弄臣的笑話不僅逗得她和她的仕女們開懷大笑，他更說服她經常到國王的房裡去探望國王。珂翠肯的王妃身分，讓她免於受瓦樂斯的情緒侵擾，而她自己也接掌了爲國王調製提振精神的滋補品這個重責大任，有一段時間，國王果眞在她的悉心關照之下恢復元氣。我個人認爲，是弄臣決定要經由她來完成他無法絮絮不休要惟眞和我達成的任務吧！

她在一個寒冷的秋季夜晚首次對我提起這件事情。我當時在烽火台頂端幫她在比較纖弱的植物上綑綁乾草，好增強它們抵禦冬雪的能力。這是耐辛曾交代過的事情，而她和蕾細也在我身後的一片擋風植物苗床裡做著相同的差事。她成了珂翠肯王后的園藝顧問，儘管是一位非常羞怯的顧問。小迷迭香也在我手邊將我們所需的痲線拿給我。其他兩三位珂翠肯的仕女則裹著保暖衣物，在花園另一頭小聲地交頭接耳；當珂翠肯發現其他人一邊發抖一邊對著手指吹氣時，就讓她們回到屋裡溫暖的爐火邊。我裸露在風雪中的雙手和耳朵都快凍僵了，但珂翠肯看來倒挺怡然自得。惟眞也舒適地待在我的腦海中。當他知道我將再度單獨追殺被冶煉的人時，就堅持要我帶著他同行。現在我幾乎再也感覺不到他就在我的內心裡。但是當珂翠肯一邊在我扶著的那綑植物上打結，一邊詢問我有關古靈的知識時，我卻相信自己感覺到他可因此吃了一驚。

「我知道得不多，吾后。」我據實以答，再一次對自己承諾將找時間好好研讀這些久經忽略的石板和卷軸。

「爲什麼沒能知道更多？」她問道。

「嗯，事實上關於他們的記載少之又少，我相信這是因爲曾經有一段時期，關於他們的知識相當普及，所以不需要用文字記錄下來；而那一小部分關於他們的記載也散落四處，並沒有完整地集中在同一個地方。可能只有學者才能追查出所有殘留的記錄……」

「像弄臣這樣的學者？」她尖酸地問道。「他似乎比我所問過的人瞭解得還要多。」

「嗯，他很喜歡閱讀，這點您是知道的，但是——」

「我們別再討論弄臣了，我是想和你談談古靈的事情。」她突然說道。

她的語氣讓我吃了一驚，只見她用灰澀的眼神再次凝望遠方的海面。她並沒有責怪我或是刻意出言不遜的意思，只是想達到自己的目的。我不禁深思在我遠離公鹿堡的這幾個月裡，她對自己已經更篤定了，也更有王后的威儀。

「我略知一二。」我遲疑地說道。

「我也是。讓我們看看彼此知道的是否相符。由我先說。」

「如您所願，吾后。」

她清了清喉嚨。「很久以前，睿智國王慘遭來自海上的劫匪圍攻。他唯恐六大公國和瞻遠家族將在隔年的晴朗夏季遭受毀滅的命運，可是他又想不出別的辦法時，便決定花上一整個冬季的時間尋找一個傳說中的民族，也就是古靈。我們彼此所知的相互呼應嗎？」

「大部分是。據我所知，傳說中並不把他們視爲一個民族，而是近似神。六大公國的人民始終相信睿智是一位宗教狂熱分子，幾乎是個瘋子，才會去關注這些事情。」

「胸懷熱情和遠見的人常被視爲瘋子。」她平靜地告訴我。「他在某年秋季離開他的城堡，僅知道古靈居住在群山王國境內最高峰後方的雨野原裡；但最後他找到了他們，也贏得他們的支持。他回到公鹿堡，接著就和古靈同心協力將劫匪和入侵者驅離六大公國的海岸，重新建立和平及商業活動，而古靈也對他宣誓，如果日後仍需要他們的協助，他們就會回到這兒。說到這裡，我們彼此所知的仍相互呼應嗎？」

「還是和剛才一樣，大部分是。我聽過許多吟遊歌者說，事情的結局就像標準的英雄和騎士們的冒險故事般。而且他們總是承諾如果日後仍需要他們的協助，他們就會回到這裡；有些古靈甚至誓言倘若眞有必要，他們不惜死而復生。」

「事實上，」耐辛忽然插嘴，搖搖晃晃地站起身來。「睿智他自己沒有再回到公鹿堡，所以古靈來找他的女兒琉馨公主，也就是說她才是他們提供協助的對象。」

「您是從何得知這件事的？」珂翠肯問道。

耐辛聳聳肩。「我父親的一位老吟遊歌者總是這麼唱著。」她不經意地說著，接著又回去繼續用麻線綑綁裹上稻草的植物。

珂翠肯思索了一會兒。風吹散了她的一綹長髮，髮絲在她臉上像網一般飄散開來。接著，她透過這張淡色的網看著我。「故事中有關他們回來的部分或許不是那麼重要。如果曾有一位國王尋訪他們，而他們也確實提供協助，那麼你覺得，如果再有一位國王甚或王后去懇求他們，他們應該也還會幫忙吧？」

「或許吧！」我勉強說道，私底下納悶王后是否因爲太想家了，所以才編個藉口想回去看看。而且人們已經開始談論起她怎麼還沒懷孕的事。再者，就算現在有衆多仕女陪伴著她，卻沒有她特別投緣且可稱之爲朋友的人。她太寂寞了吧，我猜。「我想……」我溫和地開口，稍作停頓想著要如何構思一個勸阻她的理由。

告訴她來找我談這件事，我想知道更多她所蒐集的訊息。惟眞的思緒因興奮而顫抖著，讓我覺得不安。

「我想您應該找王儲討論您的看法。」我盡忠職守地提議。

她沉默了好一會兒。當她再度開口時，語調顯得非常低沉，好像只說給我聽似的。「我覺得不安。他會認爲這又是我另一個愚蠢的想法，聽了一會兒之後就會開始看著牆上的地圖，或者一邊聽我說，一邊整理桌面，好等我終於說完之後對我點頭微笑然後請我離開。一定又會這樣。」她的嗓音在說出最後一個字的時候聽起來十分沙啞，接著她把臉上的頭髮往後梳理，又揉揉雙眼，轉身再次看著窗外的海，感覺和惟貞技傳時同樣疏離。

她哭了？

我無法對惟貞隱瞞自己因他吃驚的反應而感到惱怒。

帶她來我這裡。現在就來，快！

「吾后？」

「等一等。」珂翠肯別過頭去不看我，把臉轉得遠遠地假裝搔搔鼻子，但我知道她其實在擦乾眼淚。

「珂翠肯？」我大膽地試著喚回荒廢了好幾個月的情誼。「我們現在就去找他談談這個想法。現在就去，讓我陪著您。」

她遲疑地開口，並沒有回頭看我。「你不認為這很傻？」

我提醒自己可別說謊。「我想事情已經到了這種地步，是應該思考所有可能的援助來源。」我說著說著也相信了這些話。切德和弄臣不也暗示，不，而是為這個想法提出懇求？或許惟貞和我才是缺乏遠見的人。

她顫抖地吸了一口氣。「那麼，我們就走吧！不過……請你一定要在我的房間外面等一等，我要拿一些卷軸給他看，不會花太多時間。」然後她提高音量對耐辛說道。「耐辛夫人，能否麻煩您幫我把這些植物都綁好？我得趕去做別的事情。」

「當然，吾后。我很樂意效勞。」

我們離開花園，然後我就跟隨她來到她的房間，在房門外等了好一陣子。當她再度出現的時候，她的小女僕迷迭香跟在她身後堅持幫忙拿卷軸。珂翠肯把手上的泥土都清洗乾淨，換上長禮服也噴了些香水，頭髮梳理整齊並戴上惟真在訂婚時送給她的首飾。當我看著她時，她也小心謹慎地對我微笑著。

「吾后，您眞是令我目眩神迷啊！」我斗膽表示。

「你嘴巴眞甜呢！像帝尊一樣。」她稱讚我，然後在走廊上加快腳步，一陣羞紅溫暖了她的臉頰。

她這麼大費周章打扮只爲了來見我？

她這麼大費周章打扮是爲了……吸引你。如此瞭解男人的男子怎會這麼不懂女人？

或許他沒有時間瞭解她們的表達方式。

我把內心的思緒緊緊封住，跟隨王后加快腳步。我們來到惟眞的書房時，恰林剛好要離開，只見他滿手都是待清洗的衣物，這景象看來有點兒奇怪，直到我們獲准入內才明白是怎麼回事。惟眞穿著一件淡藍色亞麻襯衫，房裡有股薰衣草和杉木混合的陣陣清香，讓我想到衣櫥的芬芳。他的頭髮和鬍子打理得光鮮整齊，而我知道他的頭髮向來只能在幾分鐘內維持那樣的整潔。當珂翠肯羞怯地向她的丈夫行屈膝禮時，我也見到了睽違數月的惟眞。一整個夏季的技傳再度消耗他的體力，只見他身上精緻的襯衫鬆垮垮地罩著他的肩膀，平順的頭髮也更灰白了，還有他的眼角和嘴角也出現了我從未注意到的細紋。

我看起來這麼糟嗎？

*對她來說不是，*我提醒他。

當惟眞牽起她的手讓她坐在身旁一張靠近爐火的長凳上時，她用一股和惟眞的精技動力同樣強烈的渴望看著他，手指緊握住他的手，而我在他舉起她的手親吻時別過頭去。或許惟眞所說的精技感應還眞有其事，只因珂翠肯的感覺如同我的船員伙伴作戰時的熱情般狂烈地衝擊著我。

我從惟眞那兒感受到一股驚訝的顫動，接著：*屏障你自己！*他直接了當地命令我，使得我瞬間在自己的腦海裡孤單了起來。我站立片刻，因他突如其來的離去而感到暈眩。他真的不明白，我如此想著，也慶幸這思緒並未外流。

「大人，我想在此請求您花一些時間……聽聽我的想法。」珂翠肯輕輕地說著，同時用雙眼探索著他的臉。

「當然。」惟真表示贊同，然後抬頭看著我。「蜚滋駿騎，加入我們吧？」

「如您所願，大人。」我在壁爐對面的椅子上坐下，迷迭香雙手捧著滿滿的卷軸走過來站在我手邊，我懷疑這些可能是弄臣從我房裡偷出來的。珂翠肯一邊對惟真說著，一邊一幅接著一幅地拿起卷軸說明她的論點；毫無例外地，這些卷軸裡所記載的，除了關於古靈之外，也包括群山王國。「睿智國王，您或許還記得，是第一位來到我們境內……來到群山王國的六大公國貴族，而且並不是對我們發動戰爭，所以我們的歷史中詳細記載了關於他的事情。而這些從他那個時代的卷軸上所複製的抄本，記錄著他的事蹟和前往群山王國的旅途，也間接提到了古靈。」她展開最後一幅卷軸，惟真和我也都詫異地俯身看著。這是一張地圖，雖然因年代久遠而褪色，也抄寫得不夠工整，但仍看得出來是一張群山王國的地圖，上面標示了許多通道和小徑，還有一些延伸到境外的虛線。

「其中一條小徑，就是標示出來的這一條，一定就是通往古靈那兒的道路。因為我熟悉群山的小道，而這些並不是貿易路線，也不通往任何我所知道的村落，更不和我現今所知的一些小徑相連接。這些道路和小徑比較古老，如果它們不是睿智國王曾走過的路，怎麼會在地圖上被標示出來？」

「有這麼單純嗎？」惟真迅速起身，拿來一架子的蠟燭將地圖照亮一些，並用手悉心撫平這張羊皮紙，然後俯身靠得更近。

「如果這片綠色區塊代表雨野原的話，這裡倒是有許多標示出來的小徑是通往那兒去的。但是沒有

一條小徑的盡頭有任何標示，所以我們怎麼知道是哪一條？」我提出反對意見。

「或許它們全都通往古靈那兒，」珂翠肯繼續說道。「否則它們為什麼都集中在同一個區域？」

「不！」惟真挺直身子。「至少有兩條小徑的盡頭有標示些什麼，在那裡也或許有些什麼。這該死的墨水都褪色了，但還是看得出來那兒有些東西，而我想找出那些到底是什麼。」

連珂翠肯都因他語氣中的熱情而吃驚。我也很震驚；我原以為他只會禮貌地聽她把話說完，沒想到他卻滿心贊同她的計畫。

他忽然起身快速地在房裡走了一圈，精技能量也如同壁爐的熱氣般從他身上散發出來。「冬季的暴風雪即將侵襲海岸，可能說不定哪一天就來了。如果我趕緊動身，就能在接下來的幾天趁著小徑還能走的時候前往群山王國。我可以快馬加鞭抵達……抵達那個地帶就是了，然後在春季前回來，或許也帶回我們所需要的援助。」

我啞口無言，但珂翠肯接下來說的可更嚇人。

「大人，我並沒有打算讓您去。您應該留在這兒，由我去才對。我熟知群山且在那兒土生土長，而您可能無法在那樣的環境生存。所以這件事情應該由我來犧牲獻祭。」

當我看到惟真和我一樣驚愕失聲時，可真鬆了一口氣。或許，聽她親口說出這些話，就能讓他瞭解這計畫是多麼不可能達成。他緩緩搖著頭，握起她的雙手莊嚴地看著她。「我的王妃。」他嘆口氣。「我必須這麼做。是我。我在其他方面都讓六大公國失望透頂，對妳也是。妳當初來這兒準備當王后時，我根本沒耐心聽妳談論犧牲獻祭，我以為那只是一個女孩子過度理想化的見解，但我錯了。我們這兒是不談犧牲獻祭的，但卻感受得到。我從我的雙親那兒學到了永遠要把六大公國擺在小我之前。我雖然曾試著那樣做，但如今看來，我似乎都是指派別人代我去執行這些任務。我坐在這兒技傳，這是千真萬確的事，而妳也略知我所付出的代價。我把水手和士兵送出去讓他們爲六大公國捐軀，連我自己的姪兒都得代替我執行這些殘酷血腥的任務。姑且不論我讓誰犧牲獻祭，我們的沿海依然危機四伏。現在，我們身處如此艱難的困境，只剩下最後的機會了，難道我還得讓我的王妃去冒險嗎？」

「或許……」珂翠肯的聲音沙啞且十分遲疑，她低頭望著爐火建議道，「或許我們可以一起走？」

惟眞在考慮，他確實在考慮這方法的可行性，我也看到珂翠肯明白他正愼重考慮她的要求。她露出了笑容，但當他緩緩搖頭的時候，她的笑容就淡去了。「我不能冒這個險，」他平靜地說道。「一定得有我信賴的人留在這裡。黠謀國王……我的父王龍體欠安，我也爲他的健康狀況感到憂心。如果我遠離這裡，我父王又病重，一定得有人接替我。」

她別過頭去。「我寧願跟你一起走。」她激動地說道。

當他伸手用手指扶起她的下巴，抬起她的臉注視她的雙眼時，我就別開我的視線。「我知道，」他平靜地說道。「那就是我請求妳做的犧牲獻祭，在妳想走的時候，卻讓妳爲了六大公國單獨留在此地。」

她的興奮之情消失了，然後就垂下雙肩，低著頭遵循他的意願。當惟眞將她擁入懷裡時，我起身帶著迷迭香離開，好讓他們倆獨處。

那天下午當我在房裡亡羊補牢似地鑽研卷軸和石板時，一位侍童來到我的門前。「您承蒙召喚，請在晚餐後抵達國王的寢室。」這是他告訴我的唯一訊息。我滿腦子不高興，只因我兩個禮拜前才去過那兒，眞的不想再去面對國王。如果他傳喚我的目的只是爲了再度重申他希望我和婕敏交往，我眞不知該怎麼做或是怎麼說，也害怕自己失去控制。我毅然地展開一幅古靈卷軸試著研究它，卻徒勞無功。我的眼前只有莫莉。

自從我們在海灘上共度那個下午之後，我們又一起共度了幾個短暫的夜晚，而莫莉拒絕與我更進一步地討論有關婕敏的事。在某些方面來說這是個解脫，但她也不再逗著我，要求我在眞正成爲她的丈夫之後要做些什麼，還有我們將會有什麼樣的孩子。她已經平靜地放棄任何我們會結婚的希望，讓我一想起來就幾乎要發瘋。她不和我爭論，因爲她知道我身不由己，甚至不問我們以後會如何。她像夜眼一樣似乎只是活在當下，徹底享受我們共度的每一個親密的夜晚，從來不問是否還會有另一個夜晚。我從她身上所感覺到的並非絕望，而是心裡的隔絕：堅決不讓我們明日所無法擁有的東西，使得我們失去此刻所握住的。而我眞不配讓這麼忠誠的一顆心熱愛著我。

當我躺在她床上在她身旁昏昏欲睡時，她身上和藥草的清香讓我感到安全且溫暖，而她內在的力量也保護著我們。她不會精技，也沒有原智，卻擁有一種更具威力的魔法，而且僅靠她的意志力施行魔法。每到夜晚當她在我身後鎖上了門，我就進入她一手創造且只屬於我們倆的時空。我曾經因她盲目地將自己的幸福和快樂交付在我手中而感到難以承受，但現在的情況更糟，只因她相信自己對我的付出終將讓她付出慘痛的代價，但卻依然拒絕背棄我；而我也沒這個擔當遠離她並祝福她覓得更愉快的人生。在我最孤寂的時候，每當我帶著一整個鞍囊的毒麵包騎馬繞經公鹿堡周圍的小徑時，覺得自己眞是個膽小鬼，而且比小偷還不如。我曾告訴惟眞，我無法從別人身上吸取力量來補充自己的能量，也不會這麼做，但現在我卻每天如此對待莫莉。此時，古靈的卷軸從我鬆弛的手中落下，我忽然覺得自己的房間是個令人窒息的地方。我把嘗試研讀的卷軸和石板推到一旁，在晚餐前來到耐辛的房裡。

我已經有好一陣子沒來探望耐辛了，她的起居室看來還是沒什麼變化，除了最上層的那堆東西顯示了她目前所熱衷的事情。而這一天也不例外。在秋季採集的藥草一綑一綑地在房裡每個角落倒吊著風乾，整個房間都充滿了它們的香氣。當我猛然低頭避開垂吊的葉子時，感覺自己似乎漫步在一片上下顚倒的草原上。

「您把這個掛得低了些。」我在耐辛進門時對她抱怨。

「不，是你長得太高了些。現在趕快站直讓我好好看看你。」

我依照她的吩咐站直，顧不得那束棲息在我頭上的貓薄荷。

「很好。至少整個夏季划著槳到處殺敵讓你更健康了，比去年冬天回到我身邊那個病懨懨的男孩好太多了；我就說那些滋補品是很有效的。既然你都長這麼高了，就來幫我把這些掛上去吧！」

我不慌不忙地沿著燭台、床柱和任何可以綁線的地方把線繫牢，然後把一綑綑的藥草綁上去。她把我趕到椅子上綁幾綑鳳仙花，接著問道，「你怎麼沒再對我發牢騷說你有多麼想念莫莉？」

「那對我有什麼好處？」我過了一會兒平靜地問她，盡可能讓語氣聽起來很認命的樣子。

「沒有。」她若有所思地稍作停頓，接著又拿給我另一束葉子。「那些，」她在我綁好它們時告訴我，「是點彩葉，味道很苦。有些人說這可以防止婦女受孕，但事實並非如此，至少不是那麼有效，而且若婦女長期服用的話就會生病。」她又彷彿思索似的停頓下來。「或許，當一個女人生病時就難以受孕，但我可不會向任何人推薦這玩意兒，尤其是我所關心的每一個人。」

我假裝漫不經心地問道，「那麼，您爲什麼要將它們風乾？」

「把這些浸泡在水裡用來漱口，對治療喉嚨痛滿有幫助的。當我看到莫莉在女人花園採摘這些時，她是這麼告訴我的。」

「我知道了。」我將葉子綁在線上，彷彿在懸吊一具屍體般，就連它們的氣味都很苦。我稍早不是才在惟真面前納悶他怎麼對自己眼前的事物如此毫無警覺？而我呢，我爲什麼從來沒想到這個？她如此懼怕合法結婚的女性所渴望的身孕，對她來說是個多大的犧牲？耐辛自己不也盼了一場空？

「……海草，蜇滋駿騎？」

我開口。「對不起，請再說一次？」

「我是說，你哪天下午如果有空，能不能幫我採集海草？黑色波狀的那種？它在這個時節味道最香了。」

「我會試試。」我心不在焉地回答她。莫莉還要擔憂多少年？她還得嚥下多少苦澀？

「你在看什麼啊？」耐辛問我。

「沒什麼。爲何這麼問？」

「因爲我已經說了兩次，請你下來我們好移動這張椅子。你知道，我們還得把這裡其他一綑綑葉子全都掛上去呢！」

「請您原諒，我昨天沒睡好，弄得我今天傻愣愣的。」

「我同意。你應該在晚上多睡一會兒。」這些話聽起來有些沉重。「現在下來把椅子移動一下，我們才能開始掛這些薄荷。」

我晚餐吃得很少。帝尊孤獨地坐在主桌上，看起來氣呼呼的；他那群馬屁精則圍坐在他正下方的桌子邊。我不懂他爲什麼要獨自用餐，當然他有這個身分地位這麼做，但爲何選擇如此孤立？他傳喚一位最近剛從國外帶回公鹿堡的吟遊歌者，看起來比其他歌者諂媚。他們大多來自法洛，歌聲都帶著當地特有的鼻音，偏好演唱綿長吟詠的史詩。這位歌者唱著一首很冗長的歌，訴說帝尊的親生外祖父的一些冒險事蹟。我聽不太懂，好像是提到了有個騎馬打獵的傢伙，爲了獵殺一頭當時的獵人都無法捕獲的大公鹿，而讓他的馬兒因奮力追逐而精疲力竭至死。這首歌不斷讚揚這匹依主人所願犧牲自己的好馬，卻提也沒提這位主人的愚蠢，他居然只爲了獵取一些結實的肉和一對鹿角，白白浪費一隻動物的寶貴生命。

「你看起來快生病了。」博瑞屈在我身邊停下來說道，我於是起身離開桌邊和他一同穿越走廊。

「我心裡有太多事情了，要同時思考太多東西。有時我不禁覺得，如果自己有時間專心思考一件事，我就能解決它，接著一一解決其他問題。」

「每個人都這麼相信，但事實並非如此。設法解決掉手邊那些你可以處理的事情，過一陣子你就會習慣那些讓你莫可奈何的事情。」

「比方說？」

他聳聳肩指著下方。「就像有隻跛腳，或是當個私生子。我們終將習慣自己當初發誓永不接受的事實。但這下子是什麼事情讓你這麼煩惱？」

「我還不能告訴你的事情，至少不是在這裡。」

「噢，又多了一件麻煩事，嗯？」他搖搖頭。「我不羨慕你，蜚滋。有時候人們所需要的只是對另一個人咆哮出自己的問題，可是他們卻連這個機會都不給你。但是記住，即使你認為自己無能為力，但我有信心你一定能妥善處理這些事情。」

他拍拍我的肩膀，然後在一陣從門外吹進的冷空氣中離去。惟真說對了，冬季的暴風雪此刻正醞釀著，而今晚的風彷彿也預示了這樣的天候。當我走到階梯中間時，不禁回想博瑞屈已經直接了當地對我說話了。他終於相信我是個成年男子；那麼，如果我也這樣相信自己的話，或許就可以把事情處理得更好。我挺起胸膛上樓回房。

我比以往更加注重衣著打扮。當我這麼做的時候，我就想起惟真為了珂翠肯匆忙換上乾淨的襯衫。他怎麼對她如此不瞭解？我對莫莉不也是如此？莫莉為了我們之間的關係，還做了些什麼我從不明瞭的事？我的悲傷又回來了，而且比以往還強烈。今晚，今晚黠謀和我的會晤結束之後，我不能再讓她繼續

犧牲下去；然而我此刻也只能將這件事拋諸腦後。我把頭髮向後梳理成戰士的髮辮，自覺實至名歸，接著用力拉直我身上藍色短上衣的前襟。這衣服貼在肩膀上感覺有點兒緊，最近我不管穿什麼都有這種感覺。然後我離開房間。

在黠謀國王居所外的走廊上，我看到惟真和珂翠肯手挽著手走來。我從來沒見過他們像這樣一同出現，此刻王儲和他的王妃卻忽然出現在此。惟真身穿一件深綠色的正式長袍，袖口和褶縫有公鹿式樣的繡邊，額頭上戴著鑲有藍寶石的銀飾環以代表自己的王儲身分。我很久沒看他戴這個了。珂翠肯還是一貫的紫色和白色裝扮。她穿著式樣簡單的紫色禮服，寬敞的短袖子下露出的是比較窄的白色長袖，配戴惟真送給她的珠寶首飾，一頭長長的金髮用鑲著紫水晶的銀鍊子繁複地裝飾著。我停下來注視著他們，只見他們神色凝重，所以他們一定也是來晉見黠謀國王的。

我慎重地向他們致意，然後謹慎地讓惟真知道黠謀國王也召見了我。

「不，」他溫和地對我說。「是我召見你來陪珂翠肯和我一同探望黠謀國王，我希望你親眼目睹這件事情。」

我終於鬆了一口氣。這麼說來，這和婕敏無關了。「親眼目睹什麼呢，殿下？」

他看著我的眼神好像我是個呆子似的。「我來請求黠謀國王恩准，讓我動身尋找古靈，帶回我們迫切需要的援助。」

「噢。」我早該注意到他身旁那位一身黑衣沉默的侍童，他雙手捧著滿滿的卷軸和石板，臉色蒼白且表情僵硬，我敢打賭他從來沒做過比幫惟真的靴子上蠟更體面的事情了。梳洗乾淨的迷迭香也穿著代表珂翠肯的紫色和白色服飾，讓我想起一棵紫白相間擦得閃閃發亮的蕪菁。我對這個圓滾滾的小女孩微笑，她卻神情凝重地回望我。

惟眞毫無顧忌地叩了一下黠謀國王的房門。「等一等！」一聲叫喊從房裡傳來，是瓦樂斯的聲音。他把門打開一道縫隙怒視著是誰敲的門，然後發現被他擋在門外的竟然是惟眞。他明顯地遲疑了一會兒才把門打開。

「殿下，」他聲音顫抖地說道。「我不知道您要來。也就是說，我沒有接獲通知國王要——」

「你用不著待在這裡，你現在可以走了。」惟眞通常不會如此冷酷地把人打發走，對侍童亦然。

「但……國王可能會需要我……」這傢伙的眼神狂亂地游移，一定在害怕什麼。

惟眞瞇起眼睛。「如果他需要你，我會讓你過來的。事實上，你不妨在門外等著，當我叫你的時候，你最好就在那兒待命。」

瓦樂斯愣了一下，然後走出房間站在門邊，我們於是走進國王的房裡，而惟眞本人親自關緊了房門。「我不喜歡那個傢伙，」他大聲說道，就連在門外都可以聽得一清二楚。「他有一股過度殷勤的恭順和油滑的諂媚，眞是個非常差勁的組合！」

國王不在他的起居室裡。當惟眞經過的時候，弄臣忽然出現在黠謀臥房的走廊上。他瞪大眼睛看著我們，突然間歡喜振奮地露齒而笑，接著如同彎腰清掃地板似的對我們鞠躬。「國王陛下！醒醒吧！如我先前的預言般，吟遊歌者已經來了！」

「弄臣！」惟眞吼著，但語氣卻挺溫厚。他經過弄臣身邊，避開弄臣想親吻他的長袍褶縫的惡作劇，而珂翠肯則舉起手遮掩笑容跟隨著惟眞。弄臣倒是伸出一隻腿來想絆倒我，我雖然避開了，卻讓自己笨手笨腳地差點撞上珂翠肯。弄臣露出牙齒對著我傻笑，然後蹦蹦跳跳地來到黠謀的床邊，舉起這位老人的手十分柔和地輕撫著。「國王陛下？國王陛下？有人來探望您了。」

黠謀在床上微微移動，突然間深呼吸。「這是怎麼回事？誰來了？惟眞？把床簾拉開，弄臣，我看不清楚是誰在這裡。珂翠肯？這是怎麼回事？還有蜚滋！這到底是怎麼回事？」他的聲音微弱並帶著一絲怒氣，但儘管如此，他的狀況可比我預期中來得好。當弄臣敞開床簾將枕頭擺在國王背後支撐著他時，我看到了一位比切德還蒼老的老人，而他們容貌的相似程度隨著黠謀的老化變得更為明顯。國王臉上的肌肉鬆弛，露出和他那私生子哥哥同樣的眉線和頰骨。在他眉頭下方的雙眼看來犀利警覺，卻十分疲憊，不過看起來似乎比我上次見到他的時候好多了。他讓自己坐得更挺直好面對我們。「說吧，這是怎麼回事？」他一邊發問一邊用眼神掃視我們。

惟眞愼重地深深一鞠躬，珂翠肯也隨著他行屈膝禮，而我也行禮如儀：單膝跪地停在那兒，低著頭，但仍不忘偷窺惟眞發言。「黠謀國王，父王，我來此請求您允許我執行一項任務。」

「什麼樣的任務？」國王語帶試探地問道。

惟眞抬頭注視著父親的雙眼。「我希望帶著一隊精心挑選的人馬離開公鹿堡，試著追隨睿智國王多年前的旅途，趕在這個冬季前往群山王國後方的雨野原去尋找古靈，並請求他們遵守對我們祖先所承諾的誓言。」

黠謀的臉上露出了短暫的詫異，接著又在床上坐直了身子，將削瘦的雙腿移到床邊。「弄臣，拿酒來。蜚滋，站起來過去幫他。親愛的珂翠肯，麻煩妳扶我到爐火邊的那張椅子上。惟眞，請你把窗邊的小茶几搬過來。」

黠謀這一大串吩咐突然間讓一切禮節如吹破的泡泡般煙消雲散。珂翠肯親切地攙扶著他，我看得出來她和黠謀之間的確相處融洽。弄臣神氣活現地走到起居室的碗櫃前拿酒杯，而我就在黠謀房裡的小儲藏室選了一瓶酒，只見酒瓶上滿是塵埃，看來他有好一陣子沒品酒了。我狐疑地納悶著瓦樂斯到底上哪兒弄來那些奇奇怪怪的東西給他服用，不過至少我注意到房間其他地方都挺整潔的，比冬季慶前髒亂的樣子好太多了。令我苦惱的燻煙香爐給冷落在房間的角落，看來國王今晚神智清醒。

弄臣幫國王套上一件厚重的毛料長袍，接著跪下來把拖鞋套進國王的雙腳。黠謀坐在爐火前的椅子上將酒杯放在他的手肘邊，他看起來更加蒼老，蒼老多了。此時，在我年輕時經常聽我稟報的國王，又在我面前像主持會議般端坐著。我忽然希望自己是今晚的發言人，這位眼神犀利的老人或許眞會聽完我想和莫莉成婚的原因。但此刻我心中卻興起一股新的怒潮，只因瓦樂斯讓國王沾染不良嗜好而感到憤怒。

但這並非屬於我的時刻。無論國王多麼不拘小節，惟眞和珂翠肯依然如弓上弦似的神色緊繃。弄臣和我搬來兩張椅子讓他們可以坐在黠謀的兩側，我則站在惟眞身後等著。

「有話直說吧！」黠謀如此要求惟眞，而惟眞也照辦了。珂翠肯的卷軸一幅接著一幅展開來，而惟眞大聲唸出繪在卷軸地圖上的相關通道。他們花了好一段時間仔細研究這張古老的地圖。起初黠謀只管發問，直到從他們口中得知每一絲訊息之後，才提出自己的評論和判斷。弄臣拄著手肘站著，一會兒對我微笑，一會兒對惟眞的侍童扮鬼臉，好讓這位神情驚呆的男孩笑一笑放鬆一下；不過我想他反而嚇壞這小子了。迷迭香完全忘記自己身在何處，晃著晃著就跑到床邊把玩著床簾上的流蘇。

當惟眞說完，珂翠肯也補充意見之後，國王將身子靠回椅背，喝乾了酒杯裡剩餘的酒，然後伸出酒杯讓弄臣再斟一杯。他啜了一口，嘆著氣，然後搖搖頭。「不。這都是些神怪傳說和床邊故事，怎麼會讓你想立刻進行這樣的任務，惟眞？你剛才所說的已經讓我相信有必要派一位密使到那裡，你也將親自挑選這位使者，另外讓一批適當的隨行人員跟著，攜帶你我所準備的禮物和信函好確認他是奉我們之命前往該處。但是讓你這位王儲親自出馬？不。我們已經沒有多餘的花費了。帝尊稍早來找我說明建造新戰艦所需的各項費用，還有在鹿角島蓋烽火台的花費。資金愈來愈少了，而且讓人民看著你出城恐怕會

讓他們失去安全感。」

「我並不是逃避，我離開是出任務，爲了他們的利益而出任務，這就是我的目標。我的王妃會留在這裡代理我的職務。我也不想讓一整個車隊的吟遊歌者、廚師和刺繡帳篷隨行，陛下。我們將經過積雪的道路邁向嚴冬，所以我會組織一隊軍事代表團像行軍般遠征，如同我以往一樣。」

「那麼，你認爲這樣就能打動古靈嗎？你能找到他們嗎？他們是否眞的存在？」

「傳說中，睿智國王親自出訪。我相信古靈確實存在，而且他也發現了他們。如果我失敗了，還是會回到這裡繼續技傳和指揮戰艦。我們會有任何損失嗎？如果我成功了，就會帶著強有力的援兵回來。」

「如果你在途中喪生呢？」黠謀沉重地問道。

惟眞開口準備回答，但話還沒說出口，帝尊就推開起居室的門，滿臉通紅氣沖沖地走進來。「這是怎麼回事？爲什麼不通知我出席這場會議？」他惡狠狠地看著我，瓦樂斯也在他身後透過門縫窺探。

惟眞稍微笑了笑。「如果你的間諜沒有通知你，你現在怎麼會出現在這兒？要怪就怪他們沒能早些告訴你吧，可別怪我。」瓦樂斯急忙縮頭遠離我們的視線。

「父王，我想知道這裡發生了什麼事！」帝尊氣得幾乎要跺腳了；而弄臣這時站在黠謀身後模仿帝尊臉部的表情，這終於讓惟眞的侍童露出笑容，但他隨即睜大眼睛恢復原本嚴肅的表情。

黠謀國王卻對著惟眞說道：「有什麼原因讓你不希望帝尊參與討論？」

「我看不出來這和他有什麼關係。」他停頓了一下。「而且我只希望由您親自做決定。」惟眞果然人如其名。

帝尊氣得怒髮衝冠，鼻子也因怒皺而發白。只見黠謀舉起一隻手制止他，再次對惟眞說，「和他沒什麼關係？那麼誰會在你離開的時候行使你的職權？」

惟眞露出冷冰冰的眼神。「當然是我的王妃會代我行使職權，而您依然是最高的掌權者，陛下。」

「但是如果你沒有回來……」

「我確信我的弟弟有能力即刻因應這狀況。」惟眞毫不隱瞞他語氣裡的厭惡。我深知帝尊圖謀造反的陰毒如何讓他深痛惡絕，他們以往共同分享的手足之情也遭受仇恨的侵蝕。如今他們完全對立，我想黠謀也聽出來了，只是納悶他是否對此感到驚訝。如果是的話，他掩飾得還眞好。

此時，帝尊一聽到惟眞遠行之事，耳朵都豎起來了，像一隻在桌邊乞食的狗兒般貪婪警覺地站著。他倉促地開口讓他的語氣顯得毫無誠意。「如果有人能對我解釋惟眞要去哪兒，或許我就能親口表達自己將如何承擔責任。」

惟眞不發一語，眉寬靜氣地看著他的父親。

「你的哥哥，」——這字眼在我聽來有些沉重——「希望我准許他遠行出任務，並且希望盡快出發前往群山王國後方的雨野原拜訪古靈，尋求他們曾對我們所承諾的協助。」

帝尊的雙眼圓睜像貓頭鷹似的，我不知道他是因爲無法相信有關古靈的說法，還是對忽然降臨在他身上的好運感到難以置信，只見他舔著雙唇。

「我，當然不同意。」黠謀看著帝尊說道。

「但是，爲什麼呢？」帝尊問道。「當然要考慮所有可能的援助……」

「我們負擔不起。你稍早不是向我報告過，說建造戰艦和徵召船員及補給品已讓國庫幾近枯竭？」

帝尊迅速地轉動雙眼如同蛇伸出舌頭般的快速。「但是，我這裡已經有從那時起的收成報告，父王，我眞沒想到竟是個大豐收；所以錢不是問題，況且是他自己願意出這趟任務的。」

惟眞用鼻子哼了一聲。「感謝你設想如此周到，帝尊。我還眞不知道這樣的決定隸屬於你的職責範圍。」

「我只不過是對國王提出建議，就像你一樣。」帝尊急忙指出。

「難道你不覺得派遣一位密使去做這事比較恰當嗎？」黠謀試探性地問道。「如果王儲在此危急時刻離開公鹿堡執行這項任務，人民會怎麼想？」

「一位密使？」帝尊思考著。「我認爲不妥，而且我們也不必去問人民會怎麼想。傳說不都敘述著睿智國王獨自尋訪古靈的嗎？我們對這些古靈又瞭解多少？難不成我們要斗膽派部下出訪，因而冒犯古靈？我想，在這情況下並不適合派使者去，而且我相信至少得勞駕國王的兒子親自出馬。至於他離開公鹿堡後……我想，身爲國王的您還待在這裡，而他的妻子也是。」

「我的王后！」惟眞咆哮著。但帝尊繼續說下去。

「還有我。公鹿堡不會遭棄守的。至於這任務本身呢？它或許能激發人民的想像力，或許您也可以選擇將他出任務的原因保密到底。這可視爲單純拜訪我們在群山的友邦，尤其是當他的妻子也隨行出訪。」

「我的王后會留在這裡，」惟眞刻意說出她的頭銜。「代表我的王儲權位，以及維護我的利益。」

「難道你不信任我們的父王？」帝尊溫和地問道。

惟眞不發一語地看著坐在爐火邊椅子上的那位老人，明眼人都看得出來惟眞臉上的表情透露出一個問題：我能信任您嗎？它如此詢問國王。但是，人如其名的黠謀卻以自己的問題回答問題。

「你剛才聽到了帝尊對這個任務的看法，還有我的看法，你也明白自己的想法。你現在有了這些建議，打算怎麼做呢？」

我在心中祝福惟貞，只因他此刻轉頭看著珂翠肯，彼此沒有點頭也沒有交頭接耳，接著轉過頭來知會他的父親關於他們夫妻倆的協定。「我希望走訪群山王國後方的雨野原，而且愈早出發愈好。」

當黠謀國王緩緩點頭時，我的心都沉到肚皮裡去了。這時，站在黠謀身後的弄臣卻轉身一溜煙橫越房間，然後又像車輪般滾回黠謀的椅子後面，表情專注，好像自己從來沒移動過似的。這讓帝尊覺得很煩，然而當惟貞屈膝親吻黠謀國王的手感謝他的允諾時，洋溢在帝尊臉上的開懷笑容簡直可以吞沒一條鯊魚。

沒什麼好談的了。惟貞希望在七天之內動身，黠謀同意了。惟貞還希望能親自挑選隨行人員，黠謀也答應了，儘管帝尊看起一副思慮重重的樣子。當黠謀終於吩咐我們離去時，我很不高興地注意到帝尊在我們身後逗留，趁我們魚貫走出房間時在起居室和瓦樂斯交談，我不禁在心中納悶切德是否會允許我殺了瓦樂斯。他已經禁止我如此對付帝尊，而且我也對國王發誓不會這麼做，但瓦樂斯可無法倖免於難。

惟貞在走廊上簡短地感謝我，我也斗膽詢問他爲什麼要我出席。

「讓你親眼瞧瞧，」他沉重地說道。「親眼目睹一件事情可比事後聽聞還受用，讓你的記憶保有剛才所說的一切……如此它們將不被遺忘。」

我那時就知道切德會在當晚召見我。

但我無法不去找莫莉。看到國王又回復昔日的威嚴，激發了我原本逐漸破滅的希望。我答應自己只和她短暫地談一談，告訴她我很感激她所做的一切，然後回到房裡等待切德和我之間的短暫會晤。

我偷偷摸摸地敲著她的房門，她也迅速讓我進去。她一定看出我的緊迫，於是立刻撲進我的懷中，不發問也沒有任何不安。我輕撫著她那閃亮的秀髮，低頭看著她的雙眼，一股激情突然間淹沒了我，彷

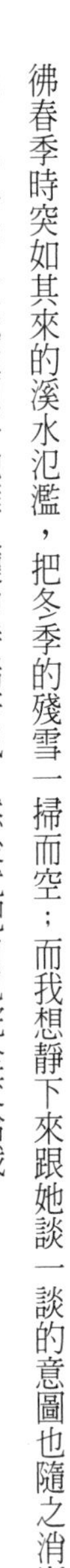

彿春季時突如其來的溪水氾濫，把冬季的殘雪一掃而空；而我想靜下來跟她談一談的意圖也隨之消逝無蹤，只見莫莉在我猛烈將她擁入懷中時喘著氣，然後就把自己完全交給我。

我們上一次的相聚感覺上好像不是幾天前、而是好幾個月以前的事。當她飢渴地親吻我的時候，突然間讓我覺得有些尷尬，不確定她爲什麼如此渴望我。她是如此年輕貌美，如果我相信她深愛著形容枯槁的我，那可眞是虛榮心作祟。然而，她不讓我有機會存疑，便毫不猶豫地將我拉到她身上。在這深刻分享的時刻裡，我終於從她的藍色雙眼中體悟這份眞實的愛。她用蒼白強壯的雙手將我拉過去緊緊抱住，讓我感到何其榮幸擁有這份熱情。後來，我依然記得她那頭明亮的秀髮散落在枕頭上的樣子，和她肌膚散發出來的甜木和山香味，甚至她仰著頭發出熱情輕吟的模樣。

接著，莫莉對我所表現出的熱絡輕聲驚嘆，感覺上我好像成了另外一個人。她把頭靠在我的胸膛上，而我靜靜地輕撫她那一頭深色的秀髮，也嗅著她一貫的百里香和薰衣草香。我閉上雙眼，深知自己將思緒護衛得很好，我很早以前就養成了這個和莫莉相處時的習慣。

但惟眞卻沒有。

事情的發生並非我所願，我想其他人也不願見到這種狀況。或許，我這麼希望，只有我完全察覺這份感受，然後只要我不說出去，就不致造成什麼損害。只希望，我能夠永遠壓抑自己對珂翠肯甜美的雙唇和細緻潔白肌膚的感受。

19 訊息

王儲惟眞在紅船之役第三年的冬季離開公鹿堡，帶著一小群親自挑選的隨從跟著他執行任務，而他的貼身侍衛也將陪他前往群山王國，然後留在那兒等待他的歸來。他認爲小型的遠征隊僅需要小型的馱獸隊伍，而他在冬季穿越群山時，所有的糧食補給都得跟隨他一同運送。他也決意自己並不希望向古靈傳達出殺氣騰騰之意，但除了他的隨行人員之外，很少人知道他眞正的任務。表面上，他是前往群山王國拜見珂翠肯的父親伊尤國王，尋求可能的軍事支援以對抗紅船。

在王儲惟眞的隨行人員中，有幾位相當值得一提。浩得，公鹿堡的戰技師傅，是他首先挑中的人選之一。即使已經上了年紀，但她對戰略的掌握在境內依然無人能及，而她運用武器的高超本領仍舊出類拔萃。恰林，惟眞的貼身僕人，跟隨他多年且伴隨他經歷多項戰役。惟眞選上這兩位一同隨行，完全不令人驚訝。阿栗，如同他的名字般有著棕色的皮膚，他擔任惟眞的武裝侍衛已超過十年，失去了一隻眼睛，也有一隻耳朵遭受嚴重傷害，但看起來卻比任何人還警覺。凱夫和柯夫這對雙胞胎，和阿栗一樣，多年來一直擔任惟眞的儀仗衛隊，這次也一同隨行。還有一位成員是博瑞屈，也就是公鹿堡的馬廄總管，自告奮勇加入遠征隊。當他要離開公鹿堡一事遭到反對時，他便指出已經安排一位能手掌管公鹿堡的馬廄，況且遠征隊也需要一位懂動物的人，好讓這群動物熬過群山的嚴冬。他也指出，身為療者的能力和擔任駿騎王子的吾王子民的經驗，也讓他符合加入遠征隊的資格，不過極少人知道他也一同隨行。

惟眞在啓程的前一天晚上召見我來到他的書房。「你不同意這麼做，是吧？你認爲這是徒勞的奔波。」他招呼我。

我必須面帶微笑，不過他確實在無意間說出了我心中的想法。「我想自己恐怕對這件事情相當質疑。」我謹愼地同意他的看法。

「我也是。但我還有其他選擇嗎？這至少讓我有機會親自做點事情，總比一直困坐在那個該死的烽火台裡技傳到死來得好。」

他在過去幾天費心謄抄珂翠肯的地圖。當我看著他小心翼翼地捲起地圖抄本放進皮套裡時，不禁爲他自從上週以來的轉變感到訝異。他仍然面色蒼白精力衰竭，且身體也因太多個月來的久坐而不幸萎縮，但如今卻精神抖擻。自從他決定執行這項任務之後，每天晚上都和珂翠肯雙雙蒞臨大廳。見到他胃口大開眞令人高興，他也再度握著一杯酒留下來聆聽芳潤或其他吟遊歌者唱歌娛樂我們，而他和珂翠肯之間重建的熱情則是他另一個重新恢復的慾望。當他們同桌共坐時，她的視線極少從她丈夫的臉上移開。而當吟遊歌者娛樂大衆時，她也總是將手指扶在他的上臂後方。她如同燃燒的蠟燭般在他面前發出光亮。儘管我盡力護衛我的內心，卻依然太過瞭解他們共度良宵的高度喜悅。我曾試著將自己沉浸在莫莉的溫柔中好避開他們之間的熱情，但到頭來莫莉卻因我重新燃起的熱情而感到喜悅，讓我十分內疚。當她知道我對她的慾望並不完全是我自己的，將作何感想？

是精技。曾有人警告我它的力量和陷阱，說它是如何吸引人並將一個人的精力消耗殆盡，只剩下運用它的渴求。從來沒有人警告過我目前所面對的這個陷阱，所以從某些方面而言，我期待惟眞離去好讓我重新擁有自己的心靈。

「你在烽火台裡所進行的任務也同樣重要。如果人民能瞭解你是如何爲了他們燃燒自己……」

「你也清楚得很。我們在這個夏季愈來愈親近了，小子，比我所能想像的還親近。自從你父親去世之後，再也沒有任何人和我如此親近了。」

比你察覺到的還親近，王子殿下。然而，我沒敢說出來。「是的。」

「我想請你幫個忙，事實上是幫兩個忙。」

「你知道我不會拒絕的。」

「別過早下斷言。首先想請你照顧我的夫人。她已經學到不少公鹿堡的行事準則，但還是太相信別人了，所以在我回來之前請你確保她的安全。」

「這你放心，就算你不開口我也會做到，殿下。」

「另一件事情。」他吸了一口氣然後嘆出來。「我也想待在這裡，在你的心裡，盡我所能地待在這裡。」

「殿下。」我遲疑了。他說得對，這不是我想承諾他的事，但我已經先答應了，只因我知道這是爲了保衛王國所做的明智抉擇。但我自己呢？我早已感覺惟眞強勁的力道逐漸侵蝕我心靈的界線，而此時

我們並非談論幾個小時或幾天的連接，而是長達幾個星期甚或幾個月的接觸。我納悶這是否就是發生在精技小組成員的情況，他們是否終將無法擁有獨立的生活。「你的精技小組成員呢？」我平靜地問道。

「他們怎麼樣？」他反駁。「目前我把他們留在烽火台和我的戰艦上，無論他們要傳送什麼訊息，都可以傳給端寧，當我不在的時候她就會把這些訊息傳給黠謀。如果他們覺得我該知道什麼，大可直接技傳給我。」他停頓了一下。「我還得透過你尋求其他訊息，是我寧可保持私密的事情。」

關於王后的消息，我心裡這麼想；還有帝尊趁他不在時會如何濫用職權，以及種種謠言和陰謀。從某個角度看來，這都是些無關緊要的事情；但換個角度來看，這些細節卻攸關惟真權位的穩固。我千倍地渴望能夠憑一己之力純熟地技傳，如果我有這份能力，惟真就不會如此要求我這麼做，而我也可以隨時尋訪他。但依照目前的情況看來，這份以碰觸加諸在我身上的精技牽繫，是我們之間自夏季以來唯一派得上用場的資源。透過它，惟真可以隨心所欲得知公鹿堡所發生的事情，我也可以從他那兒得到指引。我遲疑著，但早已知道自己將同意惟真的要求，也告訴自己這是爲了對他忠誠和鞏固六大公國的前途，而不是源自本身的精技飢渴。我抬頭望著他，「我會辦到。」

「記好事情就是這麼開始的。」他說道。這毫無疑問已經顯示出我們能夠準確得知彼此的心思。接著，他不等我回答就直接繼續，「我會盡量維持低調。」他做出承諾。我走向他，然後他便舉起一隻手觸碰我的肩膀。我再度感覺惟真與我同在，自從那天他在書房裡吩咐我護衛自己之後，他一直不曾刻意與我同行。

啓程當天的天氣很好，空氣冷冽但見天空一片晴朗的藍。惟真的確如同當初承諾般精簡遠征隊陣容。議會在早晨先和惟真討論他的路線，以及安排補給品和途經城鎮的棲所後，騎士們就迅速出發了，如此一來就能讓他輕裝迅捷地穿越六大公國領土。

當眾人在那個寒冷的早晨歡送惟眞時，人群中只有我沒有向他道別。他像等待春天的一顆渺小沉默的種子般棲息在我的內心，像夜眼般靜悄悄地，幾乎不易察覺。珂翠肯則站在王后花園結霜的牆邊看著他們出發。她稍早已向他告別，而選擇待在此處是因爲如果她流淚了，就沒有人會認爲這很不得體。我站在她身邊承受他們過去一週以來所產生的心靈共鳴，我爲她感到欣喜，卻也因這份稍縱即逝的歡愉替她感到難過。馬匹、人員、馱獸和旗幟終於越過山肩從我們的視線中消失，讓我感到脊樑一陣寒顫。她用非常微弱的原智追隨著他，即便如此，我依然在內心某處看到夜眼坐直了身子，帶著憤怒的眼神問道，這是怎麼回事？

沒事，無論如何是與我們無關的事。我補充道。我們很快會再一同狩獵，我的兄弟，我們已經太久沒這麼做了。

在遠征隊出發之後的幾天，我幾乎再度擁有自己的生活。我原本因博瑞屈跟隨惟眞離去而擔憂，儘管瞭解是什麼促使他跟隨王儲，但是他們一走讓我覺得弱點曝露而感到不安，也讓我感受到自己不想知道的另一面。不過換個角度來說，博瑞屈不在而惟眞緊緊地盤據在我心中，終於讓夜眼和我可以放心大膽地運用原智。我幾乎每天清晨都和牠在一起，離公鹿堡遠遠的。當我們尋找被冶煉的人時，我就騎著煤灰上路，牠卻總是不習慣有狼兒跟在身邊。過了一陣子，被冶煉的人似乎比較少了，而且也沒有其他人再來到這個區域，因此我們終於可以開始爲自己狩獵了；而我在此時就會徒步打獵，這樣比較能彼此相互配合。夜眼稱讚我經過一整個夏季的磨練，體能狀況已大幅提升。自從帝尊對我下毒的那個冬季以來，我第一次感覺自己可以充分運用肢體和力量。我早上精力充沛地打獵，深夜則和莫莉繾綣纏綿，這樣的生活對任何男人來說皆已足夠，這些單純的事情也令人感到相當滿足。

我想，我希望自己的人生永遠是如此單純和完整，也試著忽略自知危險的事情。我告訴自己持續晴

朗的天候將會爲惟眞的旅途帶來一個好的開始，卻不去思考當我們如此缺乏防護時，紅船是否會在季節尾聲突襲我們。帝尊和他的追隨者突如其來地在大廳中夜夜笙歌，使得我也設法避開公鹿堡大廳中忽然熱絡起來的社交活動。端寧和擇固更常常出現在公鹿堡中，我走到哪裡都感覺自己彷如衆恨的目標，於是我也開始在晚間迴避所有公共廳房，否則我不是會和他們碰個正著，就是會看到帝尊那群湧入我們冬季宮廷的賓客。

惟眞出發之後不到兩天，就傳出他出訪的眞正目的是尋找古靈的謠言，而我並不將此事怪罪到帝尊頭上。惟眞親手挑選的隨從已經知道自己眞正的任務，博瑞屈自己不也查出來了；如果連他都做得到，難保別人不會，而且事情總會一傳十、十傳百。但是，當我從兩位餐具室的男僕那兒聽到他們嘲笑「睿智國王的愚行、惟眞王子的妄想」時，就不得不懷疑這是源自帝尊的嘲弄。人們都想知道惟眞長久以來獨自待在烽火台裡到底在做些什麼，也就是說，他們知道他在技傳，但是光對這點嚼舌根也未免太乏味了。大家熱烈談論他那全神貫注的凝視和奇怪的作息時間，以及在衆人熟睡時鬼魂似的穿梭城堡等，都是衆人議論紛紛的話題，不禁令人懷疑他是不是哪根筋不對了才會執行這項瘋子似的任務。種種猜測開始愈演愈烈，這點帝尊實在功不可沒。他找到各種藉口和理由與他的貴族們設宴狂歡，經常身體不適的黠謀國王鮮少在這種場合露面，珂翠肯也不喜歡和帝尊一手栽培的刁僕們周旋。我也識相地迴避這些場合，只向切德抱怨帝尊怎可口口聲聲說沒錢資助惟眞的遠征，卻又花大錢辦這些宴會，但切德卻只是搖搖頭。

這位老人最近比較三緘其口，對我也一樣，讓我不安地感覺切德似乎對我隱瞞了一個祕密。祕密本身已不是新鮮事，且這位老刺客的祕密可多了。只是我總感覺這個祕密和我直接有關，雖然無法直接了當去問他，我卻從旁觀察他的一舉一動。他顯然趁我不在的時候在他的工作桌上做了許多事，但更奇怪的是，每當他召見我的時候，桌面就清理得一乾二淨。這實在很不尋常，只因多年來我都在他「烹調」東西之後幫他把桌子收拾乾淨，現在他卻自行清理，看來這若不是對我的嚴厲譴責，就是對我隱瞞他所進行的事情。

我忍不住地總是盡可能時時注意他。雖然我無法得知他的祕密，卻看清了從前沒察覺到情況。切德變老了，寒冷的天氣使得他的關節僵硬，就算夜間待在溫暖的爐火邊也無濟於事。他是黠謀同父異母的哥哥，和我一樣是私生子，而且儘管身子有些僵硬，看起來還是比黠謀年輕。但是，他現在把卷軸拿得離鼻子更遠地閱讀，也避免把手舉起超過頭的高度拿東西，看到他這些轉變和得知他對我隱瞞祕密一樣痛苦。

惟真離開第二十三天之後，我在清晨與夜眼狩獵完畢回到城堡中便發現四處一片喧囂，感覺就像一窩精神抖擻但毫無目標的螞蟻。我直接找廚娘莎拉問個清楚。任何一個城堡的廚房都是僅次於守衛室的謠言醞釀中心，而在公鹿堡，廚房裡的八卦往往比較符合事實。

「一位騎士來到這裡，他的馬幾乎快死了。他說渡輪鎮遭突襲，整個鎮幾乎因被冶煉者放的火而付之一炬，有七十個人慘遭冶煉，但死亡人數還不清楚，不管怎麼說，會有更多人在這麼冷的天氣裡喪生和流離失所。這人說一共有三艘船的劫匪，而且他直接找帝尊王子報告這件事情。帝尊王子把他送來這兒塡飽肚子，現在他人在守衛室裡睡著了。」她降低聲調。「這小子自己一個人來到這裡，在途經的城鎮換了匹馬騎，沿著沿海道路直奔到這裡，卻不讓任何人幫他傳話。他告訴我，他在旅途中時時刻刻都希望見到救兵，他聽到有人說他們都知道消息了，而戰艦也已經出航了，但什麼也沒看到。」

「從渡輪鎮來的？那麼，這至少應該是五天前發生的事情，但烽火台爲什麼不亮信號呢？」我問道。「還有飛往群鷗鎮和海豹灣的信鴿呢？王儲惟眞留了一艘巡航艦駐守那個區域，巡航艦應該看得到

從群鷗鎮或渡輪鎮發出的信號。還有精技小組成員欲意也留守在紅塔，照理說他應該看到這些信號火光，然後把訊息傳給在這裡的端寧呀！爲什麼我們這裡都沒收到任何隻字片語？我們怎麼對此事一無所知呢？」

廚娘再度降低聲調，將手中揉著的麵粉糰砰一聲摔在桌上。「他說渡輪鎮和冰鎮都有發出信號火光，也有送信鴿到海豹灣，但是戰艦根本沒來。」

「那麼，我們爲什麼不知道這些呢？」我顫抖地呼吸著，推開自己無濟於事的怒氣。我感覺在我心中的惟眞激起了一絲憂慮，但是太微弱了。當我希望強烈的精技牽繫時，它卻逐漸消退。「那麼，我想現在問什麼也沒用了。帝尊做了什麼樣的處理？派遣**盧睿史號**出航？我眞希望能和他們一同出發。」

廚娘輕蔑地哼了一聲，停下來捏一捏麵粉糰。「那麼，你現在就走吧，這樣就不會遲到了。帝尊王子什麼事也沒做，我聽說他並沒有派任何人出去。沒有派人也沒有人奉命出征，完全沒有。」

「你知道我不喜歡嚼舌根，蜚滋，但人們都交頭接耳說帝尊王子知道這場劫難。當這小子來的時候，噢，王子還眞是和善且滿懷同情心，這可會讓女士們的心都融化了。王子賞他一頓豐盛的餐點和一件新的大衣，還有一小筆錢感謝他大老遠跑來。但是，他告訴這小子，現在已經太遲了，劫匪早就跑得遠遠的，所以這時候再派戰艦或救兵前往也毫無意義。」

「或許和劫匪作戰是太晚了些，但是燒毀的渡輪鎮該怎麼辦？至少也該派一隊工人幫忙整修房子，還有送幾個車隊的食物過去……」

「他說沒錢做這些。」廚娘咬牙切齒地說出每一個字。她將麵粉糰分成幾捲，拍打著讓它們站立起來。「他說國庫裡的錢已經因爲建造戰艦和徵召船員而消耗殆盡，還說惟眞把所剩不多的錢拿來遠征找古靈。」她提到「古靈」時語氣充滿不屑，只見廚娘停下來用圍裙擦擦手。「然後他就說他很抱歉，眞的很抱歉。」

一股冷冽的憤怒自我心中升起。我拍拍廚娘的肩膀告訴她不會有事的，然後像個恍惚的人般離開廚房走到惟眞的書房。我在書房外稍作停頓在心中摸索著，然後清楚地意會到惟眞的意圖。我會在一個抽屜後面找到一串年代久遠的綠寶石項鍊，上面鑲著金色的寶石，是他外祖母留下來的，而它的價值足以徵召人員和提供糧食補給。於是我推開書房的門，然後停了下來。

惟眞是個不修邊幅的人，出發前也是匆匆忙忙打包完就走；恰林因爲跟隨他遠征，也就無法幫他收拾房間。但是，此時房間裡的情況完全不是他們倆的作風，或許別人看不出有什麼不對勁，但我此刻以自己和惟眞的身分注視眼前的景象，就明瞭有人搜過這房間，而這個人要不是不在乎被發現，就是不瞭解惟眞。每一個抽屜都關得好好的，每一個櫥櫃也都緊閉著，椅子也緊靠著桌子收好。一切都太整齊了，而我只得不抱任何希望地找到那個抽屜打開它，並且把抽屜完全拉出來好看到它後面的角落；或許惟眞本身不修邊幅的雜亂反而救了那條項鍊。我看到了一堆亂糟糟的東西，包括一根老舊的靴刺和破損的皮帶扣，還有一小片略經雕刻用來製作刀柄的鹿角。我可不指望在這一堆東西底下能找到什麼綠寶石項鍊，但我還眞看到它了，它的外頭還裹著一小片手織布。除此之外，還有些其他珍貴的小飾品也得帶走。而當我收拾這些東西的時候，不禁納悶了起來，如果闖進來的人沒拿走這些値錢的東西，那這場搜尋的目的何在？如果這些東西對闖入的人來說是沒什麼價値的，那麼又爲何而來？

我有條不紊地將一打羊皮紙地圖歸類，接著把其他貼在牆上的一些地圖也拆下來。當我小心謹愼地把其中一幅地圖捲起來的時候，珂翠肯就安靜地走了進來。我的原智讓我在她伸手開門之前就感覺她的到來，所以我毫不詫異地抬頭看著她。我穩穩地站著承受惟眞洶湧的情緒波濤，她的出現似乎讓我心中的他更堅強。她穿著柔軟的藍色羊毛長袍，模樣十分甜美、白晳和窈窕，我立刻吸一口氣別過頭去，然後見到她用疑惑的眼神看著我。

「惟眞希望他不在的時候有人可以幫忙把這些東西收好，因爲濕氣會讓它們受損，而且他不在時房裡很少會生爐火……」我一邊解釋，一邊把地圖捲好。

她點點頭。「他不在這裡，整個房間看起來冷冷清清，不但壁爐是冷的，連他的氣味都沒有，也看不見他那些亂糟糟的東西……」

「所以，您就來整理房間？」我試著漫不經心地詢問。

「不！」她笑了出來。「我來整理的話只會破壞他原有的一點點秩序。不，我會讓房間維持他離開時的樣子，直到他回來。我希望他回來時看到自己的東西都在原來的地方。」她的臉色變凝重了。「但是，這房間眞是太整齊了。我今天早上吩咐一位侍童去找你，但他說你出去了。不知你聽說渡輪鎭的消息了嗎？」

「只有些八卦。」我回答。

「那麼，你聽到的應該和我聽到的差不多，但是卻沒人召見我。」她冷冷地說道，然後她就轉身看著我，眼裡滿是痛苦。「我從芊遜夫人那兒得知大部分的訊息，而她是聽到帝尊的侍衛對她的女僕說的。那名侍衛告知帝尊那位使者來了，想當然爾，他們也應該讓使者來見我吧？難道他們不認爲我是王后嗎？」

「吾后，」我溫和地提醒她。「不論怎麼說，這位使者都應該直接會見黠謀國王，我猜，帝尊派守在國王房門的人讓使者直接晉見國王，卻沒讓他去見您。」

她抬起頭來。「那麼，要記得一件事，一隻手掌拍不響，兩個人才玩得出那樣的蠢遊戲。」

「我懷疑其他的訊息是不是也流失了。」我大聲猜測著。

她那藍色的雙眼轉變為冷冽的灰。「你說這話的意思是？」

「信鴿和信號火光，還有從欲意那兒技傳給端寧的訊息。照理說，至少有一個訊息會讓我們知道渡輪鎮遭攻擊。可能其中有一道訊息流失了，但三道訊息都沒傳過來，這可能嗎？」

她的臉色蒼白，心中一驚。「畢恩斯的公爵會相信我們忽略了他們的呼喊求援。」她舉起一隻手掩住嘴巴小聲說道，「這是毀謗惟貞的陰謀！」她忽然把眼睛瞪得大大地，接著猛然對我一吼，「我絕不容許這種事情發生！」

她轉身衝向房門，每一個動作都充滿了怒氣。我僅能跳到她面前，用背擋住門不讓她開門。「吾后，我求求您等一等！等一等並思考一下！」

「思考什麼？還有什麼更好的辦法可以揭發他的背信棄義？」

「我們目前的處境沒什麼勝算，所以請您千萬要等待。您和我都認為帝尊多少知道這些事情，也有所隱瞞，但我們沒有證據，完全沒有。況且我們或許錯了也說不定。我們必須一步一步來，免得在緊要關頭意見分歧。我們一定要先和黠謀國王談論此事，看看他是否已察覺出來，還有他是否同意讓帝尊自己解釋這件事。」

「他不會的！」她憤怒地宣稱。

「他經常失態，」我提醒她。「但是只有他，而不是您能夠公開指責帝尊。如果您先責怪他，國王事後卻支持他，貴族們就會覺得瞻遠家族分裂了。然而他們之間也已充斥著許多質疑和挑撥離間，所以既然惟真不在此地，我們就不該讓內陸公國和沿海公國反目成仇。」

她停頓了下來。我看到她仍因憤怒而顫抖著，但至少她把我的話聽進去了。只見她吸了一口氣，我也感到她正極力讓自己鎮定下來。

「這就是他讓你留下來的原因，蜚滋。幫我看清楚這些事情。」

「這話怎說？」這下輪我震驚了。

「我以為你知道。你一定納悶惟眞為什麼不讓你跟著他同行，那是因為我問他該找誰來當我的顧問，他就說我該信任你。」

他忘了還有切德嗎？我不禁納悶。然後就想到珂翠肯根本不知道有切德的存在，而他一定也知道我將擔任中間人。我在心中感覺到惟眞的贊同，而切德依舊藏身陰影中。

「再和我一起想想，」珂翠肯吩咐我。「接下來會發生什麼？」

她說得沒錯。這並非個別事件。

「我們將有訪客，畢恩斯的公爵和他那群權位較低的貴族們。普隆第公爵不會派特使出這種任務，而會親自來這裡要求得到解答，接著所有的沿海公國就會聽聽他得到什麼樣的回覆。他的海岸是除了公鹿公國以外最容易遭到侵犯的地區。」

「那麼，我們一定要有値得聽得進去的答案。」珂翠肯宣稱。她閉上眼睛將雙手放在額頭上，過了一會兒又壓壓自己的臉頰，我明白她是如何極力克制著自己。尊嚴，她這麼告訴自己，要冷靜理智。她又吸了一口氣然後看著我。「我去找黠謀國王，」她對我宣布。「我得問問他每一件事情，弄清楚整個情況，還有他打算怎麼做。他是國王，一定要讓他知道自己依然穩坐王位。」

「我想這是個明智的抉擇。」我告訴她。

「我得單獨找他。如果你總是在我身邊陪著我，會讓我顯得軟弱無力，引起王室政權分裂的謠傳。你瞭解嗎？」

「我瞭解。」雖然我實在很想知道黠謀會對她說什麼。

她指著我收在一張桌子上的地圖和其他物品。「你能找個安全的地方將它們收好嗎？」切德的房間。「可以。」

「很好。」她比了一個手勢，我這才明白自己還擋著門，於是退到一旁。當她從我身邊走過時，身上所散發出來的群山清香片刻淹沒了我，讓我雙腿發軟，也詛咒命運把這些綠寶石用來重建房屋，而不是環繞在她那高雅的頸子上。但我十分自豪地認爲，即使我在此時將它們放在她的手中，她也會堅持這些綠寶石應該用來替渡輪鎮賑災，所以我只得把它們偷偷塞進口袋裡。也許她可以激發黠謀國王的憤怒，然後促使帝尊把口袋裡的錢掏出來。或許，當我回來的時候，這些綠寶石還能緊緊繞著那溫暖的肌膚。

如果珂翠肯回頭看我的話，就會看到一個因她丈夫的思緒而臉紅的蜚滋。

我走到馬廄裡。這兒對我來說向來是個撫慰心靈之地，加上博瑞屈的遠行，讓我覺得自己有義務不時來看看，但這並不表示阿手需要我幫忙。此時只見一群人聚集在馬廄門前生氣地爭論。一位年幼的馬僮握住一匹大馱馬的馬轡不放，另一位較年長的馬僮則用力拉著轡繩，試著把馬和小馬僮拉開，還有一位穿著提爾司服飾的人站在一旁觀看。這匹平日挺溫和的馬因爲拉扯而面露痛苦的神情。沒多久就會有人將因此而受傷。

我大膽地走上前將轡繩從驚嚇的馬僮手中拉開，同時也撫慰地朝這匹馬兒探尋。牠對我有些生疏，但仍因我的安撫而鎮定下來。「這裡發生了什麼事？」我問這位馬僮。

「他們問都沒問就把峭壁拉出去。我每天都照顧這匹馬，但他們甚至不告訴我他們在做什麼。」

「我奉命——」站在一旁看的那人開口了。

「我在跟別人說話，」我告訴這人，然後轉身問馬僮。「阿手有交代你關於這匹馬的什麼事嗎？」

「只是一些例行公事。」當我看到這場爭執時，這馬僮都快哭了。不過，現在可有人幫他了，因此他的語氣更加堅定，也站得更挺並看著我的雙眼。

「那麼這很簡單。我們把這匹馬牽回廄房等阿手吩咐。除非有人知會馬廄的代理總管，否則不能把公鹿堡馬廄的馬牽出去。」馬僮緊緊抓住峭壁的韁繩，此時我也把韁繩放回他手上。

「我也是這麼想，大人。」他結結巴巴地告訴我，腳跟併攏向我致意。「謝謝您，大人。來吧，小峭壁。」馬僮神氣地牽著這匹動作遲緩的大馬走著。

「我奉命帶走那匹馬。提爾司的公羊公爵希望我立刻將牠送到河邊。」穿著提爾司服飾的那人鼻孔朝著我說話。

「他是這麼說的嗎？那麼他獲得我們的馬廄總管的許可了？」我確定他沒有。

「這裡發生什麼事了？」阿手跑過來，耳朵和臉頰都泛紅了。要是在別人臉上，這紅通通的模樣挺滑稽的，但我知道這表示他生氣了。

那位提爾司人劈頭就說道，「這個人，還有一位你的助手，在我們從馬廄牽走我們的動物時來干擾我們！」他傲慢地宣稱。

「峭壁不是提爾司的動物。牠在公鹿堡出生的，是六年前的事情了，我當時也在場。」我提出聲明。

那人高傲地看著我。「我沒跟你說話，我是在跟他說話。」他伸出手指指著阿手。

「我是有名字的，大人。」阿手冷冷地指出。「阿手，我是馬廄的代理總管，在博瑞屈陪同王儲惟真遠征時代理他的職務。他也有名字，是蜚滋駿騎，不時來幫我。他、我的馬僮和我的馬都屬於這馬廄。至於大人您，如果您也有名字，那麼可還沒有人告知我，而我也不知道你爲什麼會在我的馬廄出現。」

博瑞屈果然有好好教導阿手。我們交換眼神，然後同時轉身走回馬廄。

「我是藍斯，是公羊公爵的馬伕。那匹馬已經出售給我的公爵，而且不光是牠，還有其他兩匹有斑點的母馬和一匹閹馬。看看我這裡的文件。」

當我們緩緩轉身時，提爾司人就拿出一幅卷軸。當我看到一塊公鹿堡的紅蠟封印時，心中突然一震，看來這是真的。阿手緩緩接過卷軸並斜眼瞥著我，我便上前站在他身邊。他認得一些字，但閱讀對他來說一向很費事，雖然博瑞屈有教他一些，但識字對他來說仍不是件容易的事。我從他的肩膀後面看著他展開卷軸研讀。

「上面寫得很清楚，」提爾司人說道，伸手想拿回卷軸。「讓我唸給你們聽？」

「不用麻煩了。」當阿手捲起卷軸時，我對提爾司人說道，「這上面寫得挺詳細的，但很明顯有缺失。雖然帝尊王子簽署了，但峭壁不是他的馬。牠和那兩匹母馬以及那匹閹馬都是公鹿堡的馬，只有黠謀國王可以出售牠們。」

「王儲惟真不在這裡，現在由帝尊王子代理他的職務。」

我把手放在阿手的肩上制止他發怒。「王儲惟真的確不在，但是黠謀國王和珂翠肯王妃可都在，他們兩人之中一定要有一個人簽署文件，才能出售公鹿堡馬廄裡的馬。」

藍斯將他的卷軸搶回去，親自檢視上面的簽名。「我想，惟真不在的時候，帝尊王子的簽名對你來說應該足夠了。大家都知道老國王大部分的時候都神智不清，而珂翠肯的話，這個嘛……她不是瞻遠家族的人，真的。所以，惟真不在時，帝尊就是——」

「王子。」我精確地說出這字眼。「用言語貶低他視同背叛，而把他說成是國王或王后也是一樣，只因他都不是。」

我將這暗示性的威脅深深植入他的心中。我不會直接指控他叛國，否則他將難逃一死；但就算藍斯這等自負的混蛋，也不值得為了重複他主人的大膽妄言而送命。我看著他睜大了雙眼。

「我沒有任何惡意……」

「沒事了。」我在此時說道。「只要你記得以後別再向沒有馬的人買馬。這些可全都是國王所擁有的公鹿堡馬匹。」

「當然，」藍斯因慌張而顫抖。「或許這是一份錯誤的文件，我也相信一定是哪裡出了錯。我回去找我的主子。」

「明智的抉擇。」阿手在我身旁柔聲說著，重拾權威。

「好吧，我們走吧！」藍斯捏了捏他的男僕，還推了他一把，只見這男孩一邊跟隨他的主子，還一邊回頭怒視著我們。我不怪他，因為藍斯就是那種非得在別的地方洩憤的傢伙。

「你想，他們會回來嗎？」阿手平靜地問我。

「他們會回來，否則帝尊就要把錢還給公羊公爵。」

我們沉默地思考那個可能性。

「所以，當他們回來的時候，我們該做什麼？」

「要是只有帝尊的簽名，就什麼都別做。如果文件上面有國王或王妃的簽名，你就一定得交出馬匹。」

「其中一匹母馬懷孕了！」阿手提出抗議。「博瑞屈對小馬寄予重望，如果馬兒離開了，他回來會怎麼說？」

「我們得一直記住這些是屬於國王的馬，而博瑞屈也不會怪你奉命行事。」

「我不喜歡這樣。」他用憂慮的雙眼仰望著我。「我想如果博瑞屈在的話，就不會發生這樣的事了。」

「我想還是會的，阿手，別認為這是你的錯。我懷疑這恐怕還不是我們在冬季結束前所遇到最糟糕的事。不過如果他們眞的又回來了，別忘了告訴我一聲。」

他沉重地點點頭，我也就離開了。這趟馬廄的拜訪變得很不愉快，我可不想經過一排一排的廄房，然後在心中納悶冬季結束前還會剩下多少匹馬。

我緩緩走過庭院，然後走進堡裡準備上樓回房。我在台階上停了下來。惟眞？沒反應。我可以感覺到他在我的內心傳達意願，有時候甚至可以傳達思緒，但每當我試著找尋他時卻都沒有下文，這可讓我慌了。如果我能準確無誤地技傳，這些事情就不會發生了。我停下來仔仔細細地詛咒蓋倫以及他對我做的好事，因為他將我原本擁有的精技能力燃燒殆盡，只剩下不可預料的殘缺能力。

但是端寧和擇固，還有其他精技小組成員呢？為什麼惟眞不運用他們探詢現況，並且讓他們知道他的意願？

一股恐懼在我心中蔓延。畢恩斯的信鴿、信號火光和在烽火台裡技傳的人。王國裡所有的通訊線路，以及和國王之間的溝通管道似乎不怎麼管用。這些溝通管道將六大公國聯結成一個統一的王國，而不是由公爵們所組成的盟國。在此動盪不安的時期，我們比以往更迫切需要它們，但它們為何逐漸失去效應？

我把問題留給切德，期盼他能盡快召見我。最近他沒有像以前那麼常見我，讓我感覺自己不像以往那樣常和他私下會談。也罷，我不也把他摒除在自己的生活之外？或許，是因為我對他隱瞞了我的祕密才會有這種感覺，也可能是刺客之間所自然產生的距離。

我走到房門前，看到迷迭香正放棄敲房門準備離去。

「妳找我嗎？」我問她。

她嚴肅地屈膝行禮。「珂翠肯王妃希望您盡快去找她。」

「那就是現在了，不是嗎？」我試著讓她微笑。

「不。」她揚起頭對我皺眉。「我是說『盡快，大人。』不是嗎？」

「當然。是誰讓妳勤奮練習這些規矩啊？」

她沉重地嘆了一口氣。「費德倫。」

「費德倫結束他的夏季旅程回來了？」

「他已經回來兩個星期了，大人！」

「妳看，我都不知道！我下回碰到他的時候，一定會告訴他妳的談吐是多麼合宜。」

「謝謝您，大人。」她完全忘了自己小心維持的禮儀，蹦蹦跳跳地走到階梯頂端，然後我就聽到她那輕快的腳步聲如同滾落的小卵石，像一道瀑布似的傾洩而下。這孩子挺合適的，難怪費德倫想訓練她成為傳達訊息的使者，這是他擔任文書的職責之一。我進房片刻便換上乾淨的襯衫，然後下樓前往珂翠肯的房間，敲門過後迷迭香就來開門。

「我這不就來了。」我告訴她，看到她都笑出酒窩了。

「請進，大人。讓我通知我的女主人您來了。」她這麼告訴我，然後指著一張椅子示意我坐下，就一溜煙跑進內房了。我聽到從裡面傳來女士們的輕聲細語，也從門縫看到她們一邊刺繡，一邊聊天的樣子。珂翠肯側著頭看了看迷迭香，向其他人告退之後就走出來找我。

稍候珂翠肯來到我面前。有一會兒我只是注視著她，藍色的長袍和她那對藍色的雙眼互相輝映，晚秋的光芒透過漩渦狀的玻璃窗照著她閃閃發亮的金髮。我凝視著她，接著就明白自己這個舉動是源自惟眞，於是垂下雙眼立刻起身鞠躬行禮，她卻還沒等我站直就開口。「你最近曾去探望國王嗎？」她劈頭就問。

「這幾天沒有，吾后。」

「那麼，我建議你今晚去拜訪他。我很擔心他。」

「如您所願，吾后。」我繼續等待，因爲想也知道這不是她找我來的眞正原因。

過了一會兒她嘆了口氣。「蜚滋，我在此地感受到前所未有的孤寂，難道你不能叫我珂翠肯就好，稍微把我當成普通人看待嗎？」

這突然轉變的語氣讓我幾乎失去平衡。「當然。」我回答她，但語氣還是太正式了。危險，夜眼輕聲說道。

危險？怎麼說？

這不是你的伴侶，而是首領的伴侶。

這感覺好比用舌頭尋找口中的蛀牙般，讓我十分難受。我必須抵抗這個危險，不論我見到她的時候心跳有多麼劇烈，她畢竟是王后，我不是惟眞，而她也不是我的愛人。

但是，她是我的朋友，早在群山王國的時候她就證明了這點，所以我也應該給予她朋友間相互的溫暖情誼。

「我去探望國王了。」她告訴我，然後示意我坐下，她自己則坐在對面壁爐邊的椅子上，迷迭香也將她的小凳子搬過來坐在珂翠肯腳邊。儘管房裡只有我們三個人，王后仍然降低聲調傾身向前對我說話。「我直接問他為什麼不在那位騎士來的時候通知我，他卻一臉疑惑，而且還沒來得及開口回答我的問題，帝尊就進來了。看得出來他匆匆趕來，好像有人跑去通風報信說我在那兒，讓他立刻放下手邊的事情趕來。」

我沉重地點點頭。

「他讓我根本無法和國王交談，反而堅持要對我解釋一切。他聲稱有人直接把騎士帶來國王的房裡，而他剛好在探望他的父親時遇到他，然後就讓那男孩去休息，他自己則和國王談話。他們一致決定現在已經無法再做什麼了。接著黠謀就吩咐他對那位男孩和聚在一起的貴族們說明國庫的狀況。據他說，我們快破產了，所以每一分錢都得看得緊緊的。畢恩斯應該自己看著辦，他這麼告訴我。而當我問他畢恩斯的人民難道不是六大公國的人民時，他就告訴我畢恩斯一直以來或多或少都自給自足，所以要求公鹿公國防守如此偏北的綿長海岸似乎不太合理。蜚滋，你知道近鄰群島已經割讓給劫匪了嗎？」

我差點兒站不穩。「我知道這不是真的！」我簡直氣炸了。

「帝尊說已經割讓了。」珂翠肯同樣難以平復情緒。「他說惟真在出發之前已經決定，我們無法保障他們不遭劫匪突襲，所以才把**堅媜號**戰艦召回來。他又說惟真技傳惕儒，也就是那艘戰艦上的精技小組成員，吩咐他讓戰艦駛回來維修。」

「那艘戰艦在收成之後才重新整修，然後就出海守衛海豹灣和群鷗島之間的海岸，要是近鄰群島求援，它就能做好準備，這是艦長的指令，好讓大伙在冬季的海面上勤練航海技術，況且惟真也不會棄守那條海岸線。如果劫匪在近鄰群島穩固軍力，我們將永遠無法擺脫他們的侵犯，如此一來他們無論在冬季或是夏季都可以從那兒突襲我們了。」

「帝尊宣稱他們已經占領那兒了，所以現在只能跟他們和談。」她那藍色的雙眼端詳著我的臉。

我逐漸感到沮喪，幾乎要暈厥過去。這怎麼可能是眞的？我怎麼一點兒也不知情？我內心的惟眞也正反映出我的困惑，因爲他自己也不知道這件事。「我認爲王儲絕不會跟劫匪和談，除了帶劍去砍殺，哪有跟劫匪和談的道理。」

「對我隱瞞這個祕密，不就是爲了不讓我煩惱嗎？帝尊還暗示，惟眞對我隱瞞這些祕密，是因爲我無法理解這些狀況。」她的聲音顫抖。她的丈夫認爲她不値得知道這些祕密，這可比近鄰群島遭遺棄而落入劫匪手中更令她感到悲憤。我多麼渴望將她擁入懷裡安慰，內心因而感到痛苦。

「吾后，」我嘶啞地說道。「請聽我說出實情，就如同惟眞親口告訴您。您一向是眞誠的，但這個論點卻不是。我會查出這漁網般繁複的謊言的底細，然後狠狠切開它，我們就可以瞧瞧會有什麼樣的魚兒掉出來。」

「我能信任你暗中打探此事嗎，蜚滋？」

「吾后，很少人像您一樣知道我曾受過什麼樣的訓練，好進行暗中查訪的任務。」

她沉重地點點頭。「你知道，國王不否認這些事情，看起來卻也不怎麼聽得懂帝尊所說的一切。他就……像個孩子般傾聽長輩們談話，點點頭卻不怎麼明白……」她用關愛的眼神低頭一瞥坐在她腳邊的迷迭香。

「我會去看看國王，我保證會盡快給您答覆。」

「得趕在畢恩斯公爵抵達之前，」她提醒我。「到時候我應該就知道眞相了，我至少得告訴他實情。」

「我們除了眞相之外應該還可以給他些別的，吾后。」我承諾道。我口袋中的綠寶石依然沉重，而我知道她不會吝惜這些的。

災難

紅船來襲的那幾年裡，六大公國因劫匪的暴行而苦不堪言，而六大公國的人民也在那段期間感受到對外島人那份比以往更強烈的仇恨。

在他們的祖父和父親一輩的那個時期，外島人身兼商人和海盜，船隻也個別在海上進行劫掠。但從睿智國王那時起，我們沒有眞正經歷所謂的劫掠「戰爭」，雖然海盜的攻擊並非罕見事件，但比起外島船隻來到我們沿海做生意的頻率還是低了許多。王室和外島親戚的血緣關係也是公開的事實，而且許多家庭都有「表親」居住在外島。

但是，自從冶煉鎮事件之前的殘酷劫掠，以及冶煉鎮的暴行之後，所有關於外島人的友善言論都消逝無蹤。他們的船隻愈來愈慣於來到我們的沿岸，我們的商人卻比較少走訪他們那兒冰凍的港口和波濤洶湧的運河。如今，所有商業活動都停止了，所以當我們身陷紅船來襲的苦難時，我們的人民便無法得知外島親人的消息。於是「外島人」成了「劫匪」的同義字，而且在我們的印象中，所有外島船隻也都有紅色的船身。

但是有個人，也就是黠謀國王的私人顧問切德·秋星，卻在如此危急時刻自告奮勇走訪外島。以下就是他的日誌內容：

六大公國的人從來沒聽說過科伯·羅貝這號人物，在外島也沒人敢提起這個名字。這位來自外島地區窮鄉僻壤的獨行俠從未效忠過任何一位國王，那兒也沒人把科伯·羅貝當成國王看待。他是一股惡勢力，如同一陣寒風讓船隻的索具覆上一層冰，不到一小時就在海裡翻船了。

我碰到了少數不忌諱談論此人的民眾，他們表示科伯藉著制伏獨自航行船隻的海盜，以及劫掠掌控船隻來取得權力。有了這些之後，他就轉而「徵召」最優秀的領航員和最能幹的船長，以及在這些零散的村落裡所能找到戰技最精良的戰士。拒絕他的人就得眼睜睜看著家人慘遭酷刑虐待，或是我們所說的慘遭冶煉，然後活生生地面對形同行屍走肉的家人。大多數人後來被迫親手了結家人的生命，只因在外島人的習俗中對一家之主維持家庭成員間秩序的要求非常嚴格。這些事件一旦傳了開來，拒絕科伯·羅貝的人就少多了。有些人逃跑，留下他們的家人遭受酷刑虐待的厄運，其他人則選擇了結自己的生命，但家人仍難逃一劫，使得很少人敢公然反抗羅貝或他的船隻。

即使發表反對他的言論也會招來酷刑虐待。雖然我在這趟旅途中所獲取的資訊少得可憐，卻是得來不易。我也收集了一些謠傳，縱然這些也像一群白羊中的黑羊般稀少。我一一列舉如下：人們提到了一艘「白船」，而這是一艘將靈魂分離的船，並非擄掠、也不是毀滅他們，而是支離他們。他們也悄悄地談到一名連科伯·羅貝也敬畏三分的蒼白女子。許多人更將他們的土地所遭受的浩劫，歸咎於一場前所未見的「冰鯨」或冰河來犯。它們總是盤據在他們窄小聚落的上方，比任何人記憶所及還快的速度快速前進，迅速掩蓋外島人所擁有的小小耕地，並引發無人能對我解釋的「水變」。

我在當晚探望國王，內心仍是驚恐不安。他應該還記得我們上回所談到關於婕敏的事，只怕比我記得更清楚。不過我堅定地提醒自己並非爲了個人私事而來，而是爲了珂翠肯和惟眞。接著，我敲敲門，然後瓦樂斯勉爲其難地開門讓我進去。國王坐在壁爐旁的椅子上，弄臣則坐在他的腳邊焦慮地凝視爐火。黠謀國王在我進門時抬起頭看著我，也親切地對我打招呼，然後吩咐我坐下來告訴他我今天過得如何。我趁機迅速地給了弄臣一個疑惑的眼神，只見他回我一個苦澀的微笑，我於是坐在弄臣對面的凳子上等待。

黠謀國王親切地低頭看著我。「怎樣，小子？告訴我，你今天過得好嗎？」

「我過了……憂心煩擾的一天，陛下。」

「是這樣的嗎？那麼，先喝杯茶，這對鎮定神經頗具功效。弄臣，幫我的小伙子倒杯茶來。」

「萬分願意，國王陛下，我樂於聽命行事。」弄臣出乎意料輕快地跳了起來。有個裝著茶的大陶壺正在爐火餘燼上保溫，只見弄臣把茶倒進一只茶杯裡然後端給我，並且祝福我，「像我們的國王般好好地喝下這杯茶，就會享有他的寧靜沉著。」

我伸手接過茶杯舉到唇邊，呼吸著茶的熱氣，並且用舌頭輕輕沾了一下。它聞起來既溫暖又辛辣，還在我的舌尖留下刺刺甜甜的感覺。我並沒有喝這杯茶，只是微笑地放下茶杯。「挺好的茶，但含笑葉不是會上癮嗎？」我直接了當地問國王。

他低頭對我微笑。「喝一點點沒事的。瓦樂斯向我保證這對我的神經很好，也可以促進我的食慾。」

「是的，它眞能促進食慾，」弄臣插嘴。「喝得愈多就想喝更多，所以快快喝完吧，蜚滋。毫無疑問待會兒就有人來陪你了，所以你喝得愈多，就愈不用和他分享。」弄臣比出了個含苞待放似的手勢，正好在門一打開帝尊走進來的時候朝著門揮揮手。

「喔，有更多的訪客。」黠謀國王愉快地發出咯咯的笑聲。「這無疑是個愉快的夜晚。坐下來吧，我的兒子，坐下吧！蜚滋剛才說他度過了煩擾的一天，所以我讓他喝這茶舒緩一下。」

「這對他一定有好處的。」帝尊愉快地贊同，然後轉頭對我微笑。「煩擾的一天，蜚滋？」

「挺令人煩惱的一天。首先，馬廄那兒有個小麻煩。一位公羊公爵的屬下在那兒宣稱公爵買了四匹馬，其中一匹是峭壁，也就是用來和母馬交配的種馬。我對他說一定出了什麼差錯，因爲文件上沒有國王的簽名。」

「喔，那些啊！」國王再度咯咯地笑著。「帝尊應該拿來給我簽名的，但是我忘記了。不過，現在事情都解決了，而我確定這些馬匹翌日就可出發前往提爾司，公羊公爵也將發現牠們眞是一群好馬。他可眞是談了一樁好交易。」

「我從來沒有想到我們需要把公鹿堡最好的馬匹賣出去。」我平靜地說道，同時看著帝尊。

「我也沒想到，但是國庫的結餘愈來愈少，讓我們不得不採取非常措施。」他冷冷地看了我一會兒。「綿羊和牛隻也得出售。總之我們沒有足夠的糧食讓牠們過冬，賣掉牠們總比目睹牠們在這個冬季

飢寒交迫來得好。」

我簡直氣壞了。「我們爲什麼從來沒聽說這些短缺？我從沒聽說收成不好。沒錯，現在時局艱困，但是——」

「你沒聽說？那是因爲你根本沒注意聽。當你和我哥哥仍沉浸在戰爭的光輝中，我就得處理資金好支付戰爭所需，而且錢也快用光了。我明天就得告訴建造新戰艦的造船工人，看他們是要爲了熱愛工作而繼續出力，還是離開工作崗位，只因國庫已無法支付他們的薪酬，也買不起戰艦完工所需的材料。」他說完便把身子靠回椅背上看著我。

在我內心的惟眞十分焦急，而我也只能看著黠謀國王。「這是眞的嗎，陛下？」我問道。

黠謀國王吃了一驚，望著我然後眨了眨眼。「我簽了那些文件，不是嗎？」他看起來挺困惑，我想他的心大概飄回了之前的談話上，並沒有傾聽我們目前的對話；在他腳邊的弄臣則出奇地沉默。「我以爲我簽了那些文件。那麼，現在就拿來給我，讓我們把這件事情處理好，然後繼續度過一個愉快的夜晚。」

「那麼，該怎麼處理畢恩斯的狀況？劫匪眞的已經接收近鄰群島的部分地區？」

「畢恩斯的狀況？」他說道，然後停頓片刻思索，又啜了一口茶。

「畢恩斯的狀況我們恐怕也無可奈何。」帝尊難過地說道，接著圓滑地補充，「這回畢恩斯得自行處理自己的問題。我們無法乞求六大公國保衛一個荒蕪遙遠的海岸，至於劫匪攻占的也只是些冰凍的岩石，我還眞希望他們會喜歡那兒。我們需要照顧自己的人民，也得重建屬於我們的村落。」

我空等著黠謀振作起來替畢恩斯說幾句話，但當他仍保持沉默時，我就平靜地問道，「渡輪鎭可不是什麼冰凍的岩石，至少在紅船來襲前還不是這樣。還有，畢恩斯何時不再是六大公國的領土？」我看著黠謀，試著讓他注視我的雙眼。「陛下，我懇求您，下令端寧過來，吩咐她和惟貞技傳，這樣您們就可以共商對策了。」

帝尊對我們貓捉耗子般的對話愈來愈不耐煩。「你這狗崽子什麼時候開始這麼關心政治？」他惡狠狠地問我。「你爲什麼不明白國王可以不經王儲核准就做決定？你質疑國王的決定嗎，蜚滋？你已經忘了自己的身分嗎？我知道惟眞把你視爲寵兒，或許你揮舞斧頭的冒險事蹟也讓你自傲了起來。惟眞覺得閒逛尋找一隻怪物還挺好的，我卻得留在這裡盡我所能讓六大公國振作起來。」

「當王儲惟眞提出尋訪古靈的要求時，我也在場。」我指出。黠謀國王看來又走進另一場白日夢裡，他正對著爐火發呆。

「我可不知道爲什麼會這樣。」帝尊圓滑地反駁。「據我觀察，你可愈來愈瞧得起自己了。你坐在主桌用餐，穿著國王餽贈的服飾，而你不知怎麼地就以爲自己擁有特權，而不是任務。讓我告訴你，看清楚你自己到底是誰，蜚滋。」帝尊停頓了一會兒，我感覺到他好像看著國王，彷彿正衡量自己是否能在此時暢所欲言。

「你，」他用較低的語調繼續說道，甜美的聲音媲美吟遊歌者。「你是那個根本沒勇氣繼續擔任王儲的王子所生的私生子雜種，而你那位逝世的王后祖母出身平民，剛好和那位與她的長子發生關係而生下你的粗鄙女人，也就是你的母親，有著相同的血統。你名爲蜚滋駿騎·瞻遠，不過你只須搔搔自己就能發現你還是那個無名的小狗崽子。我看你得感謝我沒把你送回馬廄才是，但讓你住在城堡裡可也眞令我感到難受。」

我不知道自己的感覺如何。夜眼因帝尊惡毒的話語而怒火中燒，而惟眞當時可眞想殺了他的親弟弟。我瞥見黠謀國王雙手握著那杯甜茶面對爐火做白日夢，而我用眼角看見弄臣那蒼白恐懼的雙眼，我

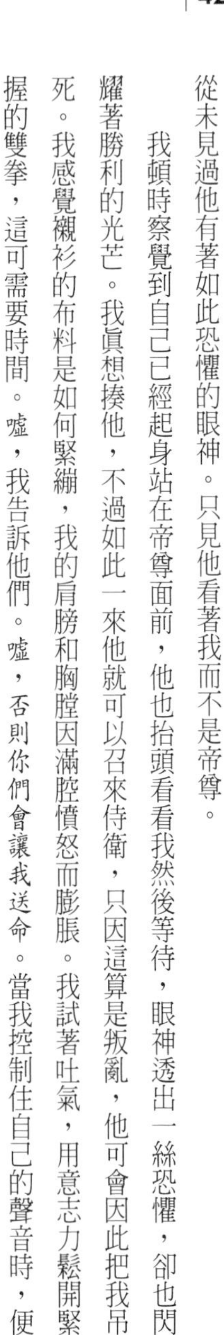

從未見過他有著如此恐懼的眼神。只見他看著我而不是帝尊。

我頓時察覺到自己已經起身站在帝尊面前，他也抬頭看看我然後等待，眼神透出一絲恐懼，卻也閃耀著勝利的光芒。我眞想揍他，不過如此一來他就可以召來侍衛，只因這算是叛亂，他可會因此把我吊死。我感覺襯衫的布料是如何緊繃，我的肩膀和胸膛因滿腔憤怒而膨脹。我試著吐氣，用意志力鬆開緊握的雙拳，這可需要時間。噓，我告訴他們。噓，否則你們會讓我送命。當我控制住自己的聲音時，便開口說話。

「今晚可讓我看清了許多事情。」我平靜地說道，然後轉頭看著黠謀國王。「陛下，我祝福您有個美好的夜晚，請您容許我先行告退。」

「嗯？所以你……度過了憂慮的一天，小子？」

「是的，陛下。」我柔聲說著。當我站在他面前時，他那深沉的雙眼就朝上方看著我的雙眼，我也等待他應允讓我離開。我深深地凝視這對眼睛，發現他根本心不在焉，完全不是他以往的樣子，而他只是困惑地看著我然後眨了眨眼。

「好吧！那麼，或許你最好休息一下，我也是。弄臣？弄臣，我的床舖準備好了嗎？記得先用暖鍋暖暖床，這幾天晚上我都覺得很冷。哈！這幾天晚上！又是白天又是晚上，弄臣，這話你要怎麼掰？」

弄臣跳了起來，然後對國王深深地一鞠躬。「我會說，國王陛下，這幾天晚上想到白天的死亡就令人感到感冷，可眞是冷得讓骨頭都蜷縮了起來，一點兒也不假。這股寒意可會讓人給凍死，而躲在您的陰影裡可比站在您太陽般的光熱下來得溫暖。」

黠謀國王咯咯笑著。「你眞的是胡說八道，弄臣，不過你一向如此。大家晚安，去睡吧，你們兩個小子。晚安，晚安。」

我在帝尊用比較正式的語氣和他父親道晚安時趕緊溜出來，唯有如此，才不致於在我走過瓦樂斯身邊時想打爛他那張假笑的臉。我一走到外面的走廊，就迅速回到自己的房間。我想我會採納弄臣的建議，把自己藏在切德的房裡，最好別站在國王兒子面前忍受他的盛氣凌人。

我獨自在自己的房裡度過那個夜晚。我知道當夜漸漸深了，莫莉會納悶我怎麼沒去敲她的門。但我今晚沒心情。我沒這份精力溜出房間，偷偷摸摸爬著樓梯，接著又偷溜到走廊，擔心會有人突然走出來發現我站在不該出現的地方。我曾經渴望尋求莫莉的溫暖和柔情，並因此獲得寧靜祥和的感覺。但現在情況不同了，我懼怕彼此見面時的鬼鬼祟祟和焦慮不安，就算她在我身後關起門來，我也無法鬆懈內心的警覺，只因惟真在我心中，而我必須防止他感受到我對莫莉的感覺和思緒，不讓這些暴露在我和惟真共享的連接。

我放棄研讀原本試著研究的卷軸，反正把古靈弄清楚了又如何？惟真會找到他自己想要的東西。於是，我翻身躺在床上瞪著天花板，即使周遭靜止沉寂，我的內心卻毫不安寧。我和惟真的連結如同我血肉中的鉤子，這感覺一定和上了鉤的魚掙扎脫離釣魚線的感受一樣。我和夜眼的關係處於一個更深沉微妙的層面，但是每當牠在那兒的時候，那對綠色的雙眼就在我內心黑暗的角落發出柔和的光亮。這些部分永不安眠，從來不休息，也絕不靜止，那份持續不斷的連繫也開始讓我感到疲憊不堪。

幾個小時之後，蠟燭即將燃燒殆盡，火焰也漸漸微弱，空氣中細微的變化讓我知道切德已經打開他那道無聲的門。我起身上樓找他，但是我在樓梯上所踏出的每一步只讓我心中的憤怒加劇。這股怒氣並不像人們彼此之間的咆哮或打鬥，而是源自疲乏和驚惶失措，就像遭受傷害一樣。這種憤怒讓人想停止一切，然後直接了當地說，「我再也無法忍受了。」

「無法忍受什麼？」切德問我。他彎著腰在污漬斑斑的石桌上進行一些調製研磨的工作，然後抬起頭看著我，語氣中透露出眞誠的關懷，讓我終於靜下來心來看著聽我說話的這個人。一位高高瘦瘦的老刺客，滿臉痘疤，頭髮幾乎全白，身穿那件熟悉的灰色羊毛長袍，衣服上總有污漬或小小的燒痕。我想知道他爲國王殺了多少人，只因點謀國王的一個字或是一個點頭就行刺，毫無疑問忠於他的誓言。姑且不論這些行刺事件，切德本身其實是個本性溫和的人。我忽然想問他一個問題，比回答他的問題還要緊迫。

「切德，」我問道，「你曾爲了自己而殺人嗎？」

他看起來有些驚訝。「爲了我自己？」

「是的。」

「爲了保護我自己的生命而殺人？」

「是的。我不是指爲了國王而殺人，而是殺人……讓你的生活更好過些。」

他哼了一聲。「當然沒有。」然後他用怪異的眼神看著我。

「爲什麼不？」我追問著。

他露出不可置信的神情。「可沒人只爲了圖個方便而隨意殺人，這是不對的。這叫謀殺，小子。」

「除非爲了國王殺人。」

「是的，除非爲了國王殺人。」他輕鬆地表示贊同。

「切德，這有什麼不同？爲自己做這件事，和爲點謀做這件事有什麼不同？」

他嘆口氣停下手邊的攪拌工作，走到桌子盡頭坐在高凳上。「我記得自己也曾問過同樣的問題，但我不是問別人，而是問自己，因爲我在你這個年紀的時候，我的導師已經去世了。」他堅定地注視我的雙眼。「這就要看個人的信念了，小子。你相信國王嗎？國王應該要比你同父異母的兄弟，或是你的祖

父來得意義深遠，要比老好人黠謀，或是善良誠實的惟貞來得重要。他必須是國王，一個王國的核心，輪子的輪軸。如果他是這麼重要的人，如果你相信六大公國値得維護，而人民的福祉會因國王伸張正義而獲得更多保障，那麼，答案就出來了。」

「如此一來，你就可以爲了他而殺人。」

「沒錯。」

「你曾違背自己的判斷而殺人嗎？」

「你今天晚上的問題挺多的。」他平靜地警告我。

「或許你讓我孤獨太久了，我才有時間想這些問題。當我們每天晚上見面時，總是聊一些其他的，加上我也很忙碌，所以沒去想這麼多，但現在我想到了。」

他緩緩點頭。「思考不總是……令人感到舒服。它總是好的，但也總是令人不舒服。沒錯，我曾違背自己的判斷而殺人，但這又回到了我剛才所提到的信念。我必須相信對我下令的人比我懂得還多，而且見多識廣也比較有智慧。」

我沉默了許久，切德卻放鬆了起來。「進來吧，別站在門口。我們一起喝點酒，然後我要和你談談——」

「你曾經單憑你自己的判斷殺人嗎？爲了整個王國的福祉？」

切德看了我一會兒，露出煩惱的神情。然後他別開頭，低頭凝視自己蒼老的雙手，他相互搓揉皮膚蒼白如絲的雙手，手指摸著顯眼的紅色痘疤。「我不做那些判斷，」他忽然抬頭看著我。「我從不接受那種負擔，也不希望有這樣的顧慮。這不是我們該做的，小子，那些是國王該做的決定。」

「我不是『小子』，」我指出，自己也吃了一驚。「我是蜚滋駿騎。」

「要強調蜚滋，」他嚴厲地指出。「你是遜位王儲的非婚生子。他放棄王位，也讓自己無權做什麼判斷。你不是國王，蜚滋，甚至不是一位眞國王的兒子。我們是刺客。」

「那我們爲什麼在眞國王遭下毒時站在一旁不管？」我接著直接了當地問道。「我看到了，你也看到了。他接受誘惑服用令自己喪失心智的藥草，而當他無法思考時，就接受更多誘惑服用讓他變得更傻的藥草。我們知道這個來源近在眼前，我也懷疑它的眞正出處，而我們卻眼睜睜看著他日漸萎靡消沉。爲什麼？這又是什麼信念？」

他的話像刀一般刺著我。「我不知道你的信念在哪裡，我原以爲在我身上。我懂得比你還多，而且我效忠國王。」

這回輪到我瞠目結舌了。過了一會兒我緩緩穿過房間，來到切德存放酒和酒杯的櫥櫃前，我小心地斟滿兩杯酒放在托盤中，然後將托盤端到壁爐旁的桌子上放好，接著就坐在壁爐的石台上。過了一會兒，切德走過來坐在他那張軟墊椅上，從托盤中舉起酒杯啜飲著。

「過去的一年對我們來說都不好過。」

「你很少找我，而當你找我來的時候，又滿懷祕密。」我試著不讓語氣透露出指控的意味，但還是沒什麼用。

切德發出短短的笑聲。「而你是個自動自發提問題的傢伙，可眞讓你困擾了是嗎？」他又笑了，無視我發怒的神情。當他說完的時候，他又喝了口酒然後看著我，深沉的雙眼中仍舞動著興味。

「別怒視著我，小子。」他告訴我。「你對我所要求的一向是我對你所期待的兩倍，甚至更多。在我心中，一位師傅總有權期待學生對他抱持信念和信任。」

「你有啊！」我過了片刻說道。「而且你也說對了，我確實有自己的祕密，我也期待你信任這些是正直高尚的祕密，但我可以把我的祕密告訴你，而你卻沒有。每當我走進國王的房裡，就看到瓦樂斯的燻煙和藥草對他發揮效應。我想殺了瓦樂斯，好讓國王回復神智。接下來，我想要……完成這個任務。我要移除這些毒藥的來源。」

「那麼，你想殺了我？」

這感覺好像被潑了一桶冷水。「你是瓦樂斯提供給國王毒藥的來源？」我確信自己誤會了。

他緩緩點頭。「有些是，而且可能就是你最反對的那些。」

我的心既冰冷且僵硬。「但是，切德，為什麼？」

他緊閉雙唇看著我，過了片刻他開口柔聲說道。「國王的祕密只屬於國王，我不能說出來，無論我認為聽到的人是否也會保守祕密。但是，如果你能像我訓練過你的一樣好好用腦筋思考，你就會知道我的祕密。我並沒有對你隱瞞這些，而你也可以從我的祕密中推論出許多你自己的祕密。」

我轉身攪動身後的爐火。「切德，我很疲憊，疲憊到無法玩猜謎遊戲。難道你就不能直接告訴我嗎？」

「當然可以，但如此一來我就失信於國王了。況且我剛剛說出那些已經夠糟糕了。」

「你簡直是吹毛求疵！」我憤怒地大叫著。

「或許吧，但這是我的事。」他鎮定地回答。

他出奇的鎮靜反倒激怒了我。我猛烈地搖頭，暫且把這個謎團拋到腦後。「你為什麼在今晚召見我？」我冷漠地問道。

他平靜的眼中掩藏了一絲受傷的神情。「或許只是想看看你，或許阻止你做傻事或製造永久損害。我知道哪些事情讓你覺得沮喪，我對你保證我會分擔你的憂慮。但是現在，我們必須繼續走回分配給我們的道路上，並且懷抱信念。你當然也相信惟眞會在春季前回來，然後讓所有事情步入正軌。」

「我不知道。」我勉強同意。「當他出發進行這項荒謬的任務時，讓我感到十分震驚。他應該留在這裡繼續他當初的計畫。但現在看來，等他回來之後，一半的領土不是會淪爲貧瘠之地，就是給割讓掉了，如果照帝尊這麼處理的話。」

切德平視著我。「『他的』王國依然是黠謀的王國，記得嗎？或許他信任他的父親能讓國土保持完整。」

「我想黠謀國王都無法讓自己不受侵擾，切德。你最近有看到他嗎？」

切德把嘴抿成一直線。「有。」他咬著牙說出這個字。「我在其他人不在場時看到他，也可以告訴你，他可不是你所認爲的那個虛弱的傻子。」

我緩緩搖頭。「如果你今晚有看到他，切德，你就會知道我的焦慮。」

「你怎麼確定我沒有？」切德惱火了。我並不想激怒這位老人家，但無論我怎麼說，總把事情弄糟了。我強迫自己在此刻保持沉默，然後啜了一口酒，注視著爐火。

「有關近鄰群島的謠言是眞的嗎？」我終於開口了，恢復自己原有的聲音。

切德嘆了口氣，用那雙關節突出的手揉揉眼睛。「所有的謠言中總會有眞實萌芽。劫匪或許眞的已經在那兒建立基地，這我們不確定，但我們可沒把近鄰群島割讓給他們。誠如你所說的，一旦讓他們擁有近鄰群島，他們就會在冬季和夏季劫掠我們的沿海。」

「但帝尊王子似乎相信可以收買這些劫匪，而且他們眞正想要的只是那些小島和畢恩斯的部分海岸。」說出這些言眞費力，但我竭盡所能讓自己談論帝尊時的語氣帶著敬意。

「許多人以爲說出來的就會如願，」切德保持中立地說道。「即使明知不是那麼一回事。」他又加了這句語帶玄機的話。

「你想，劫匪要的是什麼？」我問道。

他凝視著我身後的爐火。「現在，這可眞是個謎。劫匪要的是什麼？看我們怎麼想了，蜚滋。我們認爲他們是因爲有所求才來攻擊我們，但是，如果他們眞想得到什麼，現在就會提出要求了。他們既然知道自己對我們會造成什麼樣的損害，一定也明白我們至少會考慮他們的要求。然而，他們什麼也不要，只想持續劫掠。」

「他們這麼做根本沒有意義。」我終止他的想法。

「他們的方式不是我們所能理解的。」他糾正我。「但是，倘若我們的基本假設錯誤了呢？」

我只是瞪著他。

「假使他們什麼都不要，只要他們目前所擁有的呢？一整個國家的受害者。劫掠城鎮、燒毀村落、虐待人民，如果這就是他們的整體目標？」

「那太瘋狂了。」我緩緩說道。

「有可能。但，如果這是眞的呢？」

「那麼，任何事情都阻止不了他們，除非消滅他們。」

他緩緩點頭。「繼續這個推論。」

「我們的船隻根本無法讓他們慢下來。」我想了一會兒。「我們都希望關於古靈的神話是眞的，因爲在我看來，他們或者是類似他們的事物，是我們唯一的希望。」

切德緩緩點頭。「沒錯。所以，你現在知道我爲什麼贊成惟眞的計畫。」

「因爲這是我們求生存的唯一希望。」

我們一起坐下，花了好長一段時間沉默地注視爐火。那晚當我終於回房就寢時，做了一個可怕的惡夢：惟真遭受攻擊並且為他的生命奮戰，我卻站在一旁觀看。我不能殺害任何一位攻擊者，只因國王沒說我可以這麼做。

過了十二天之後，畢恩斯的普隆第公爵來訪。他帶領一群隨從沿著沿海道路前來，聲勢浩大令人印象深刻，但整個陣勢倒不致於形成公開的威脅。他身穿一位公爵負擔得起的所有華服和全副盔甲，他的女兒也騎著馬陪在他身旁，除了大女兒留在家鄉盡心盡力賑濟渡輪鎮。我下午大部分的時間都待在馬廄裡，然後來到守衛室聽他那些位階較低的隨行人員談話。阿手表現得很好，確認馬廄有足夠的空間和人手照顧他們的馬匹；而且一如往常，我們的廚房和兵營成為接待賓客的好地方。但是，畢恩斯來的人們依然提出許多嚴厲的言論，他們直接了當說出在渡輪鎮所目睹的一切，還有他們的求援如何遭到漠視。我們的士兵真應該感到羞愧，因為他們竟然無法為黠謀國王顯然已做出的事情提出辯護；而當一位士兵無法替他的領袖說話時，便只能同意這樣的批評，或者在其他地方挑毛病來反對。所以，畢恩斯的人和公鹿堡的士兵會為了小小的意見分歧而拳腳相向，還好大多是單一事件。但是，這些事情通常不會發生在紀律嚴明的公鹿堡，所以更令人擔憂，對我來說，這更強調了我們的軍隊也給弄糊塗了。

我為了晚宴謹慎選擇衣著，不確定自己可能會遇到誰，也不知道別人會期待我做什麼。我那天曾見婕敏兩次，每一次都在她還沒注意到我時溜走。我想她或許是我的晚宴伴侶，也為此感到恐懼。此刻，我們不能公開冒犯畢恩斯來的任何一個人，但我也不想給她任何正面的回應。其實，我根本用不著擔心，只因我發現自己遠遠地坐在餐桌的末端，和一群位階較低的年輕貴族坐在一塊兒。我在這難捱的夜晚成了一個微不足道的小玩意兒。餐桌上有不少女孩嘗試表現出調情的模樣，而這全新的體驗可真不對我的胃口，但我這才明白到底有多少人在此冬季時節湧入公鹿堡宮廷。他們大多來自內陸公國，積極巴結帝尊，也誠如這些年輕女子所言，他們會很樂意結交有政治影響力的人物。我費心禮貌性的回應他們充滿機智的戲謔，幾乎無法注意主桌那兒的狀況。在那兒，黠謀國王坐在珂翠肯王妃和帝尊王子中間，普隆第公爵和他的女兒婕敏以及妡念跟他們坐得最近，其他人則是帝尊的那群寵兒。提爾司的公羊公爵和他的靜寧夫人，以及他們的兩個兒子是最值得注意的。帝尊的表弟銘亮爵士也在那兒，這位來自法洛的年輕公爵繼承人是首次在公鹿堡露面。

我的座位視野既不好，更聽不到什麼。我感受到惟真對此狀況的驚慌持續升高，我卻束手無策。那晚國王看起來不怎麼恍惚，反倒是十分疲倦，讓我覺得是個好現象。珂翠肯坐在他身旁，除了兩頰上的微紅外，看上去幾乎是一片蒼白。她看來吃得不多，也比平常嚴肅且沉默。相反地，深具社交手腕的帝尊可高興得很，雖然身邊坐著公羊公爵和靜寧夫人以及他們的兩個兒子，他還是沒忽略普隆第公爵和他的女兒們。不過他的歡愉顯然讓來訪者心情煩躁。

普隆第公爵的塊頭很大，即使上了年紀依然體格強健，他那黑色戰士髮辮中的白色髮絲是舊時戰傷的明證，還有一隻手也缺了幾根手指。他的女兒們就坐在他的下方，靛藍的雙眼和高顴骨顯示出她們先母的近鄰群島血統。妡念和婕敏蓄著北方風格的簡捷短髮，她們快速轉頭觀察餐桌上每一個人的樣子，不禁令我想起停在手腕上的老鷹。這些可不是帝尊習於應付的那些溫和的內陸大公國貴族，因爲在六大公國之中，畢恩斯的人民依舊還是保有最多戰士血統的人。

帝尊對他們的抱怨顯得滿不在乎，這可替他自己招致災禍。我知道他們並不打算在餐桌上談論劫匪，但他那歡慶的語氣完全和他們來此的任務相互抵觸，而我納悶他到底知不知道自己多麼令他們憤怒。珂翠肯很明顯就被激怒了，我不止一次看到她咬緊下唇，或是在帝尊說著俏皮話時不屑地將眼神瞥向地上。他也喝得太多了，當他開始比出誇張的手勢和大聲談笑時，他的醉態就開始顯露出來了；而我真的非常希望聽到他那些自認詼諧的言論。

晚宴看來真是沒完沒了，然而婕敏很快就從餐桌上看到我，從那時起，我就很難迴避她朝我投射而來的端詳神情。我友善地對她點點頭，而當我們的視線相遇時，我看得出來她對我坐的位置感到疑惑，而我也不敢忽略她朝我看的每一個眼神，帝尊也因我沒敢怠慢畢恩斯普隆第公爵的女兒而感到厭煩，讓我感覺自己好像站在籬笆上搖搖欲墜。當我看到珂翠肯王妃堅持在黠謀國王起身時攙扶他帶他回房休息時，著實心存感激。帝尊卻滿是醉意輕蔑地皺著眉頭，很不高興看到宴會這麼快就散場了，且也沒有說服普隆第公爵和他的女兒們留下來。他們在黠謀離開後也不自在地告辭了。而我也藉口頭疼遠離咯咯發笑的同桌人士，回到房裡圖個清靜。當我開門走進臥房時，感覺自己是城堡中最沒力量扭轉現況的人，的確是個無名的狗崽子。

「我想晚宴還真的挺吸引你的。」弄臣說道。我嘆了口氣，沒問他是怎麼進來的，反正問個得不到答案的問題也是自討沒趣。他坐在我的壁爐邊點燃微弱的爐火，跳躍的火焰映照出他的輪廓。他有一股奇特的寧靜，沒有鈴鐺搖擺的聲音，也沒有接踵而來的嘲諷字眼。

「晚宴真是令人難以忍受。」我告訴他。我懶得點蠟燭，只因我的頭疼可不完全是虛構的。我坐了下來，然後躺在床上嘆了口氣。「我不知道公鹿堡面臨什麼現況，也不知我能做些什麼。」

「或許你已經做的事情就足夠了？」弄臣試探著。

「我最近可沒做什麼值得一提的事，」我告訴他。「除非你把知道何時停止對帝尊回嘴也算進去。」

「噢，那麼，我們都在學習這項本領。」他愁眉苦臉地贊同，然後把膝蓋抬到下巴那兒，將手臂放在上面，並深吸一口氣。「你有沒有什麼新聞可以和弄臣分享？一位守口如瓶的弄臣？」

「我能和你分享的新聞你可能都知道了，搞不好消息比我還靈通呢！」房中的黑暗十分平靜，舒緩了我的頭疼。

「噢。」他優雅地停頓了一下。「那麼，或許我應該問個問題？你看情形決定是否該回答？」

「少囉嗦了，想問就問。你明明知道無論我准許與否，你還是會問的。」

「的確，你說得對。那麼很好，我就問了。噢，我眞吃了一驚，臉也紅了，眞的。蜚滋駿騎，你是不是有了小蜚滋？」

我從床舖上緩緩坐起來瞪著他，只見他一點也不畏縮地動也不動。「你剛才問我什麼？」我平靜地問道。

他柔聲地說，聽起來像道歉一般。「我一定要知道，莫莉懷了你的孩子嗎？」

我從床上跳起來撲向他，抓住他的喉嚨把他拉起來，伸出拳頭然後停了下來。爐火照亮了他的臉龐，看了令我十分震驚。

「想打就打吧！」他平靜地猜測。「已經有舊傷了，再加上一點新傷也看不太出來，反正我可以躡手躡足個幾天不讓別人發現。」

我收回自己的手。眞奇怪，我剛才差點兒就做出來的事情現在卻讓我感覺毛骨悚然，只因我發現已經有人對他這麼做了。我一放開他的時候，他就別過頭去，似乎爲了自己變色腫脹的臉而感到羞恥。或許，他蒼白的皮膚和纖弱的骨骼讓我覺得更恐怖，好像是有人對弱小的孩子飽施拳腳似的。於是，我在爐火邊蹲下，細細看著他臉上的傷。

「你還沒看夠嗎？」弄臣尖酸地問道。「我可警告你，用更強的光線照也不會讓傷勢好轉。」

「坐到我的衣櫥上去，然後把襯衫脫下來。」我唐突地告訴他，但他動也不動，我也不予理會。我放了一小壺泡茶的水在爐火邊加溫，接著點燃一些蠟燭放在桌上，再拿出我所保存的些許藥草。我的房裡沒有太多藥草，此時貞希望可以從博瑞屈的所有收藏中挑選一些來用用，但我知道如果我就這麼走到馬廄，等我回來之後弄臣一定就離開了。還好，我放在房裡的藥草大多是用來治療瘀傷、割傷，還有我另一個刺客身分最常碰到的跌打損傷，這些應該就夠了。

當水溫熱了之後，我在臉盆裡倒了一些水，然後撒上一大把藥草，盡可能把它們碾碎。我在衣櫥裡找到一件已經不合身的襯衫，然後把它撕成一片片的碎布。「走到光線下。」我提出這樣的要求，過了一會兒他也就走了過來，很是遲疑羞怯。我看了他一下，然後扶著他的肩膀讓他坐在我的衣櫥上。「你到底是怎麼了？」我問道，爲他臉上的傷口感到畏卻。他的嘴唇因割傷而腫脹，另一隻眼睛腫得快要闔起來了。

「我在公鹿堡四處走走，詢問一些壞脾氣的人是否在最近當上私生子的父親。」他沒受傷的那隻眼睛恰巧對上了我怒視的雙眼，蒼白的眼裡滿布血絲，使得我無法對他生氣，更笑不出來。

「你應該知道有什麼藥可以妥善治療這些傷口。現在坐好了。」我將碎布壓摺成一塊敷藥用布，輕柔但牢牢地觸碰他的臉，過了一會兒他就放鬆下來。我擦掉了一些乾掉的血漬，其實也不多，顯然他自己在挨打之後有稍微清理了一下，但有些傷口還是淌著血。我輕輕用手指沿著他下頷的線條和眼窩觸摸，至少骨頭沒受損。「誰把你弄成這樣？」我問他。

「我走進一扇接著一扇的門，或者是在同一扇門前進出好幾次，看你問的是哪一扇門。」他油腔滑調含糊地說道。

「我問的是個嚴肅的問題。」我告訴他。

「我的問題也很嚴肅。」

我再次怒視著他，只見他垂下雙眼。有好一會兒我們都沒說話，接著我就找出一罐博瑞屈給我用來治療割傷打傷的藥膏。「我眞的很想知道答案。」我在打開蓋子的時候提醒他。我聞到了熟悉的刺鼻味，忽然非常非常地想念博瑞屈。

「我也是。」他在我替他上藥時微微退縮，但我知道這藥膏雖然味道難聞，但卻很有效。

「你爲什麼要問我這樣的問題？」我終於提出來。

他想了一會兒。「因爲問你比問珂翠肯是否懷了惟眞的孩子來得容易。據我判斷，帝尊最近除了自己以外誰都不搭理，所以不可能是他。那麼，你，或是惟眞一定就是那位父親了。」

我面無表情地看著他，只見他爲了我憂愁地搖搖頭。「你難道感覺不出來嗎？」他悄聲問著我，然後戲劇性地抬起頭凝視遠方。「力量移轉，陰影飄蕩。在所有可能性之中頓時激起一陣漣漪，未來將重新組合，命運也將成倍增加，所有的道路分岔再分岔。」他又看著我。我對他笑了笑，心想他又在胡說八道，但他的語氣非常認眞。「瞻遠家族即將有繼承人了，」他平靜地說道。「我很確定。」

你曾在黑暗中踩空腳步嗎？就是那一股突如其來在邊緣搖晃的感覺，不知道自己會跌得多深。我態度堅定地回答他，「我可不是什麼孩子的父親。」

弄臣用懷疑的眼神看著我。「噢，」他虛情假意地說道。「當然不是。那麼一定是珂翠肯懷孕了。」

「一定是的。」我同意，但心裡一沉。如果珂翠肯懷孕了，她沒有理由要隱瞞，然而莫莉就會。我有好幾個晚上沒見到莫莉，或許她有事情要告訴我。我忽然覺得一陣暈眩，但仍強迫自己要鎭定並深呼吸。「把你的襯衫脫下來，」我告訴弄臣。「讓我看看你的胸口。」

「我已經看過了，謝謝你；而且你放心，我沒事的。當他們突然把袋子往我頭上套的時候，我就推測他們這麼做就是把我的頭當成攻擊目標，而且他們眞的挺煞費苦心，因爲他們可不想打其他部位。」

這些人對他所做的暴行讓我感到厭惡得說不出話來。「是誰？」我終於開口。

「你是說當我頭上套了個袋子時，我還能看到是誰幹的好事？算了吧，你能透過袋子看到什麼嗎？」

「不，但你總應該會懷疑是誰搞的鬼。」

他對我歪著頭表示不相信。「如果你還不知道嫌疑犯是誰，那你就是那個頭上被袋子套住的人。讓我替你在袋子上剪開一個小洞。『我們知道你對國王不忠誠，也知道你幫著王位覬覦者惟眞暗中偵察。別再告訴他任何訊息，因爲如果你再通風報信，我們都會知道的。』」他轉頭凝視爐火，輕輕搖晃他的腳跟。砰，砰，砰，砰，踢著我的衣櫥。

「王位覬覦者惟眞？」我義憤塡膺地問道。

「這可不是我說的，是他們說的。」他對我說明。

我強壓住憤怒試著讓自己冷靜下來思考。「爲什麼他們會懷疑你暗中幫惟眞偵察？你有傳話給他嗎？」

「我有一位國王，」他柔聲說道。「雖然他不總是記得自己是國王。你一定要爲國王當心留意，我也確信你會這麼做。」

「那你要怎麼辦？」

「就像我以前一樣，不然我還能做什麼？我無法停止他們叫我別再做的那件事情，因爲我根本還沒開始進行。」

一股不祥的寒慄感自我的背脊竄了上來。「如果他們又攻擊你呢？」

他露出了毫無生氣的笑容。「我根本沒必要擔心，因爲我無法避免事情發生，但也不是說我期待它再度發生。這個，」他說道，稍微指著自己的臉。「這傷口會痊癒，但他們在我房間做的事可不能補救，我得花上好幾個禮拜整理那一團糟。」

這些話讓整件事情變得很瑣碎，而我發覺一股空洞得令人害怕的感覺正在我的體內竄升。我去過一次弄臣在塔裡的房間，爬著一道長長的廢棄樓梯，經過積年累月的灰塵和垃圾，來到他那面對女兒牆和美麗花園的房間。我想起了在大魚缸裡悠遊自在的魚兒和一盆盆苔蘚植物，還有一尊躺在搖籃裡備受呵護的袖珍黏土娃娃。當我閉上眼睛時，他就火上加油，「他們搜得還眞徹底。我也眞笨，竟然相信這世界上還有安全的地方。」

我無法注視他。除了他那張嘴以外，他其實是個毫無防禦能力的人，一心一意只想服侍他的國王，進而拯救世界。然而，有人想毀了他的世界，而且更糟糕的是，他可能因爲我所做的一些事情遭到報復。

「我能幫你整理。」我平靜地提議。

他用力搖了兩次頭。「我想不用了。」他說道，然後用較正常的語調補充，「我沒有冒犯你的意思。」

「我也沒這麼想。」

我把清潔用藥草和那罐藥膏，以及從襯衫撕下的剩餘碎布綑在一起。他從我的衣櫥上跳下來。當我把這些拿給他的時候，他愼重地接了過去然後走到門邊，即使口口聲聲表示只是臉部受了一些小傷，但他走路的樣子仍十分僵硬，走著走著就在門邊轉過身來。「當你確定的時候，能告訴我嗎？」他意味深長地稍作停頓，接著降低音量。「我想，他們都敢對國王的弄臣這樣了，想想他們可能會對懷著王儲繼承人的女子做出什麼事情？」

「他們不敢。」我憤怒地說道。

他不屑地回答。「他們不敢嗎？我現在已經不知道他們有什麼不敢做的，蜚滋駿騎，而你也不知道。如果我是你的話，就會想個更好的辦法把門拴上，除非你希望自己的頭上也被套上袋子。」他露出了笑容，但一點兒也不像平常嘲弄嘻笑的樣子，然後一溜煙就出去了。我在他離開之後走到門邊，將木條卡在門上，背靠著門嘆了一口氣。

「其他人都好好的，惟真。」我對著寂靜無聲的房間大聲說道。「但是對我而言，我想你還是盡快回來。除了紅船之外又發生了許多事情，而且我總感覺古靈或許無法幫忙抵抗我們所面對的其他威脅。」

我等待著，希望感覺到他的回應或贊同，但卻毫無音訊，讓我的心又竄起了一陣慌亂。我很難確定惟眞的意識在何時會與我同在，更從來不知道他是否感應到我想要傳達給他的想法。我再一次納悶他爲什麼不直接把指令傳給端寧，既然他都已經花了一整個夏季的時間對她技傳有關紅船的訊息，爲什麼他現在如此沉默？有可能是他技傳給她了，但是她有所隱瞞？還是，她只向帝尊透露？我不禁深思。或許弄臣臉上的傷痕正反映出帝尊因惟眞發現自己不在時出了什麼事而慌張；至於他爲什麼找上弄臣當代罪羔羊，這可有得猜了。或許，他只不過是把弄臣當出氣筒，而弄臣從來就不怕去得罪帝尊，對其他人也一樣。

那一夜稍晚的時候，我去找莫莉。雖然在這時候過去挺危險的，因爲現在有更多人聚集在這鬧哄哄的城堡裡，也需要更多僕人照顧他們，但我的疑心無法阻止我。當我敲門的時候，莫莉透過房門問道，「是誰？」

「是我。」我不可置信地回答，因爲她以前從來沒問過。

「喔。」她回答後便打開門，我也一溜煙地進門，並且在她走到壁爐邊時把門拴好。她蹲在壁爐前毫無必要地添著柴火，看也沒看我。她穿著藍色的女僕洋裝，頭髮也還是綁起來，身上的每一道線條都在警告我，讓我知道自己又有麻煩了。

「對不起，我最近都沒什麼空來。」

「我也覺得抱歉。」莫莉簡短回答。

她沒給我什麼機會說完開場白。「這陣子發生了很多事情，讓我非常忙碌。」

「忙些什麼？」

我嘆了一口氣，心中已然明白這個對話將如何繼續。「沒辦法和妳談的那些事情。」

「當然。」表面上她的語氣既鎮定又冷酷，但我知道其實她的暴怒正逐漸蔓延，我只要說錯一個字就會引燃怒火，就算什麼都不說也一樣，看來我還是得直接應付自己的問題。

「莫莉，我今晚來這兒是因爲——」

「喔，我知道一定有什麼特別的原因讓你終於肯過來了。唯一讓我驚訝的就是我自己，我爲什麼在這裡？我爲什麼每天忙完了就直接回房等待著你，明知機會渺茫卻仍期待你可能會出現？其實我可以做其他事情，像是最近有好幾場吟遊詩人和傀儡戲的表演，都是帝尊王子安排的。我可以和其他僕人一起圍坐在小壁爐邊看表演，享受和他們在一起的時光，而不是上樓面對孤寂。或許我也可以忙些別的，像廚娘答應讓我在她不忙的時候使用廚房，而我有燈蕊材料、藥草和獸脂，眞該在藥草正香的時候好好運用這些，但是我沒有。我只是上樓待在這裡，明知機會渺茫卻仍指望你會記得我，想和我共度些許時光。」

我像海邊的岩石般承受她一波接一波的言語浪潮襲擊，卻無計可施。她說的每一句話都是眞的，我

只得趁她喘口氣的時候低頭注視自己的腳。當她再度開口時，語氣中的怒氣逐漸消退，但更糟的是，痛苦和氣餒取代了原本的怒氣。

「蜚滋，這眞的很不容易。每次當我認爲自己接受事實了，但轉個彎卻發現自己又再度陷入等待中。但是，我們之間不會再有什麼了吧，是不是？永遠無法擁有完全屬於我們自己的時刻，也沒有屬於我們自己的空間。」她停頓了一會兒，低著頭緊咬著下唇，當她再度開口時，聲音顫抖了起來。「我看到婕敏了。她眞漂亮，而我甚至藉機跟她說話……我問她們的房間是否需要更多蠟燭……她害羞地回答我，但很親切，甚至謝謝我如此關心她們，這裡可沒有什麼人會感謝僕人的。她是……她人很好，是位淑女。噢，他們絕不會允許你娶我的，那你爲什麼想娶一位僕人爲妻？」

「對我來說妳不是僕人，」我平靜地說道。「我從來沒有把妳想成那樣。」

「那麼，我算什麼？我也不是個妻子。」她平靜地指出。

「在我的心中，妳是。」我痛苦地對她說。這是我僅能給她的一絲憐憫的安慰，我也因她接受了這個說法而感到羞愧。她走過來將額頭靠在我的肩膀上，我溫柔地擁抱她，過了一會兒更緊緊抱住她。當她依偎在我的懷裡時，我對著她的秀髮柔聲說道，「我想問妳一件事。」

「什麼事？」

「妳有……懷孕嗎？」

「什麼？」她伸手一推離開我的懷抱，抬頭注視著我的臉。

「妳懷了我的孩子嗎？」

「我……沒有。不，我沒有。」她稍作停頓。「你怎麼突然問起這種事？」

「我只是有點納悶，就這樣。我是說——」

「我知道你的意思。如果我們結婚了，而我到現在都還沒懷孕，鄰居就會對我們猛搖頭。」

「眞的嗎？」我從來沒想到這一點。我知道有人懷疑珂翠肯是否不孕，因爲她婚後一年來都沒懷孕，但她的不孕是個公衆話題，我卻沒想到連鄰居都會如此對新婚夫婦寄予厚望。

「當然。到了這個時候，就會有人給我他們母親的泡茶偏方，或是野豬牙粉讓我在晚上加進你的麥酒裡。」

「是眞的嗎？」我將她摟近我身邊，傻傻地露齒而笑。

「嗯。」她回我一個微笑，然後笑容緩緩褪去。「是這樣的，」她平靜地說道。「我有服用其他藥草防止自己受孕。」

我可沒忘記耐辛那天的教誨。「我聽說如果婦女長期服用那一類藥草的話會生病。」

「我知道自己在做什麼，」她語氣平淡地說道。「況且，還有其他的選擇嗎？」她有些刻薄地補充。

「就只剩災難了。」我承認。

她對我點點頭。「蜚滋，如果我今晚說『是』，如果我懷孕了……你會怎麼做？」

「我不知道，我沒想過。」

「現在想一想。」她懇求我。

我緩緩道來。「我想我會……想辦法在某處替妳找個地方（我會找切德，我會找博瑞屈，然後求他們幫忙，我心裡發毛地想著），一個安全並遠離公鹿堡的地方，或許是上河。我會抽空去看妳，也會想辦法照顧妳。」

「你是說你會把我擺在一旁。我，還有……我們的孩子。」

「不！我會維護妳的安全，讓妳待在一個沒有人會羞辱和嘲笑妳獨自撫養孩子的地方，當我有能力時，就會去找妳和我們的孩子。」

「你有沒有想過跟我們一起走？我們可以離開公鹿堡，你和我，然後現在就到上河？」

「我不能離開公鹿堡，關於這點我也已經盡我所能向妳解釋過了。」

「我知道你解釋過了，我也試著瞭解，但我不認爲你不能走。」

「我爲國王所執行的任務是——」

「那就別做了，讓別人做。跟我一起走，過我們自己的日子。」

「我不能。事情沒那麼簡單，國王不會准許我就這麼離開。」我們不知怎麼地就站遠了，只見她把雙手交叉在胸前。

「惟眞走了，幾乎沒有人相信他會回來。黠謀國王一天比一天虛弱，帝尊也準備隨時繼承王位。如果你所說帝尊對你的感覺有一半是眞的，等到他眞的當上國王，難不成你還想待在這裡嗎？他爲什麼想留你？蜚滋，難道你看不出來一切正逐漸瓦解？近鄰群島和渡輪鎮只是個開端，劫匪不會因此罷休。」

「所以我才更應該留下來執行任務，若有需要的話，爲我們的人民而戰。」

「一個人無法阻止他們。」莫莉指出。「沒有人像你這麼固執，爲什麼不把你所有的固執拿來爲我們而奮鬥？爲什麼我們不遠走高飛，過河到內陸遠離劫匪過我們自己的生活？爲什麼我們得爲了毫無希望的目標而放棄一切？」

我無法相信她竟會說出這些話。如果這話是我從口中說出來，那便形同叛國，但她卻把這些說的很稀鬆平常，好像我們和那個不存在的孩子比國王和六大公國加起來還重要。我這麼回答她。

「唔，」她平視著我，「對我來說這是眞的。如果你是我的丈夫，而我也生了我們的孩子，這對我來說就有這麼重要，而且比世上任何東西都重要。」

那我該怎麼說？我明知她不會滿意，但還是得實話實說，「妳對我來說也如此重要，非常重要。但是，這也正是我要留在這兒的原因，因爲妳不會逃避閃躲那麼重要的事，反而應該挺身捍衛它。」

「捍衛？」她提高嗓門。「你什麼時候才能明白我們無法保衛自己？但我明白。我曾站在劫匪和我的姪兒女之間，差點就沒命了。當你經歷過這些，再來跟我談捍衛！」

我沉默了。不僅是她的話深深刺傷了我，這番話也讓我想起自己曾抱著一個孩子，眼睜睜看著血沿著她那冰冷的小手流下來。我無法想像再度經歷這種事情，但若這是我的任務，我責無旁貸。「不能就這樣逃避，莫莉。我們要不就是挺身奮戰，否則就只得在戰敗後遭屠殺。」

「眞的嗎？」她冷冷地問我，「這只是因爲你把對國王的忠誠擺在我們之前吧？」我無法面對她的雙眼，只見她嗤之以鼻地說道，「你就像博瑞屈。你根本不知道自己跟他有多像！」

「像博瑞屈？」我可給弄糊塗了。她這麼說可眞令我出乎意料地吃驚，更別說她的語氣好像把這當成一項過失。

「沒錯。」她倒很肯定。

「因爲我效忠國王？」我還是弄不清楚。

「不！因爲你把國王看得比你的女人……或是你的愛人，甚至是你的生命還重要。」

「我不知道妳在說什麼！」

「就是了！你看吧！你還眞的不懂。你就只會忙碌著，然後表現出一副你知道所有了不起的事情、祕密和所有發生過的重大事件的樣子。所以，你不妨告訴我，爲什麼耐辛痛恨博瑞屈？」

我此刻眞是徹底迷失了，完全不知道這和我的不是有什麼關係，但我知道莫莉一定將兩者聯想在一起了，只得極為謹慎試著說道：「她為了我責怪他。她認為博瑞屈把駿騎帶壞了……所以才有了我。」

「就是了！你看吧！你看看自己有多傻，事情根本不是這樣。有天晚上蕾細告訴我，她那時喝多了點兒接骨木酒，我當時提到你，她則說到博瑞屈和耐辛。耐辛原本愛著博瑞屈，你這傻子，但他不娶她。他說他愛她但無法娶她，即使她的父親願意讓她紆尊下嫁，只因他已經用生命和劍宣誓效忠自己的主子，也認為自己無法公私兼顧。喔，他說他希望自己可以隨心所欲和她成親，也希望自己在認識她之前沒宣誓效忠，但還是一樣，他說他就是無法娶她。他對她說了些傻話，像是無論馬兒多麼願意，牠卻只能佩戴一付馬鞍什麼的。所以，她就告訴他，那麼，走吧，就走吧，追隨這位對你來說比我還重要的主子，而他也這麼做了。就像你一樣，如果我那麼告訴你，你也會做出同樣的選擇。」她的兩頰上紅通通的，只見她甩甩頭轉身背對著我。

這麼看來，這和我的過錯確實有關。而此刻就在故事的點滴片段加上別人的評述而逐漸成形時，令我感到心眩意亂。博瑞屈首次遇見耐辛的故事。當時她坐在一棵蘋果樹下，吩咐他幫她把腳上的刺拔出來。很少女性會如此對她丈夫的屬下如此要求，倒像是直率的年輕女僕對吸引她目光的年輕男子所提出的請求。還有，他在我那天晚上提到莫莉和耐辛時的反應，只是重複耐辛所說有關馬和馬鞍的言論，讓情況更清楚了。

「駿騎知道這些嗎？」我問道。

莫莉轉身端詳著我，她顯然沒料到我會問這個問題，卻也忍不住要說完這個故事。「不。本來不知道。耐辛當初認識他的時候，根本不知道他是博瑞屈的主子，而博瑞屈也沒告訴她到底誰是他所效忠的主子。原本耐辛根本不想理駿騎，只因她心中仍有博瑞屈，你知道。但是駿騎很固執，根據蕾細所言，他簡直愛她愛到無以復加的地步，也因此贏得芳心。耐辛那時答應了婚事，對他說好，她會嫁給他，但事後才知道他是博瑞屈的主子，而且是在駿騎吩咐他把一匹特別的馬送給她時才知道的。」

我忽然想起博瑞屈在馬廄看著耐辛的坐騎說，「我訓練過那匹馬。」我不確定他在訓練絲綢的時候，是否就知道這匹馬是要送給他心上人的禮物，而且是她的未婚夫送的。我打賭一定是這樣的。我總覺得耐辛是因爲駿騎極度關心博瑞屈而討厭他，但現在這個三角關係可變得更微妙了，而且痛苦得多。我閉上雙眼搖搖頭，感嘆這世界眞是太不公平了。「沒有一件事情是單純美好的，」我自顧自地說道。「總是包覆著一層苦苦的皮，也總是藏著酸酸的果核。」

「是的。」莫莉忽然間好像氣消了似的坐在床邊，而當我走過去坐在她身邊時，她也沒趕我走。我握住她的手，心中翻攪著千般思緒。耐辛如何厭惡博瑞屈的飲酒嗜好、博瑞屈如何喚回她的寵物小狗，和她如何把牠放在籃子裡隨身攜帶，還有他如何注重自己的儀容和舉止。「你無法看見一名女子，並不代表她也無法看見你。」喔，博瑞屈。到現在他仍抽出時間照顧那匹她幾乎已經不騎的馬兒，而耐辛至少也曾擁有一段美滿的婚姻，和她所愛的男人度過了幾年的美好時光；就算他們之間的關係因政治陰謀而變得複雜，但總還是歡歡喜喜的度過那幾年。那麼，莫莉和我將擁有什麼？就只有博瑞屈現在擁有的這些而已嗎？

我擁抱靠在自己身上的她，好久好久，如此而已。但是，在那夜這憂鬱的擁抱中，我們反而比以往都更加親近彼此。

21 黑暗的日子

紅船來襲的那些年，正值群山的伊尤國王在位時期，他的長子盧睿史之死讓他的女兒珂翠肯成爲群山唯一的王位繼承人。根據他們的習俗，當她父親逝世之後，她將成爲群山的王后，亦即人們所說的「犧牲獻祭」。因此，她和惟眞的婚姻不但象徵我們將在動盪不安的時期獲得盟友支持，更保證群山王國終將以「第七大公國」之名義加入六大公國的王國體系。群山王國僅和內陸公國的提爾司及法洛交界，因而珂翠肯特別關心任何可能分離六大公國的內亂。她從小就受栽培要成爲「犧牲獻祭」，而她對人民的責任是她人生中格外重要的部分。當她成爲惟眞的王妃時，六大公國的人民就成了她自己的人民；但她心中卻也清楚知道，一旦她的父親去世，群山王國的人民將再度要求她成爲「犧牲獻祭」。所以，如果處於她和她的人民之間的法洛和提爾司，不是六大公國的一部分，而是敵國，那麼她該如何履行那項義務呢？

一場狂烈的暴風雨卻在隔天來臨。這是個憂喜參半的好運道，因爲在這樣的天候中，沒有人會害怕劫匪侵襲沿海；但這場暴風雨卻也把一群焦躁不安和意見分歧的士兵給困在一起了。而在公鹿堡中，畢恩斯的公爵可比帝尊來得顯眼。每當我走進大廳時，都會看到普隆第公爵在那兒焦躁地走來走去，或是冷冷地望著燃燒爐火的壁爐，而他的女兒就像兩隻守衛的雪貓般隨侍在側。婕敏和妡念還很年輕，臉上明顯表現出不耐和憤怒。普隆第已經請求正式會晤國王，但他等得愈久，這暗藏的羞辱就愈明顯，只因這無異否認他爲何而來的重要性；而他那時刻出現在大廳的身影，更對他的隨員表明了國王還沒答應召見他。我看著這壺水慢慢沸騰，納悶著萬一把水打翻了，誰將遭受最嚴重的燙傷。

當我第四度小心觀察這大廳裡的一舉一動時，珂翠肯就出現了。她穿著簡單的服飾，一身紫色長袍裹著柔軟寬鬆的白袖子，袖長掩蓋了她的雙手，一頭長髮則蓬鬆地垂在肩上。她以一貫的不拘小節走進大廳，她的小女僕迷迭香走在她前面，而她身邊也只有芊遜夫人和琋望夫人陪伴著她。即使她現在比較受仕女們歡迎，她卻沒忘記在她最孤獨的時候，這兩位夫人最先跟隨著她，她也時常讓她們陪伴以榮耀她們的忠誠。而我不相信普隆第公爵認得出來眼前這位直接走向他的樸素女士就是王妃。

她帶著微笑和他握手打招呼。這是群山地區表達友誼的簡單方式，而我懷疑她是否明白自己這麼做對他來說有多光榮，或者這簡單的動作是如何緩和了他長達數小時的等待之苦。我確信自己從她臉上看到了疲憊，也明顯察覺她眼睛下方的新細紋。等在一旁的妡念和婕敏也因自己的父親獲得如此重視而興奮不已。珂翠肯清晰的嗓音迴盪在整個大廳，無論站在廳裡任何地方都聽得見，而這正是她的用意。

「我今天早上去探望了國王兩次，但我很遺憾兩次他都……仍臥病在床，希望你不會因爲這樣的等待而感到焦躁。我知道你想親口向國王稟告你所遭遇的苦難和協助人民的措施，但是他目前仍在休息，所以我想你或許希望先和我一道用些點心。」

「欣然接受，吾后。」畢恩斯的公爵謹愼地回答。她已經盡可能撫平他那凌亂如羽毛般的煩躁心情，但普隆第可不是那麼容易取悅的。

「我很高興。」珂翠肯回答，然後轉身微微彎腰對迷迭香耳語，只見這位小女僕趕緊點頭，接著像兔子般一溜煙走了，所有人也都注意到她的離開。不一會兒她回來了，卻領著一隊僕人將一張桌子搬到大壁爐前，在桌面鋪上雪白的桌布，桌子中央擺上一盆珂翠肯的盆栽，讓整個桌面增色不少。接著，成群結隊的廚房人手浩浩蕩蕩地走進來，每個人都端著一盤盤食物、一杯杯酒、甜肉或是一整個木碗的晚秋蘋果，如此出乎意料的精心安排彷佛魔法般神奇。不一會兒餐桌就安頓好了，賓客也都就坐完畢，芳潤彈著魯特琴一邊唱一邊走進大廳。珂翠肯讓她的仕女們陪著大家，然後在發現我之後也點頭示意我加入。她也隨機挑選了些聚集在各個壁爐邊的人們一同過來熱鬧熱鬧。她不依每個人的權位財勢而挑選，反倒是挑選那些她認爲很有趣的人，包括有許多狩獵故事的弗列區，以及和普隆第的女兒們年紀相仿的友善女孩貝兒。珂翠肯則坐在普隆第的右手邊，但我還是覺得她不清楚這樣的安排爲普隆第帶來多少榮耀。

當大家邊吃邊談了一陣子，她示意芳潤讓彈奏的旋律較柔和些，然後轉頭對普隆第說，「我們只粗略地聽了你所捎來的訊息，那麼你現在能否告訴我們渡輪鎮的情況？」

他遲疑了一下。即便他原本是打算直接向國王抱怨和請求支援的，但此刻又怎能拒絕對他如此慷慨的王后？他低下雙眼，稍候片刻就以嘶啞且不作假的聲音述說。「吾后，我們的傷亡慘重。」他開始說道。所有的人都停止交談，將視線轉移到他身上，而此刻我也感覺珂翠肯挑選的這些人和她本身一樣，是很好的傾聽者。從他一開始述說事情的來龍去脈時，在座沒有任何人發出一點聲音，除了同情的輕聲驚嘆或喃喃怒批劫匪的行爲。他說著說著就停頓片刻，很明顯已經做了某種決定，接著繼續說他們如何傳達求援的訊息，卻只能空等回覆。王后則以不帶任何反對或否認的意思聽他把話說完。當他說完這些不幸的事件之後，整個人明顯感到如釋重負，所有的人也沉默了好一陣子。

「你剛剛說的，我大多是第一次聽到，」珂翠肯終於平靜地說道。「而且沒有一個訊息是好消息。我不知道國王會對這些事情表達什麼意見，你也必須等他親口告訴你他的想法。但是對我而言，我現在的心情相當沉重，也爲了我的人民感到憤怒。我在此親口向你保證，這些錯誤必將獲得補救，而我的人民也不應該在嚴冬裡無家可歸。」

畢恩斯的普隆第公爵低頭看著他的盤子，一邊把玩桌巾的邊緣，接著他抬起頭來，眼神充滿了怒火，卻也有無限遺憾，然後他用堅定的語氣說道。「空言。這些都只是空言，吾后。我的人民無法靠這些話來充飢，也無法在夜晚時躲在這些話底下避難。」

珂翠肯直視他的雙眼，好像有什麼讓她的心緊繃了。「我瞭解你說的都是句句實言，但此刻我只能對你說這些，等國王可以接見你的時候，我們就會知道該如何處理渡輪鎮的事情。」

普隆第朝她傾身。「我有些問題，吾后。我對答案的需求幾乎和我對資金及人手的需求一樣迫切，但爲什麼我們的請求總是遭到忽視？爲什麼原本應該援助我們的戰艦，到頭來卻啓航回到這裡？」

珂翠肯的聲音有些顫抖。「關於這些問題，我恐怕無法回答你，大人，我也承認這是一件挺羞恥的事。我是一直到你派來的年輕使者騎馬來到此地之後，才聽說了一些關於你們那兒的消息。」

她說出來的話讓我感到一股強烈的不安。她該對普隆第坦承這些嗎？爲了政治上的智慧運籌，或許不該說的，但我也知道珂翠肯對政治一向表現眞誠。普隆第看了她許久，他嘴邊的線條也更深沉了，接著他大膽但柔和地問道，「您不是王妃殿下嗎？」

珂翠肯看著他的眼神立刻晦暗了。「我是。你懷疑我對你說謊？」

這下換成普隆第移開視線。「不。不，吾后，我從來沒那麼想過。」

接下來是一段過久的沉默。我不知道是珂翠肯靈巧地示意，或是芳潤直覺地更用力撩撥琴弦，不一會兒他就唱起了一首冬之歌，曲子裡充滿振奮的詞句和高亢的副歌。

至少過了三天之後，普隆第終於獲准晉見黠謀國王。珂翠肯試著讓他們開心一點兒，但要讓一位擔憂自己爵位不保的人高興起來，這可不容易。他雖然很有禮貌，卻也心煩意亂。他的二女兒妡念很快地就和貝兒成了好朋友，讓她似乎忘掉了一些苦惱；但婕敏總是緊跟著她的父親，而當她用深藍的雙眼看著我時，眼神看起來十分受傷，我也從她的凝視中感受到一股奇特的百感交集。我因為她不再注意我而鬆了一口氣，同時也知道她對我的冷淡反映出目前她父親對整個公鹿堡的感覺。我很樂意見她藐視我，但也怨恨在心，因為我認為自己不應該得到如此待遇。當普隆第終於承蒙召見急忙趕去晉見國王時，我眞希望這尷尬的局面趕快結束。

我確信自己不是唯一注意到珂翠肯王后並未受邀出席會議的人，而我也未受邀參加，但將王后的地位貶低到和她的私生姪兒一樣的情況確實不多見。但珂翠肯仍然維持鎮定，繼續教普隆第的女兒們和貝兒如何用群山的技巧將珠子和刺繡結合運用，而當我停留在她們的桌邊時，也懷疑她們是否和我一樣根本沒把心思放在她們的手工藝上。

我們沒等多久，前後不到一小時，公爵就重新出現在大廳中。只見他像一陣淒冷的寒風呼嘯而過，對妡念說，「打包我們的行李。」然後對婕敏說，「通知我們的侍衛一小時內準備離開。」接著對珂翠肯僵硬地行鞠躬禮。「吾后，請容我就此告辭。既然瞻遠家族不能提供任何援助，那麼畢恩斯目前一定要好自為之。」

「的確。我瞭解你必須趕回去，」珂翠肯沉重地回答。「但是，能否讓我邀請你們和我共進另一餐？空著肚子上路可不是件好事。告訴我，你們喜歡花園嗎？」她對普隆第及他的女兒們問道。她們看著父親，過了一會兒他就點頭同意了。

他的女兒們都謹慎地向珂翠肯表示喜歡花園，但她們的困惑依然顯而易見。一座花園？在冬季的狂風暴雨中？我也和她們一樣感到疑慮，尤其當珂翠肯對我示意的時候。

「蜚滋駿騎，照我的話去做。迷迭香，和蜚滋駿騎爵士到廚房去，遵從他的指示準備食物，然後送到王后花園，我將陪著我們的貴賓到那兒去。」

我慌張地睜大雙眼看著珂翠肯。不，不要到那兒。光是爬那道樓梯就夠嗆了，更別提在狂風呼嘯的烽火台頂端喝茶了，眞不知道她心裡在想什麼；但她卻一貫坦然熱誠地對焦慮的我微笑著，然後就挽著普隆第公爵的手帶領他離開大廳，而他的兩位女兒也跟隨王后的仕女們一起離開。我轉身對迷迭香變更指令。

「去幫他們張羅保暖的外衣然後跟上他們，我來處理食物就好。」

這孩子蹦蹦跳跳地走了，我便馬上趕到廚房簡短告知莎拉這突如其來的需求，然後她立刻迅速爲我準備好一整盤溫熱的糕點和熱甜香酒。「你先拿這些，我待會兒再找個侍童將其他東西送過去。」我自顧自地微笑，然後端著托盤趕緊前往王后花園。王后她自己大可稱我爲蜚滋駿騎爵士，但廚娘莎拉可想也不想就吩咐我把一托盤的食物端走，讓我覺得異常窩心。

我努力加快速度爬上樓梯，然後停在頂端的台階喘口氣，讓自己鼓起勇氣迎向風雨，接著把門推開。烽火台頂端的情況正如我所料，悽慘得很，王后的仕女們、普隆第的女兒們和貝兒都縮在兩道鄰接的牆和去年夏天搭起的小遮陽棚下面，這棚子不但擋風也遮了不少冰冷的雨。我在這簡陋不堪的遮風避雨處找到一張小桌子放上這盤溫熱的食物，迷迭香身穿溫暖舒適的衣服，沾沾自喜地從托盤邊緣偷拿一塊糕點，而芊遜夫人則負責招待衆人享用餐點。

我迅速替王后和普隆第公爵拿好一杯杯溫酒，藉口幫忙端酒而加入他們。他們剛好在女兒牆邊透過牆垛俯視遼闊的海面，望著海風吹起一陣陣白色泡沫，使得欲嘗試展翅高飛的海鳥難以行動。當我接近時看到他們輕聲交談，但強勁的風讓我很難偷聽到什麼，也想到自己應該在上來之前加件斗蓬，只因我一走出來便全身幾乎濕透，強風也把我因發抖而產生的熱量都給吹散了，我只得顫抖著牙試著露出微笑將酒端給他們。

「你認識蜚滋駿騎爵士？」她在他們從我手裡接過酒時問普隆第。

「的確，我很榮幸他曾出席我的晚宴。」普隆第對她說明。雨水從他的眉毛上滴下來，風也把他的戰士髮辮吹得啪答啪答響。

「那麼，你應該不介意讓他加入我們的談話吧？」儘管這場淋濕她的雨一直沒停，她仍鎮靜地說道，彷彿我們正如沐春陽似的。

我納悶珂翠肯是否知道普隆第會把她的要求視爲一種隱藏的命令。

「我歡迎他提供意見，如果您認爲他能提供寶貴意見，吾后。」普隆第默許了。

「我也希望你會答應，蜚滋駿騎，請幫你自己拿點兒酒過來加入我們。」

「如您所願，吾后。」我深深一鞠躬後立刻奉命行事。惟眞一天走得比一天遠，讓我們之間的連接愈來愈微弱，但那時我卻感覺到他激烈的好奇心不斷逼近，於是火速回到王后身邊。

「我們無法挽回已經發生的事情，」王后在我走回來的時候說道。「我對於無法保護我的人民感到憂傷，但如果我無法阻止劫匪已經在海上造成的禍害，或許我至少能讓人民不致遭受暴風雪侵襲。這一點，我請求你轉告他們，這是他們的王后親手交託的衷心承諾。」

我注意到她剛才並沒有提到黠謀國王顯然拒絕採取行動一事。我看著她，只見她悠閒但滿懷目的地捲起已經冰凍濕透的寬鬆白袖子，露出手臂上蛇形的金色臂鐲，上面布滿了深色的群山蛋白石。我曾看過群山蛋白石深沉的光芒，但從沒見過這種大小的蛋白石。只見她伸出手讓我把臂鐲的鎖扣鬆開，然後毫不遲疑地將這寶物取下來，再從另一隻袖子裡取出一個袖珍的天鵝絨小袋，我便打開袋口讓她把臂鐲放進去。她對普隆第公爵露出溫暖的微笑，然後將這小袋放進他手裡。「這是王儲惟眞和我的一點心意。」她平靜地說道。我幾乎無法乘承受惟眞在我心裡的那股衝動，他想跪在這位女士面前，細述她為了他微不足道的愛所做的極大付出。普隆第也結結巴巴感動地向她道謝，發誓不會浪費每一分錢。勇敢的馬匹將再度奔馳於渡輪鎮，那裡的人民也會因為王后帶來的暖意而祝福她。

我忽然領悟到珂翠肯為什麼要挑王后花園做為這場會晤的地點。這是來自一位王后的禮物，而非黠謀和帝尊所承諾的附帶條件。珂翠肯對於地點的選擇和對普隆第所表現的態度讓他心領神會，她也用不著交代他要保守祕密，因為根本不需要。

我想到了藏在我口袋裡的綠寶石，我心中的惟眞卻沉默了下來。我沒有把它拿出來，只因我希望某天可以看到惟眞親自為王后戴上這條項鍊，而且我也不願在此刻讓來自私生子的這份額外禮物喧賓奪主地搶了她送給普隆第那份贈禮的風采。雖然我理當把綠寶石拿出來，但不，我決定讓王后的贈禮及餽贈方式獨自留在他的記憶之中。

普隆第將視線從王后轉移到我這裡。「吾后，您似乎很看重這位年輕人，才會讓他加入我們的祕密會談。」

「沒錯，」珂翠肯嚴肅地回答。「他從來沒讓我失望過。」

普隆第點點頭，好像在對自己確認什麼事情似的，然後露出些許笑容。「我最小的女兒婕敏，似乎對蜚滋駿騎爵士寫給她的那封長信感到困擾，尤其當她的姊姊們幫她打開信之後，發現有許多可以逗弄她的論點時。但是，當她把她的困擾告訴我的時候，我就對她說這是一位罕見的人，能夠對所謂的缺點如此坦白。只有吹牛的人才會自誇對戰爭毫無恐懼，而我也不希望自己信任一個殺了人但事後毫不傷心的人。至於你的身體健康，」他忽然拍了拍我的肩膀，「我看一整個夏季的划槳揮斧可讓你的體能精進許多。」他那對鷹一般犀利的雙眼正注視著我。「我對你的評價仍未改變，蜚滋駿騎，而婕敏也一樣，我希望你能明白我們的想法。」

我說了我必須要說的話。「謝謝您，大人。」

他轉頭越過肩膀看著遠方，我跟隨他的視線透過傾盆大雨看到婕敏正望著我們。她的父親對她微微點頭，然後她如同破雲而出的陽光般露出燦爛的笑容。接著，斫念看看她，對她說了幾句話，婕敏就臉紅地推了推她的姊姊。當我聽到普隆第對我說，「如果你願意的話，可以向我的女兒道別。」我整個內臟都快冰凍了。

有些事情我實在不想做，但我也不能破壞珂翠肯苦心經營的場面，我眞的不能。所以我鞠躬告辭，強迫自己穿越下著大雨的花園來到婕敏面前，而斫念和貝兒立刻刻意跨開一步注視著我們。

我恭敬嚴謹地向她鞠躬。「婕敏女士，我必須再次謝謝妳送來那幅卷軸。」我彆扭地說道，心裡七上八下，而我也確定她和我一樣心跳猛烈，只不過原因完全不同。

她透過雨水對我微笑。「我很樂意把卷軸送來給你，更高興你回了信。我父親解釋給我聽了，希望你不介意我讓他看信。我不瞭解你爲什麼要如此看輕自己，誠如我父親所言，『吹牛的人因爲知道別人不致吹捧他，所以才自吹自擂。』然後，他告訴我學習航海的最佳方式就是親自划槳，而他年輕時也拿斧頭當武器。他答應明年夏季給我姊姊和我一艘平底小船，讓我們在天氣好的時候出海……」她忽然結巴了。「我說太多了，是不是？」

「不會的，我的女士。」我平靜地告訴她，我寧願都是她在說話。

「我的女士。」她輕聲地重複，然後好像我親吻了她的臉頰般，滿臉通紅。

我將視線移到一旁，只見忻念睁大雙眼，嘴巴張成一個「O」字顯露震驚的喜悅。一想到她會如何聯想我對她妹妹所說的話就讓我臉紅發熱，而她和貝兒就在我臉紅時咯咯笑出聲來。

感覺上經過一段永無止盡的漫長時刻之後，我們終於離開風雨交加的王后花園。我們的貴賓進房換下濕透的衣服準備踏上歸途，而我也更換衣物好送他們離去。我在外庭看著普隆第和他的侍衛騎上馬，而穿著一身紫白的珂翠肯和她的儀仗衛隊也出現了。她站在普隆第的坐騎旁邊向他道別，而普隆第在上馬前單膝跪下親吻她的手。他們簡短交談，我雖然不知道他們談些什麼，但看到王后的面容在飛揚的髮絲下，總是帶著笑意。普隆第和他的隊伍邁入暴風雨中，我看到他的肩膀依然透露出一絲怒氣，但他對王后的順從讓我感覺到他這趟旅程還是有所斬獲。

婕敏和忻念一邊騎著馬，一邊回頭看我，而婕敏也大膽地揮手道別，我也揮手回應。我站在那兒看著他們離去，不單單因爲下雨而覺得寒冷。我在這一天支持惟眞和珂翠肯，但可付出了什麼樣的代價？我對婕敏做了些什麼？難道莫莉眞的預料到這一切？

當晚，我前往黠謀國王的房間探望他。他並沒有召見我，我也不想和他談婕敏的事，我只是想去看看他。我心中納悶這是否是惟眞加諸在我身上的意願，還是我的心提醒自己不要拋棄他。瓦樂斯不情願地讓我進門，嚴正警告我說國王還未完全康復，而我也不得讓他更疲累。

黠謀國王坐在他的爐火前，房間密布著燻煙的味道。弄臣坐在國王的腳邊，他的臉還是有趣的一片紫一片藍。他可幸運地得以坐在那層煙霧瀰漫之下，但我卻沒這麼好運，只得坐在瓦樂斯爲我精心準備

的無靠背凳子上。

在我告知國王自己的到來並坐下後，過了一會兒國王才偏過頭來看著我。「噢，蜚滋，你的課業進行得如何？費德倫師傅對你的進步表示滿意嗎？」

我瞥了瞥弄臣，只見他沒看著我，反倒陰沉地瞪著爐火。

「是的。」我平靜地說道。「他說我寫得一手好字。」

「那就好。清晰的字跡讓任何人都感到驕傲。對了，還有我們的協議呢？我有對你守信用嗎？」

這是我們之間老套的對答詞，而我也再一次思考他提供給我的條件。他讓我吃得飽穿得暖，還讓我受教育，而我得對他完全效忠以回報他給我的這一切。我因這些熟悉的字眼而微笑，但我的喉嚨卻緊閉著，只因我想到說過這些話的人如今已日漸消瘦，還有我為了他的要求付出了什麼樣的代價。

「是的，陛下，您有。」我輕聲回答。

「很好。那麼，讓我聽聽你是不是也對我信守承諾。」他吃力地靠在椅背上。

「我會的，陛下。」我對他承諾，只見弄臣再度看著我發那個誓。

房裡的氣氛靜止了好一會兒，只聽見爐火燃燒的聲音。接著，國王好像聽到了什麼聲音般猛然坐起身子，看起來一臉疑惑。「惟真？惟真在哪裡？」

「惟真外出執行任務了，陛下，他去尋求古靈協助我們將紅船逐出我們的沿海。」

「喔，是的，當然。他出發求援去了，但我想應該不會很久吧……」他又靠著椅背，而我全身汗毛直豎。我感覺他微弱的技傳，不專注地胡亂摸索著，他的心彷彿一雙蒼老的手緊抓住我的內心。我曾以為他不再技傳了，覺得他早在多年前就讓這項本領消耗殆盡。惟真曾告訴過我黠謀以前常運用他這項本領，但現在卻很少用了。我當時沒理會這些話，僅將之視為是他對父親的忠誠；但此刻這幽靈般的精技如同亂彈豎琴弦的手指般拖拉我的思緒，而我也感覺到夜眼對這新來的入侵者發脾氣。安靜。我警告牠。

我突然因心中的某個想法而屏息。是我心中的惟眞助長了這個想法？我移除種種警戒，提醒自己這是我多年前對這人所承諾的事情，對一切忠誠。「陛下？」我一邊請求他的准許，一邊把凳子移近他，然後握著他虛弱的手。

這好比將我自己推入急流中。「喔，惟眞，我的孩子，你來了！」有那麼一刻我看見了黠謀眼中的惟眞，還是那個八九歲的胖男孩，不那麼精明但友善多了，不像他哥哥駿騎那麼高大，卻是一位討人喜歡的王子，一位出色的次子，沒那麼大的野心，也不那麼愛發問。接著，我如同在河床上沒站穩般跌入一陣黑暗猛烈的精技狂潮，突然間透過黠謀的眼睛觀看，讓我自己迷失了方向，只見他的視線邊緣一片朦朧。過了一會兒，我瞥見惟眞疲憊地穿越雪地。蜚滋，這是怎麼回事？然後我就被捲入黠謀國王痛苦的內心。我在他內心深處技傳，超越危害他的藥草和燻煙，因極度痛苦而枯萎。這是逐漸蔓延的痛苦，沿著他的脊椎和頭腦持續壓擠，令人無法輕忽。他選擇讓這極度的痛苦侵蝕著他，或是用藥草和燻煙讓他身心受創好逃避這痛苦。但是，在他迷濛的內心深處，一位活生生的國王依然因受困而盛怒；他的精神仍在，並且和那不聽使喚的身體繼續搏鬥，還有抵抗那多年來啃蝕心靈的苦痛。我發誓看到他年輕時的樣子，或許比我年長約一歲，像惟眞一樣頭髮濃密不整，雙眼炯炯有神，臉上有著因燦爛的笑容所顯現出的細紋。這是他的靈魂原貌，一位受困慌張的年輕人，緊抓住我狂亂地問道，「逃得出去嗎？」我只感覺自己跟隨他的緊握下沉。

接著，像兩條匯流成河的小溪，另一股力量碰撞著我，讓我跟隨它的水流旋轉。小子！控制你自己！感覺好像有一雙強壯的手穩住我，將我從逐漸成形的扭曲繩索中分支出來。父親，我在這裡。您需

要幫忙嗎？

不，不。有好一陣子都是這樣的情況。但是惟眞……

是的，我在這裡。

畢恩斯對我們不再忠誠，普隆第讓紅船停在那兒，藉以交換對畢恩斯的保護，他背叛了我們。當你回來的時候，你一定要……

這思緒游移著，逐漸失去力量。

父親，這些消息是從哪兒來的？我感覺惟眞突如其來的驚慌，只因如果黠謀說的是眞的，公鹿堡就捱不過冬季了。

帝尊派出的間諜傳話給他，然後他就來見我。我們一定要保密，等上一段時間，直到我們有實力反擊普隆第，或者等到我們決定摒棄他和他的紅船友邦。是的，那就是帝尊的計畫，讓紅船不接近公鹿公國，然後他們就會對付普隆第，爲我們懲罰他。普隆第甚至謊稱需要援助，希望引誘我們的戰艦到他那兒遭受破壞。

是這樣的嗎？

帝尊所有的間諜都確認了此事，而我擔心我們無法再相信你的外籍夫人。當普隆第還在這裡的時候，帝尊提到她如何與他調情，並極盡所能私下交談，而他害怕她和我們的敵人共謀推翻王位。

不是這樣的！這個強烈的否認像利劍般穿透我的心，我馬上又淹沒在精技洪流的迷失和無我狂潮中。惟眞感受到了，也再一次穩住我。我們一定得留心這小子，他沒有足夠的力量承受這些。父親，我求求您，相信我的夫人。我知道她是眞誠的，而且請對帝尊那群打小報告的間諜提高警覺。利用間諜對付間諜，在您採取任何行動之前，和切德磋商一下，答應我做到這些。

我可不是傻子，惟眞。我知道如何鞏固自己的王位。很好，這樣就好。好好照顧這小子，他沒受過訓練做這件事情。

忽然有人抓住我的手，好像把我從燒焦的爐子上拉回來似的，我向前垂下身子，把頭擱在兩膝之間，只覺一陣天旋地轉。我聽到旁邊的黠謀國王猶如賽跑般大聲喘氣，弄臣此刻也把一杯酒推進我的手中，然後走回國王身邊催促他小啜幾口酒，在這之後，就忽然聽見瓦樂斯質問道，「你們對國王做了什麼？」

「他們倆都不對勁！」弄臣的聲音充滿了尖銳的恐懼。「他們原本談得好好的，忽然就這樣！把這該死的燻煙香爐拿走！我眞怕你殺了他們倆。」

「安靜，弄臣！別指控我的這項療法！」接著我聽到瓦樂斯在房裡匆忙來回的腳步聲，他把每盞香爐的火焰熄或用銅帽蓋上。過了一會兒窗戶大開，迎向這個冰冷的冬夜。這股冷空氣穩住了我，讓我得以坐起身子啜一口酒，漸漸地我的感覺又恢復正常了。但即便如此，我在帝尊破門而入、質問發生了什麼事的時候仍坐在那兒。他在弄臣幫瓦樂斯攙扶國王就寢時，就對我提出這個問題。

我呆滯地對他搖搖頭，這股眼花撩亂的暈眩可不全是裝出來的。

「國王的狀況如何？他會復原嗎？」他問瓦樂斯。

瓦樂斯急忙跑到帝尊身邊。「他看來穩定多了，帝尊王子。我不知道他到底怎麼了，也看不出有掙扎過的痕跡，但他就像賽跑般喘不過氣來，而他的健康狀況也無法承受這樣的刺激，殿下。」

帝尊轉頭端詳著我。「你對我父親做了些什麼？」他對我怒吼。

「我？什麼也沒做。」這是眞的。無論剛才發生了什麼事，都是國王和惟眞所造成的。「我們平靜地交談，然後我就感覺一股無法承受的暈眩和虛弱，好像失去意識一樣。」我把視線移到瓦樂斯身上。

「是因爲燻煙嗎？」

「或許吧！」他不高興地承認，緊張地望著帝尊愈來愈深沉的瞪視。「是這樣的，我每天似乎都得增加劑量讓它產生藥效，但他仍抱怨——」

「安靜！」帝尊發出怒吼打斷他，指著我彷彿我是廢物般。「把他弄出去，然後回來照顧國王。」

此時，黠謀在睡夢中呻吟，我接著感到一股羽毛般輕柔的精技觸覺，頭髮也豎了起來。

「不。去照顧國王，瓦樂斯。弄臣，你把這小雜種弄出去，別讓僕人們談論此事，若有人膽敢違反我可是會知道的。快點，現在就去。我父親看來可不太好。」

我原以爲自己可以站起來走出房間，卻發現自己的確需要弄臣協助才站得起來。當我站穩之後，就搖搖晃晃地蹣跚而行，感覺彷彿踩高蹺似的。牆壁在我面前忽遠忽近，地板在我腳下彷彿船上的甲板般緩緩地上下起伏。

「我從這裡就可以自己走了。」當我們走出房門時，我這麼告訴弄臣，他卻只是搖搖頭。

「你現在太容易受傷害了，不能讓你孤單一人。」他平靜地告訴我，然後牽起我的雙手開始說些無意義的話。他表現出同伴之間的友愛和忠誠，扶我上樓走到我的房門口，一邊等待一邊嘀咕，在我開門之後跟隨我進來。

「我告訴過你，我沒事。」我有點心煩地說道，因爲我只想好好躺下來。

「是嗎？那國王怎麼了？你剛在那裡到底對他做了些什麼？」

「我什麼也沒做！」我咬牙切齒地說道，然後坐在床腳，只覺得自己的頭開始猛烈抽動。精靈樹皮茶，這是我目前需要的，但我沒有。

「你有！你請求他的允許，然後握著他的手，不一會兒你們倆就像魚一樣喘大氣。」

「不一會兒？」感覺上卻像幾個小時，讓我以爲整個晚上就這麼度過了。

「不超過三次心跳的時間。」

「喔。」我把手放在太陽穴上，試著將抽痛得快要移位的頭顱推回原位。爲什麼博瑞屈選在這時候不見蹤影？我知道他一定有精靈樹皮，但我此刻的痛苦讓我不得不碰碰運氣。「你有泡茶用的精靈樹皮嗎？」

「我？沒有。但我可以找蕾細要一點兒來，她可是有一大堆各種不同的藥草。」

「能幫幫我嗎？」

「你到底對國王做了些什麼？」他所要求的交易挺明顯的。

我腦袋的壓力愈來愈沉重，幾乎要從眼睛衝出來了。「沒事，」我喘著氣。「而只有他才能告訴你他對我做了什麼，如果他選擇說出來的話。這樣對你來說夠清楚了嗎？」

一陣沉默。「或許吧！你眞的那麼難受嗎？」

我非常緩慢地躺回床上，就算把頭放下來都痛得要命。

「我馬上回來。」他說道，然後我聽見開門和關門的聲音。我靜靜地躺著閉上雙眼，心裡漸漸地恢復意識，然後也顧不了疼痛開始歸納剛才得到的訊息。帝尊有間諜，或者有人如此宣稱。普隆第是叛國賊，或是帝尊命令他所謂的間諜向普隆第通風報信。還有我懷疑普隆第和珂翠肯都是叛變者。噢，這持續擴散的毒藥，還有這痛苦。我忽然記起了這痛苦。切德不是要我依照學過的方式觀察事物好替自己的問題找答案嗎？答案一向近在眼前，要不是我總是給叛國者的恐懼、陰謀和毒藥所蒙蔽，或許早就看出來了。

一種疾病侵蝕著黠謀國王，從他的體內啃蝕他，而他卻用藥癮對抗這痛苦，努力讓心靈的一角回歸自我，尋找一個感受不到痛苦的地方。如果有人在幾個小時前就告訴我這個，我可是會嘲弄這樣的說法。但此刻，我躺在床上試著緩緩呼吸，只因輕微的移動就會引起另一波極度的痛苦，這我瞭解。痛苦，我只不過忍了幾分鐘，就讓弄臣跑去找精靈樹皮。另一個想法這時闖入我的腦海裡。我期待這痛苦過去，明天起床之後就沒事了。要是我的餘生必須分分秒秒面對這痛苦，而且深知它正啃蝕著我所剩不多的時日，那我該如何是好？難怪黠謀要嗑藥。

我聽到開門和緩緩關門的聲響，但沒聽到弄臣泡茶的聲音，於是強迫自己睜開眼睛，只見端寧和擇固僵直地站在我房裡，好像身處一頭猛獸的洞穴似的。當我略微轉頭注視他們時，端寧的嘴唇像要咆哮般噘著，夜眼也在我心裡咆哮回去。我的心跳忽然加速，表示這裡有危險，我也試著放鬆肌肉準備隨時應戰。但是，我頭部的劇痛讓我完全無法動彈。「我沒聽到妳敲門。」我勉為其難說出話來，每個血紅般的字眼都在我腦海中迴盪。

「我沒敲門。」端寧凶巴巴地說道。她字句清晰的言談讓我像挨棍棒狠打般痛苦不堪。我祈禱她沒察覺自己當時對我來說是多麼盛氣凌人，也祈禱弄臣趕快回來，同時試著表現出一副無動於衷的樣子，好像她的來訪無關緊要，所以我才賴在床上不想起來。

「妳是來跟我要什麼東西嗎？」我的口氣聽起來頗為粗率。事實上，我說出的每個字眼都耗費了我太多的力氣。

「我需要跟你要些什麼嗎？別開玩笑了。」端寧只是嘲弄。

精技正刺激我，擇固也在此時笨拙地戳著我，讓我無法控制地發抖。國王在我身上運用技傳，把我的心變成血流不止的傷口，而擇固不熟練的技傳好像貓爪般耙著我的腦袋。

屏障你自己。惟真像一陣耳語，讓我努力築起心防，卻沒有足夠的力量做到，只見端寧露出微笑。

擇固像一隻手推擠布丁般強行進入我的內心，把我的感覺一下子打亂了。在我心中，他的味道難聞極了，像個腐爛透頂的黃綠色物質，還有一陣聽起來像靴刺的叮噹聲響。屏障！惟眞催促我，語氣非常驚恐虛弱，我也知道他正努力替我守住即將分裂的自我。他那全然的愚蠢可會殺了你！他根本不知道自己在做什麼。

幫幫我！

惟眞沒有再傳來任何訊息，只因我的力量愈來愈薄弱，而我們的連結就像風中的香水味般逐漸褪去。

我們是同個狼群！

擇固一頭撞在我的房門上，力道之大把他自己給彈了回來。這力道可比抗斥還猛烈，我無法用言語形容夜眼在擇固的心裡做了些什麼。這是混合而成的魔法，夜眼運用原智透過精技搭建的橋樑施展威力，從擇固的心裡攻擊他的身體，迫使擇固的雙手朝喉嚨狂抓以對抗抓不到的那張嘴，他的指甲猛力抓破皮膚，讓他緊身上衣裡的肌膚浮現一條條血紅的傷痕。端寧尖叫著，她那劍一般尖銳的聲響劃破我的心，只見她撲過去想幫他。

別殺！別殺！**別殺！**

夜眼終於聽見我說的話，像拋開一隻老鼠般丟開擇固，跨在我身上保護我。我幾乎聽到牠氣喘吁吁的聲音，感覺牠那溫暖的毛皮，但可沒力氣問到底發生了什麼事，只得蜷起身子像小狗般躲在牠的下方，只因我知道無人能衝破夜眼對我的護衛。

「那是什麼？那是什麼？那是什麼？」端寧發瘋似的尖叫，她抓住擇固的衣襟將他拉起來站好。他的喉嚨和胸膛滿是青紫色的傷痕，但我透過幾乎睜不開的雙眼看到那些傷痕迅速消退，馬上就看不到夜

眼的攻擊痕跡，只見擇固嚇得尿溼一褲子。此刻他也閉上凹陷的雙眼，而端寧就像搖著洋娃娃一般搖著他。「擇固，張開眼睛，擇固！」

「妳對那個人做了些什麼？」弄臣的語氣充滿憤怒和驚訝，整個房間都是他的聲音。在他身後的房門依然敞開，一位路過且滿手衣服的女僕在旁窺伺，然後吃驚地停下來觀看，另一位年幼的小女僕提著籃子跟在她身後，見狀趕緊從門邊往裡面瞧，接著弄臣就把手上的托盤放在地上然後走進房裡。「這裡是怎麼了？」

「他攻擊擇固。」端寧在啜泣。

只見弄臣一副難以置信的模樣。「他？他看起來根本連個枕頭都攻擊不了，我看是妳打擾這小子吧！」

端寧放開擇固的領子，然後他就像一塊碎布般跌落在她腳邊。接著弄臣滿懷憐憫地低頭看著他。

「可憐的傢伙！她是不是要強行撲在你身上？」

「別胡說了！」端寧可氣壞了。「是他！」她指著我。

弄臣深思熟慮地注視我。「這是個很嚴重的指控。老實告訴我，小雜種，她真的嘗試強行撲在你身上？」

「不。」我的聲音如同我的感覺一樣，噁心、虛脫且無力。「我在睡覺，然後他們悄悄溜進我房裡，接下來……」我皺了皺眉頭，讓自己的聲音愈來愈飄忽。「我想我今晚聞了太多的燻煙味。」

「我也同意！」弄臣的聲音充滿了明顯的不屑。「如此淫蕩的行爲眞是太不得體了！」弄臣忽然轉向偷看的女僕們。「這讓公鹿堡所有的人蒙羞！我們自己的精技使用者居然如此行爲不檢！我警告妳們別對任何人透露這件事，可不要讓關於這件事的八卦開始醞釀哪！」他忽然轉身注視端寧和擇固，只見端寧臉紅脖子粗，並憤怒地張開嘴；而擇固在她的腳邊將身子挺直，歪歪斜斜地坐在地上，像個學步的小孩般抓住她的裙襬試著站起來。

「我對這傢伙才沒有淫慾呢！」她冷冷地一字一句說出來。「更沒有攻擊他。」

「那麼，不管妳剛才做了些什麼，最好在妳自己的房裡做！」弄臣嚴肅地打斷她的話，看也不看她就轉身拿起他的托盤，端著它在走廊上漸行漸遠。我眼睜睜地看著精靈樹皮茶離我而去，不禁發出失望的呻吟。端寧轉身面對我，嘴巴像扮鬼臉般扭曲。

「我會搞清楚這一切的！」她對我怒吼。

我吸了一口氣。「但是請妳在自己的房間做。」我勉強伸手指著敞開的門，然後她像一陣狂風般呼嘯而去，擇固則步履蹣跚地尾隨於後。當他們經過的時候，女僕們就厭惡地向後退，而我的房門依然敞開，我費了好大的勁兒才起身關上它。我感覺肩膀似乎在維持頭部的平衡般搖動，待我關上了門，我也懶得再躺回床上去了，便沿著門滑下坐在地上用背抵住門，感覺疲憊不堪。

我的兄弟，你快死了嗎？

不，但很難受。

休息吧！我會繼續看守的。

我無法解釋接下來發生的事情。我放掉了一些東西，一些我一輩子緊抓不放卻毫無自覺的東西，陷入柔軟溫暖的黑暗中某個安全的地方，同時有一匹狼透過我的雙眼爲我看守。

22 博瑞屈

耐辛夫人，也就是當年王儲駿騎的王妃，原本來自內陸，她的雙親橡谷爵士和艾薇瑞雅夫人只不過是小貴族。對他們來說，他們的女兒能夠提升地位嫁給一位眞正的王子，讓夫婦倆非常震驚；尤其是他們的女兒擁有那難以捉摸的特質，以及某些人認爲的遲鈍天性。駿騎公然執意要迎娶耐辛，正是他和父親黠謀國王之間第一個分歧的起因。這段婚姻並沒有爲他贏得珍貴的聯盟或政治優勢，反倒是一位十分古怪的女子；而她對丈夫的熱愛並沒有阻礙她直接了當說出不得人心的意見，更沒有阻撓她一心一意追求任何引起她三分鐘熱度的興趣。她的雙親在血瘟流行的那幾年逝世，而在她的丈夫駿騎從馬上摔下來傷重而死之後，就意味著她從此無法孕育子女。

我醒了，或者說，我至少又恢復自己原有的神智了。我躺在床上，溫暖柔和的氣息圍繞著我。我沒有移動，只是謹愼地尋找那份痛苦。我的頭不再猛烈陣痛，只覺得疲憊不堪，還有痛苦過後的那股僵硬感，接著我的背部竄起一陣寒顫。莫莉赤裸地躺在我身邊，靠在我的肩上輕柔地呼吸。爐火微弱得幾乎要熄滅了。我傾聽著，現在不是很晚很晚就是很早，整個城堡幾乎寂靜無聲。

我不記得是怎麼來到這裡的。

我又打了個寒顫，在我身邊的莫莉也動了一下，朝我這兒靠得更近，睡眼惺忪地露出微笑。「你有時候還眞奇怪，」她呼吸著。「但是我愛你。」她又閉上雙眼。

夜眼！

我在這裡。牠總是在那裡。

我忽然間問不出來了，也不想知道，只是靜靜地躺在那兒，替自己感到厭煩、憂愁和哀傷。

我試著喚醒你，但你還沒準備好復原。那另一個傢伙在損耗你。

那「另一個傢伙」是我們的國王。

是你的國王。狼群可沒有國王。

是怎麼回事……我讓這思緒消退。謝謝你看守著我。

牠感覺到了我的保留。不然我該怎麼做？要她離開？她那時很憂傷。

我不知道，但我們別再說了。莫莉很憂傷，然後牠安慰了她？我甚至不知道她爲何憂傷，我更正，總是如此憂傷。看著她滿是睡意的臉龐露出了柔和的笑容，我嘆了一口氣，最好現在就面對它，總比拖下去好。此外，我還得送她回她自己的房裡，等城堡裡的人都醒了，她待在這裡可對她一點兒好處也沒有。

「莫莉？」我輕柔地喚道。

她動了動然後張開眼睛。「蜚滋。」她仍是睡眼惺忪地回應。

「爲了安全起見，妳應該回到妳自己的房裡。」

「我知道，我原本就不應該來的。」她稍作停頓。「我前幾天說的那些，我沒有——」

我將一根手指放在她的唇上，她就笑了笑。「你讓這乍現的寂靜片刻變得……非常有趣。」她把我的手移到一旁，然後熱情地親吻我，接著滑下床鋪迅速著裝。我起身更緩慢地移動，她就用那充滿愛意的神情瞥著我。「我自己回去比較安全，不能讓其他人看到我們在一起。」

「總有一天，那會——」我開口說話，這次是她把小手放在我的唇上，要我安靜。

「我們現在別談這些了，就讓今晚保持這樣吧！完美極了。」她再次親吻我，很快地就從我的雙臂中溜到門外，背對著門輕輕關上它。完美極了？

我著裝完畢後便生起爐火，坐在壁爐旁的椅子上等待。沒多久通往切德房間的通道打開了，我盡快爬上樓梯，只見切德坐在他的壁爐前面。「你得聽我說。」我對他打招呼。當他聽到我凝重的語氣時就警覺地揚起眉毛，指著他對面的一張椅子，我正打算坐下來，但切德接下來所做的事情可嚇得我全身汗毛直豎，只見他瞥了瞥四周，好像我們站在一大群人中間似的，然後他摸了摸自己的嘴唇，比了一個輕聲安靜的手勢，便朝我靠過來直到我們的頭幾乎碰在一起。「輕輕地、輕輕地坐下。什麼事啊？」

我依然坐在壁爐那兒的老地方，只覺胸中的心跳聲如雷貫耳。在公鹿堡其他地方要謹言愼行也就算了，但我從來沒料到連在這裡說話都要很小心。

「好吧，」他吐了一口氣對我說道。「報告吧！」

我吸了口氣然後一字不漏地告訴他我和惟眞的連接讓整件事情都明朗了，然後鉅細靡遺地說明：弄臣挨打、珂翠肯送畢恩斯的贈禮、我當晚是如何爲國王效勞、端寧和擇固進我的房裡等等。當我悄悄提到帝尊的間諜時，他噘著嘴但不怎麼驚訝，等我說完之後他就鎭定地看著我。

又是一陣耳語。「那你的結論呢？」他如此問我，彷彿想用這道難題教我一些事情。

「我能直接說出我心中的疑惑嗎？」我平靜地問道。

他點點頭。

我鬆了一口氣。當我敘述過去幾週以來腦海裡所浮現的景象時，不禁感到如釋重負，而切德知道該怎麼做，所以我也就簡單扼要地說明。帝尊知道國王因病恐怕來日無多，而瓦樂斯是他讓國王沉靜下來，好讓國王聽信他自己耳語的工具。帝尊還不斷說著惟真的壞話，且想把公鹿堡僅剩的一分一毫都耗盡。他會棄守畢恩斯好讓紅船占領，讓他們忙成一團好達成自己的野心企圖；他還把珂翠肯描繪成想竄奪王位的外國人和邪惡不忠的妻子。他想集大權於一身，而最終的目的就是當上國王，或者至少將六大公國的大部分收歸己有，所以才大費周章娛樂內陸公爵和來自當地的貴族們。

切德一邊聆聽，一邊不情願地點點頭。當我稍作停頓時，他輕柔地說道，「你說帝尊在編織一個網，但我卻發現帝尊的網中有許多破綻。」

「我可以補些東西進去，」我悄悄說著。「假設蓋倫所創的精技小組效忠帝尊？假設所有的訊息都先傳給他，而只有那些他認可的訊息才會遵循原先的流程抵達原先的目的地？」

切德的神情既靜默又沉重。

我更慌亂地悄聲說道。「如果我們的自衛能力正因訊息延遲而減弱的話呢？他讓惟真看起來像個傻瓜，也削弱了所有人的信心。」

「惟眞難道看不出來嗎？」

我緩緩搖頭。「他的精技能力很強，但無法在同一時間耳聽八方。他最強的本領是將精技力量極度集中，但如果要監視他自己的精技小組成員，恐怕就沒辦法看守沿海防範紅船來襲。」

「那他……惟眞感覺得到我們目前的對話嗎？」

我羞愧地聳聳肩。「我不知道，這就是我自身的缺點所招致的不幸。我和他的連結不太穩定，有時候我可以清楚感受他的心智，就像他站在我身邊大聲說話一樣，但其他時候我幾乎感覺不到他。昨天晚上，當他們透過我進行對話時，每一個字我都聽得清清楚楚。但現在……」我在內心搜索著，就像是摸索著身上的衣袋一樣。「我只感覺彼此依然連接。」我俯身向前捧著腦袋，感覺快虛脫了。

「喝茶嗎？」切德溫和地問我。

「好。我還想靜靜地多坐一會兒，不知從什麼時候開始我的頭就一直這樣劇烈陣痛著。」

切德將水壺放在爐火上，看見他把藥草加進去煮可眞令我感到噁心。是有些精靈樹皮，但不像我稍早想要的那麼多，裡頭還有薄荷和貓薄荷葉，外加一點兒珍貴的薑根。我認出他也曾用這些東西泡茶給惟眞，好減輕他的虛脫感。接著他又走回來靠近我坐下。「應該不是這樣。你剛才說的情形，必須是在精技小組成員對帝尊盲目效忠的情況下才有可能發生。」

「只要一位能力很強的精技使用者就夠了。我的缺陷就是蓋倫造成的。你記不記得蓋倫曾瘋狂崇拜駿騎？那是創造出來的忠誠，蓋倫可能在完成精技小組成員的訓練之後，在自己死亡前對他們做了同樣的事。」

切德緩緩搖頭。「你認爲帝尊會蠢到以爲紅船在侵占畢恩斯之後就會罷休？最後他們會想要公鹿、瑞本和修克斯，那他還剩什麼？」

「還有內陸大公國。這是他唯一關心的，也是唯一和他相互維持忠誠的公國。他將擁有一大片土地阻絕紅船所有可能的侵襲，而他或許也會像你一樣相信他們要的並非土地，而只是想持續劫掠。劫匪是屬於海上的人們，不至於大費周章跑到內陸來煩他，只怕沿海大公國忙著對抗紅船都來不及了，不太可能有餘力對付帝尊。」

「如果六大公國的海岸失守，貿易和航運也就沒了，那麼內陸的公爵們會感到愉快嗎？」

我聳聳肩。「我不知道。我沒有答案，切德，但這是我目前為止組合各種蛛絲馬跡所得到的結論。」

他起身將水壺裡沸騰的水倒在一個大大的棕色茶壺裡，待沸水充分潤洗茶壺內部後，接著將他剛才調製的藥草倒進來。我看著他把滾水倒在藥草上，整個房間頓時充滿了花園的芬芳。我眼前出現了一幅景象，一位老人把茶壺的蓋子蓋好，然後把茶壺和若干茶杯放在托盤上，而我也將這舒適親切且單純的時刻包裹起來，好好收藏在內心深處的某個角落。年齡對切德的影響愈來愈明顯，如同疾病吞噬著黠謀般。他原本敏捷的身手已不復見，鳥一般的機警也不像從前那麼靈敏，這本是不可避免的結果，但我的心卻在領悟到這一點之後頓時痛了起來。當他把一杯溫熱的茶放在我的手上時，就對著我的表情皺了皺眉頭。

「怎麼了？」他輕聲問道。「要在茶裡加點蜂蜜嗎？」

我搖搖頭啜了一口茶，差點兒燙到舌頭。令人愉悅的口感覆蓋了精靈樹皮的刺激味道，不一會兒我就感覺神清氣爽，那個我鮮少察覺的痛苦也消退了。「好多了。」我嘆了一口氣，只見切德自得其樂地對我略微欠身。

他又靠了過來。「這論述還太單薄。或許我們只是有個自我沉溺的王子，喜歡趁王儲不在的時候招待他那群馬屁精。他因爲短視而忽略沿海的防守，而且指望他哥哥回來清理這個爛攤子，同時搜刮國庫和出售馬匹牛隻擴充自己的財富，反正也沒人能阻止他。」

「那麼，他爲什麼把畢恩斯的公爵塑造成叛徒？故意把珂翠肯視爲外來者？爲什麼散播謠言嘲諷惟

眞的任務？」

「嫉妒。帝尊一向是他父親的寵兒，我不認爲他會對抗黠謀。」切德的語氣讓我感覺這是他極度希望自己相信的事情。「瓦樂斯給黠謀止痛的藥草就是從我這兒來的。」

「我不懷疑你的藥草，但我認爲他加了些別的進去。」

「這麼做有什麼意義？就算黠謀死了，惟眞仍是王位繼承人。」

「除非惟眞先死，」我在切德準備開口反駁時舉起手來。「而且這件事情並不需要眞正發生。如果帝尊控制了精技小組成員，他就可以隨時隨地傳達惟眞的死訊，等帝尊成了王儲，就會……」我沒把話說完。

切德長嘆了一聲。「夠了。你說的這些話夠我想的了，我會運用我本身的資源仔細調查。現在你應該好好看護你自己、珂翠肯和弄臣。如果你的理論有那麼一絲眞實的話，你們都會成爲帝尊達成目標的阻礙。」

「那你呢？」我平靜地問道。「那我們現在爲什麼要這麼小心？」

「隔壁有個房間，以往總是空無一人，但現在住著帝尊的一位訪客，就是他的表弟銘亮，也正是法洛的爵位繼承人。這個人睡眠很淺，常對僕人抱怨聽到老鼠在牆壁裡吱吱叫。還有，昨天晚上當偷溜推倒茶壺發出嘩啦的聲響，他就醒了。此外，這個人也極端好奇，還問僕人現在是否仍有鬼魂在公鹿堡裡遊走。我還聽到他敲牆壁的聲音，應該是懷疑這兒也有個房間。我們是不用多慮，反正我確定他快走了，但是小心一點總是好的。」

我覺得事有蹊蹺，但如果他不想說，就算問了也沒用，不過我還是多問了一個問題。「切德，你還是能每天見國王一面嗎？」

他低頭一瞥雙手然後緩緩搖頭。「帝尊似乎懷疑有我這個人的存在，這點我對你承認。他至少在懷疑什麼事情，也似乎總是讓他的一些手下到處埋伏，對我造成許多不便。但是，我們要煩惱的事情已經夠多了，不妨來想想該如何讓情況好轉。」

接下來，切德基於我們對古靈的粗淺瞭解展開冗長的討論。我們談到如果惟眞成功的話會如何，也猜測古靈將提供什麼樣的援助。切德的語氣透露出極大的希望和眞誠，甚至還滿懷熱忱。我試著分享他這份熱情，但還是相信六大公國得剷除異己方能得到救贖。沒多久他就要我回自己的房間。我回房後躺在床上，試著在天亮前休息幾分鐘，但反而睡得很深沉。

有一段時間，暴風雨庇佑著我們不受劫匪侵擾，而每當我早上起床看到風雨吹打窗戶時，就知道這是該好好珍惜的一天。我試著不讓別人注意到我，甚至三餐都在守衛室裡解決，好迴避帝尊。我也不走到任何一間端寧和擇固會進去的房間。欲意也從位於畢恩斯紅塔的精技崗位返回這裡，不過他很少和端寧及擇固在一起，反而常在廳裡的桌邊閒晃，經常一副眼皮半垂快睡著的樣子。他對我的反感不像端寧和擇固所共有的那份極度憎恨，但我還是盡量避開他。我告訴自己這樣做挺明智的，卻也覺得自己是個膽小鬼。我盡可能抽出時間陪伴黠謀國王，但總覺得陪伴他的時間不夠。

有天早上，一陣猛烈的敲門聲及吼著我名字的聲音將我吵醒，我只得蹣跚地走下床把門打開，只見一位臉色發白的馬僮渾身發抖站在我的門邊。「阿手說到馬廄去，現在就去！」

他根本不讓我有時間回應他的緊急訊息，反倒像遭七種惡魔追趕似的迅速跑走。

我穿上昨天的衣服，下到樓梯中間時才想到應該先用水洗洗臉，並把頭髮往後梳成一股辮子才對。我飛奔穿越庭院，馬上就聽到從馬廄傳來的爭吵聲。我知道阿手不會爲了馬廄幫手們的小爭執而找我來，但也想不出他爲了什麼事情找我。我推開馬廄的門，穿越一群交頭接耳的馬僮和馬伕，好不容易擠到這場混亂中央。

是博瑞屈。他沒再吼了，旅途勞頓讓他此刻靜靜地站在那裡，臉色發白的阿手則在一旁穩穩地站著。「我沒有選擇。」他平靜地回答博瑞屈之前問的問題。「換成是你也會做相同的事情。」

博瑞屈的臉色糟透了，露出不可置信、空洞且震驚的眼神。「我知道，」過了一會兒他說道。「我知道。」接著轉頭看著我。「蜚滋，我的馬兒們不見了。」他有些站不穩。

「這不是阿手的意思。」我平靜地說道，然後問，「惟真王子呢？」

他皺起眉頭用怪異的眼神注視我。「你不知道我要回來？」他稍作停頓，接著更大聲地說，「在我回來之前就傳訊息了，你沒收到嗎？」

「我們什麼也沒聽說。到底發生了什麼事？你怎麼回來了？」

博瑞屈環視著一群目瞪口呆的馬僮，眼神裡又透露出一些我所認識的博瑞屈的特質。「如果你們都還不知道，那麼這事兒可不容大家閒言閒語，我一定要直接去見國王。」他站直身子再次環視著馬僮和馬伕，然後這位硬漢就用原有的吼聲下令，「你們難道沒事情做嗎？等我從城堡裡回來之後，倒要看看我不在的時候，你們是如何打理一切的。」

這些人彷彿陽光裡的霧般一哄而散，只見博瑞屈對阿手說，「你能照顧我的馬嗎？可憐的紅兒最後這幾天都沒得到妥善治療，現在牠回家了，好好照顧牠吧！」

阿手點點頭。「當然。我該找療者來嗎？我可以讓他在這裡等你回來。」

博瑞屈搖搖頭。「我自己能做的都做了。過來，蜚滋，借你的手讓我扶一下。」

我難以置信地把手伸出來，博瑞屈就抓住我的手沉重地靠過來。我首次低頭一瞥，本以為他腳上裹著的是厚實的禦寒綁腿，但其實卻是綁在他傷腿上的厚重繃帶。他支撐住這隻腿，將大部分的重量放在我身上，然後一跛一跛地走著，讓我感受到他渾身上下的虛脫。和他距離這麼近，我也聞到他全身因疼痛而流出的汗味。他的衣服又髒又破，手和臉也髒兮兮的，我怎麼也想不到我認識的這個人會變成這樣子。「請告訴我，」我一邊攙扶他走向城堡，一邊平靜地問道。「惟眞還好吧？」

他還我一絲微笑。「你認為如果惟眞王子死了，那我還能苟活嗎？你眞是侮辱了我。況且，你也用點頭腦想想，你應該知道他是死還是受傷了。」他稍作停頓然後謹愼地端詳我。「你應該知道吧？」

他顯然在說我和惟眞的精技連結，我也只得羞愧地坦承。「我們的連結不穩定，有些事情很清楚，另一些就很模糊。這件事我一無所知，到底發生了什麼事？」

他看來若有所思。「惟眞說他會試著把話經由你傳給黠謀，但如果沒有的話，我就得親口把這訊息告訴他。」

我沒再多問。

我已經忘了博瑞屈有多久沒見到黠謀國王了。早上不是見國王的最好時機，但是當我如此告訴博瑞屈時，他說寧可在這不甚妥當的時刻立即報告，也不願拖延訊息。所以當我們敲門時，很驚訝地發現居然進得去，一進去之後才明白原來是因為瓦樂斯不在。

反而是我一進門，弄臣就親切地問我，「回來吸更多燻煙嗎？」接著，當他看到博瑞屈時，臉上嘲諷般的笑容就消失了，他注視我的雙眼，「惟眞王子呢？」

「博瑞屈來向國王報告。」

「我會試著喚醒他。雖然他這陣子都是這樣，不過無論他是睡是醒都可以報告，反正他都能注意到。」

雖然我已經習慣弄臣的嘲諷，但這話聽起來還是挺刺耳的。這番譏諷有些不對勁，只因他語氣中蘊含太多的聽天由命。博瑞屈用憂慮的眼神注視我，接著悄悄問我，「國王怎麼了？」

我搖搖頭示意他保持安靜，然後試著讓他找個位子坐下來。

「我得在國王面前站著，直到他讓我坐下。」他固執地說道。

「你受傷了，他會諒解的。」

「他是國王，那就是我所瞭解的。」

所以我不再勉強他。我們就這麼等著，等了很久很久，最後弄臣從國王的臥房走出來。「他不舒服，」他提醒我們。「我向他解釋了大半天才讓他知道誰在這裡，不過他還是會在臥房聽你的報告。」

於是，我攙扶著博瑞屈進入國王的臥房，也看到他面對這一片幽暗和煙味厭惡地皺鼻子。燻煙辛辣的味道充斥整個房間，還有一些小香爐也仍燃燒著燻煙。只見弄臣拉開床簾，我們就站在那兒看著他拍拍枕頭塞在國王的背後，直到黠謀微微揮手示意他站到一邊。

我看著國王，心中納悶自己爲什麼都沒看出他的病徵。這些病徵其實顯而易見，像是全身消瘦、發酸的汗味和發黃的眼白等等，這至少都是我應該觀察到的。博瑞屈臉上詫異的表情，凸顯出自從他上次晉見國王以來，這一切的變化有多大，但他很技巧地掩飾這份震驚，筆直地站在國王面前。

「國王陛下，我來向您報告了。」他以正式的語氣說道。

黠謀緩緩眨著眼睛。「報告吧！」他虛弱地說道，而我不確定他這是命令博瑞屈，或僅是重複字句，博瑞屈則將這當成指令。他一向堅持我詳細精確地敘述事情，而他此刻的報告也同樣鉅細靡遺。我站著，他就靠在我肩上描述他和惟眞王子是如何穿越冬雪不停地朝群山王國前進，而且是直言不諱地說。這是一趟艱辛的旅程，即使在惟眞出發之前已先派使者傳遞訊息，但他們一路上所得到的支援和招待卻不盡理想。沿途的貴族宣稱他們根本不知道惟眞要來，而且在很多情況下只有僕人招呼他們，所得到的接待和尋常的旅人沒什麼兩樣。原本在定點會有補給品和額外的馬匹等著，但事實並非如此，所以馬匹所受的折磨比人還慘重，天候狀況也十分惡劣。

當博瑞屈報告時，我感覺到他渾身上下不時顫抖，就快完全虛脫了；但每當他開始搖晃時，就會深呼吸讓自己穩住，然後繼續說下去。

他用微微顫抖的聲音說道，他們抵達藍湖之前在法洛的平原遭突襲。他沒有自行妄下結論，只是描述這群攔路搶劫的強盜如何運用軍事手法作戰，雖然他們的衣著沒有任何代表公爵的顏色，卻是一群打扮和武器都挺講究的盜賊，而很顯然惟真就是他們的既定目標。當兩隻馱獸逃跑時，沒有一位攻擊者脫隊追逐牠們，然而眞正的盜匪通常寧願追逐載貨的馱獸，也不願和武裝人員搏鬥。惟眞的屬下後來終於穩住陣腳成功地擊退這批匪徒，而這群攻擊者也明白了惟眞的侍衛將抵死護衛，寧可犧牲最後的一兵一卒，也不願投降或讓步，所以只得騎馬就逃，將戰死的同黨丟棄在雪中。

「他們沒有擊敗我們，但我們也非毫無損失。我們失掉了許多補給品，有七個人和九匹馬喪生，兩個人受重傷，其他三個人受輕傷。惟眞王子決定將傷者送回公鹿堡，也讓兩個沒受傷的人陪我們回來。而他則繼續執行任務，帶領他的侍衛前往群山王國，然後讓他們待在那裡等他回來。敏瑞奉命負責我們這批回來的人，也攜帶惟眞的書面訊息。我不知道那封訊息的內容，但是敏瑞和其他人五天前遭殺害，就在我們沿公鹿河行走時，突然在公鹿公國的邊界遭突襲。是弓箭手，事情發生得很……突然，我們之中有四個人立刻被箭射死，我的坐騎則側身受擊。紅兒是一匹年輕的馬，牠一中箭就驚慌失措，陷在堤岸裡，我也跟著牠陷進去。河水很深，水流也很湍急，當我緊緊抓住紅兒時，我們卻一起跌進河裡給沖到下游去，只聽到敏瑞大聲叫其他人繼續騎，因爲總要有人回到公鹿堡，但他們一個也沒回來。當紅兒和我終於爬出公鹿河時，我們就回到原來的地方，然後便發現他們的屍體，但敏瑞身上的文件不見了。」

他站直身子口齒清晰地報告，用字簡潔扼要。他的報告精簡描述了事情發生的經過，隻字不提他對被遣送回來的感覺如何，和變成唯一生還者的感想。我猜想他今晚一定會喝不少酒，也納悶他是否想要別人陪他。但是此刻，他沉默地站著等國王發問，不過這片沉寂也太久了。「陛下？」他又問道。

黠謀國王在床的陰影裡移動。「這讓我想起我年輕的時候，」他聲音沙啞地說道。「我曾經持劍騎在馬上。當一個人無法再這樣……我想，當一個人喪失了那種能力，他其實喪失了更多東西。不過，你的馬還好吧？」

博瑞屈皺了皺眉頭。「我盡己所能醫治牠，陛下，牠不會有什麼永久性的損傷。」

「很好，情況至少還不太糟。對了，情況至少還不太糟。」黠謀國王稍作停頓，接下來我們聆聽著他的呼吸，似乎挺吃力的。「你去休息吧！好傢伙。」他終於生硬地開口。「你看起來可糟透了，我會……」他停下來吸了兩口氣。「我晚一點再找你來，等你休息夠了之後。我一定還得問你一些事情……」

他的聲音消散了，只是不斷呼吸。當一個人再也無法忍受無邊的痛苦時，就會如此沉重的呼吸。我還記得當晚的感受如何，我試著想像一邊聽博瑞屈報告，一邊忍受這種痛苦，同時費勁地掩飾這痛楚是何種滋味。弄臣傾身凝視國王的臉，然後看著我們輕輕搖搖頭。

「過來吧！」我對博瑞屈輕聲說道。「國王剛才對你下令了。」

當我們離開國王的臥房時，他似乎更沉重地靠在我身上。

「他看起來不怎麼在乎。」當我們吃力地在走廊上行走時，博瑞屈平靜且謹慎地對我說。

「他在乎的，相信我，他非常在乎。」我們走到了樓梯前，而我遲疑了一會兒。我們得走下這道樓梯，穿越廳堂、廚房和庭院，然後進去馬廄，接著，爬上陡峭的樓梯到博瑞屈的閣樓。或者爬兩道樓梯通過走廊回我的房間。「我帶你到我的房間。」我告訴他。

「不，我想待在自己的房裡。」他的語氣聽起來像個煩惱的病童。

「過一會兒，等你好好休息之後。」我堅定地告訴他。當我小心地攙扶他爬樓梯時，他並沒有抗拒，而我也覺得他沒力氣自己走。他靠在牆上看著我開門，門開了之後我就扶他進房，試著讓他躺在我的床上休息，但他堅持坐在壁爐邊的椅子上，坐穩了之後就把頭往後靠然後閉上眼睛。當他休息的時候，臉上顯露出旅途中的種種困頓煎熬。他看起來骨瘦如柴，氣色也相當糟糕。

他抬起頭環視整個房間，好像從來沒見過這裡似的。「蜚滋？這裡有什麼可以喝的嗎？」

我知道他不是在說茶。「白蘭地？」

「你喝的那種廉價的黑莓玩意？我看我不久就得喝馬搽劑了。」

我轉身對著他微笑。「我這裡可能有一些。」

他沒反應，好像沒聽見我說話似的。

我在壁爐裡生火，接著迅速挑選我收在房裡的藥草，但之前我已經把大部分藥草都給了弄臣，所以剩下不多。「博瑞屈，我去幫你拿點兒吃的和其他東西，好嗎？」

又沒反應，原來他已經坐在椅子上睡著了。我走過去站在他身旁，不用摸就感覺得到他渾身發燙，不禁令我懷疑這次他的腿又怎麼了。新傷蓋在舊傷上面，然後就這樣繼續趕路，這可很難痊癒，於是我趕緊離開房間。

我在廚房裡打斷正在做布丁的莎拉，告訴她博瑞屈受傷生病了在我房裡休息，然後謊稱他簡直餓壞了，請她派個侍童將食物送上來，順便也提幾桶乾淨的熱水來。她立刻讓別人幫忙攪拌布丁，自己則馬上開始準備托盤、茶壺和餐具，很快我就有足夠的食物辦個小型宴會了。

我跑到馬廄告訴阿手博瑞屈會在我房裡待上一陣子，然後上樓到博瑞屈的房裡拿我所需要的藥草和植物根莖。我一打開他的房門就感覺到房裡的寒氣，還有一陣陣濕氣和霉味，心裡便想著該找個人來生火，然後再帶些柴火、水和蠟燭過來。按照原先的預料，博瑞屈一整個冬季都不會在此，所以他先前已經把房間整理得很簡樸，我只看到幾個裝草本藥膏的罐子，卻沒找到新鮮乾燥的藥草，而他也沒有隨身攜帶，更沒在他出發前把藥草交給別人。

我站在房間中央環顧四周，有好幾個月沒來這裡了。兒時記憶浮現在腦海中：我還記得曾在壁爐前花上幾個小時修補馬鞍或上油，在爐火前鋪個墊子就這麼睡了，還有第一隻和我有牽繫的狗兒大鼻子，後來博瑞屈將牠帶走以防我運用原智。我為了這一波波相互衝突的情緒搖搖頭，然後趕緊離開房間。

接下來，我敲了敲耐辛的房門。蕾細開門之後看了看我的臉，立刻就問，「怎麼了？」

「博瑞屈回來了，現在待在我房裡，他傷得很重，但我沒有什麼適合的藥草——」

「你有找療者去嗎？」

我遲疑了一會兒。「博瑞屈總喜歡用自己的方式處理事情。」

「他的確如此。」耐辛走進起居室。「這瘋子對他自己做了什麼？惟真王子還好嗎？」

「王子和他的侍衛遭到攻擊，但他沒受傷，而且繼續往群山方向前進。他把受傷的人送回來，還讓兩個沒受傷的人陪同，但博瑞屈是唯一活著回來的人。」

「回程這麼艱辛？」耐辛問道。蕾細早就在房裡四處收集藥草和植物根莖，以及包紮用的繃帶。

「天氣很冷，沿途又危機重重，一路上也沒受到什麼像樣的接待。而回來的那批人遭弓箭手襲擊，就在公鹿公國的邊境。博瑞屈和他的坐騎一起掉進河裡，給沖到下游去了，不過也許正因如此才讓他保住一命。」

「他的傷勢如何？」耐辛這會兒也開始動作了，她打開一個小碗櫃拿出調製好的藥膏和酊劑。

「他的腿，就是有舊傷的那條腿。我不知道傷得如何，因爲我還沒看到，但我想恐怕挺嚴重的。他沒辦法自己走路，而且還發著高燒。」

耐辛拿下一個籃子開始把藥裝進去。「那麼，你還站在那裡做什麼？」她在我等待的時候唸了我幾句。「還不趕快回你的房間看看你能幫他什麼。我們等一下就把這些拿上去。」

我直接了當地說道，「我不認爲他會讓您幫忙。」

「那我們就看著辦。」耐辛平靜地說道。「現在就去張羅熱水吧！」

我需要的一桶桶熱水就擺在我的房門外。當我水壺裡的水開始沸騰時，就有一群人陸續來到我房裡。廚娘送來兩個托盤的食物，還有溫牛奶及熱茶。耐辛來到房裡，然後就在我的衣櫥上擺好藥草，接著趕緊吩咐蕾細幫她搬一張桌子和兩張椅子來。博瑞屈睡在我的椅子上，儘管不時發抖卻仍熟睡著。

耐辛用令我詫異的親切感摸著他的額頭，檢查他下巴周圍是否有腫脹，然後略微彎腰凝視他熟睡的面容。「博兒？」她溫柔地詢問，他卻動也不動。接著她非常溫柔地輕撫他的臉。「你好瘦，又如此疲憊。」她柔柔地哀傷著，然後用溫水沾濕一塊布，像照顧孩子般將他的臉和雙手擦乾淨，又從我床上拿來一條毯子小心翼翼地塞進他的肩膀後方。一看到我盯著她看，就瞪著我說道，「我要一盆溫水。」她語帶責備地下達指令。當我裝滿一盆水的時候，她就蹲在他面前鎮定地拿出她的銀色布塊，捏起裹住他腿上綳帶的一端。他腿上已經髒掉的綳帶看來從他掉進河裡就沒換過似的，包紮的高度還超過他的膝蓋。當蕾細把那盆溫水端來然後蹲在她身旁時，耐辛像剝開硬殼似的解開髒掉的包紮布條。

博瑞屈呻吟一聲醒了過來，把頭垂在胸前張開眼睛，看來十分茫然，過了一會兒才看到我站在他面前，還有蹲在他腳邊的兩位女士。「怎麼了？」這是他唯一能說的話。

「這可眞是一團糟。」耐辛告訴他，接著將身子向後一退面對著他，好像他在乾淨的地板上留下一道骯髒的痕跡似的。「你爲什麼不至少讓它保持乾淨？」

博瑞屈低頭一瞥他的腿。乾掉的血和河流中的泥沙堆積在膝蓋下方腫脹的裂縫中，並結成硬塊。看到這傷口，他顯然退縮了一下。當他回答耐辛時，語氣既低沉又沙啞。「紅兒拖著我一起掉進河裡，我們的東西也都不見了。我沒有乾淨的繃帶，也沒有食物，什麼都沒有。我原本可以露出傷口以便清洗，但整個傷口就會因此被冰凍起來。妳認爲那樣就能改善情況嗎？」

「食物在這裡。」我忽然打岔，看來不讓他們交談是防止他們發生爭執的不二法門。我把一張小桌子搬到他身旁，放上一盤廚娘準備的食物。耐辛就站起來不擋住他用餐。然後我倒了一杯溫牛奶放在他手上，只見他雙手微微顫抖將杯子拿到嘴邊，我這才明白他有多餓。

「別喝那麼快！」耐辛制止他。蕾細和我注視著她那警告性的眼神，但博瑞屈的注意力似乎全都放在食物上面，只見他放下杯子拿起我之前塗上奶油的麵包捲，幾乎全吃掉了，我就趁著空檔再幫他倒牛奶。看到他的手一拿到食物就開始發抖的感覺很奇怪，我也想知道他在那之前是如何讓自己不致失態。

「你的腿怎麼了？」蕾細輕柔地詢問，然後警告他：「你坐穩了。」接著，她把一塊溫熱且滴著藥水的布貼在他的膝蓋上，只見他一陣顫抖，臉色變得更蒼白，但還是忍住不出聲，然後又喝了些牛奶。

「是一支箭。」他終於說了。「運氣眞是遭透了，偏偏就射在舊傷口上，剛好就是多年前遭野豬攻擊的那個傷口，而且都傷到骨頭裡去了，是惟眞幫我把箭切斷取出來的。」他忽然靠回椅背上，這段記憶似乎讓他覺得很厭倦。「剛好就在舊傷上面。」他昏昏沉沉地說道。「每當我蹲下來的時候，這傷口就會裂開，然後又流血。」

「你應該保持腿部靜止不動。」耐辛嚴肅地說道，但一見到我們三個人都瞪著她，就馬上改口，

「喔，我想你沒辦法，眞的。」她試著打圓場。

「現在讓我們來看看傷勢吧！」蕾細提出建議，然後伸手想拿開濕布。

博瑞屈比了個手勢阻止她。「就別看了，我自己會處理，等我吃完東西再說。」

「你吃完東西之後就該休息。」耐辛告訴他。「蕾細，請讓一讓。」

令我驚訝的是，博瑞屈不再說什麼了。蕾細退開來讓出位子，好讓耐辛夫人蹲在馬廄總管面前。當他看到她把布掀起來的時候，臉上便露出不可思議的神情。接著，她把布的一角用乾淨的水沾濕，擰乾之後靈巧地沾著傷口，溫水就把凝固的血塊溶解。清理乾淨之後，傷口看起來沒有之前那麼糟了，但總還是個難處理的傷口，而且博瑞屈所遭遇的困境會讓傷口復原的過程更加複雜，原本應該癒合的傷口也仍是皮肉綻開，不過每個人顯然因為耐辛徹底的清理而鬆了一口氣。傷口的一端發紅腫脹也還有感染，好在沒有化膿，旁邊的皮膚也沒有變黑。耐辛看了一會兒便開口，「你覺得如何？」她大聲地發問，並沒有針對任何一個人說話。「帶刺人參根？加熱之後搗進糊藥裡磨碎？我們有這個嗎，蕾細？」

「有一些，夫人。」蕾細轉身在她們帶過來的籃子裡翻找。

博瑞屈接著問我，「那些瓶瓶罐罐是從我房裡拿來的嗎？」

我點點頭，他也點頭回應我。「我想也是。那個袖珍矮胖的棕色罐子，把它拿過來吧！」

他從我手中接過那罐子，將塞住罐口的塞子拿掉。「這個。我本來帶了一些離開公鹿堡，但就在第一次遭突襲的時候和那些載貨的馱獸一起搞丟了。」

「這是什麼？」耐辛問道，手上拿著帶刺人參根，眼神充滿了好奇。

「繁縷和車前草葉，浸在油裡，然後加上蜂蠟製成藥膏。」

「那應該很有效，」她表示贊同。「但總得先敷上帶刺人參根。」

我戰戰兢兢地擔心他又要爭論，但他卻只是點點頭，突然間看起來非常疲倦。他將身體靠回椅背上拉緊毯子，垂下眼皮就闔上了雙眼。

我聽到了敲門聲，一開門就看見珂翠肯站在那兒，身旁站著迷迭香。「我的一位仕女告訴我，謠傳博瑞屈回來了。」她開口說道，然後看看我身後房裡的情況。「那麼，這是眞的。他受傷了？我的丈夫，喔，惟眞怎麼樣了？」忽然間，她的臉色變得比我想像中還蒼白。

「他很好，」我讓她安心。「請進。」我咒罵自己的大意，應該在博瑞屈一回來時就把消息傳給她，讓她知道他帶回來的訊息，否則她無論如何也不會知道。當她進門的時候，忙著加熱帶刺人參根的耐辛和蕾細抬起頭來迅速小聲地招呼著她。

「他怎麼了？」珂翠肯問道。於是我把博瑞屈向國王報告的一切全告訴她，因爲我認爲她有權知道她丈夫的現況，就像點謀理當獲悉自己兒子的狀況一樣。當她聽到有人突襲惟眞時，臉色又發白了，但仍靜靜地等我把話說完。「感謝所有的神庇佑，讓他愈來愈接近我的群山，他在那兒至少不致遭受他人攻擊。」她一說完就走到耐辛和蕾細那兒看她們調製帶刺人參根。只見它們已經加熱得夠軟了，於是她們就將它磨成糊狀，放冷了之後再敷在傷口上。

「山梣莓可以將這類傷口清洗得很乾淨。」她大聲提出建議。

耐辛羞怯地抬頭看她。「我聽說過，但這個溫熱的帶刺人參根可明顯降低傷口感染，還有懸鉤子和光滑的榆樹葉，也能有效清洗這類破皮的傷口或製成糊藥。」

「我們沒有懸鉤子葉，」蕾細提醒耐辛。「它不知怎地受了潮，便發霉不能用了。」

「如果您需要懸鉤子葉，我那裡有。」珂翠肯輕柔地說道。「我準備好泡早茶的，這是我阿姨教我的偏方。」她低頭尷尬地笑著。

「是嗎？」蕾細忽然興致盎然地問道。

「喔，我親愛的。」耐辛突然間發出一聲驚呼，帶著一股突如其來且微妙的親切感上前握住珂翠肯的手。「是眞的嗎？」

「是的。本來我以爲它只是……但我後來就有了其他徵兆，甚至有幾天早上一聞到海水味就渾身不對勁。然後我一整天只想睡覺。」

「但妳本來就會有這些感覺，」蕾細笑著驚嘆。「過了頭幾個月噁心的感覺就會消失。」

我非常安靜地站在那兒，像一位外來者似的給排除在談話之外。她們根本忘了我的存在，只見三位女士忽然一起笑了出來。「難怪妳那麼想知道他的消息。他在出發前知道這件事嗎？」

「我那時候根本沒想到，但是我眞想趕快告訴他，然後看看他臉上的表情。」

「妳懷孕了。」我傻傻地說出來，只見她們全都轉過來看我，然後又是一陣大笑。

「這還是個祕密，」珂翠肯提醒我。「我不想在黠謀國王獲悉之前走漏風聲，我得親口告訴他。」

「我當然不會說出去。」我向她保證。我沒告訴她弄臣早就料到了，而且已經是好幾天以前的事情。惟眞的孩子，我心裡想著，忽然渾身一陣怪異的顫抖。弄臣早已察覺的分支道路，還有呈倍數增加的這些可能性，其中一項浮現出來：這個喜訊立刻把帝尊排除在繼承權之外，讓他離王位又遠了一步，另一個小生命擋在他和渴望得到的權勢之間，他可不會輕忽啊！

「當然不會說出去，」我更誠懇地重複。「而且最好絕對保守這個祕密。」因爲一旦洩露出去，我確定珂翠肯的處境會變得和她丈夫一樣危險。

威脅

那年冬天，畢恩斯彷彿遭暴風雨浪潮襲擊的峭壁般，逐漸步向毀滅。起初，普隆第公爵經常派遣身穿制服的使者，騎馬將公爵的訊息直接傳達給珂翠肯，而最初送來的這些訊息都挺樂觀的。王后的蛋白石重建了渡輪鎮，而當地居民不僅向她表達謝意，更送來了一小箱他們視爲至寶的小珍珠。這就奇怪了，這些捨不得拿來重建家園的珍寶，他們卻慷慨地獻給讓出私人珠寶協助建村的王后，不禁令我懷疑其他人是否能明白他們重大的犧牲；而珂翠肯收到了這個小珠寶箱後，也不禁淚流滿面。

後來，使者帶來了更加可怕的訊息。紅船趁著一陣陣暴風雨之間的空檔不斷侵襲畢恩斯，而使者也向珂翠肯報告說公爵想知道精技小組的成員爲何離開紅塔。當珂翠肯直接向端寧求證時，所得到的回答是：那裡的情況太過危急，如果讓欲意留下就太危險了，因爲他的精技能力彌足珍貴，不宜冒險用在對付紅船上面。但很少人聽出其中的蹊蹺。接下來，使者傳來的訊息愈來愈糟，因爲外島人已經在鈎島和貝歇島建立據點。雖然普隆第公爵組織漁船和戰士勇猛地自行發動攻擊，卻終究不敵紅船強大的攻勢，導致船隻和人員傷亡慘重，而畢恩斯的公爵也沉痛地表示已經沒有經費再組織船隊。在最後的關鍵時刻，惟眞的綠寶石交到了珂翠肯手中，她也毫不猶豫地將它們送出去，但是否因此而提供了任何協助，我們都無從得知，我們甚至不確定他們有沒有收到。接著，從畢恩斯傳來的訊息愈來愈不穩定，但情況很快就明朗了，原來訊息有傳送出來但我們沒收到。而和普隆第的通訊也完全中斷。珂翠肯於是從公鹿堡派遣她自己的使者出訪，但兩位使者皆下落不明，讓她發誓再也不犧牲任何一條人命。當時，占領鈎島和貝歐島的劫匪已經開始反覆襲擊更遠的沿海地區，不過仍避免直接靠近公鹿堡，但卻不斷地在我們的北面和南面製造虛擊和佯攻。帝尊對這些襲擊照舊無動於衷，宣稱他正在保存資源，等惟眞帶著古靈回來之後才會一次動用所有資源來驅逐劫匪。然而，公鹿堡的尋歡作樂和娛樂活動卻愈來愈頻繁且鋪張，而他對內陸公爵和貴族們的餽贈也愈來愈慷慨。

博瑞屈在下午時回到了自己的房裡。我本來想讓他待在我照顧得到他的地方，但是他對這主意可是嗤之以鼻，也對蕾細親自打理他的房間怨聲載道。但她也不過是生生火，確認送來的水是乾淨的，寢具都曬過也拍打過，地板拖過也撒上了燈心草，這些實在沒什麼好埋怨的。一根莫莉親手製作的蠟燭在他桌子的中央燃燒著，爲這個滿是霉味的房間帶來陣陣松木的清香，但博瑞屈可不領情，反而咆哮地說這根本不像是他自己的房間。而我只得把他安頓在床上，還在他手邊放了一瓶白蘭地。

我太瞭解他爲何需要借酒澆愁。當我攙扶他經過馬廄上樓回房時，我們經過一間接著一間的空廄

房，不但馬匹不見了，連優良的獵犬也消失無蹤；而我更不忍心到產房瞧瞧，只因我確定裡頭一定也是空蕩蕩的。阿手在我們身旁走著，看來沉默且遭受了不小的打擊，但他的用心良苦可顯而易見。馬廄打掃得一塵不染，剩下的馬匹都梳理得毛色發亮，就連空的廄房也清潔粉刷過。但是，誠如一個空蕩蕩的碗櫃，就算再乾淨，也無法滿足一個飢餓的人。我明瞭馬廄是博瑞屈的寶藏和家園，他回來之後卻發現兩者皆遭洗劫一空。

我離開博瑞屈之後，便獨自走到穀倉和畜欄，發現最好的配種動物都不見了，情況和馬廄一般悽慘。得獎的公牛不見了，而原本占滿一整個畜欄的捲毛黑綿羊，如今也只剩下六隻母羊和一隻小公羊。我不太清楚那兒還有什麼其他的動物，只知道每年此刻原本應該滿是牲口的畜欄和廄房，如今卻幾乎空空如也。

我從穀倉漫步到倉庫和外圍的附屬建築物，看到一棟建築物的外頭有群人正將一袋袋穀粒裝上馬車，而鄰近的兩輛馬車已經載滿東西了。我停頓片刻看著他們，眼見馬車上的貨物愈堆愈高，一袋袋東西也愈難裝載，便上前去幫忙他們搬運，而他們也立刻接受我的協助，於是我就一邊動手一邊和他們聊了起來。當工作完成時，我愉快地和他們揮手道別，然後緩緩走回城堡，心中不禁納悶，爲何要把一整個倉庫的穀粒裝到駁船上運到上游的涂湖去。

我決定在回房前先去看看博瑞屈，於是爬上樓梯朝他房間走去，卻發現房門是敞開的。我擔心這又是什麼陰謀，於是直接推門進去，沒想到嚇壞了在博瑞屈椅子旁的小桌上張羅食物的莫莉。在這裡看到她眞令我感到窘迫不安，我也只能瞪著她瞧，然後一轉身就看到博瑞屈正看著我。

「我以爲你一個人在房裡。」我心虛地說道。

博瑞屈神情肅穆地望著我，而且顯然已經喝了些白蘭地。「我也以爲能單獨清靜清靜。」他嚴肅地說道，和以往一樣精神抖擻。但莫莉可不是那麼好欺瞞的，只見她緗緊雙唇繼續工作，根本忽略我的存在，反而對博瑞屈說話。

「我不會打擾您太久的。耐辛夫人吩咐我來看看您是否吃了熱食，因爲您今早吃得很少。我待會兒把餐點張羅好就離開。」

「也請代我傳達謝意。」博瑞屈補充道。他將眼神從我這裡轉向莫莉，感到一陣尷尬，也感到莫莉因他而生的不悅，然後就試著道歉。「我剛完成了一趟艱辛的旅途，女士，而我的傷也讓我頗爲痛苦，希望不致冒犯了妳。」

「我沒有立場對您所做的任何事情感到被冒犯，大人。」她一邊回答，一邊擺好帶來的所有食物。「我還能做些什麼讓您覺得舒適一些？」她問道，語氣中除了應有的禮貌，什麼也沒有，而且根本看都不看我。

「請接受我的謝意。不光是這些食物，還有讓我房裡的空氣清新的蠟燭，我知道這是妳親手做的。」我看到她的態度和緩了些。「耐辛夫人吩咐我帶些過來，而我也很樂意爲她效勞。」

「我知道了。」他費了更多力氣說出接下來這些話。「請將我的謝意轉達給她，當然還有蕾細。」

「我會的。所以，您不需要任何東西了嗎？我剛好要到公鹿堡城幫耐辛夫人辦點兒事，她告訴我如果您有需要，我可以從城裡幫您帶些東西回來。」

「不用了。不過，她眞是體貼地爲我想到了這些，謝謝妳。」

「不客氣，大人。」莫莉於是提著空空的籃子從我身邊昂首步出房間，好像我根本不在那兒似的。

博瑞屈和我只得面面相覷。我望著莫莉的背影，然後試著將她移出我的腦海。「不光是馬廄。」我告訴他，接著簡短報告我在穀倉和倉庫所見到的情景。

「我早該告訴你跟那有關的一些事。」他沒好氣地說道，看了看莫莉帶來的食物，然後替自己倒了更多白蘭地。「當我們一路走到公鹿河的時候，可聽到不少謠言和訊息。有些人說帝尊爲了籌措防禦沿海的經費而出售牲口和穀粒，其他人則表示他將配種動物送往內陸的提爾司境內安全無虞的放牧場。」他一口喝下白蘭地。「最好的馬匹不見了，這我一回來就察覺到了。我挺懷疑我在十年內是否還可以孕育出媲美這水準的動物。」他又倒了酒。「我這輩子的努力都泡湯了，蜚滋。一個人總想在這世界上留下一些什麼。而我在這裡所養育的馬匹和建立的純正血統，如今卻散落在六大公國，無處可尋。噢，並不是說這些馬兒無法改良那裡的品種，只是我再也無法看到我原本可以持續的工作成果。坐穩毫無疑問會搭配高瘦的提爾司母馬育種，而接生餘燼下一胎的人卻會覺得牠的小馬兒只不過是另一匹普通的馬；我等了六代才等到那匹小馬，他們卻會讓這匹最好的獵馬去犁田。」

我頓時啞口無言，因爲他說的恐怕都是眞的。「吃點兒東西吧！」我提出建議。「你的腿現在怎樣了？」

他掀起毯子隨意地看了看。「反正還在就是了。我想我應該心存感激，而且情況比今早好多了。帶刺人參根的確有消炎效果，這雞腦袋的女人還挺懂自己的藥草。」

我不用問就知道他說的是誰。「你要吃點東西嗎？」我又問了。

他放下杯子然後拿起湯匙，嚐了一口莫莉準備的湯，不情願地點頭表示贊同。「所以，」他一邊吃一邊說道，「那女孩就是莫莉。」

我點點頭。

「今天對你好像有點冷淡。」

「是有一點。」我冷冷地回答。

博瑞屈露齒而笑。「你就像她一樣易怒。我猜想耐辛在她面前一定沒說我的好話。」

「她不喜歡醉漢，」我坦白告訴他。「她父親酗酒而死，不過在這之前可讓她過了好幾年苦日子。他在她小的時候對她拳打腳踢，等她長大之後就幾近挑剔責罵之能事。」

「喔。」博瑞屈小心翼翼地把酒倒進杯子裡。「聽到這些眞令人遺憾。」

「她也很遺憾得過這種生活。」

他平視著我。「我可沒有失態，蜚滋。她在這裡的時候我也沒對她無禮，更沒喝醉，至少還沒有。所以，不妨收拾起你的非難，說說我不在的時候，公鹿堡發生了什麼事情。」

我於是起身向博瑞屈報告，彷彿他有權提出這樣的要求，而我想從某方面來說也的確如此。他一邊吃一邊聽我說，當我說完的時候，他又倒了更多的白蘭地，然後靠在椅背上握著酒杯，晃了晃杯子裡的酒，低頭注視酒杯，接著抬起頭看著我。「還有，珂翠肯懷孕了，但是國王和帝尊都還不知道。」

「我以爲你當時睡著了。」

「沒錯，我也覺得自己好像是夢到了這段對話。哎呀！」他喝下白蘭地，坐起身迅速將毯子從腿上移開，我就看著他謹愼地彎曲膝蓋，直到肌肉把傷口撐開爲止，讓我嚇得退縮了一下，而博瑞屈卻只是一副深思熟慮的樣子，又倒了更多的酒來喝，就這樣喝掉了半瓶酒。「如此看來，如果我不想讓傷口裂開，只得用夾板將腿固定住。」他抬頭瞥著我。「你知道我需要什麼，能幫我拿來嗎？」

「我想你需要休息一兩天，不如趁此機會好好休養，躺在床上可不需要夾板。」

他深深地看了我一眼。「誰看守珂翠肯的房門？」

「我不認爲……我想她有讓一些侍女睡在她住所的外寢室。」

「你知道他一旦發現這件事情之後，就會嘗試殺了她和未出生的孩子。」

「這仍是個祕密。如果你開始看守她的房門，所有的人都會知道。」

「我算了算，包括我在內已經有五個人知道，所以不是祕密了，蜚滋。」

「六個人，」我悔恨地承認。「弄臣幾天前就猜到了。」

「噢！」看到博瑞屈吃驚的表情可眞讓我滿足。「至少他不會嚼舌根到處宣揚，不過你也應該知道，再過不久這就不是祕密了，很快就會謠言滿天飛。你記好我說的，我從今晚開始看守她的房門。」

「非你不可嗎？難道你不能休養，讓我——」

「一個人能因失敗而死，蜚滋，你知道嗎？我曾經告訴過你，一場搏鬥在贏家產生前是不會結束的。這個，」他厭惡地指了指他的腿，「我不會以這個爲藉口放棄戰鬥。我無法陪王子繼續旅途的事實已經讓我覺得很羞愧了，絕對不能在此讓他失望。況且，」他發出了一聲酸苦的笑聲。「現在馬廄裡的情況也不會讓阿手和我同時有事可忙，我也沒有心情待在那兒了。你能把夾板拿來嗎？」

所以我只得把夾板拿過來，先在他的傷口上塗抹藥膏，包紮好之後再將夾板裝上。他剪開一條舊長褲固定夾板，然後讓我攙扶他下樓梯，接著他就不顧自己先前的聲明，走到馬廄去看紅兒的箭傷是否經過清潔和治療。我把他留在那兒，自己回到城堡想找珂翠肯談談，讓她知道今晚開始會有人幫她守門，也得告訴她原因。

我敲了敲她的房門，不久迷迭香就讓我進去，只見王后和她所挑選的仕女們都在房裡。大部分的仕女一邊聊天一邊進行刺繡或針線活兒，王后自己則把窗子打開迎向溫暖的冬日，然後皺起眉頭望著窗外平靜的海面，讓我想起技傳時的惟眞，也不禁懷疑相同的憂慮此刻是否正籠罩著她。我隨著她的眼神望去，和她一樣納悶著紅船今日會攻擊何處，還有畢恩斯的情況如何了。但納悶是沒有用的，官方說法是，畢恩斯沒有再傳來任何消息，但謠傳沿海已經血流成河了。

「迷迭香，我希望和王后單獨談談。」

迷迭香嚴肅地點點頭，然後走去通報王后。過了一會兒，王后抬起頭看了一看，對我點點頭比個手勢要我在她窗邊的座位坐下，我也靜靜地對她打招呼，微笑指著窗外假裝談論今天的好天氣，口中卻輕柔地說道，「博瑞屈希望看守您的房門，就從今晚開始。他擔心如果其他人知道您懷孕了，您將會有生命危險。」

換成其他的女性，聽到這話恐怕只有臉色發白的份，要不至少也會大吃一驚，但珂翠肯卻只是輕撫她隨身攜帶的鑰匙旁那把很管用的刀。「我幾乎就要迎接如此直接的攻擊了。」她思索著。「我想這是個挺明智的做法。讓他們知道我們已經在懷疑反正也沒什麼壞處？不，應該說我們清楚得很。我沒必要再顧忌，也沒必要再客氣。博瑞屈不已經接受了他們放箭穿腿的問候了嗎？」她語氣中的苦澀和言語中的憤慨令我感到震驚。「他可以來守衛，同時我也要謝謝他這麼做。我可以挑選一名狀況比較好的人，但我還是只信得過博瑞屈。那麼，他的腿傷能讓他執行這項任務嗎？」

「我想他的自尊不會讓其他人執行這任務。」

「那麼，很好。」她稍作停頓。「我會替他安排一張椅子。」

「我懷疑他是否用得到。」

她嘆了一口氣。「我們都用自己的方式提供犧牲獻祭，但不管怎麼說，還是得擺張椅子。」

我低頭致意表示接受，而她也讓我離開了。我打算回房去整理那些為了博瑞屈而拿出來的一堆東西，但是當我輕快地漫步走廊上的時候，卻看見自己的房門慢慢打開，這可讓我大吃一驚。我溜到另一道門邊鑽進去，過了一會兒端寧和擇固就從我的房裡走出來，我於是上前面對他們。

「還在找你們的幽會地點？」我刻薄地說道。

他們倆都僵住了。擇固後退一步，幾乎完全站在端寧後面，端寧瞪了他一眼之後就在我面前站穩。

「我們不需要回答你任何問題。」

「連在我房裡做什麼都不說？你們有沒有找到什麼有趣的東西？」

擇固像剛跑完賽跑似的急促呼吸著。我愼重地看著他的雙眼，弄得他啞口無言，我便對他笑了笑。

「我們根本不需要跟你說話，」端寧說道。「我們知道你是什麼。來吧，擇固。」

「你們知道我是什麼？那可有趣了，我也知道你們是什麼，而且不只我知道。」

「你這禽獸！」擇固吼了出來。「你沉迷在最下流的魔法中，還以爲我們不會察覺？難怪蓋倫發現你根本不適合學精技！」

他的箭正中了我內心深處最隱密的恐懼，且仍插在上頭抖動著，但我極力不讓這感受顯現出來。

「我效忠黠謀國王。」我板起臉定定地注視他們，不再說什麼，只是從頭到腳打量他們，掂著他們應該是什麼樣身分的人，卻發現他們根本不夠格。只見他們移動腳步且快速瞥了瞥彼此，我就知道他們心裡明白自己是叛徒。他們明知應該向國王報告，卻對帝尊通風報信，況且他們並非盲目行事，而是完全明瞭自己在做什麼。或許蓋倫把效忠帝尊的信念烙印在他們的心中，或許他們也無法想像該如何背叛他。不過，他們多少還知道黠謀是國王，同時也知道自己背叛了對國王承諾的誓言。我特別記住這一點，因爲這道小小的裂縫，說不定哪天就要釀成大災。

我上前一步，挺享受地看著畏縮的端寧和縮在她身後及牆壁間的擇固，但我沒有攻擊他們，只是轉身把門打開。我在進房的時候，內心邊緣感到一絲精技的撫觸，而我也不假思索地照惟眞教我的方法將它阻隔起來。「可別聲張你們的想法。」我警告他們，然後頭也不回就把門關上。

有好一陣子我只是站著呼吸。鎭定，要鎭定。我沒有放鬆心中的防禦，只是安靜小心地拴上門閂，等房門緊緊鎖好之後，就非常謹慎地在房裡移動。切德曾經告訴我，刺客一定要相信對手總是比自己技高一籌，而且這是唯一讓自己存活下來且時刻警覺的不二法門，我也因此不敢碰房裡的任何東西，唯恐遭下毒。我站在房間中央，閉上雙眼試著回想房間在我離開時是什麼樣子，然後張開眼睛尋找房裡有些什麼變化。

放藥草的小碟子好端端地擱在我的衣櫥上。我原本把它放在衣櫥的一端好讓博瑞屈方便取用，所以說他們搜過我的衣櫥。而繪有睿智國王的織錦掛毯，幾個月以來都有點兒歪斜，現在可是端端正正地掛在牆上。這些是我僅能觀察到的變化，卻也令我納悶他們到底要找什麼東西。他們搜過我的衣櫥，似乎暗示了他們要找的東西體積夠小才放得進去，但是爲什麼要掀起掛毯看看後面有什麼？我靜靜地站著思考片刻。這並非隨機的搜尋，我也不確定他們希望找到什麼東西，但我懷疑他們奉命尋找我房裡的祕密通道，這表示帝尊推斷殺了百里香夫人還不夠，他的疑心比切德讓我相信的還深。此刻，我對於自己始終無法找到切德房間的入口幾乎心存感激，因爲這讓我更加確信其隱密性。

我檢查了房間裡的每一項物品之後才敢碰，我把那盤廚娘給我的食物殘餚全都丟掉，將水桶和水壺裡的水倒掉，也檢查木柴和蠟燭上是否有粉末或樹脂，更心不甘情不願地把所有的藥草丟棄。不能冒任何風險。我沒發現遺失了什麼東西，房裡也沒多出別的物品。不一會兒我就坐在床上，感覺十分虛脫和氣餒，只因我覺得自己應該更小心。我回想起弄臣的經驗，我可不想在下次進房時腦袋被袋子套住，還得挨一頓揍。

我的房間頓時顯得限制重重，好像成了我每天必須返回的陷阱。我門也不鎖就離開房間，只因鎖門根本無濟於事，倒不如讓他們瞧瞧我一點兒也不怕他們闖入我的房間，即使我心中眞的很害怕。

這是一個溫暖晴朗的下午，儘管我享受漫步城堡的樂趣，這個不合時令的氣候卻也讓我提心吊膽。

我決定進城去看看**盧睿史號**戰艦和我的船友們，或許再到小酒館去喝一杯。我太久沒進城了，也太久沒聽城裡人們的閒言閒語，現在正好讓我有機會暫時遠離公鹿堡的重重陰謀。

當我正要走出城門時，一名年輕的守衛擋住我的去路。「站住！」他命令我，然後說道：「請留步，大人。」他說他認得我。

我順從地停了下來。「什麼事？」

他清了清喉嚨，忽然間整張臉紅到耳後，吸了一口氣然後靜靜地站著。

「你需要些什麼嗎？」我問道。

「請等一會兒，大人。」這男孩脫口而出。

這小子跑進守衛室，稍後一位較年長的看守士官出現。她嚴肅地看著我，彷彿要將自己穩住似的吸了一口氣，然後平靜地說道，「你不准出城堡。」

「什麼？」我不敢相信自己聽到的。

她挺起身子用更堅定的語氣說道，「你不准出城堡。」

我心中升起了一股火熱的怒氣，但我壓抑了下來。「這是誰的命令？」

她穩穩地站在我面前。「我的指令來自城堡裡的長官，大人。那就是我所知道的了。」

「我想和那位長官談談。」我讓自己的語氣聽起來溫和有禮。

「他不在守衛室，大人。」

「我明白了。」但我真的不太明白。我能察覺自己所面對的緊迫盯人，但現在的狀況可眞把我給弄糊塗了。不過，另一個顯然該問的問題是「爲什麼不在」？儘管黠謀衰弱無力，我卻有惟眞成爲我的保護者，但他人不在這裡。我可以轉而求助珂翠肯，但是除非我想讓她和帝尊公開對峙。我不會這麼做。

而切德向來是一股陰影般的勢力。這些思緒在我的心中快速游移，正當我在城門前受阻時，聽到有人叫我的名字，於是我轉身望去。

莫莉從城裡跑上城堡，身上藍色女僕洋裝的裙襬因奔跑而拍打著她的小腿，只見她沉重且步伐慌亂地跑著，一點兒也不像平日的優雅步履，而且看起來精疲力竭，或幾乎要虛脫了。「蜚滋！」她又叫了一聲，語氣滿是恐懼。

我朝著她走過去，但看守士官忽然上前一步擋住我的路，雖然她的神情恐懼，卻也十分堅決。「我不能讓你踏出城門一步，這是我得到的命令。」

我眞想一拳把她打扁，但仍強迫自己忍住，只因和她抗爭並無法拯救莫莉。「那麼，妳這該死的傢伙就走過去看看她！難道妳看不出來這位女士有麻煩？」

她和我四目相對地站著，一動也不動。「麥爾斯！」她叫了一聲，剛剛那位小伙子就跳了出來。「去看看那位女士怎麼了，快！」

這小子就像子彈般衝了過去，而我只能在看守士官的阻擋下，越過她的肩膀無助地看著麥爾斯朝莫莉衝過去。當他跑到她身邊時，就伸出一隻手攙扶她，另一隻手提著她的籃子，莫莉則沉重地倚靠著他，喘著氣且幾乎要哭了出來。莫莉朝城門走來，而我好像等了一輩子才等到她穿越城門衝進我的懷裡。「蜚滋，喔，蜚滋。」她正在啜泣。

「過來吧！」我把她帶離守衛和城門。我知道自己的舉止十分明理且冷靜，卻也因此自覺羞愧和渺小。

「你剛才怎麼……不走過來？」莫莉氣喘吁吁地問我。

「守衛不讓我過去，他們奉命不讓我離開公鹿堡。」我平靜地說道，感覺到她靠著我時不斷地顫抖。我把她帶到倉庫的轉角，不讓站在城門邊目瞪口呆的守衛看到我們，然後握住她的手直到她鎮靜下來。「怎麼了？發生什麼事？」我試著安慰她，把垂在她臉上的頭髮向後梳。過了一會兒，她在我的懷裡安靜了下來，呼吸也平穩了，但依然微微顫抖著。

「我進城去。耐辛夫人讓我下午外出，而我也需要買些東西……好製作蠟燭。」說著說著，她漸漸地不再發抖，而我也抬起她的下巴讓她注視我的雙眼。

「然後呢？」

「我在……回來的路上，就在城外的陡坡上頭，有一片赤楊生長的地方？」

我點點頭。我知道那地方。

「我聽到馬匹奔跑的聲音，所以就讓開好讓他們通過。」她又開始發抖。「我一直走著，心想他們應該會從我身邊經過，但忽然間那些人全都跑到我身後，而我一回頭就發現他們根本就是直接朝我衝過來，不是在路上，而是朝著我衝過來。我趕緊跳進樹叢裡，但他們還是朝我這裡直衝而來，我轉身逃跑，他們卻不罷休……」她的語調愈來愈高。

「噓！等一下。鎮靜下來。想一想，有多少人？妳認識他們嗎？」

她慌亂地搖搖頭。「兩個人。我因爲一直在跑，看不清楚他們的容貌，不過他們戴著罩住眼睛和鼻子的頭盔，就這樣猛追著我。你知道那裡很陡，樹叢又多，我試著逃跑，但他們就騎馬穿越樹叢直接衝向我，像狗兒趕羊般驅趕我。我一直跑一直跑，就是沒辦法擺脫他們。後來，我的腳絆到一根圓木，然後就跌倒了。他們也跳下馬來，一個人把我按在地上，另一個人抓起我的籃子把裡面的東西都倒出來，好像在找什麼似的，而且他們不斷地笑著。我想……」

此刻我的心跳和莫莉一樣劇烈。「他們有傷害妳嗎？」我滿腔怒火地問道。

她稍作停頓，好像無法決定該如何回答，然後慌亂地搖搖頭。「不是你想的那樣。他只是……把我按在地上然後一直笑。另一個人，他說……他說我真傻，讓自己被一個小雜種利用。他們還說……」她又停了下來。無論他們對她是如何出言不遜，這些話一定難聽透頂，讓她無法在我面前重述，這像一把利劍刺穿了我的心。他們竟然如此傷害她，使得她不願讓我分擔這份痛苦。「他們警告我，」她終於繼續了。「他們說遠離那個小雜種，別幫他做些見不得人的事。他們還說……了些我聽不懂的事情，像是訊息、間諜和叛國之類的。他們說會讓每一個人知道我是小雜種的妓女。」她試著不說出這個字眼，但她還是用力地說出來了，而且不讓我因此退縮。「他們說……我會遭吊刑處決……如果我不小心的話。還說什麼幫叛國賊跑腿等同叛國賊。」她的語氣頓時怪異地平靜了下來。「然後，他們對我吐口水，接著就把我丟在那兒。我聽到他們漸行漸遠的馬蹄聲，但還是很害怕，好長一段時間都沒辦法爬起來，我眞的從來沒有如此恐懼過。」她用彷彿裂開傷口般的眼神看著我。「就連我父親也不曾把我嚇成那樣。」

我把她抱得更緊了。「都是我的錯。」直到她退後用疑惑的眼神抬頭望著我，我才知道自己說得太大聲了。

「你的錯？你做錯了什麼？」

「不。我不是叛徒，但我是個私生子，也因此連累到妳。耐辛警告過我的每一件事，還有切……每個人警告過我的每一件事都成眞了，而我也讓妳身陷其中。」

「發生了什麼事？」她睜大雙眼溫柔地問道，接著忽然穩住了呼吸。「你說守衛不讓你出城門，你也無法離開公鹿堡？爲什麼？」

「我也不確定到底發生了什麼事。很多事情我都不明白，但我現在明白了一件事，那就是我要保障

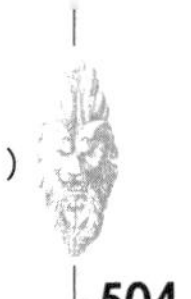

妳的安全。我得遠離妳一陣子，而妳也得遠離我，懂嗎？」

她的眼神閃出一道怒光。「我明白你要把我一個人丟在這淌渾水裡！」

「不，不是這樣的。我們要讓他們相信他們嚇到妳了，而妳也聽從他們所言，這樣妳就能安安全全的，讓他們找不到理由再騷擾妳。」

「他們眞的嚇到我了，你這白癡！」她輕蔑地說著。「我只知道，一旦有人知道你很怕他，你就永遠擺脫不了他。如果我現在聽從他們，他們就會再度騷擾我，要我做其他的事情，看看我到底有多害怕，會聽從他們到什麼程度。」

這是她父親在她生命中所留下永遠無法磨滅的疤痕，讓她既堅強卻也容易受傷害。「現在不是對抗他們的時機。」我一邊輕聲說著，一邊看看她身後，警覺到守衛隨時都會過來瞧瞧我們躲到那兒去了。「過來吧！」我告訴她，然後帶領她走進倉庫和附屬建築物所組成的迷宮深處。她在我身旁安靜地走了一會兒，忽然間她甩開我的手。

「現在正是對抗他們的時機，」她如此宣稱。「因爲如果你現在不行動，你就根本不會去做了。那麼，爲什麼不趁現在？」

「因爲我不想因此拖累妳，也不想讓妳受傷害，更不想聽別人說妳是小雜種的妓女。」我幾乎無法說出這個字眼。

莫莉抬起頭。「我沒做什麼見不得人的事情。」她平靜地說道。「你呢？」

「沒有。但是——」

「『但是』。你最喜歡的字眼。」她語帶苦澀地說道，然後從我身旁走遠。

「莫莉！」我衝出去從她身後抓住她的肩膀。她轉身打我，並不是賞我一巴掌，而是用拳頭狠狠地朝我的嘴揍下去，讓我倒退了幾步，嘴巴還流了血。她站在那兒怒視著我，看我敢不敢再碰她，而我的確不敢。「我不是說我們不能反抗，我眞的只是不想讓妳身陷其中。給我機會讓我用自己的方式對抗吧！」我說道。我知道血已經流到下巴來了，也順便讓她看看。「相信我，假以時日我一定用自己的方式找出他們，讓他們付出代價。現在，告訴我這些人穿著什麼樣的服飾？騎馬的樣子如何？馬兒長什麼樣子？他們說話的方式像公鹿公國的人還是內陸人？有留鬍子嗎？妳看得出來他們的頭髮和眼睛的顏色嗎？」

我看著她嘗試回想，思緒也因此轉向。「棕色。」她終於說了出來。「棕色的馬，鬃毛和尾巴是黑色的。他們說話的方式很普通，就像這裡的任何一個人一樣。我想，有一個人蓄著深色的鬍子。我臉朝下面對地上的泥巴實在很難看得清楚他們。」

「很好，這樣我就知道了。」我這麼告訴她，儘管她等於什麼都沒告訴我。只見她低頭避開我臉上的血。「莫莉，」我平靜地說道。「我不會……到妳的房間，而且不是只有一陣子，因爲——」

「你怕了。」

「沒錯！」我嘶吼著。「沒錯，我是害怕，我怕他們傷害妳，怕他們會殺了妳以便傷害我，而我不找妳的原因也是不希望讓妳陷入危機。」

她靜靜地站著，讓我無法確定她是否把我的話聽了進去，只見她雙手交叉在胸前環抱著自己。

「我太愛妳了，不能讓那樣的事情發生。」連我自己都覺得這番話聽起來過於無力。

她轉身走遠，離我愈來愈遠，依然環抱著自己，好像深恐自己會四散紛飛。她看起來非常孤寂，一身髒兮兮的藍裙，原本驕傲的頭此時低了下來。「莫莉紅裙……」我望著她的背影輕聲說道，卻再也看不到那個莫莉。眼前只見我一手造成的她。

24 潔宜灣

麻臉人是六大公國傳說中的災難前兆，只要看到他在路上昂首闊步，就知道疾病和瘟疫即將來到；倘若夢到他，則是死亡將至的警告。關於他的故事總是提到他會出現在該受懲罰的人面前，但他有時（多半是在傀儡戲中）代表災難的預兆，而橫越地懸吊在舞台上的麻臉人偶，則警告觀眾他們即將親眼目睹悲劇發生。

漫漫冬日眞令人覺得痛苦，每一刻我都在防備著會有什麼事情發生。我一定在進房之前先仔細觀察，也只吃親眼目睹製作過程的食物，更親自從井裡打水來喝。我睡不好，不斷保持警覺，在在都令我感到疲憊。我對那些偶爾跟我說話的人露出火氣，在探望博瑞屈時悶悶不樂，和王后在一起時沉默無言，而我唯一能坦然以對的切德卻沒召見我。我眞是孤獨到悲慘的地步。我不敢去找莫莉，和博瑞屈的會晤也盡量簡短，深怕把自己的麻煩帶給他。我無法公然離開公鹿堡和夜眼在一起，而且深恐別人發現我們的祕密走道。我等待和警戒，卻什麼事情也沒再發生，這提心吊膽的感覺成了一種複雜的折磨。

我天天都去探望黠謀國王。我看著他在我眼前日漸萎縮；弄臣也愈來愈陰鬱，他的幽默感也愈來愈尖酸刻薄。我企盼符合我心情的酷寒冬日，但窗外依舊是一片風和日麗的藍天。公鹿堡中夜夜因慶祝活動和狂歡而嘈雜不已，一場場的化妝舞會接踵而來，有錢人也比闊似的不斷傳喚吟遊詩人前來表演。內陸公爵和貴族們與帝尊共進好酒好菜，一起飲酒作樂直到深夜。

「就像垂死狗兒身上的蝨子。」有天我幫博瑞屈更換腿上的敷藥時憤怒地說道。他表示夜晚看守珂翠肯的房門根本不用刻意保持清醒，因爲這些尋歡作樂的噪音令人很難入睡。

「誰快死了？」他問道。

「我們都是。總有一天我們都將如風中殘燭，難道沒有人告訴過你嗎？不過你的傷倒是復原得出乎意料地快，尤其以你之前對待傷口的方式。」

他低頭看著自己光溜溜的腿，然後謹慎地彎曲它，肌肉組織不均勻地拉開，但也沒有迸裂。「或許傷口表面快癒合了，但我感覺傷口內部還沒痊癒。」他說道，而這可不是在抱怨。他舉起酒杯將白蘭地一飲而盡，我也勉爲其難地看著他喝酒。他現在的生活依照一定的規律進行，當他一大早離開珂翠肯的房門之後，就到廚房吃早餐，然後回房開始喝酒，接著在我幫他更換腿上的包紮之後，就一直喝酒喝到就寢爲止，然後在晚上起床吃東西之後便到珂翠肯的房門前看守。他不再進馬廄工作了，把所有的責任都移交給阿手，阿手做這些工作時彷彿覺得這是個不應有的懲罰。

耐辛差不多每隔兩天就會派莫莉來整理博瑞屈的房間。我僅知道這些探訪確實有發生，其他就不太清楚了；博瑞屈也出乎意料地容忍這樣的安排，這對我來說眞是百感交集。無論博瑞屈喝了多少酒，他總是和藹親切地對待女性，但一整排空的白蘭地酒瓶卻只會讓莫莉想起她的父親，不過我還是希望他們能彼此認識。有一天，我告訴博瑞屈莫莉因爲和我交往而遭威脅。「交往？」他突然問道。

「只有少數人知道我關心她。」我極爲謹慎地承認。

「一個男人不會把他的問題帶給他所關心的女人。」他嚴正地告訴我。

我沒有回答，反而告訴他一些有關莫莉所能回想起的攻擊者的細節，可是這些細節也無法讓他聯想到什麼。有好一會兒，他出神地瞪著房裡的牆壁，然後拿起酒杯把酒喝光，小心謹慎地開口。「我會告訴她你很擔心她的安危，也會告訴她如果她害怕遭遇危險，就一定要來找我，這由我來處理比較恰當。」他抬頭看著我的雙眼。「我會告訴她你不接近她是個明智的抉擇，這是爲她好。」他又倒了一杯酒，接著平靜地補充道，「耐辛是對的，派莫莉到我這裡來是很明智的。」

我臉色發白地思考那句話中所有的暗示，難得地懂得適時保持沉默。他喝下那杯白蘭地，望著桌上的酒瓶，然後慢慢地順著桌面把它滑到我這裡。「你能幫我把它放回架子上嗎？」他這麼要求。

牲口和冬季存糧持續從公鹿堡流失，有些以賤價賣給內陸公國，而上好的獵馬和坐騎則由駁船從公鹿公國運往接近涂湖的地區。帝尊宣布這是防止紅船掠奪我們最好的育種動物之計，但阿手卻告訴我，城裡的人們抱怨如果連國王都保不住他自己的城堡，那他們還能指望些什麼？當一艘船將骨董織錦掛毯和家具運往上游時，這些咕噥就演變成瞻遠家族連仗也不打，甚至也不等對方攻擊，不久就要遺棄公鹿堡的謠言，而我不安地懷疑這些傳言都是眞的。

我在公鹿堡中過著形同拘禁的生活，讓我無法直接獲悉城裡人們的談話內容；而當我進入守衛室的時候，迎接我的卻是一片沉默。因爲我的活動範圍僅限城堡裡，所以又引發了閒言閒語和猜測。竄流在我身邊的閒話，讓那天我沒能從被冶煉者手中救出那位小女孩的話題起死回生。而另一些守衛只和我聊著天氣或其他輕鬆幽默的話題。雖然他們並沒有完全排斥我，不過我已被排除在守衛室裡慣有的閒聊和口角之外了。和我交談可成了厄運，而我不希望讓我所關心的男男女女遭受那種劫難。

我在馬廄仍是挺受歡迎的，只是我盡量避免和他人深談，也不怎麼接近裡面的動物。馬廄裡的人手最近可成了一群鬱鬱寡歡的人，因爲實在沒什麼事情可忙，所以他們愈來愈常起爭執。馬廄的伙伴們一向是我主要的資訊和謠言來源，但目前得知的可沒有一個是好消息。畢恩斯城鎮遭劫掠的傳聞早已混淆不清，公鹿堡城的酒館和碼頭上也時有爭吵，甚至聽說有人盡可能往南方或內陸遷徙。惟眞的任務也遭貶損甚或嘲笑，原先所抱持的希望都消逝無蹤。和我一樣，公鹿堡的群衆提心吊膽地等著災難找上門。

我們度過了狂風暴雨的一個月，而公鹿堡的歡慶活動可比之前的緊張時期更具破壞性。一家位於岸邊的小酒館在一次異常狂野的夜間狂歡中失火，之後火勢蔓延，只有隨著一股陣風而來的雨水才能讓火勢不致延燒至碼頭的倉庫。要是倉庫失火了，可會讓災情更加慘重，因爲帝尊已經把城堡倉庫中的穀粒和補給品都消耗掉了，而人們也覺得似乎沒必要保存剩下來的東西。儘管劫匪從不曾攻打過公鹿堡，我仍受命在冬天結束前縮減口糧。

有天晚上，我在一片全然的寂靜中醒來，窗外仍是風雨交加的天氣，我的心一沉，內心充滿了一陣恐怖的預兆，而當我早晨起床看見窗外一片藍天時，心中的恐懼感就增加了。儘管這是個大晴天，城堡裡的氣氛卻相當凝重。有好幾次，我都感覺精技在搔著我的知覺，幾乎讓我快瘋掉了，因爲我不確定這是惟眞嘗試進一步和我接觸，還是擇固和端寧的窺探。而在傍晚拜訪黠謀國王和弄臣，更令我灰心喪志。國王瘦得只剩皮包骨，坐在那兒含糊地微笑，然後在我進門時衰弱地對我技傳。「喔，惟眞，我的孩子。你今天的劍術課上得如何？」接下來的對話也大同小異。帝尊幾乎在我進房之後就來了，只見他坐在一張椅背直立的椅子上，雙手交叉在胸前看著我。我們沒有交談，我也無法判斷自己的沉默是膽小或自制，顧不得弄臣責難的眼神就在得體的範圍內盡早告退。

和國王比起來，弄臣看來也好不到哪去，像他這麼一個蒼白人物的黑眼圈活像是畫上去的，那張嘴和他衣服上鈴鐺裡的鈴錘同樣沉默。若黠謀國王逝世，弄臣和帝尊之間就沒有別人了，而我也很懷疑到時候是否有辦法幫他。

就像我到時候能否幫我自己。我酸溜溜地想著。

當晚，我孤伶伶地待在房裡猛喝博瑞屈瞧不起的廉價黑莓酒，也知道我明天就會因喝多而宿醉，但我可不在乎。接著，我躺在床上聆聽從遠處大廳傳來的一陣陣歡鬧聲，企盼莫莉此時能在我身邊責罵我喝醉了。這張床太大了，床單看起來像冰河一樣蒼白淒冷，我只好閉上眼睛尋求一匹狼的陪伴。我在公鹿堡形同拘禁的日子讓我夜夜在夢中尋找這樣的伴侶，只求一份自由的幻覺。

我在切德抓住我把我搖醒之前醒來；好在我馬上就認出是他，否則我恐怕會試著殺了他。「起來！」他嘶啞地耳語。「起床！你這喝醉酒的迷糊傻子，你這白癡！潔宜灣遭圍攻了，一共有五艘紅船，我打賭如果我們再不行動就太遲了。起床，你這該死的傢伙！」

我跌跌撞撞地站起來，他的話可把我濃濃的醉意全嚇跑了。

「我們能做什麼？」我傻傻地問道。

「告訴國王，還有珂翠肯和帝尊。就連帝尊也顯然無法忽略這件事，因爲劫匪就要找上門了。如果紅船占領潔宜灣，就會進一步包圍我們，到時候沒有一艘船能駛離公鹿河港口，就連帝尊也會瞭解事情的嚴重性。現在就去！快去啊！」

我穿上長褲和及膝短袖束腰上衣，披頭散髮地赤腳朝門口衝過去，但馬上就停了下來。「我是怎麼知道這消息的？我該說從何處得知這個警訊？」

切德慌忙地直跳腳。「該死！眞是該死！告訴他們什麼都好！告訴黠謀你夢到麻臉人在一池水中占卜到這噩耗！他至少明白這代表什麼！告訴他一位古靈將訊息傳達給你！說什麼都好，但別忘了讓他們立刻採取行動！」

「好！」我在走廊上狂奔，滑下樓梯衝到黠謀房門前用力敲門。在走廊遙遠的另一頭，博瑞屈正站在珂翠肯房門外的椅子旁，一看到我就拔出短劍站好預備姿勢，眼神察看四處的動靜。「劫匪！」我對走廊那一頭的他大喊，也不管有誰會偷聽到，或著聽到之後的反應是如何。「五艘紅船駛入潔宜灣！叫醒王后，告訴她潔宜灣的人們現在需要我們提供支援！」

博瑞屈問也不問就轉身敲珂翠肯的房門，而且也馬上獲准進入，我可就沒這麼好運。瓦樂斯終於勉強打開了一道門縫，直到我提議讓他親自將我的訊息轉告帝尊，他才開始動作。我相信他是因爲有機會大搖大擺地走進大廳，當著一群尋歡作樂的人面前和王子商談，才讓他決定從原本看守的房門，衝到自己的小前廳著裝。

國王的臥房一片漆黑且滿是燻煙的味道。我從他的起居室拿起一根蠟燭，用即將熄滅的爐火點燃，然後就趕緊進房，在黑暗中幾乎踩到像一隻野狗般蜷縮在國王床邊的弄臣。我倒抽一口氣，只見他沒蓋毯子也不墊枕頭，就這樣縮在國王床邊的小地毯上。接著，他僵硬地伸展四肢漸漸清醒，然後立刻提高警覺。「怎麼了？發生什麼事？」他問道。

「劫匪入侵潔宜灣，一共有五艘紅船，我一定要叫醒國王。你爲什麼睡在這裡？你害怕回自己的房間嗎？」

他苦澀地笑著。「我比較害怕離開這房間之後就回不來了。上回瓦樂斯把我鎖在門外的時候，我又敲又吼了快一個小時，等國王終於發覺我不在房裡時，這才問起我在哪裡。前一次我藉故送早餐溜進來，而在那之前——」

「他們要把你和國王分開？」

他點點頭。「威脅利誘。今晚帝尊拿出一個裝了五個小金塊的錢包，問我是否能打扮得體然後下樓娛樂他們。喔，你眞該聽聽他在你走了之後是怎麼胡扯的，說什麼宮廷的人有多麼想念我，還說讓我在這兒虛度青春實在太可惜了。當我說和黠謀國王在一起可比陪伴其他傻子還舒服得多時，他卻用力朝我丟來一個茶壺。這可把瓦樂斯氣壞了，因爲他才剛泡好那壺噁心的藥草茶，那味道比屁還難聞。」

弄臣說著說著就一邊點燃蠟燭，一邊在國王房裡的壁爐中生火，接著他拉開其中一道厚重的床簾。「陛下？」他像哄著一個熟睡的嬰兒般輕聲說道。「蜚滋駿騎爲您帶來了重要的訊息，您可否醒來聽聽？」

起初國王沒有反應。「國王陛下？」弄臣又喚了一聲，接著用沾了冷水的濕布輕拍國王的臉。「黠謀國王？」

「國王陛下，您的人民需要您。」我焦急地迸出這幾個字。「潔宜灣遭紅船圍攻，一共有五艘紅船。我們一定得立刻派兵支援，否則就會喪失在那兒所有的領土，而一旦他們在當地建立據點——」

「他們可以關閉公鹿河港口。」國王睜開雙眼說道。他還是維持俯伏的睡姿，卻像抵抗病痛般緊緊瞇起眼睛。「弄臣，請倒些紅酒來。」他的聲音像呼吸般柔弱，但這畢竟是國王的聲音。我心中波濤洶湧，彷彿我是一隻聆聽返家主人說話的老狗般。

「我們該怎麼做？」我對他哀求。

「每一艘船都必須到海岸備戰，不只是戰艦而已，讓那些漁船也開出去，我們現在可得爲自己的生命而戰。他們怎能如此接近，怎敢如此大膽！讓馬匹走陸路前往那兒，我是說在一小時之內的今晚就得出發。牠們可能後天才會到達，但無論如何還是派牠們出去，讓敏瑞負責帶隊。」

我的心在胸口翻攪。「國王陛下，」我溫和地打插。「敏瑞已經死了，在和博瑞屈回來的途中喪生，他們當時遭路盜攻擊。」

弄臣怒視著我，我立刻就知道自己不該插嘴，而黠謀的指令也從他的聲音中消逝。接著，他不太確定地說道，「敏瑞死了？」

我吸了一口氣。「是的，國王陛下。但是還有瑞德，凱夫也是個能手。」

國王拿了弄臣獻上的酒，啜了一口之後就比較有精神。「凱夫。那麼，就讓凱夫負責帶隊。」國王的語氣又重現一抹自信。我忍住不讓自己說出剩下的馬匹根本不値得派出去，但潔宜灣的人毫無疑問將歡迎任何前去支援的人。

黠謀國王思索著。「從小南灣來的消息呢？他們有派出戰士和船隻嗎？」

「國王陛下，我們還沒收到從那兒來的訊息。」這可是眞的。

「這裡是怎麼了？」帝尊的人影還沒出現在臥房，吼聲就已經先傳過來了，他正因酒醉和怒氣而大聲呼喊。「瓦樂斯！」他伸出一根手指頭指著我。「把他趕出去，找人來幫你也可以，別對他客氣！」

瓦樂斯根本無須費心，因爲兩位肌肉結實的內陸侍衛已隨著帝尊從宴會現場上樓來，把我整個人雙腳離地舉了起來。帝尊可眞是選對了壯漢執行這項任務，我只得四處張望尋找弄臣的蹤影，好尋求些許協助，但他早就不見了。後來，我看到一隻蒼白的手消失在床底下，便毅然決然地將視線移開。我並不怪他，因爲他除了和我一起被攆出去之外，留下來並無法幫我什麼。

「我的父王，他又胡扯了些空穴來風的事情來打擾您了？您還是這麼虛弱？」帝尊熱切地在床邊彎下腰來。

當他們幾乎要把我架到門邊時，國王就開口了。他的聲音不大，但聽得出來是在下令。「給我住手。」黠謀國王對侍衛們命令道。雖然他依然趴在床上，眼神卻轉向帝尊。「潔宜灣遭圍攻了，」黠謀國王堅定地說道。「我們必須派兵支援。」

帝尊憂傷地搖搖頭。「這只是小雜種的另一個詭計，他只想讓您苦惱且無法休息。沒有任何人來求援，而我們也沒有收到什麼訊息。」

其中一位侍衛非常專業地抓住我，另一位看來想讓我的肩膀脫臼，即使我不掙扎，他仍用力抓著我。我仔細地記住他的長相，同時不露出任何痛苦的表情。

「你不用如此費神，帝尊，我自己會查出來這是事實還是謊言。」珂翠肯王后因整裝而稍作停頓。她身穿白色毛皮短夾克和紫色長褲及靴子，腰際配戴一把群山的長劍，博瑞屈則手持附厚兜帽的騎馬斗篷和手套站在門邊。接著，她像哄一個被寵壞了的孩子般說道，「回去接待你的賓客，我會騎馬到潔宜灣去查清楚。」

「我不准！」帝尊的聲音變得異常尖銳，一陣死寂靜頓時淹沒了整個房間。

珂翠肯王后平靜地說出房裡每一個人都知道的事實。「王子無法禁止王后做任何事情，我今晚就會騎馬趕到潔宜灣。」

帝尊的臉都發紫了。「這是一場騙局，是這小雜種爲了引起公鹿堡騷動的陰謀，讓民眾心生恐懼。事實上，根本沒有任何訊息提到潔宜灣遭攻擊。」

「安靜！」國王吐出了這字眼，在房裡的每個人都僵住了。「蜚滋駿騎？該死，放開他。蜚滋駿騎，過來站在我面前報告，你是從哪兒得知這消息？」

我把上衣整平，將頭髮向後梳整齊。當我站在國王面前時，不禁懊惱地警覺到自己的赤腳和一頭亂髮。我吸了一口氣，然後把氣全都呼出來。「我在睡夢中見到的，陛下。我看到麻臉人在一池水中占卜，然後他讓我看紅船侵犯潔宜灣的情景。」

我不敢強調任何字眼，只是穩穩地站在他們面前。一位侍衛不可置信地嗤之以鼻，博瑞屈眼睛瞪得大大的，下巴都快掉了下來，珂翠肯看起來只是相當困惑，而黠謀國王在床上閉上雙眼緩緩呼吸。

「他喝醉了，」帝尊宣稱。「把他趕出去。」我從未聽過帝尊如此滿足的語氣，他的侍衛也迅速反應，又把我抓了起來。

「依照……」國王深深吸了一口氣，很明顯地在對抗病痛。「我的命令。」然後他就比較有力氣了。「依照我的命令，現在就出發。**快！**」

我掙脫這兩位大吃一驚的侍衛。「是的，國王陛下。」我在一片寂靜中如此說道，接著清楚地重述指令好讓大家都明瞭。「您的意思是，所有的戰艦都得航向潔宜灣，還有盡可能召集所有的漁船支援，並且安排所有馬匹經由陸路前往那兒，並讓凱夫帶隊。」

「是的。」國王嘆著氣說了出來，嘶嘶口水吸了一口氣，然後張開眼睛。「是的，這就是我的命令，現在就出發。」

「還要喝點酒嗎，國王陛下？」弄臣突然出現在床的另一頭，而只有我被嚇到。弄臣為此露出了神祕的笑容，然後俯身幫忙國王抬起頭啜飲酒，而我也對國王深深一鞠躬，接著轉身離開房間。

「你可以和我的侍衛一同騎馬出發，如果你願意的話。」珂翠肯王后告訴我。

帝尊的臉都脹紅了。「國王沒答應讓妳去！」他語無倫次地對她說道。

「他也沒有『不准』啊！」王后只是冷漠地看著他。

「吾后！」她的一名侍衛在門口宣布自己的到來。「我們準備好出發了。」我驚訝地看著這位女士，而珂翠肯只是對她點點頭。

珂翠肯瞥了我一眼。「你最好趕緊準備，蜚滋，除非你想就這樣騎馬出去。」

博瑞屈幫王后抖了抖斗篷。「備好我的馬了嗎？」珂翠肯詢問她的侍衛。

「阿手保證您一下樓就可以看到牠在門口等著。」

「我還需要一會兒就能準備就緒。」博瑞屈平靜地說道，我也注意到他這句話不像是請求。

「那麼，你們兩個趕緊去準備吧，盡快跟上我們。」

博瑞屈點點頭，然後隨我回到我的房裡，在我著裝時從衣櫥裡拿出冬季服飾。「把你的頭髮向後梳，還有，別忘了洗把臉。」他簡潔地命令我。「戰士們比較信任看起來隨時備戰的人。」

我照他吩咐的去做，然後和他一起衝下樓梯，幾乎忘了他還有腿傷。我們一到庭院之後，他就開始大聲使喚馬僮把紅兒和煤灰牽出來，讓一位男僕匆忙地找凱夫轉達指令，另一位男僕負責備妥馬廄裡所有的馬匹。另外，他派了四個人到城裡，其中一位負責通知戰艦，剩下三位必須走遍所有的小酒館結集漁船。我真羨慕他的效率。而當我們騎上馬之後，他才明白自己剛才代我下令，他突然露出不安的神情，我就對他笑了笑。「薑是老的辣。」我告訴他。

我們朝城門騎過去。「我們應該能在珂翠肯王后抵達沿海道路之前趕上他們。」博瑞屈才剛把話說完，一名守衛就走出來擋住我們的去路。

「停下來！」他命令我們，嗓子都快破了。

我們的坐騎驚慌地用後腿站立，於是我們拉住韁繩。「這是怎麼回事？」博瑞屈問道。

這人穩穩地站著。「您可以通過，大人。」他充滿敬意地告訴博瑞屈。「但是，我接到指令不讓這小雜種離開公鹿堡。」

「小雜種？」我從沒聽過博瑞屈如此憤怒地說話。「說『蜚滋駿騎，駿騎王子的兒子』。」

只見此人目瞪口呆地看著他。

「現在就說！」博瑞屈吼了出來，態度十分堅決。他的身形頓時膨脹了兩倍，我也感覺到他神情中流露出一陣陣怒潮。

「蜚滋駿騎，駿騎王子的兒子。」那人敷衍似地重述。他吸了一口氣然後嚥了嚥口水。「但是無論我如何稱呼他，我還是得遵從指令不讓他出城。」

「不到一小時之前，我才聽到王后命令我們和她一同騎馬出城，或是盡快趕上他們。那你的意思是，你所接收到的指令比她的命令重要？」

這人看來也沒了主意。「請等一下，大人。」他走回守衛室。

博瑞屈對此嗤之以鼻。「訓練他的人眞該感到羞恥，如果不是我們重榮譽，現在就可以騎馬離開了。」

「或許他剛好瞭解你。」我如此暗示。

博瑞屈瞪了我一眼，接著守衛長官就出來了，還對我們露齒而笑。「好好騎吧，祝你們在潔宜灣一切順利。」

博瑞屈對他比了一個介於敬禮和道別的手勢，然後我們就策馬出城。我讓博瑞屈帶路，雖然天色已暗，但是當我們走下山丘之後，路就變得筆直平坦，也有少許月光照亮去路。博瑞屈如同以往般急躁，因爲他不斷策馬前進並維持這樣的速度，直到王后的侍衛出現在我們眼前，才在快要趕上他們的時候放慢步伐，他們也一轉身就認出了我們，其中一位舉起手和我們打招呼。

「一匹懷孕的母馬在懷孕初期運動一下是挺好的，」他透過一片黑暗看著我。「但孕婦，我就不清楚了。」他遲疑地說道。

我對他笑了笑。「那麼你認爲我知道囉？」我搖搖頭然後更認眞地說道。「我也不知道。有些婦女懷孕時根本不騎馬，但有些人卻照騎不誤。我想珂翠肯不會爲惟眞的孩子帶來任何風險，況且她和我們在一起總比留在城堡裡和帝尊周旋來得安全。」

博瑞屈什麼也沒說，可是我感覺到他贊成我的說法。不過，我感覺到的可不只這個。

我們終於又一起打獵了！

安靜！我一邊斜眼瞄身旁的博瑞屈，一邊警告牠，同時盡力隱藏自己的思緒。我們要到很遠的地方，你能跟上馬兒的腳步嗎？

牠們可以在短距離內比我快，但沒有動物能比一匹快步前進的狼跑得遠。

博瑞屈在馬鞍上稍微挺了挺身子。我知道夜眼就在路邊的陰影中慢跑，能再次出來走在牠身邊眞好，而且能出來做做事的感覺也不錯。我並不是因爲潔宜灣遭受攻擊而高興，而是我終於有機會做些事情，即使收拾殘局也無妨。我瞥一瞥身旁的博瑞屈，只見他臉上散發出怒光。

「博瑞屈？」我發問了。

「是一匹狼，對吧？」博瑞屈對著一片黑暗不情願地說道。他直視前方，而我知道他在嘀咕些什麼。

你知道我是。這是個微笑吐舌頭的回答。

博瑞屈好像被戳了一下稍微退縮。

「牠是夜眼。」我平靜地承認，試著將牠名字的影像用語言表達出來。我很害怕，因爲博瑞屈感覺到牠了。他知道了，再否認也沒有用。但我也因此鬆了一口氣，因爲我對於生活中的種種謊言早已厭煩至極。博瑞屈沉默地騎著馬，看也不看我。「我並不打算讓這樣的事情發生，但它就這麼發生了。」這是個解釋，並非道歉。

我讓他毫無選擇餘地。夜眼戲弄著沉默的博瑞屈。

我把手放在煤灰的脖子上，感受那兒的溫暖和生命力，同時等待博瑞屈回話，但他還是不發一語。

「但是，這並非我能選擇的事情，這是我的本性。」

我們都是這樣子。夜眼嘻皮笑臉地說道。來吧，獸群之心，跟我說說話吧！難道我們一同打獵不讓你覺得愉快嗎？

獸群之心？我納悶著。

他知道這是他的名字。所有崇拜他的狗兒都這麼稱呼他，在狩獵時這樣子互相取笑：「獸群之心，這裡，這裡，獵物就在這裡，我幫你找到了，替你找到了喔！」所以，牠們都爭先恐後對他吠叫，但是現在牠們全被帶到遙遠的地方去了。牠們並不喜歡離開他，即使他不回應也知道他聽到了牠們的呼喚。難道你都沒聽到牠們嗎？

我想我試著不去聽。

眞是浪費。爲什麼選擇裝聾作啞？

「你一定要在我面前這麼做嗎？」博瑞屈的聲音很僵硬。

「抱歉。」我眞的覺得自己深深冒犯了他。夜眼又竊笑了，而我裝作沒聽見，博瑞屈也不看我。過了一會兒，他輕推著紅兒向前小跑步追上珂翠肯的侍衛，而我遲疑片刻之後也跟上他。他正式向珂翠肯報告在離開公鹿堡之前做了些什麼，而她也愼重地點點頭，好像已經習慣聽取這樣的報告。她接著比了一個手勢，讓我們與有榮焉地騎在她的左後方，而侍衛隊長狐狸手套則騎在她的右手邊。在黎明之前，其他的公鹿堡騎兵就趕上我們了，狐狸手套也在騎兵隊加入我們時，放慢速度讓他們的馬兒喘口氣。但是，當我們來到一條小溪讓所有的馬兒喝水之後，就決定加速前進。博瑞屈還是不跟我說話。

幾年前，我曾擔任惟真的特使前往潔宜灣。那是一趟長達五天的旅途，但當時我們乘著馬車和轎子，和一群變戲法的人、樂師及僕從一道出遊；然而這次我們騎著馬和經驗豐富的戰士同行，也不一定非得走在寬敞的沿海道路上。我們所碰到的唯一難題是天氣，只因一場冬季暴風雨在出發首日的上午來襲。在這樣惡劣的天候裡騎馬還眞難受，不光是肢體上的不適，心裡還擔心一陣陣狂風會耽擱配合我們同行的船隻。每當我們可以從路上眺望海面時，我都會留意海面上是否有船隻，但什麼也沒看到。

要趕上狐狸手套所訂的行進速度頗爲吃力，但並不會對馬匹和騎士造成任何損害。沿路的停靠點不多，而她也不斷調整行進的步伐以確保沒有馬兒想喝水，等到抵達停靠點之後，馬匹就可以吃穀粒充飢，而騎士們也能以硬麵包和魚乾果腹。如果說有人看到一匹狼跟隨我們，那麼並沒有任何人說出來。兩天之後，我們在天氣晴朗的黎明眺望通往潔宜灣的河谷。

衛灣堡是潔宜灣的堡壘，也是克爾伐公爵和賢雅夫人的城堡家園，更是瑞本公國的核心。烽火台矗立在城上方一座含沙的峭壁上，城堡本身則建築在平地上，但是有成排的土牆和溝渠護衛著。曾有人告訴我從來沒有敵人能攻進第二道牆，但事實絕非如此，只因我們正停下來眺望著這一片廢墟。

那五艘紅船還在海灘上，而潔宜灣的船隻，大部分是小型漁船，都燒得只剩下灰燼並散落在海灘上，自從劫匪破壞之後就一直承受浪潮的侵襲。焦黑的建築物和燒焦的殘骸從他們登陸的地方成扇形展開，像傳染病擴散般標示著他們的路徑。狐狸手套站在她的馬鐙上指著潔宜灣，將她所觀察到的和本身對城鎮及城堡的認知串連起來。「這是個很淺的沙灘，從裡面到出口都是，所以當退潮的時候，潮水就會完全流進海裡。他們把船停得太靠近了，如果我們要迫使他們撤退，就應該在退潮的時候發動攻勢，因爲那時他們的船隻正高高地停在岸上，而且船身都很乾燥。他們像一把熱刀劃過奶油般直搗城鎮，我也懷疑是否還需要防守，因爲它實在不怎麼防守得了。或許大家一看到紅色的船龍骨就躲進城堡裡。在我看來外島人已經衝破了第三道護牆，不過克爾伐目前應該還能無限期阻止他們進攻，因爲第四道石牆可是花了很多年才完工。衛灣堡有一口好井，而倉庫在此初冬時節也應該有充足的存糧，除非有人叛變，否則它是不會倒的。」狐狸手套停止手勢坐回馬鞍上。「這場攻擊一點意義都沒有，」她輕聲地說道。「紅船怎能指望熬過如此漫長的圍攻？特別是他們即將遭遇我們的武力攻擊？」

「答案可能是他們根本沒想到會有救兵來支援衛灣堡。」珂翠肯簡潔地說道。「他們可以在城鎮裡掠奪補給品，或許還有其他的船隻會趕來。」她轉頭看著凱夫，示意他騎到狐狸手套身旁。「我沒有作戰經驗，」她這麼說。「你們兩位必須策畫戰術，而我現在就像一位士兵般洗耳恭聽。我們下一步該怎麼做？」

我看到博瑞屈退縮了。這樣的誠實是值得讚揚的，但卻不總是個好的領導方式。眼前只見狐狸手套和凱夫互相打量彼此。「吾后，凱夫的作戰經驗比我豐富，我會接受他的指令。」狐狸手套平靜地表示。

凱夫似乎有些羞愧地低下頭。「博瑞屈是駿騎的手下，所參與的戰事遠比我多，」他低頭看著他那匹母馬的頸部，突然抬起頭來。「我建議您讓他指揮大局，吾后。」

博瑞屈露出了百感交集的神情，不一會兒他雙眼發亮，然後我看見了他的遲疑。

獸群之心，他們會好好地爲你狩獵。夜眼敦促他。

「博瑞屈，就由你下令吧！他們會全心全意爲你而戰。」

當我聽到珂翠肯的話正好回應了夜眼的想法，不禁感覺頭皮發麻。我從這兒清楚看見博瑞屈在發抖，不過他立刻在馬鞍上挺直了身子。「我們或許無法指望在這平原公國突襲他們，且他們所攻破的三道防線已經成爲他們的護衛了。我們的武力不強，而我們最大的本錢，吾后，是我們可以把他們困住，迫使他們無法接近新鮮的水源。如果衛灣堡仍屹立不搖，我們就能把外島人困在他們目前的位置，也就是第三道護牆和城牆之間，如此一來就只要等待我們的船隊抵達，到了那時再來考慮是該聯合起來攻擊他們，或者只需讓他們餓死。」

「我想這是個明智的辦法。」王后表達贊同。

「如果他們沒有在船上留下一小批武裝人員，那他們可真是一群笨蛋了。不過如果有的話，我們得立刻和那些人戰鬥，然後派遣我們自己的侍衛登船，下令他們殺了那些躲避我們或試圖逃跑的外島人。如果沒有的話，您就會替王儲惟眞的艦隊增加更多船隻。」

「這觀點也很有道理。」珂翠肯顯然很滿意。

「這是個乾淨俐落的手法，但我們得趕快行動。就算他們還沒完全準備好，也會立刻察覺到我們，況且他們一定也和我們一樣很清楚目前的狀況。我們需要到下面遏止那些圍攻城堡的敵人，也要殲滅那些守衛船隻的匪徒。」

凱夫和狐狸手套都點點頭，博瑞屈看著他們繼續說道。「我需要你們的弓箭手加入我們對城堡的包圍圈，將劫匪困在那兒，但不是和他們打鬥，只要讓他們在那兒動彈不得就好。他們在哪兒破壞城牆就表示他們想從該處再度出擊，所以我們最需要看緊那裡，但也要顧好外牆。照目前的情況看來，千萬不要走進外牆裡，讓他們像鍋子裡的螃蟹般掙扎但跑不出來。」

兩位隊長簡短地點點頭，博瑞屈又繼續說下去。

「我需要人手持劍登船，而且大家都要有心理準備，因爲這場打鬥一定很激烈。他們會防衛唯一的逃亡路線，所以我們得派些戰力較弱的弓箭手準備火把箭，在用盡一切方法之後燒毀他們停泊在海灘上的船隻，但大家還是先努力打贏他們。」

「**盧睿史號**戰艦！」有人在隊伍後頭叫了出來，所有的人立刻把頭轉向海面。**盧睿史號**戰艦在潔宜灣北端巡航，第二艘戰艦過了一會兒也出現了。在我們身後的騎兵喊了一聲，而我卻在此時看到我們的艦隊後方有艘白船停泊在深水處，船帆揚起漂浮在海面上，船身就像死人的肚皮般慘白。當我一看到它的時候，一股冰柱般的恐懼幾乎劃破了我的腸子。

「白船！」我幾乎要哽住了，一陣病痛般的戰慄穿透全身。

「什麼？」博瑞屈吃驚地問道，這可是他那天對我說的第一句話。

「就是那艘白船！」我一邊重複說道，一邊伸手指向那裡。

「什麼？在哪裡？那個嗎？那是一片霧，我們的艦隊正從那兒航向港口。」

我看了看，發現他說得沒錯，眼前是一片融入早晨陽光的霧。我的恐懼彷彿一絲嘲笑聲般逐漸淡去，但我忽然感覺氣溫降低了，而暴風雨的烏雲散開片刻時所透出的陽光，成了一道微弱且帶水氣的東西，這一團滯留不去的邪氣活像一股臭氣般籠罩這一天。

「大家分頭部署戰力準備攻擊他們，」博瑞屈平靜地表示。「我們不希望自己的艦隊在進港時遭遇任何抵抗，所以現在趕快行動。蜚滋，你跟隨攻擊紅船的隊伍，等待**盧睿史號**戰艦上岸，讓船上的人知道我們的決定，在迅速解決掉紅船之後，我們需要所有的戰士和我們一起包圍外島人。我希望能想個辦法讓克爾伐公爵知道我們的行動，不過他應該很快就會知道。好吧，我們開始行動。」

凱夫和狐狸手套協商調度了一會兒，但我在極短的時間內就發現自己騎馬跟在狐狸手套的戰隊後面。我身上雖然佩帶著一把劍，卻依然懷念在夏季時讓我揮灑自如的斧頭。

實際狀況總不如計畫來得乾淨俐落。遠在我們抵達海灘之前，我們就和城裡廢墟中的外島人撞個正著。他們正要返回船上，還綁著一群銬在一起的俘虜。我們立刻發動攻勢，有些劫匪奮而迎戰，另一些則丟下俘虜從我們的馬匹前逃走。我們的部隊在燻燒的建築物和滿是殘骸的潔宜灣街道上迅速散開來，部分軍隊則留下來幫俘虜們鬆綁並盡全力協助他們。此時，狐狸手套咒罵行動的耽擱，因爲逃跑的劫匪會通知他們的艦隊守衛，於是她迅速分散部隊只留下少數士兵幫助遇襲的居民。屍體的臭味和淋在燒焦木材上的雨，讓我想起在冶煉鎮的所見所聞，如此栩栩如生的景象幾乎令我喪膽。城裡到處都是屍體，比我們預期中的還多出許多，而我也感覺到一匹狼徘徊在這片廢墟中，也藉此從牠身上得到些安慰。

狐狸手套出奇地狠狠操了我們，然後將她身邊的人馬組織成楔形隊伍。我們在衝向紅船時看到其中一艘船駛入退潮中，但也只能隨它去，不過還來得及阻止第二艘船離開。我們以驚人的速度殲滅船上的敵人。船上沒剩多少人，僅有少許划槳的船員，我們甚至讓他們來不及殺害躺在甲板上遭綑綁的俘虜，就把他們給殺了。我們懷疑逃離的船隻也裝載了俘虜，所以我心中推測，我們或許無法照原訂計畫讓**盧睿史號**戰艦或其他船隻將那艘躲避我們的船逼回岸邊。

這艘紅船載運人質駛離了，但是將航向何處？航向只有我看得到的鬼船？我甚至只要一想起那艘白船就渾身發抖，腦袋也開始感受到一股病痛乍現般的壓力。或許他們想把人質溺死或是冶煉他們，無論如何這是必然的後果。此時此刻我無法仔細思考，但我會跟切德提這件事。這三艘仍留在海灘上的紅船都有一隊士兵，而且如同博瑞屈所預料般拚命戰鬥。有一位太心急的弓箭手發射了一支火把箭燒毀了一艘紅船，但其他的船隻皆完好無缺地被我們接收下來。

我們在**盧睿史號**戰艦靠岸時接收了所有的敵船，我也趁此空檔抬頭眺望潔宜灣，並沒有看到白船，或許那真的只是一片霧氣。**堅貞號**戰艦緊接著**盧睿史號**戰艦駛抵，後面跟著一小隊漁船，甚至還有幾艘商船。大部分的船必須停靠在淺水碼頭，但船上的人員很快就上岸了，戰艦上的船員在岸上等待艦長說明狀況，但漁船和商船上的那些人卻迅速地從我們身邊直衝遭圍攻的城堡。

戰艦上受過訓練的船員很快地制止他們前進。即便我們還算不上是組織完整的隊伍，可是當我們來到城堡的外牆時，大家都抱持著合作無間的態度。我們救出來的俘虜因缺乏糧食和飲水而顯得虛弱無力，但很快便責無旁貸地告訴我們關於外牆戰況的細節。在下午的時候，我們已就定位準備包圍那群圍攻城堡的敵人，不過博瑞屈仍費了很大的勁才說服大家，至少讓一艘戰艦載滿一船的人在海面上保持警戒，而他的這項防禦措施在第二天早上就生效了，只因另外兩艘紅船出現在海灣北端巡航時，**盧睿史號**戰艦立刻迎擊，但他們輕易地就溜走了，可眞令我們不滿。大家都知道劫匪會找個無力抵抗的村莊沿著海岸深入劫掠，所以縱使我們沒什麼機會追上溜走的紅船，還是有幾艘漁船亡羊補牢似地追趕著他們。

我們等了兩天就開始覺得無聊和不安。天氣又開始變壞了，硬麵包的味道像發了霉似的難以下嚥，魚乾也沾了濕氣。克爾伐公爵爲了讓我們開心一點，就升起六大公國的公鹿旗和他自己的燕尾旗並列在一起，藉著飄揚的旗幟對我們表示感謝，不過他也和我們一樣選擇等待的策略。我們將外島人包圍了，而他們也不打算突破我們的防線，也不再進一步接近城堡。敵我雙方全都在靜候著。

「你不聽警告，從來都不聽。」博瑞屈輕聲告訴我。

在這夜幕低垂的時刻，我們在抵達這裡之後頭一次聚在一起。他坐在一根圓木上將受傷的腿向前伸展，我則蜷縮在營火前試著暖暖手。我們坐在爲王后臨時搭建的帳篷外看守煙霧瀰漫的營火，博瑞屈原本希望她待在潔宜灣城裡未遭摧毀的建築中，但她拒絕了，反而堅持和她的戰士們待在一塊兒；而她的侍衛也在她的臨時住所和營火間來去自如，他們之間的親近可讓博瑞屈皺起了眉頭，卻也相當肯定她的忠誠。「你父親也像這樣。」他在珂翠肯的兩名侍衛從她的帳篷裡走出來和外面的侍衛換班時，忽然說道。

「不聽警告？」我吃驚地問道。

博瑞屈搖搖頭。「就是不聽。他的士兵們總是不時在他身邊走來走去，而我也總是納悶這麼沒有隱私的他，哪來的機會讓你這孩子來到這世上。」

我的表情一定很震驚，只因博瑞屈突然間臉紅了。「對不起，我累了，還有我的腿……也挺難受，所以我不假思索就脫口而出。」

我出乎意料地露出微笑。「沒關係。」反正事實正是如此。當他發現夜眼的時候，我還怕他又要放逐我了，所以就算是個令人難堪的笑話我也甘之如飴。「你剛剛說到警告？」我謙遜地問道。

他嘆了一口氣。「如你所言，我們就是這樣子，而且牠也這麼說。有時牠們根本不讓你做選擇，就直接和你有牽繫。」

有一隻狗在黑暗中的某個角落吠叫，但不盡然是隻狗，只見博瑞屈又瞪著我。「我完全無法控制牠。」我承認。

我也無法控制你。爲什麼其中一方非得控制另一方？

「牠也不迴避私密的交談。」我又說道。

「其他私事也一樣。」博瑞屈冷漠地說道，聽起來就像老生常談。

「我以爲你從來不用……它。」我連在這兒都不敢大聲說出「原智」兩字。

「我不用它，因爲這沒什麼好處。我現在可以明白告訴你我之前說過的話，它……會改變你。如果你無法向它屈服，時時刻刻讓它和你一起生活，甚至無法不理會它時，至少就別尋求它，不要變成——」

「博瑞屈？」

我們倆都跳了起來。原來狐狸手套從黑暗中安靜地走出來，此刻正站在營火的另一頭。她聽進了多少對話？

「什麼事？有什麼問題嗎？」

她在黑暗中蹲下，舉起戴著紅手套的雙手靠近營火取暖，然後嘆了一口氣。「我不知道我該怎麼問這個問題？你們知道她懷孕了嗎？」

博瑞屈和我面面相覷。「誰？」他冷靜地問道。

「我自己有兩個小孩，而她的侍衛也大部分是女性。她每天早上都會吐，只靠懸鉤子葉茶撐著，連看到鹹魚都會反胃。她不應該待在這裡過這樣的日子。」狐狸手套朝帳篷點點頭。

喔，英勇王后。

閉嘴。

「她沒有問我們的意見。」博瑞屈小心翼翼地說道。

「這裡的情況控制住了，沒有理由不把她送回公鹿堡。」狐狸手套鎮定地說道。

「我無法想像『把她送回』任何地方，」博瑞屈說道。「我想這會由她自己做決定。」

「你可以建議她。」狐狸手套進一步提議。

「妳也可以。」博瑞屈回了一句。「妳是侍衛隊的隊長，這理當是妳的顧慮。」

「我沒有夜夜守在她的房門前。」狐狸手套提出異議。

「或許妳正該如此。」博瑞屈說道，然後用一句「現在妳知道了。」緩和氣氛。

狐狸手套凝視營火。「或許我真該如此。所以，現在的問題是，誰要陪她回公鹿堡？」

「當然是她所有的貼身侍衛。王后本應在這些人的護衛下上路，一個也不能少。」

黑暗中忽然傳來一聲吶喊，我馬上跳了起來。

「快站穩了！」博瑞屈突然抓緊我。「先等待指令，別在弄清楚發生什麼事情之前輕舉妄動！」過了一會兒，王后的侍衛哨兒走到我們的營火邊，站在狐狸手套面前報告。「有軍隊兵分兩路在南塔下的沙灘發動攻擊，試著突破重圍，而且有些人通過了——」

一枝箭射穿了她，而我們再也聽不到她接下來想告訴我們的話。外島人突然對我們發動攻勢，人數比我想像的還多，而且全都朝王后的帳篷聚集而來。「去救王后！」我大喊著，也因自己的叫聲傳到隊伍最後方而略感欣喜。三名侍衛從帳篷裡衝出來在脆弱的護牆邊迎擊，博瑞屈和我則站在帳篷前面防守。我伸手舉起劍，也從眼角瞄到博瑞屈的輪廓映著紅色的火光。此時，王后忽然出現在帳篷門口。

「別守著我！」她斥責我們。「到有打鬥的地方去。」

「戰場就在這裡，吾后。」博瑞屈一邊嘀咕一邊猛然上前堵住一位太過接近的敵人，並且砍掉對方的一隻胳臂。

我清楚記得那些話語，也記得博瑞屈跨了那一大步。這是我對當晚僅存的記憶，之後就是一陣陣刀光血影及不斷的吼叫和流血衝突。在我周圍的士兵和劫匪相互搏命廝殺，一波波的情緒衝擊我的內心。在這之前，有人在帳篷外縱火，高聳的火焰照亮了戰鬥場面，看來活像舞台劇的場景。我還記得看到珂翠肯用繩子綁好身上的長袍，赤裸著小腿在冰凍的地面上赤足迎戰，雙手握住她那把長得離譜的群山寶劍，優雅地跳著致命的戰鬥之舞，這情景在其他任何時刻可都能分散我的注意力。

外島人持續出現。我確定自己在某個時刻聽到惟眞叫喊下令，但聽不懂他說些什麼。夜眼也不時出現，總是在火光的邊緣搏鬥，只見原本伏在地上一團有牙齒的毛球忽然一躍而起，衝出來咬斷劫匪的後腳跟，然後把重量壓在劫匪身上讓原本衝鋒陷陣的劫匪絆倒。博瑞屈和狐狸手套在我方情況危急時背靠著背抗敵，而我原本以為自己身處保衛王后的一圈隊伍之中，至少我認爲是如此，後來才明白她其實已經在我身邊迎戰了。

我在某個時刻丟下手中的劍抓起一位戰死劫匪的斧頭，隔天才從冰冷的地面上拾回沾滿泥土和血跡的劍。我在打鬥當時毫不猶豫地拋開惟貞的贈禮，選擇更加殘酷有效的武器，只因在作戰時只能考慮到當下。當戰況終於出現轉機時，我不假思索地追殺分散逃跑的敵人，在夜空下穿梭於潔宜灣村裡燒毀的廢墟中。

夜眼和我的確在這裡合作無間地狩獵。我和我的最後一名敵人短兵相接，用斧頭相互廝殺，而夜眼一邊吼叫，一邊猛地閃過一位較為矮小劫匪的劍，在我殺掉敵人之前的幾秒鐘就解決掉牠的敵人。最後這場屠殺對我來說是個狂野殘忍的喜悅。我不知道夜眼在哪停止屠殺，而我在哪接著廝殺，只記得我們戰勝了，也都還活著。之後，我們一同找水，然後用公用井的水桶打了好幾桶水喝，我也順便把雙手和臉上的血跡清洗乾淨，接著我們靠在用磚砌成的井邊，看著太陽從霧氣瀰漫的平地升起。夜眼溫暖地靠在我身上，而我們當時什麼也沒想。

我想我在那時打了一會兒瞌睡，然後在牠迅速離開我時驚醒。我抬起頭看看是什麼嚇著了牠，卻只發現一位驚恐的潔宜灣女孩正瞪著我。她的髮際閃耀著晨光，手上提著一個水桶。我於是站起來對她笑了笑，並舉起斧頭打招呼，她卻像一隻受驚的兔子般迅速躲開，遁入一片廢墟中。我伸展四肢，然後在逐漸散去的霧氣中走回王后的帳篷，走著走著就想起昨夜和夜眼狩獵的情景。這些記憶太鮮活了，充滿血腥與黑暗，我也就把它們深深推進心底。難道這就是博瑞屈警訊中的含意？

即便在如此光天化日之下，也很難理解到底發生了什麼事情。王后的帳篷早已被燒毀了，焦黑殘骸邊的泥土都給踐踏成一團爛泥，這就是戰況最激烈的地方，也是陣亡劫匪人數最多之處。有些屍體被拖到一旁堆起來，其他的則躺在原處。我避開眼神不看他們，因恐懼憤怒而殺敵是一回事，但是在灰濛濛

的淒冷晨光中回想自己的殺戮成果又是另一回事。

外島人嘗試突破我們的包圍是可以理解的。他們也或許有機會節節逼近自己的船隻，然後收回一兩艘船。然而，他們針對王后的帳篷進行攻擊就令人匪夷所思了，為什麼不在完成地面上的任務之後趁勢尋求生機回到海灘上？

「或許，」博瑞屈在我徹底檢查他更為腫脹的腿傷時咬緊牙根說道。「他們根本不想逃跑。這就是外島人的方式，決心抵死一戰，然後盡可能造成嚴重破壞，所以才會想到來這裡殺了我們的王后。」

稍早，我發覺博瑞屈一瘸一拐地走在戰場上，雖然嘴裡不說在找我的屍體，但他看到我時那如釋重負的神情，讓一切都明朗了。

「他們怎麼知道王后就在那帳篷裡？」我思索著。「我們沒有懸掛旗幟，也沒有主動挑戰，那他們怎麼知道她在這裡？好些了嗎？」我檢查綳帶是否綁緊了。

「傷口很乾燥也很乾淨，而且包紮似乎減輕了疼痛。我想我們能做的僅止於此，我也懷疑每當我用力使腿勁時，傷口又會腫脹發熱。」他像談論一匹馬的腿傷般漫不經心。「至少傷口沒裂開。他們看來的確是衝著王后的帳篷而來，不是嗎？」

「如同蜜蜂之於蜂蜜，」我疲憊地說道。「王后現在在衛灣堡嗎？」

「當然啦，每個人都在那兒。你應該有聽到他們打開城門迎接我們的歡呼聲吧！珂翠肯王后走了進去，裙子還是綁在一側，刀刃也還滴著血。克爾伐公爵跪下來親吻她的手，賢雅夫人卻一看到她就說，『噢，我的老天，我應該馬上幫您準備好泡澡水。』」

「這下子他們又有編歌的題材了。」我如此說著，然後我們都笑了出來。「可是並非所有的人都留在城堡裡。我剛才看到一個女孩出來打水，然後走到廢墟堆裡去了。」

「我想，留在城堡裡的人都挺歡欣鼓舞的，不過還是會有人沒這心情。狐狸手套錯了，潔宜灣的人民不會輕易向紅船屈服，而且許多人在群眾撤退到城堡之前就戰死了。」

「你對那樣的情況不感到奇怪嗎？」

「你是說民眾為了自身安全而抵抗？不，這是——」

「你不覺得這裡的外島人太多了嗎？比五艘船的總人數還多。」

博瑞屈停頓了下來，回首望著散落四處的屍首。「或許其他的船隻把他們留在這裡，然後出海巡航……」

「那不是他們的方式。我懷疑有一艘更大的船載運更龐大的兵力。」

「在哪裡？」

「已經離開了。我想我瞥到它駛向霧裡了。」

我們都沉默了。博瑞屈帶我到拴著紅兒和煤灰的地方，然後我們一同騎馬到衛灣堡。城堡的城門大開，公鹿堡的士兵和衛灣堡的民眾聚在一起喊了一聲迎接我們，隨即在我們還來不及下馬前就端上一杯杯滿滿的蜂蜜酒。小伙子們要求幫我們牽馬，而我很驚訝博瑞屈竟然答應了。在城牆內的衷心歡慶可會讓帝尊的任何一場歡宴蒙羞，只因衛灣堡所有的民眾都敞開胸懷歡迎我們。大廳裡擺滿了一壺壺和一盆盆的清香溫水供我們清洗提神，桌上也擺滿了食物，硬麵包和鹹魚已不復見。

我們在潔宜灣停留了三天，同時埋葬了陣亡的同袍，並焚燒外島人的屍體。公鹿堡的士兵和王后的侍衛以及潔宜灣的民眾肩並著肩修復衛灣堡的防禦工事，並搶救戰後的潔宜灣城鎮。我暗中進行了一些調查，發現烽火台的火光在紅船出現時就亮了，然而紅船的首要目標之一就是將它熄滅。還有烽火台上的精技小組成員到哪裡去了？我如此問道。克爾伐吃驚地看著我，然後表示博力在幾週前就接受內陸徵

召回去進行一些必要的任務，而克爾伐相信他到了商業灘。

補給品和人員在戰爭的次日自小南灣抵達。他們並沒有看到信號火焰，倒是從騎馬的使者那兒得到了消息。當珂翠肯讚揚克爾伐公爵的深謀遠慮時剛好我也在場，她讚揚他懂得派出使者接力傳達訊息，同時也向立即回應的修克斯歇姆西公爵表達謝意，並且建議他們將擄獲的船隻分散成隊伍，如此一來就不用再等待戰艦抵達，即可派遣各自的船隻彼此防守。這可是個豪華的餽贈，而每個人都以充滿敬畏的沉默接受這份厚禮。當克爾伐公爵回過神之後，就起身舉杯慶賀他的王后和尚未出生的瞻遠家族繼承人，所以謠傳馬上就成為眾所周知的事情。珂翠肯王后雖然滿臉羞紅，卻仍不忘適時表達她的感謝。

短暫的勝利對我們來說好比療傷的藥膏。我們打了一場漂亮的仗，潔宜灣也將恢復原狀，外島人更無法在衛灣堡建立據點，剎那間我們似乎有可能完全戰勝他們。

在我們離開潔宜灣之前，許多首歌謠已經傳頌開來，敘述著王后將裙子往上一綁，勇敢地迎戰紅船劫匪，還有她腹中的孩子在出生前就已經成為戰士了。還有些歌謠傳頌王后不僅犧牲自己，而且還將繼承人的安危置之度外，只為了確保瑞本公國不致因此而遭敵人攻陷。首先是畢恩斯的普隆第公爵，現在是瑞本的克爾伐公爵，我自顧自地思索著，珂翠肯的確漂亮地贏得這些公國的效忠。

我在潔宜灣度過了溫暖和令人恐懼的時光。賢雅夫人在大廳裡一見到我就認出我了，然後就走過來與我交談。「哦！」她輕聲地對我打招呼後說道，「在廚房幫我照顧狗兒的小伙子的確流著國王的血液，難怪你對我提出這麼好的建議。」她真的成為一位端莊的淑女和公爵夫人，而她那隻活蹦亂跳的狗兒還是亦步亦趨地跟隨她，只不過牠現在安分地繞著她的腳後跟來回奔跑，這項改變也令我頗為開心，就像看到她對於自己的頭銜處之泰然，以及對她的公爵毫不隱瞞的鍾愛之情一樣歡喜。

「我們都變了很多，賢雅夫人。」我如此回答，而她也接受我由衷的讚美。我上次見到她的時候正陪同惟貞出遊，她那時還不太習慣公爵夫人的生活，而當她的狗兒被一根骨頭嗆到時，我就在廚房遇見她，並且說服她讓公爵把錢花在瞭望台上，而不是買珠寶送她。當時她才剛剛當上公爵夫人，現在可絕對實至名歸。

「不再是小狗崽子了？」她露出略帶挖苦的微笑問道。

「小狗崽子？是狼人！」有人這麼回答。我轉身看看是誰在說話，但廳裡擁擠的人潮中沒有一張臉朝我們這兒看，於是我聳聳肩，彷彿這番評論無關緊要，而賢雅夫人看來也沒聽到這句話。她在我離開之前送給我一個紀念品表達她的謝意，讓我現在想起來都會微笑：這是一個袖珍的魚骨形胸針。「這是我訂做的，好提醒我……現在我希望你擁有它。」她表示自己不再經常配戴首飾，然後就在陽台上將胸針交給我，此時克爾伐公爵的瞭望台正在漆黑的夜空中散發出鑽石般的奪目光彩。

25 公鹿堡

位在酒河的商業灘堡是法洛王室的傳統居所之一，也是欲念王后度過童年的地方，以及當年她和年幼的兒子帝尊的避暑之處。商業灘城是個生機盎然之處，也是這個果樹園和稻穀遍布的國家的商業中心。酒河是一條幽靜的航行水道，在河上行進很是輕鬆愉快。欲念王后總是堅持商業灘在各方面都優於公鹿堡，而且替王室家族提供了一個更佳的王室所在地。

返回公鹿堡的旅途中沒什麼大事發生。珂翠肯在我們準備啓程時已經非常疲累，雖然她盡可能不表現出來，但她的黑眼圈和唇形卻說明了一切。克爾伐公爵原本備妥轎子讓她乘坐，但她不一會兒就因劇烈的搖晃而更感到噁心，只得滿懷謝意地歸還轎子，跨上她的母馬展開回家的旅程。

在返鄉途中的第二個晚上，狐狸手套來到我們的營火邊，告訴博瑞屈她似乎看到了一匹狼，而且當天就見到了好幾次。博瑞屈淡漠地聳聳肩，請她大可放心，牠可能只是好奇，並不會對我們造成威脅。她離開之後，博瑞屈轉頭對我說，「這樣下去就太頻繁了。」

「什麼？」

「一匹狼，別人在你的附近看到一匹狼。蜚滋，要注意。在你獵殺那些被冶煉者的時候就已經有謠傳說事發地點到處都是狼的腳印，而劫匪身上的傷也絕對不是刀傷。有人告訴我他們看到一匹狼在戰爭發生的當晚在潔宜灣四處徘徊，我甚至還聽到一匹狼在戰爭結束時變成人的荒謬故事。王后帳篷外的泥土地上都是腳印，即使當時每個人都累了，而且急著處理屍體，不過還是有人發現有一些劫匪並非遭人類所殺害。」

一些？哈！

博瑞屈的臉因憤怒而扭曲。「停止！現在就停止！」

你很強硬，獸群之心，但是——

這份思緒中斷了，接著我就聽到樹叢裡傳來一聲突如其來的驚吠聲，也有幾匹受驚的馬兒朝著那個方向看，我則盯著博瑞屈。他從遠處憤怒地抗斥了夜眼。

他使出的力量很強，你離這裡很遠，算你走運……我開始警告夜眼。

博瑞屈轉而瞪著我。「我說了，停止那麼做！現在就停止！」他厭惡地別過頭去。「我寧願你把手插進褲子裡騎馬，也不願看到你在我面前經常這樣，這可激怒了我。」

我不知道該說什麼。根據多年共處的經驗，我知道他不會公然爭論對於原智的觀點。他知道我和夜眼牽繫，而他如此容忍對我來說已夠通融了，所以我也用不著時刻提醒他那匹狼和我心靈相通。我低頭表示同意，也就在那個晚上，我在長久以來首次作了屬於自己的夢。

我夢到莫莉。她再次穿著紅裙，蹲在沙灘上用腰刀把岩石上的貝類挖下來吃，然後抬頭對我微笑。我一接近，她就跳起來赤著腳在我的前方奔跑，我追著她，但她依然身手矯捷，一頭秀髮在肩後飄揚，

只有在我呼喚她等等我的時候笑著。當我醒來之後，因爲她跑得比我快而感到一股奇妙的喜悅，而夢幻般的薰衣草香仍縈繞在我心深處。

我們期待回到公鹿堡時能接受盛大的歡迎，船隻也應該趁著天候較佳而先我們一步靠岸，傳達戰勝的訊息，所以我們並不驚訝看到帝尊的一隊侍衛迎面而來。但奇怪的是，他們看到我們之後仍繼續騎著馬，沒有人喊出聲來或是揮手致意，反而像鬼魂般沉默肅穆地朝我們這兒前進。我想博瑞屈和我同時看到隊伍最前方的人手持權杖，而擦得閃閃發亮的小手杖正預示著有重大訊息。博瑞屈在我們注視這群人接近時轉身看我，臉上滿是恐懼的神情。「黠謀國王駕崩了？」他輕聲猜測。

我一點兒也不意外，只覺得有股失落感。我心中那位驚恐的男孩倒抽了一口氣，因爲我和帝尊之間不再有任何阻礙。另一方面，我也納悶若稱呼黠謀「祖父」而非「國王陛下」會是什麼滋味。不過這些自私的想法相較於吾王子民的意義，就顯得微不足道。無論是好是壞，畢竟黠謀造就了我，在多年前的某一天讓我這個在大廳桌下玩耍的男孩重獲新生，將他自己的標記烙印在我身上，他決定我一定要讀書習字，也得學會劍法和下毒。在我看來，他的逝世讓我現在必須對自己的行爲負責，這可眞是個令人異常恐懼的想法。

所有的人都察覺到領隊的重擔。我們在路上停下來，珂翠肯的侍衛往兩旁退開來好讓他通過接近她，接著他就在一股駭人的寂靜中將權杖交給她，還有一幅小型卷軸。她撥開卷軸上的紅蠟封印，我就看著這封印掉落在泥濘的地上。她緩緩打開卷軸閱讀，臉上的神色有異，然後一隻手滑落到身旁，卷軸也隨著封印飄落在地上。這已經無法挽回，她也不想再看。她沒有昏倒也沒有哭喊，只是將雙手擱在腹部凝望著遠方，而我也從她這個動作得知不是黠謀，而是惟眞逝世了。

我探尋著他。在某個地方，我心中的某處，他一定仍縮成一小團待在那裡，必定還有一絲連結，最

細微的連繫……我甚至不知道這連繫何時消逝無蹤，只記得每當我戰鬥的時候，似乎都會切斷和他的連結。這毫無助益。我此刻想起戰爭當晚的怪象，我以為自己聽到惟真喊著毫無意義的命令，我也聽不懂任何一個字眼，但現在我認為這些是作戰指令，命令我們分散隊形或尋找掩護，或是……但我已無法回想起指令的內容。我看著博瑞屈滿懷疑問的雙眼，然後聳聳肩。「我不知道。」我平靜地說道，而他緊緊皺起眉頭思索這一切。

珂翠肯非常靜默地坐在馬背上，沒人敢碰她或者發言。我瞥了瞥博瑞屈，從他的眼神中看到了宿命般的聽天由命，因為這是他第二次見到王儲在登基前逝世。在漫長的寂靜之後，珂翠肯調轉馬頭，環視她的侍衛隊和跟隨她的騎兵隊伍。「我從帝尊王子的訊息得知，王儲惟真已經逝世了。」她沒有提高聲調，一字一句鏗鏘有聲。歡愉的氣氛消逝了，衆人眼中勝利的光芒也黯淡下來，只見她停頓片刻讓衆人認知這事實，接著就輕推她的馬兒繼續前進，而我們也跟著她返回公鹿堡。

我們毫無阻礙地通過城門，負責看守的士兵抬頭看著我們經過，其中一位向王后隨意敬禮，但她沒注意到。博瑞屈的臉也更沉了，卻不發一語。

城堡庭院裡的情況看來跟平常沒什麼兩樣。馬廏的人手幫我們把馬匹牽回去，其他僕人和民衆也忙於他們的日常瑣事。這一切都如此地熟悉，教我感到有些心煩。惟真死了，日常作息卻照常進行，感覺上就是不太對勁。

博瑞屈幫忙珂翠肯下馬，她的一群仕女們早就等在那兒了。我看著宮廷仕女們連忙簇擁著珂翠肯進屋裡去，驚訝於她的疲累困頓，還問她是否無恙，同時表達同情、遺憾和悲傷的驚嘆。而我也依稀注意到狐狸手套的臉上露出了一絲嫉妒的神情。她身為王后侍衛隊的隊長，擁有軍人的身分，宣誓保護王后的生命安全，但無論她多麼關心她的王后，卻無法在此時跟隨她進入城堡裡。珂翠肯現在由她的宮廷仕女們照料著，但我知道博瑞屈今晚不會孤伶伶地在珂翠肯的房門前守衛。

珂翠肯的仕女們為了她熱切地相互低語，讓我明白有關她懷孕的傳聞已經傳開了，也納悶帝尊是否也聽聞了。我很清楚謠言在成為眾所周知的消息之前，幾乎都會先在女士們的圈子裡流傳，我也突然間亟欲打聽帝尊是否知道珂翠肯已經懷了王位繼承人的事。我把煤灰的轡繩交給阿手，感謝他並答應稍候會告訴他所有的事情，但博瑞屈在我走向城堡時自我身後搭著我的肩。

「我現在要跟你談談。」

他有時幾乎把我當成王子般對待，但有時卻把我視為一個連馬僮都不如的小角色。他這番話可不是請求，而是帶點命令的語氣。阿手苦笑著將煤灰的轡繩交還給我，然後離開去照顧其他動物，我就跟隨領著紅兒的博瑞屈走回馬廄。在煤灰的廄房旁邊替紅兒找個空位可不是件難事，只因有太多廄房早就空出來了。我們開始進行照料馬匹的例行公事。照料馬兒時，博瑞屈就在附近工作，這份例行公事既有的親切感令人感到愉快。我們這頭的馬廄挺安靜的，但博瑞屈卻等到四下無人時才問我，「是真的嗎？」

「老實說，我也不知道。我和他的連結已經中斷，在前往潔宜灣之前就變得很微弱，而且我在作戰時總是很難維持和他的連繫。他說過我對周圍的人築起堅強的防禦，卻也因此把他擋在外面。」

「我對這些可完全不懂，但是我知道那個問題。你確定自己是在那時和他失去連繫的嗎？」

於是我告訴他，我在那場戰役中微弱地感受到惟真，或許他也在同一時刻遇襲，博瑞屈不耐煩地點點頭。

「但是，現在情況已經穩定下來了，難道你不能對他技傳，重新建立你們的連結？」

我立即壓抑住自己翻騰的挫折感。「不，我不能，我無法那樣技傳。」

博瑞屈皺了皺眉頭。「聽著，我們既然知道最近的訊息傳達頻頻出錯，那我們怎知這個消息並非空穴來風？」

「我們無法確認，但很難相信帝尊敢大膽假造惟真的死訊。」

「我可相信他什麼事情都做得出來。」博瑞屈平靜地說道。

我幫煤灰清理完馬蹄上的泥巴後就站直身子，看著博瑞屈靠在紅兒的廄房門口凝視遠方，頭上的一絡白髮鮮活地提醒著帝尊是個多麼殘忍無情的人。他若無其事地下令除掉博瑞屈，彷彿打死一隻煩人的蒼蠅般；而帝尊對於沒把他殺死似乎也毫不在意，一點兒也不怕一位馬廄總管或一名私生子會報復。

「所以，他在惟真回來時會說些什麼？」我平靜地問道。

「他一旦當上國王就不會讓惟真回來。登上六大公國王位的人可以隨意處置任何他視為是眼中釘的人。」博瑞屈陳述這些時並沒有直視我，我也試著不讓這帶刺的言詞影響到自己。此話不假。帝尊一旦得勢，毫無疑問會有一批刺客等著奉命行事，或許現在就已經有了。那想法可真令我不寒而慄。

「如果我們要確認惟真還活著，只能派人去找他，然後帶回他的訊息。」我向博瑞屈提議。

「就算使者能活著回來，也耗費太多時間了。帝尊一旦掌權，使者的話對他來說就不算什麼了，而傳達這類訊息的人也不敢大聲說出實情的。我們需要惟真仍然生還的證據，而且是黠謀國王會接受的證據，要趕在帝尊得勢之前就握有這證據，那個傢伙不會屈就於王儲身分太久的。」

「但黠謀國王以及珂翠肯的孩子的王位順位仍然在他之前。」我提出抗議。

「事實證明，就連強壯的成年人都難安坐那個位置，何況是體衰的老人或未出世的孩子。」博瑞屈搖搖頭，把那個想法置之一旁。「這樣吧！既然你無法和他技傳，那麼誰可以？」

「精技小組的任何一名成員。」

「得了吧，我不信任他們之中的任何一個人。」

「黠謀國王或許可以，」我遲疑地提議。「如果他能從我這兒取得力量。」

「就算你和惟眞的連結中斷也行得通？」博瑞屈熱切地問道。

我聳聳肩又搖搖頭。「我不知道，所以我才說『或許』。」

他在紅兒剛梳好的、油亮亮的皮毛上，做最後一次的整順。「總得試試，」他堅定地說道。「而且愈快愈好，一定不能讓珂翠肯無緣無故發愁哀悼，因爲這可能會讓她失去孩子。」他嘆了一口氣然後看著我。「去休息吧！然後計畫一下在今晚晉見國王。我若看到你進了他房裡，不管黠謀國王發現些什麼，我都會確保有人目睹。」

「博瑞屈，」我抗議。「有太多不確定的因素，我甚至不知道國王今晚是否清醒或能否技傳，或者他是否會答應我的請求。如果我們這麼做，帝尊和其他人就會知道我是通精技的吾王子民，還有——」

「抱歉，小子。」博瑞屈忽然插嘴，語氣幾乎毫不留情。「此地有太多的危機比你的生命安全更重要。不是我不關心你，而是我覺得讓帝尊知道你會精技，並且證明惟眞還活著，就會讓你的處境安全些，這總比讓大家相信惟眞的死訊，使得帝尊認爲此刻能適時地把你除掉好多了。我們今晚一定得試試，或許不會成功，但總得一試。」

「我希望你能找些精靈樹皮來。」我對他發牢騷。

「你開始上癮了？小心一點。」接著他卻露齒而笑。「我當然可以拿到一些。」

我也回他一笑，然後爲自己感到吃驚。我不相信惟眞死了，剛才的微笑就是爲了證明這一點。我根本不相信我的王儲已不在人世，而我也差不多要和帝尊短兵相接，證明事實的確如此。而唯有讓我雙手持斧這麼做，才能更令我心滿意足。

「能否幫我一件事？」我問博瑞屈。

「什麼事？」他警覺地問道。

「你自己也要非常非常小心。」

「我一直都是，你也得多小心。」

我點點頭，然後沉默地站著，感覺尷尬極了。

過了一會兒，博瑞屈嘆了一口氣說道，「說吧，如果我見到莫莉，你希望我告訴她……什麼？」

我自顧自地搖搖頭。「只須告訴她我很想她，除此之外還能對她說什麼？我除了那句話之外，可什麼都無法給她。」

他帶著怪異的表情看著我，是同情，沒有半點虛假的安慰。「我會告訴她。」他向我保證。

我離開馬廄時覺得自己似乎長大了，也不禁納悶自己何時才能不再以博瑞屈對我的態度來評量自己。

我直接走到廚房想吃點兒東西，然後聽從博瑞屈的建議去休息。守衛室裡擠滿了由戰場返回的士兵，一邊狼吞虎嚥吃著燉肉和麵包，一邊告訴留下來的人所有的遭遇。這是預料中事，而我此時只想拿了自己那份糧食回房去，卻只見廚房處處都是一壺壺燒開的水，麵包正發酵膨脹著，而肉串也在烤肉叉上。廚房的僕人們忙著切菜和攪拌，匆忙地走來走去。

「今晚有宴會？」我傻傻地問道。

廚娘莎拉轉身面對我。「喔，蜚滋，你可活著回來了，而且毫髮無傷，總算和以往不同。」她彷彿已經讚許我似的笑著。「沒錯，有個歡慶潔宜灣之役告捷的餐宴。我們也不會忽略你的。」

「惟真逝世了，我們還坐下來大吃大喝？」

廚娘平視著我。「惟真王子若還在這裡，他會希望怎樣？」

我嘆了一口氣。「他或許會說要好好慶祝這場勝利。相較於哀悼，人民更需要希望。」
「今早帝尊王子也這麼對我解釋。」廚娘心滿意足地說道，然後轉身把香料塗在一條鹿腿上。「我們當然會哀悼他，但你要明白，蜚滋，他離開我們，而帝尊留下來了。帝尊留下來照顧國王，並盡全力守護海岸。惟真走了，但帝尊仍在這裡與我們同在，更何況潔宜灣也沒落入劫匪手中。」
我保持緘默等待突發的情緒消退。「我們並非因帝尊在此守衛而保住潔宜灣的。」我想確定廚娘是否將這兩個事件聯想在一起，而不僅是在同一段話裡提到它們。
她一邊忙著在肉上塗抹香料，一邊點點頭，而我嗅出了搗碎的山艾和迷迭香的芬芳。「馬上派兵出去，這就是一直需要做的事情。技傳本身沒什麼不好，但是知道事情將如何發生，卻沒有任何人採取任何行動，又有什麼好處？」
「惟真都會派遣戰艦出航。」
「但似乎總是太遲了。」她轉身面對我，並在圍裙上擦擦手。「喔，我知道你很崇拜他，小子。我們的惟真王子是個大好人，他爲了保護我們不惜犧牲自己的性命。我並不是要說逝者的壞話，我只說技傳和追逐古靈並不是對抗紅船的方法。帝尊王子一聽到風聲就派出軍隊和船隻，那才是一直需要做的事情，或許帝尊管事才能讓我們活下來。」
「那黠謀國王呢？」我輕聲問道。
她顯然誤解了我的問題，卻也因此讓我知道她眞正的想法。「喔，他的狀況和預期中一樣好，今晚甚至還會下樓來參加盛宴，至少會稍作停留。可憐的人，受了這麼多的折磨，可憐啊，眞是可憐的人！」
行屍走肉。她差不多就這麼說了。對她來說黠謀不再是國王，只是一位可憐至極的人。帝尊可得逞了。「妳覺得王后會出席餐宴嗎？」我問道。「畢竟她剛聽到她的丈夫、也就是未來國王的死訊。」

「喔，我想她會出席的，」莎拉自顧自地點點頭，砰的一聲把鹿腿翻過來在另一側敷上藥草。「我聽說她表示自己懷孕了。」廚娘的語氣滿是懷疑。「她想在今晚宣布這件事。」

「妳懷疑她是否懷孕了？」我直接了當發問，廚娘並未被這話所激怒。

「喔，我不懷疑她有了身孕，如果她這麼說的話。只是覺得有些奇怪，她爲什麼在惟眞的死訊發布之後才說出來，而不在事前告知？」

「怎麼說？」

「我想，我們之中就是有人會納悶。」

「納悶什麼？」我冷冷地問道。

廚娘瞪了我一眼，我咒罵著自己剛才不耐煩的回應。我可不想讓她閉嘴，因爲我需要聽到所有的謠言。

「是這樣的……」她遲疑了一下，卻無法拒絕我的凝神傾聽。「當一個一直沒懷孕的女人在自己的丈夫遠離時，忽然宣布懷了他的孩子，總是令人多心。」她瞥了瞥四周看看還有誰在聽。所有的人都各自忙碌著，但我相信一定有人朝我們這兒豎起耳朵偷聽。「爲什麼忽然在此刻宣布？而且既然她知道自己懷孕，爲何又在深夜匆匆離去參與戰事？她到底是怎麼想的？一位懷著王位繼承人的王后這麼做是很不尋常的。」

「這個嘛……」我試著讓自己的聲音和緩下來。「我想，等孩子出生的時候，我們就可以知道她是在何時受孕的，如果眞有人想屈指算算月數到底對不對，到那時再算也來得及。況且……」我接著像策畫陰謀般靠過去。「我聽說她的一些仕女在她離開前就知道她懷孕的事了，像是耐辛夫人和她的女僕蕾

細。」我得確定耐辛會吹噓她早就知道了，還有蕾細也得在僕人間散播消息。

「喔，那個人呀！」廚娘那不予考慮的語氣摧毀了我輕易得勝的希望。「我可不想冒犯，蜚滋，但她有時有點傻傻的。而蕾細嘛，她倒挺牢靠的，但卻不怎麼說話，更不想聽其他人說些什麼。」

「嗯……」我笑著對她眨眨眼。「我就是從那兒聽來的，而且早在我們動身前往潔宜灣之前就聽說了。」我更靠近她。「到處問問吧！我敢打包票妳會發現珂翠肯王后爲了減輕害喜而喝了不少懸鉤子葉茶。妳調查一下，看看我說的對不對。我用一枚銀塊打賭我是對的。」

「一枚銀塊？啊，好像我也有這麼多錢可以拿出來跟你打賭似的。我會去問問看，蜚滋，我會的。你眞是不應該，不早點和我分享這麼多八卦，多虧我告訴你那麼多！」

「這樣吧，再告訴妳一件事。珂翠肯王后不是唯一懷有身孕的人！」

「是嗎？還有誰？」

我露出微笑。「還不能告訴妳，但是當我得到進一步的消息之後，妳絕對會最先知道。」我根本不知道還有誰懷孕了，但說出城堡中有其他人懷孕總是保險的，或者早晚能證明我的謠言是有根據的。如果我得靠廚娘來打聽宮廷裡的閒談，就需要討她歡心。她愼重地對我點頭，我也向她眨了眨眼。

她終於完成替鹿腿加料的程序。「來吧，小子，把這個拿到那團大火上的烤肉架擱著，放在最上層的架子，我要把它烤熟，可不要烤焦了，你現在就去吧！水壺呢？我叫你拿來的牛奶在哪兒？」

我拿了些麵包和蘋果後才離開廚房回到自己的房裡，這簡單的食物對我如此飢餓的人來說形同山珍海味。我直接回房梳洗，進食完畢後便躺下來休息。我今晚或許沒什麼機會面見國王，但還是想盡可能在餐宴上保持警覺，也想告訴珂翠肯先不用急著悼念惟眞。但是，我知道自己一定無法擺脫她的仕女們，然後安靜地和她說幾句話。況且，如果我錯了呢？不，當我證實惟眞還活著之後再告訴她也不遲。

稍候，我一聽見敲門聲就醒了。本來我仍躺在床上，不確定自己是否聽見任何聲音，過了一會兒還是起身拉開門閂，打開一道門縫，然後便看到弄臣站在我的房門外。我不知道自己是因爲他居然是敲門而不是直接溜進來感到驚訝，或是因爲他的穿著感到震驚。我張口結舌地站著看他。他溫文儒雅地鞠躬，然後掠過我身邊進房，關上他身後的房門，還上了許多道門閂，接著走到房間中央伸展雙臂，緩緩轉圈子讓我欣賞他的模樣。「如何？」

「這可一點兒都不像你。」我很坦白地說道。

「我也不想這麼穿。」他把長衫整平，拉了拉袖子展示上頭精細的刺繡，還有足以彰顯出袖子華麗布料的袖底開叉。他拍拍羽毛帽讓它鼓起來，然後戴在他那頭蒼白的頭髮上。帽子的顏色從最深的靛藍到最淡的天藍都有，而弄臣的臉也彷彿剝去外殼的蛋般在這堆顏色裡透了出來。「弄臣已經褪流行了。」

我緩緩坐在床上。「帝尊把你打扮成這樣？」我無力地說道。

「他想這麼做可難了。衣服的確是他給的，但可是我自己穿上的。如果弄臣都已經不流行了，那麼弄臣的貼身僕人該會有多麼卑微。」

「那黠謀國王呢？他也已經不流行了嗎？」我尖酸地問道。

「過度關心黠謀國王已不再合時宜了。」他回答我。他雀躍地蹦蹦跳跳著，然後便停下來莊重地站好，似乎想配合身上的新衣般，在房裡轉了一圈。「我今晚和王子同桌，還得時刻表現十足的歡樂和機智。你覺得我辦得到嗎？」

「比我好太多了。」我酸溜溜地回答。「難道你毫不在乎惟眞已經逝世了嗎？」

「難道你毫不在乎花朵在夏日的陽光下盛開嗎？」

「弄臣，現在外頭是冬天。」

「這兩件事可都是眞的，相信我。」弄臣忽然站穩了。「我來請你幫我一件事，如果你相信的話。」

「相信你找我幫忙和幫你忙一樣容易。說吧，什麼事呢？」

「不要因爲你自己的野心而殺害國王。」

我驚恐地看著他。「我絕不會殺了國王的！你怎敢這麼說！」

「喔，我這陣子膽子可大了。」他雙手放在背後在房裡走來走去，一身華服和不熟悉的姿勢可嚇壞了我，他那個樣子好像有其他生物棲息在他身體裡似的，而且是個我一無所知的生物。

「甚至連國王曾殺了你的母親你也不會復仇？」

一陣恐怖的噁心感自我體內升起。「你到底想告訴我什麼？」我耳語道。

弄臣因我痛苦的語氣而旋轉著。「不，不！你完全誤會我了！」他那充滿誠意的語氣讓我立刻又見到了自己的朋友。「但是，」他用幾近狡詐的溫和語氣說道，「如果你相信國王殺了你那位非常珍惜你、疼愛你和寵你的母親。倘若國王把她殺了，從你身邊永遠地奪走了她，你想你可會殺了他嗎？」

我長久一來一直都沒有察覺到，過了一會兒才明白他的意思。我知道帝尊相信他母親是被毒死的，也知道這就是他痛恨我和百里香夫人的原因之一，更明白他相信是我們動手殺人的。但根據國王的指令，這些指控都不正確，事實上是欲念王后自己把自己給毒死的。帝尊的母親向來過度沉溺於酒精和那些能讓她暫時忘憂的藥草中，當她相信自己有權晉身權位階級，卻無法如願以償時，就沉溺於那些消遣中來逃避現實。黠謀好幾次想試著阻止她，甚至要求切德提供藥草和藥劑讓她停止這個癮頭，卻仍無濟於事。欲念王后的確是被毒死的，但可是死在她那調製藥物的自溺之手中，這是我一直都瞭解的事實。但我明白了這件事，卻忽略了一位嬌生慣養的兒子突然間喪母，會在他心中醞釀什麼樣的仇恨。

帝尊會為了這件事大開殺戒嗎？他當然會。他意圖讓六大公國瀕臨毀滅好執行這項復仇行動嗎？為什麼不？他從來不關心沿海公國，而對他那出身內陸的母親一向較為忠心耿耿的內陸公國，才是他心之所向。如果欲念王后沒有嫁給黠謀國王，她仍將維持法洛的女公爵身分。有時當她沉溺於酒精和藥物的癮頭時，就會冷酷地嚷嚷著如果她仍是女公爵，即可運用更多權勢說服法洛和提爾司公國合而為一，讓她這位王后掌管，進而脫離六大公國邦聯。精技師傅蓋倫是欲念王后自己的私生子，蓋倫煽動帝尊的恨，也讓自己的恨升高。難道他的仇恨已經多到足以讓他為了替帝尊復仇，而顛覆自己的精技小組嗎？這對我而言是個驚人的叛國之舉，卻也發覺自己接受了這個想法。他的確會這麼做。數以百計的人民慘遭屠殺、無辜的民眾被冶煉、婦女們遭姦淫、孩子們孤苦無依，整個村莊就為了一位王子幻想出來的冤屈而徹底毀滅。這確實嚇壞了我，但也不無道理。就像棺蓋緊貼棺木般密合，他的動機確實與事實相符。

「我想法洛現任的公爵或許會關心自己的健康。」我若有所思地說道。

「他和他姊姊一樣酷愛美酒和藥物，而且這兩樣東西源源不絕地供應，讓他根本不在乎其他事情，我眞懷疑他是否會長命百歲。」

「或許黠謀國王會比較長壽？」我謹愼地問道。

弄臣的臉上露出一抹痛苦的神色。「我恐怕他來日無多，」他平靜地說道。「但他所剩下的這些日子或許會好過些，而非度過充滿血腥暴力的餘生。」

「你認為事情會演變成那樣？」

「誰知道滾燙的壺底會冒出什麼玩意兒？」他忽然走向我的房門，把手放在門閂上。「這就是我對你的請求，」他平靜地說著。「拋棄那些在你腦海裡快速轉動的念頭，愚人先生，讓事態穩定下來。」

「我不能。」

他用額頭抵住門，這可最不像弄臣的舉動。「那麼，你就會導致國王之死。」他低沉的語氣滿是哀傷。「你知道……我是什麼，我已經告訴過你我為何來到此地，而我確信一件事情，那就是瞻遠家族血脈的終結是眾多轉捩點之一。珂翠肯懷了王位繼承人，也因此得以延續香火，那就是情勢所需要的。難道不能讓一位老人安寧地逝去？」

「帝尊不會讓王位繼承人出世的，」我坦白地說道，就連弄臣都睜大眼睛聽我如此直言。「那孩子若沒有國王伸手庇蔭就無法掌權，無論那位國王是黠謀或是惟眞。你不相信惟眞的死訊，也如此表示，那你忍心讓珂翠肯承受相信它的折磨嗎？你忍心就這樣讓六大公國在鮮血中破敗頹圮？假如王位不過是被燒毀大廳中的一把破椅子，這對瞻遠家族的王位繼承人來說又有什麼好處？」

弄臣的肩膀沉重地垂了下來。「有上千條岔路，」他平靜地陳述。「有些道路清晰平坦，有些陰影重重，有些則顯然前有艱難，唯有強大的武力或一場天災浩劫才能改變這些道路。另有道路則被濃霧所藏，而我不知是否有出路或那路將通往何處。小雜種，你可眞像霧般籠罩著我！光是你的存在就讓未來的可能性倍增千倍，眞是好個催化劑！在霧茫茫之中，有些道路最為黑暗曲折，是通往毀滅的路徑，但有些則是通往光明閃亮的金色路線。看來你走的是起伏於高山深谷的道路，而我渴望的是中庸之道。我渴望我的主子能平平安安走完一生，因為他對我這位古怪且語帶嘲弄的僕人眞的很仁慈。」

他不再責備我，拉起門閂鬆開鎖就靜靜離開了，一身華服和謹慎的腳步讓我覺得他整個人都走樣了，花斑點衣服和之前的嘻笑蹦跳也似蕩然無存。我在他身後輕輕帶上門，然後靠著門站著，彷彿自己可以支撐住未來似的。

我極度謹慎打點自己的衣著好赴晚宴。當我終於穿上急驚風師傅為我縫製的新衣時，看起來幾乎和弄臣一般體面。我決定不在晚宴上哀悼惟真，更不會露出悲傷的神情。我在下樓時看到城堡中大多數的人都湧向大廳，明顯地所有的人不分貴賤全都奉旨出席了。

我發現自己和博瑞屈、阿手以及其他馬廄伙伴同桌。自從黠謀把我帶進他的羽翼下照顧之後，我就坐在這毫不起眼的位子上，但我寧願和這桌人共處，也不願坐到主桌那兒去。大廳裡的上賓席位坐著一群我不熟悉的人，大部分是從提爾司和法洛來的公爵們及貴賓，不過我倒還認得幾張面孔。耐辛坐在近乎符合她位階的座位上，蕾細也確實坐在比我更高一階的位置上，我卻沒在任何地方看到莫莉。公鹿堡城的人們也散布在大廳中，多數是有錢人，而且大部分人的席位比我想像中來得好。這時，國王被帶入大廳中，只見他倚靠著衣裝優雅的弄臣走進來，後面還跟著珂翠肯。

她的樣子可讓我大吃一驚。她穿著簡便的土褐色長袍，爲了哀悼惟真而將頭髮剪短成長度不超過一隻手掌的寬度，且因失去重量而像蒲公英的種子般從頭部伸展出來，髮色也因修剪而淡去，看起來像弄臣的頭髮一樣蒼白。我已經習於看她把一頭濃密的金髮綁成粗粗的辮子，但現在她的頭在寬闊的雙肩上看起來異常渺小，那對無神的藍眼睛在哭腫的紅眼皮下也顯得有些突兀。她看起來不像一位哀悼中的王后，倒像是初來乍到宮廷的另一類古怪弄臣。眼前這名女子不像我的王后，也不是花園中的珂翠肯，更不是揮劍起舞的裸足戰士，而只是一位在此地新寡的外籍女子。相反地，帝尊彷彿要向女士求歡似的衣裝奢華，如同獵貓般自信滿滿地移動著。

我眼中的晚宴好似一場精心編排的傀儡戲。有位心智衰弱且削瘦的老黠謀國王不斷對著他的晚餐點頭，或者不針對任何人虛弱地微笑交談。王妃毫無笑容也幾乎沒吃東西，且滿懷哀悽地沉默著。掌控大局的帝尊，則像一位盡責的兒子般坐在年老體衰的父王身旁，而一身華服的弄臣就坐在這位王子身邊，不時誇張地運用機智修飾和強調帝尊言談中的妙語，讓王子的言談比實際上更加生動。主桌的其他賓客包括法洛和提爾司的公爵及公爵夫人，還有他們目前寵信的一些位階較低的貴族，但卻看不到來自畢恩斯、瑞本和修克斯公國的代表。

來賓在餐後向帝尊敬了兩次酒，第一次是法洛的侯德公爵。他非常大方地舉杯向帝尊敬酒，宣稱他是護衛領土的英雄，也稱讚他為了潔宜灣迅速採取行動，更讚美他為了六大公國的福祉所做的一切措施，這可讓我豎起了耳朵。不過，這些恭賀和讚賞之詞聽起來語焉不詳，根本沒說清楚帝尊到底先前決定做些什麼，再這樣下去只怕變成一篇頌詞了。

在演說初期，珂翠肯坐直身子用難以置信的眼神望著帝尊，顯然無法相信他竟然能平靜地點頭微笑接受不屬於他的稱讚。如果除了我之外有任何人注意到王后的表情，也沒人敢發表評論。不出所料，第二次由提爾司的公羊公爵敬酒。他為了緬懷王儲惟真而舉杯，雖說是個讚頌，卻貶低了惟真的身分。他提到惟真所有的嘗試、意圖、夢想和希望。不過，惟真所有的成就早被轉嫁來替帝尊錦上添花，所以也沒什麼好補充了。聽到這裡，珂翠肯的臉色更加蒼白，雙唇也抿得更緊了。

我相信當公羊公爵說完的時候，她會馬上準備起身發言，但帝尊卻貿然地站了起來，握著裝滿酒的酒杯示意大家安靜，然後朝王后舉杯。

「今晚對於我的讚美實在太多，而我們最美麗的珂翠肯王妃所得到的讚美卻太少了。她一回來就面對最哀傷的喪親之痛，但相信我的亡兄惟真不會讓他的死所帶來的哀傷，為他妻子所有的努力蒙上陰影。姑且不論她的狀況……」帝尊臉上的微笑像極了嘲諷，「不過她還是忠於夫家的利益親自出征對抗紅船，毫無疑問許多劫匪必定死在她英勇的劍下，而我們的戰士也因見到他們的王妃決定奮不顧身地為他們而戰，而個個人心振奮。」

珂翠肯的雙頰可脹紅了，而帝尊則謙卑諂媚似地繼續誇耀珂翠肯的功績，他那虛情假意奉承般的言論簡直把她的功績貶低成作秀似的。

我無助地指望主桌能有人出來支持她，只因以我這平民身分起來出聲反對帝尊，整個情況恐怕更像一齣鬧劇。珂翠肯從來就不確定自己在她丈夫的宮廷中的位置，現在失去了他的支持，看起來彷彿矮了一截。帝尊重複著她的功績，讓它們聽起來既可疑又魯莽，反倒不像是個勇猛果斷的作為。我眼見她讓自己愈來愈渺小，也知道她現在不會為自己辯護。這頓餐宴又重新開始，只見一位非常抑鬱的王后陪伴身旁昏亂的黠謀國王，面色凝重且沉默地聆聽國王口齒不清的談話。但更糟的事情即將來臨。當餐宴結束的時候，帝尊再度要大家安靜，對歡聚一堂的賓客保證餐後一定會有吟遊詩人和傀儡戲的表演，但請求大家再忍耐一下等他宣布另一件事情。他表示經過慎重考慮和漫長的討論之後，縱然萬般不情願，卻明白了潔宜灣的攻擊事件是已經證實的事情。公鹿堡不像以往那麼安全穩固，也絕對不適合身體虛弱的人居住。因此，他決定讓黠謀國王（黠謀國王也在聽到自己的名字時抬頭眨了眨眼）前往內陸，遷居到法洛境內酒河上的商業灘以策安全，直到他的身體狀況好轉為止。他稍作停頓，接著大費周章感謝法洛的侯德公爵，願意安排王室暫居商業灘堡，又說這城堡和法洛及提爾司的主要城堡都很接近，他也希望和最忠心的公爵們保持良好聯繫，而這些公爵經常得連夜長途跋涉，在此極度艱困的時刻前來幫他解決麻煩，更為了自己讓這些以往必須遠道而來的貴族能夠同享王室生活而感到欣慰。他停下來接受公爵們的稱許和感謝，他們也表示會繼續支持他，然後當他再舉手時便立刻順從地安靜下來。

他邀請，不，他懇請王妃陪伴黠謀國王前往內陸，如此一來她會更有安全感，也會過得更舒服，因為商業灘堡當初建造得像家一般，而不是一座要塞，同時也讓他的臣民安心，只因即將誕生的繼承人和他的母親將遠離危險的沿海，在那兒受到妥善照顧。他承諾會盡一切努力讓她覺得一點兒也不拘束，也向她保證將在那兒重新組織一個歡樂的宮廷，公鹿堡的眾多家具和寶藏會隨著國王一道運往當地，減輕

遷徙為他帶來的不適。帝尊邊微笑邊把自己的父王貶成一位年老的傻子，更把珂翠肯貶損為負責繁殖的母馬，還斗膽停下來聽她表示接受自己的命運。

「我不能去，」她無限莊嚴地說道。「公鹿堡是惟真離開我的地方，而他在動身之前也託我照顧這裡，所以我要留在這裡，我的孩子也將在此誕生。」

帝尊別過頭去，表面上對她隱藏臉上的笑容，實際上讓大家看得更清楚。「公鹿堡會有很堅強的防守，我的王后。我的表弟銘亮爵士，也就是法洛的爵位繼承人，表示他有興趣組織武力防守公鹿堡，所有民兵部隊也會駐守此地，因為我們不需要他們留在商業灘，而我也懷疑他們是否需要另一位受她裙子所束縛，而且大腹便便的孕婦幫忙。」

這一陣爆發出來的笑聲令我震驚。這是一個殘酷的論調，比較像酒館裡醉漢的俏皮話，並不適合一位王子在自己的城堡中脫口而出。這讓我想起欲念王后因服用酒精和藥物而極度激動時最不堪的模樣，但主桌的賓客還是笑了出來，也有不少坐在底下的人跟著一起笑。帝尊的風采和娛樂節目可讓他風光極了，無論他當晚如何羞辱和取笑國王及王妃，這些馬屁精都會坐著欣然接受，同時狼吞虎嚥他們桌上的佳餚美酒。珂翠肯看來無法發表言論，事實上她已經起身準備告退，但國王卻在此時伸出顫抖的手挽留她。「請留下來，我親愛的，」他結巴的語氣讓大家聽得一清二楚。「不要離開我。我希望妳留在我身旁。」

「妳看，這是國王的願望，」帝尊急忙提醒她。國王在此時對她提出這樣的要求，我想連帝尊自己也沒想到這對他來說是個好運道。珂翠肯不情願地坐回自己的位子上，下唇發抖且滿臉通紅。我頓時驚恐地擔心她會因此哭出來。一位懷孕的女子無法控制的失態，這對帝尊來說可會是個最終的勝利。她深深吸了一口氣，轉身用低沉但清晰的語調對國王說話，並握住他的手。「您是我宣誓效忠的國王陛下。

吾王，如您所願，我不會離開您身邊。」她低頭向國王敬禮，帝尊也殷勤地點點頭，接著衆人就開始喧嘩慶幸她的這項承諾。帝尊在這陣喧囂結束前又閒扯了一頓，但他早已達到目的。他大多誇耀自己的決定如何明智，而公鹿堡也將因爲沒有王室在此的顧慮而能更妥善地自我防衛，甚至厚顏無恥地表示一旦他自己、國王和王妃離開公鹿堡，就會降低公鹿堡成爲劫匪目標的機率，因爲他們就算占領了也沒什麼好處，而這些無稽之談只是作秀。不久就有人將國王帶走，讓他回到自己的房裡，只因他已完成示衆的任務。珂翠肯也同時陪著國王告退，然後整場盛宴就淪爲嘈雜的餘興節目，只見一桶接著一桶的啤酒以及許多桶次級葡萄酒被端上桌面。各式各樣的內陸吟遊詩人在大廳各個角落發表空洞的言論，帝尊和他的同伴們則選擇觀賞傀儡戲自娛，是一齣猥褻的戲碼，名爲「客棧主人兒子的誘惑」。我推開自己的餐盤看著博瑞屈。我們的眼神相遇，並不約而同地站起身來。

技傳

被冶煉的人似乎毫無任何情感。他們並非邪惡，也不享受他們的惡行與罪孽所帶來的喜悅。當他們失去對人類或世上其他生物的感受時，也就失去了身爲社會的一分子的能力。就算是冷漠、嚴酷或感覺遲鈍的人，尚知自己無法總是表現出對別人的漠不關心，也仍爲家庭和村落的親族關係所接受，但被冶煉的人卻連要表現出漠不關心他人的能力都沒有。他們的情感不只是停頓了，而是全然遺忘這些感受，使得他們無法依照情緒反應預知他人的行爲。

精技使用者可說是另一個極端。這些人可將心智延伸出去，得知遠方其他人的思緒和感覺，精技能力高強者甚至能將其思緒和感覺加諸於他人。這份對於他人情感思緒與日俱增的敏銳度，使得精技使用者擁有過多被冶煉的人所完全欠缺的能力。

王儲惟眞透露被冶煉的人似乎對他的技傳能力完全免疫，也就是說他無法感覺出他們的感受，或是察覺他們的思想。然而，這並不表示他們感受不到精技。難道是惟眞的技傳把他們帶到公鹿堡來？他的對外開啓喚醒了他們內心的飢渴，或許也讓他們想起自己曾經失去的東西？他們涉越冰雪及洪水，總是朝著公鹿堡前進，這份動機想必十分強烈。而當惟眞離開公鹿堡執行任務時，被冶煉的人似乎也放慢了前來公鹿堡的腳步。

——切德・秋星

我們來到黠謀國王的房門前敲了敲門，是弄臣開的門。我來此之前已注意到瓦樂斯也是樓下飲酒作樂的群眾之一，且在國王離開時仍留在原地。「讓我進去。」我平靜地說道，只見弄臣瞪著我。

「不。」他冷冷地說道，便想把門關上。

我用肩膀抵住門，博瑞屈也在旁幫忙。這是我頭一次也是最後一次向弄臣動粗，而證明自己比他有力氣也沒什麼好高興的。他在我將他推到一旁強行進入時所露出的眼神，根本不是一個人應該在他的朋友臉上看到的。

國王坐在壁爐前了無生氣地咕噥著，而王妃落寞地坐在他身邊，迷迭香則在她腳邊打瞌睡。珂翠肯從座位上起身吃驚地看著我們。「蜚滋駿騎？」她悄聲發問。

我迅速走到她身邊。「我要解釋的很多，但時間太少了，而我所要做的事情今晚就得進行。」我稍作停頓，試著要如何對她解釋才最恰當。「您還記得您將自己許諾給惟眞時的情景嗎？」

「當然記得！」她看著我，好像我瘋了似的。

「他運用當時仍是精技小組成員的威儀，去到您心中與您並肩站著，藉以向您表達他的心意。您還記得嗎？」

她的臉都紅了。「我當然還記得，但我想其他人並不確實知道當時到底發生了什麼事。」

「只有少數人知道。」我看看四周，見到博瑞屈和弄臣睜大眼睛聆聽我們的對話。

「惟真透過威儀技傳給您，您知道他的精技能力高超，所以一定也清楚他是如何運用精技守衛我們的沿海。這是個古老的魔法，是瞻遠家族的天賦本領。惟真從他父親那兒遺傳了這項能力，而我也從我父親那兒遺傳了一部分。」

「你為什麼告訴我這些？」

「因為我不相信惟真死了。有人告訴我黠謀國王曾有強大的精技能力，但今非昔比，病魔剝奪了他的精技力量，也竊取了其他種種能力。但是，如果我們說服他再試試看，激發他的動力，我就能提供本身的力量支持他，或許他這樣就能接觸惟真。」

「那會殺了他，」弄臣冷冷地質疑我的提議。「我聽說精技會耗損一個人的體力，而國王可沒什麼剩餘的精力來應付這些了。」

「我不認為這對他會有所危害。如果我們接觸到惟真，他會在精技傷害他父親之前切斷連結，況且他也曾三番兩次在耗盡我的體力之前打住，以確保不傷害到我。」

「就算是弄臣也看得出你這邏輯的漏洞。」弄臣拉了拉身上新衣的袖口。「如果你接觸到惟真，我們怎知道這是真的還是虛晃一招？」

我開口想表達我憤怒的抗議，但弄臣舉起手來阻止我。「當然，我親愛的，親愛的蜚滋，我們全都應該相信你，因為你是我們的朋友，心中也只有我們的福祉。但是，其他人可很容易懷疑你的言論，也未必認為你就如此無私。」他的譏諷像強酸般刺激我，但我仍設法保持沉默。「還有，如果你接觸不到惟真，我們將得到什麼？一位不只虛脫、更進一步會被認為無能的國王，和一位繼續哀悼的王后，而且她一定會納悶，她本身要承受的痛苦已經夠多了，是否還得爲一個活人哀悼？這可是最糟糕的哀悼。不，我們將一無所獲，就算你成功了，我們對你的信任也不足以讓命運之輪停止。要是你失敗了，我們的損失就太慘重了。」

他們全都看著我，連博瑞屈深沉的雙眼都滿是疑惑，彷彿正盤算著他要我趕緊去做的事情是否明智。珂翠肯則站著不動，試著不一把抓住我丟在她腳上的渺茫希望，我也希望能等到和切德商量之後再提議。我懷疑今晚之後是否還有機會讓這群人聚在這房裡，因爲此刻瓦樂斯不在場，帝尊也在樓下忙著，不趁現在進行，以後恐怕沒機會了。

我望著唯一沒看著我的人，只見黠謀國王痴痴地注視著壁爐中跳躍的火焰。「他仍是國王，」我平靜地說道。「讓我們徵詢他的意見，由他自己來決定。」

「不公平！他已經神智不清了！」弄臣突然跳到我和國王之間，筆直站立試著注視我的雙眼。「他吃的那些藥草讓他像犁田的馬一般溫馴。就算你要他割了自己的喉嚨，他也會等著你把刀子拿給他。」

「不。」國王的聲音顫抖著，完全失去原有的音色和共鳴。「不，我的弄臣，我還沒有那麼落魄。」

我們屏息等待，但黠謀國王不再說話了。最後，我緩緩越過房間在他身旁蹲下，試著讓他注視我的雙眼。「黠謀國王？」我哀求他。

他看了看我就瞥向遠方，接著勉強將眼神轉回來，最後終於看著我。

「您聽到我們剛才說的話嗎？陛下，您相信惟眞死了嗎？」

他張口露出唇後的灰舌頭，深深地吸了一口氣。「帝尊告訴我惟眞已經死了。他得到訊息……」

「從哪裡來的訊息？」我溫和地問道。

他緩緩搖頭。「一位使者……我想。」

我轉身面對其他人。「應該是群山使者傳來的訊息，而惟真應該也到那裡了。當博瑞屈回來時，他就快到群山了，但我不相信使者大老遠從群山趕來，卻不留下來把這訊息傳達給王后本人知道。」

「可能是用接力的方式傳達，」博瑞屈勉爲其難地說道。「這對於一名騎士和一匹馬來說都是個太勞頓的旅程。騎士必須在途中換馬，或是把話傳給另一位騎著快馬前進的騎士。而後者比較合理。」

「也許。但是從群山把訊息傳到這裡要多少天的時間？我知道惟真在畢恩斯的公爵離開那天還活著，因爲黠謀在當天利用我和他交談，就是我在他的壁爐前昏倒的那個晚上。那就是當時所發生的事情，弄臣。」我稍作停頓。「我相信自己在潔宜灣之役中也感覺到他和我同在。」

我看到博瑞屈在心中往回數日子，接著不情願地聳聳肩。「還是有可能。如果惟真在那天遇害，訊息馬上就會發布出去，騎士和馬匹都挺優秀的……這是辦得到的，雖然有些勉強。」

「我不相信，」我轉身面對其他人，試著將我的希望強行加諸於他們身上。「我不相信惟真死了。」

我再度轉回視線望著黠謀國王。「您呢？您相信您的兒子喪生，而您卻毫無感覺？」

「駿騎……就像那樣走了，像一聲消逝的耳語。『父親。』我想他這麼說。父親。」

一陣靜默滲進房裡，我蹲坐在腳後跟上等待國王做出決定。他慢慢地舉起手來，好像他的手有自己的生命一樣，通過狹小的空間來到我的肩上停了一會兒，那就是了。僅是國王的手在我肩上的重量。黠謀國王在椅子上略微移動，從鼻孔吸了一口氣。

當我一閉上眼睛，我們就再度跌入那條黑河。我又面對身陷黠謀垂死軀體中的年輕人，我們一同在人世間的陣陣激流中打滾。「這裡沒有任何人。除了我們，再也沒有其他人在這裡。」黠謀的語氣聽起來相當寂寥。

我找不到自己，我在此沒有形體也無法言語。他在一陣衝擊和呼嘯中握住我，我幾乎無法思考，更不記得從蓋倫的嚴苛教學中所得到的少許精技訓練。這種感覺好比在被掐住脖子時朗誦演說詞，我於是放棄，完全放棄了。接著，惟眞的聲音從某處彷彿風中飄動的羽毛，或是陽光下舞動的塵埃般飄過來告訴我，「開展不過就是不封閉。」

整個世界成了一片毫無空間感的渾沌，所有的事物皆藏身於其他事物之中。我沒有大聲喊他的名字或想著他的面容。惟眞在那兒，他其實一直都在那兒，與他交會一點兒也不費力。你還活著！

那當然，但你就難說了，如果再這樣消耗能量，你恐怕活不成了。你一口氣就用盡所有精力，但你現在得調整自己的力量，而且必須分毫不差。他把我穩住，讓我重新恢復原來的樣子，然後像認出什麼似的倒抽一口氣。

父親！

惟眞猛地將我推到一旁。退回去！放開他，因爲他沒有足夠精力這麼做。你在消耗他的體力，你這傻子！放開他！

這感覺就像被抗斥，但卻凶猛得多。當我找回自己然後睜開眼睛時，發現自己在壁爐前四肢攤開側躺在地上，而臉也太貼近爐火了。我一邊呻吟一邊翻身看著國王。他的雙唇隨著每一次呼吸內外震動著，而且皮膚發青，只見博瑞屈、珂翠肯和弄臣無助地圍繞在他身邊。「想想……辦法！」我氣喘吁吁地抬頭對他們說。

「我們該做些什麼？」弄臣問道，相信我知道該怎麼做似的。

我在內心掙扎，終於想起自己唯一記得的療法。「精靈樹皮。」我嘶啞地說出來，感覺房間的邊緣逐漸變黑，於是閉上眼睛聆聽他們忙成一團的聲響。慢慢的我明白自己剛才做了什麼。我技傳了。

我汲取國王的力量技傳。

「你會導致國王之死。」弄臣這麼告訴過我。這是個預言，或是狡猾的猜測？一個針對黠謀的猜測。我的雙眼滿是淚水。

我聞到精靈樹皮茶的味道。純淨濃郁的精靈樹皮味，沒有薑或薄荷掩蓋原味。於是，我把眼睛睜開一道縫。

「太燙了！」弄臣吼著。

「在湯匙上很快就涼了。」博瑞屈很堅持，然後餵了國王一口茶。他喝了，但我沒看到他嚥下去。博瑞屈剛好在馬廄多年的工作經驗中習得這本領，只見他輕輕拉開國王的下頷，接著撫摸他的喉嚨，又將另一口茶餵進他鬆弛張開的口中，但似乎不怎麼管用。

珂翠肯走過來蹲在我身旁，把我的頭抬到她的膝上，還端了一杯熱茶給我喝。我開始吸吮，也不管它是否太燙了，就這麼大聲吸吮，把空氣都吸進來了。我嚥下它，哽噎似的抵抗它的苦味。那片黑暗消逝了，然後茶杯又回來了，我也繼續喝茶，味道之濃幾乎讓我的舌頭麻痺。我抬頭望著珂翠肯，找到了她的雙眼，就設法輕輕點頭。

「他還活著？」她輕聲問道。

「是的。」我只說得出這些。

「他還活著！」她大聲歡喜地對其他人說道。

「父王！」帝尊吼叫著，搖搖晃晃地站在門口，因飲酒和憤怒而脹紅了臉。我看到他身後的侍衛，而小迷迭香則躲在角落睜大眼睛偷看。她想辦法經過這群人溜到珂翠肯那兒，並抓住她的裙子。剎那間，我們這戲劇性的場面靜止了。

接著，帝尊一陣風似的進房咆哮、下令和質問，但不讓任何人有機會說話。珂翠肯護衛似的蹲在我身旁，否則我發誓帝尊的侍衛一定又會把我抓起來。國王坐在我上方的椅子上，臉上逐漸現出血色，博瑞屈又餵他喝一口茶，看他啜飲湯匙中的茶可眞讓我鬆了一口氣。

但帝尊可不。「你給他喝什麼？停下來！我可不想讓我父王被馬廄來的傢伙毒死！」

「國王又病發了，王子殿下。」弄臣忽然說話了。他的聲音劃破一屋子的混亂，彷彿刺穿一個洞般讓一切歸於寂靜。「精靈樹皮茶是一般的興奮劑，我確定就連瓦樂斯也聽說過。」

王子喝醉了，因此無法確定自己是受到嘲諷或安撫。他怒視著弄臣，弄臣則親切地回他一笑。

「喔，」他勉強說道，不盡然希望被安撫。「是這樣。那麼，他是怎麼了？」他憤怒地指著我。

「他醉了。」珂翠肯站起來，讓我的頭砰一聲撞在地上。一陣陣閃光干擾了我的視線，而她的語氣中只有厭惡。「馬廄總管，把他趕出去，你早該在他鬧成這樣之前就阻止他。下次在他失去自己的判斷力時，記得運用你的判斷力。」

「大家都知道我們的馬廄總管就是愛喝兩杯，吾后。我懷疑他們倆聚在一塊兒暢飲呢！」帝尊冷笑著。

「惟眞的死訊讓他受到極大的打擊。」博瑞屈簡短說道。他說的是實話，提出解釋但絕不找藉口。他抓住我的衣襟，猛然將我從地上拉起來，而我也沒力氣作戲，只能歪歪斜斜地站著，直到他把我抓得更穩。我從眼角餘光看見弄臣又餵了國王一口精靈樹皮茶，心中暗暗祈禱沒人會打斷他。當博瑞屈粗魯地把我帶出房間時，我聽到珂翠肯王后責備帝尊，說他應該在樓下陪伴賓客，並向他保證她和弄臣會安頓國王就寢。當我們上樓的時候，我聽見帝尊和他的侍衛下樓的聲音，他依然咕噥個沒完，然後就咆哮著抱怨自己可一點兒也不笨，一看到陰謀就能立即識破。我因此頗爲擔心，但挺確定他不清楚到底發生了什麼事。

當我來到自己的房門前，已經清醒到可以帶上門閂了，博瑞屈也跟隨我進房。「如果我有一隻像你這麼常生病的狗，我就會了結牠的生命。」他和善地說道。「你還需要精靈樹皮嗎？」

「多喝點兒也無妨，不過要淡一些。你有任何薑、薄荷或玫瑰實嗎？」

他看了我一眼。我坐在椅子上的時候，他就撩撥壁爐的微弱餘燼，直到火光再度閃耀。他生好火就在水壺裡裝水，然後放在爐火上加熱。他找來一個壺子將一片片精靈樹皮放進去，再拿起一個茶杯擦拭上面的灰塵。他準備就緒後就四處瞧瞧，然後露出不以為然的神情。「你怎麼這樣生活？」他問道。

「怎樣生活？」

「這麼空蕩的房間，也不整理整理？我見過的冬季部隊帳篷都比這裡還舒適。瞧這房間，好像你只打算在此處待一兩個晚上似的。」

我聳聳肩。「我可從來沒想這麼多。」

接著是片刻沉默。「你應該想想的，」他勉爲其難地說道。「還有想想你自己爲什麼這麼常受傷或生病。」

「今晚發生的事是無法避免的。」

「你知道這對你的影響，但你仍不顧一切。」他指出。

「我必須如此。」我看著他將沸水倒在壺子裡的精靈樹皮上。

「是嗎？我倒覺得弄臣的反對之詞頗有說服力，但你卻仍不顧一切。你和黠謀都一樣。」

「所以呢？」

「我略知精技，」博瑞屈平靜地說道。「我是駿騎的吾王子民。雖然這不常發生，但可沒讓我像你現在這麼慘，除了一兩次之外。不過，我感覺到它所帶來的興奮，就是……」他思索著該用什麼字眼形容，接著嘆了一口氣。「它的完成，與這個世界合而爲一。駿騎曾告訴我這些，還說這會讓人上癮，所以他總是找藉口技傳，最後就完全陷進去了。」過了一會兒他補充道，「從某些方面來說，這倒挺像戰爭中情緒的激昂，不受時間阻礙地勇往直前，是一股超越生命的力量。」

「我無法單靠自己技傳，所以我猜這對我而言不是個危險。」

「但你常把自己獻給那些能憑一己之力技傳的人。」他直言不諱。「你經常自願陷入同樣令你振奮的險境，就像你總是在作戰時陷入狂暴之中。那麼，當你技傳時也會這樣嗎？」

我從沒以此見解把兩者想在一塊兒。一股彷彿恐懼的感覺正一點點地啃蝕著我，我便將它推至一旁。

「身爲吾王子民是我的責任，況且你不是提議在今晚行動？」

「沒錯，但我早該讓弄臣的話勸阻我們採取行動。你心意已決，完全不顧自己將會有什麼樣的下場。或許你應該更關心自己才對。」

「我知道自己在做什麼。」我其實不想這麼尖銳地回答的，但博瑞屈沒有回應，只是一言不發地倒他泡好的茶端給我喝，臉上還帶著「知道我的意思了吧」的表情。我接過茶杯凝視著爐火，他就坐在我的衣櫥上。

「惟眞還活著。」我平靜地說道。

「我聽見王后這麼說。我從沒相信他死了。」他非常鎭定地接受這個事實，然後同樣鎭定地說道，「但我們沒有證據。」

「證據？我跟他說話，國王也跟他說話，這還不夠嗎？」

「對我來說綽綽有餘，但對於其他大多數人來說，就……」

「等國王康復之後就會證實我的說法。惟眞還活著。」

「我懷疑這能否防止帝尊自封王儲，繼位典禮就排在下週。要不是所有的公爵都必須出席見證，我還眞的認爲他會在今晚舉行大典。」

不知是精靈樹皮正和虛脫感搏鬥，或只是接踵而來的事件，讓我忽然覺得房間在我的周圍傾斜。我感覺自己跳到一輛馬車前面擋住它，馬車卻從我身上輾了過去。弄臣說得沒錯，我今晚的行動除了讓珂翠肯稍微安心之外，其實起不了什麼作用。一陣突然湧出的絕望充滿我心。我放下我的空杯子。六大公國逐漸瓦解，我的王儲惟眞若回來了，就會面臨譏諷般的局面：一個分裂的國家、毀滅的海岸線，還有被劫掠一空的城堡。或許，我如果相信有古靈的存在，就會設法讓自己相信所有的情況都會好轉；但我現在只看得到自己的失敗。

博瑞屈用怪異的眼神看著我。「去睡吧！」他提出建議。「一股鬱鬱寡歡的情緒有時會伴隨沉溺精靈樹皮而來，至少我如此聽說。」我點點頭，但內心不禁納悶這是否就是惟眞經常情緒陰鬱的原因。

「好好休息，明早起來事態或將好轉。」他發出笑聲，然後露出狼一般的笑容。「但或許不會。不過，休息至少能讓你做好準備面對他們。」他稍作停頓，然後認眞地說道。「莫莉稍早來過我房裡。」

「她還好嗎？」我很想知道。

「帶了些明知我不需要的蠟燭，」博瑞屈似乎沒聽見我說話，自顧自地繼續。「似乎想找藉口跟我說話……」

「她說了些什麼？」我從椅子上站起來。

「說得不多。她對我總是畢恭畢敬，而我對她倒挺直接的，只是告訴她你很想念她。」

「然後她說了些什麼？」

「沒說什麼。」他露齒而笑。「但她臉紅的樣子還眞漂亮。」他嘆了口氣，突然間嚴肅起來。「我也直接問她還有沒有人讓她感到害怕，她卻挺直肩膀收起下巴，好像我在逼供似的。她一如往常地說她衷心感謝我的關心，卻表示她能照顧自己。」接著他更小聲地問道，「她會在需要幫助時求援嗎？」

「我不知道，」我承認道。「她很有勇氣，這是她自己的戰鬥法則。她會轉身坦然面對一切，但我卻四處潛行，試著趁其不備時快刀斬亂麻，然後溜得遠遠的。有時她眞讓我覺得自己是個膽小鬼。」

博瑞屈站起來伸展四肢，弄得肩膀咯咯作響。「你不是膽小鬼，蜚滋，這我可以擔保，或許你只是比她更瞭解各種可能性。我眞希望你不用再替她操心，不過我顯然白費心機。我會盡可能看顧她，在她的許可範圍之內。」接著他斜眼看著我。「阿手今天問我那位經常找我的美女是誰。」

「你怎麼告訴他？」

「什麼都沒說，我只是看著他。」

我知道這神情，我也知道阿手不會再過問這件事了。

博瑞屈離開後，我便四肢攤開躺在床上試著休息，卻徒勞無功。我靜靜躺著不動，想著就算我的心仍七上八下，至少我的身體可以休息。一個識大體的人會把思緒都放在對國王的誓約上，但我恐怕自己大多的思緒都跑到獨自待在房裡的莫莉那兒去了。當我再也無法忍受時，就從床上起身悄悄溜進堡裡。樓下的大廳仍傳來逐漸微弱的喧囂，走廊也空無一人。我靜靜地走向樓梯，告訴自己要非常非常小心，只要敲敲她的房門，或者進房片刻看她是否安好，僅止於此，只是最短暫的探望……

*你被跟蹤了。*夜眼對博瑞屈那份新興的警覺，讓牠的聲音成爲我心中最微弱的耳語。

我沒有停下來，因爲這會讓跟蹤我的人知道我起疑心了。我刻意抓抓自己的肩膀，藉機轉頭一瞥身後，卻沒看到任何人。

聞聞看。

我照做了，先短短吸了一口氣，然後更深沉地吸氣，就聞到空氣中一股微弱的氣味，是汗味和大蒜味。我輕柔地探索，全身的血液爲之凍結。那人躲在走廊遠端的一扇門邊，是黝黑修長且總是半闔眼皮的欲意，也就是從畢恩斯召回此地的精技小組成員。我極端謹愼地碰觸遮蔽他的精技防護，這微妙的隱匿讓我沒注意到他，是一種沉靜的自信，他相信可以悄悄的阻止我去做等一下想做的事情，非常狡黠巧妙，比端寧和擇固顯現出的力量更加微妙。

這個人可危險多了。

我走到台階拿起多餘的蠟燭後就回到房裡，好像那是我外出唯一的目的。

當我把門關上之後，感覺一陣口乾舌燥，然後顫抖地嘆出一口氣。我強迫自己檢視心中的防衛，發現他並沒有待在我心裡，也沒有窺探我的思緒，只是把他自己的思緒加諸於我，以便更輕易地尾隨我。若不是夜眼提出警告，他就會跟蹤我到莫莉的房門前。我強迫自己再度躺回床上，試著回想我在欲意回到公鹿堡之後的所有舉動。我沒把他當成敵人，因爲他不像端寧和擇固一樣時刻散發出仇恨的光芒。他一直是個微不足道的安靜小子，長大之後也毫不起眼，幾乎沒有人會注意到他。

我眞是個傻子。

我想他之前沒跟蹤你，但也不太確定。

夜眼，我的兄弟，我該如何謝你？

活著就好。接著一陣停頓。幫我帶薑汁蛋糕。

這是你應得的。我熱切地對牠保證。

博瑞屈生的火逐漸微弱，我也在入睡前感覺切德房裡的氣流颳進我的房裡。起身去找他似乎是個解脫。

我發現他正不耐煩地等著我，他在小房間裡走來走去，等我步出樓梯口時便撲過來一把抓住我。

「刺客是工具，」他斷聲告訴我。「我似乎沒讓你明白這一點。我們只是工具，不依照自己的意志力行事。」

我靜靜地站著，因他語氣中的憤怒感到震驚。「我沒殺任何人！」我憤慨地說道。

「噓！輕聲說話。如果我是你，可不會這麼篤定。」他回答。「我執行了這麼多次任務，有很多次不是自己親自操刀，而是讓別人有充足的理由和機會代我動手，對吧？」

我無言以對。

他看著我然後嘆了一口氣，他的憤怒和力量也隨之而出，然後就輕聲說道，「有時候，你能做的僅是收拾善後，有時候我們就是得認命。我們不是轉動輪子的人，小子，你今晚的作爲實在欠缺思考。」

「弄臣和博瑞屈也這麼告訴我，我也不認爲珂翠肯會同意。」

「珂翠肯和她的孩子將在她的哀悼中度日，黠謀可能也是。看看他們目前的處境，一名外籍女子、已逝王儲的寡婦、未出世孩子的母親，還有一個在接下來幾年都無法行使權力的人。帝尊把黠謀當成心智衰弱的無助老人，或許還是個稱職的傀儡，但不足以造成任何威脅，帝尊也沒有理由立刻將他們丟在一旁。喔，我同意珂翠肯的處境不比從前安全，但她不直接和帝尊對立，那就是她目前的處境。」

「她沒告訴他我們發現的事情。」我不情願地說道。

「她犯不著說出來，從她的舉止和抵抗他的意志力就可以看出來。他把她貶爲寡婦，你卻讓她恢復王妃的氣勢，而我眞正擔心的是黠謀。黠謀是唯一的關鍵人物，唯一可以站出來說話，既便是輕聲細語地說，『惟眞還活著，帝尊沒有資格成爲王儲。』他才是帝尊必須恐懼的人。」

「我看到黠謀了，切德，眞眞實實看到他。我想他不會透露自己知道的事情，而且在那遲鈍的軀體、麻木的藥癮和劇烈的病痛之後的，依然是那個狡黠的人。」

「或許是。但是他被埋在深處，而藥癮和病痛更會讓一個原本睿智的人做出傻事。因傷痛而垂死的人會不惜一切孤注一擲，病痛也能使人鋌而走險，或者用不尋常的方式維護自己。」

他可眞是解釋得太清楚了。「難道你不能和他商量，別讓帝尊知道他曉得惟眞還活著？」

「如果那該死的瓦樂斯不擋著我，我也許能試試看。一開始的狀況原本沒那麼糟的；起初，他很聽話也很有用，非常容易自遠處操縱。他從來不知道小販賣給他的藥草是從我這裡來的，也從不懷疑我是否存在。但他現在像塊牛皮糖般一直黏著國王，就連弄臣也無法讓他離開久一點兒。從那時起，我經常一次只能見黠謀幾分鐘，而如果我的弟弟能在半數的會晤中保持神智清明，那就算幸運的了。」

他的語氣透露出些許訊息，讓我不禁羞愧地低下頭來。「我很抱歉，」我平靜地說道。「有時我忘了他對你來說不僅是國王而已。」

「嗯，雖然我們之間沒有那麼親密的手足之情，不過我們可是兩位一同老去的老人，有時這點反而讓我們更加親近。我們一起度過了你目前的年紀所擁有的時光，我們一起靜靜談話，分享一去不復返的美好時刻。我能告訴你這樣的感受，但畢竟和親身體驗不同。這好比兩位外國人困在新來乍到的土地上，無法回到家園，只能藉著彼此確認我們曾居住過的地方確實存在，至少我們曾經可以如此。」

我想到兩個在公鹿堡海灘上奔跑的孩子，從石頭上挖下貝類來吃，莫莉和我。思鄉之情時而興起，憶及那唯一可想起往事的人可眞教人備感寂寥。我點點頭。

「噢，這樣吧，我們今晚想想該如何亡羊補牢。現在聽好了，我一定要聽你親口回覆。答應我，不在沒跟我商量的情況下，就做出引發嚴重後果的舉動。同意嗎？」

我低下頭。「我想說好，也願意答應你，不過最近就算我的一些小小舉動都會像山崩裡的小卵石般引發嚴重後果，接著事情一件一件堆積，讓我不得不立刻抉擇，根本沒機會和任何人商量。所以，我不能承諾你，但我保證一定會試試看。這樣可以嗎？」

「我想可以吧！催化劑。」他喃喃自語。

「弄臣也這麼稱呼我。」我抱怨著。

切德本來正要問口說些什麼，卻忽然停下來。「他眞的這麼說？」他熱切地問道。

「他每次見到我都不忘用這個字眼棒喝我。」我走到切德的壁爐邊坐在爐火前面，溫暖的熱氣讓我覺得舒服極了。「博瑞屈說太濃的精靈樹皮會引發情緒低落的後遺症。」

「你發現了？」

「沒錯，但這也可能是環境造成的。不過惟眞似乎經常情緒低落，而且他也常服用它。但如之前所說，或許這只是環境造成的。」

「也許我們永遠無法得知。」

「你今晚挺暢所欲言的，不僅說出人名來，還歸納出各項動機。」

「大家今晚都在大廳歡慶，帝尊也確信自己已經捕獲了獵物。他鬆懈所有的警覺，他的間諜們也獲准輕鬆自在度過這個夜晚。」他酸溜溜地看著我。「但我相信這維持不了多久。」

「所以，你認爲可能有人竊聽我們在這兒的談話？」

「只要情況允許，我隨時隨地都可以竊聽偷看，同樣的，別人也可能會竊聽和監視我，只是有這個可能。然而，一個人若是心存僥倖，也就不會活到我這把年紀。」

一個久遠的記憶頓時充滿了意義。「你曾告訴我你在王后花園等於是個瞎子，一點影響力也沒有。」

「確實如此。」

「所以你不知道——」

「我不知道蓋倫讓你吃了什麼苦頭。我只聽到謠傳，但這些閒言閒語通常不可信賴，也和事實相距甚遠。但是你差點兒被打死的那個晚上……不會吧，」他用詭異的眼神看著我。「難道你相信我也許知道這件事，卻沒有採取任何行動？」

「你承諾不會干涉我的學習。」我僵硬地回答。

切德坐回椅子上，靠著椅背嘆了口氣。「我想你不會完全信賴任何人，或相信有人會關心你。」

我頓時啞口無言，也不知答案為何。先是博瑞屈，現在輪到切德讓我不安地審視自己。

「噢，好吧，」切德因我的沉默而讓步。「來想想我一開始提到的，亡羊補牢之計。」

「你要我做些什麼？」

他從鼻子呼出一口氣。「什麼都別做。」

「可是……」

「千萬別做任何事情，而且時時刻刻記住。王儲惟真逝世了，就相信它，也相信帝尊有資格繼任王儲，更有權為所欲為。先撫慰他，讓他無懼於任何事情，因為我們一定要讓他相信自己已經贏了。」

我思索片刻，然後起身掏出腰刀。

「你在做什麼？」切德問道。

「做帝尊期待我會做的事情，相信惟真確實死了。」我把手伸到腦後，抓住綁著戰士髮辮的皮繩。

「我有大剪刀。」切德煩擾地指出，然後走過去把剪刀拿過來站在我身後。「要剪多少？」

我想了一下。「我想盡量剪短，短到像哀悼加冕過的國王般來哀悼他。」

「你確定？」

「帝尊會期待我這麼做。」

「我想那是眞的。」切德從打結處一刀剪掉我的髮辮。看著它突然掉落在我面前的感覺很奇怪，此刻頭髮的長度還不到我的下巴，好像我又是個侍童了。我撫摸頭髮感受它的短度，同時問他，「那你會怎麼做？」

「試著替國王和珂翠肯找個安全的地方。我一定得爲他們的旅程做好萬全準備，當他們離開的時候，一定要在黎明時分像影子般消失無蹤。」

「你確定有此必要？」

「我們還有其他的路可走嗎？他們如今形同人質，毫無力量。內陸公爵們心向帝尊，沿海公爵們則對黠謀失去信心，珂翠肯卻讓自己成了他們的盟友。我得拉著她所串起的線，看看能做什麼安排，至少確保他們的安危不致被利用來對抗返鄉試圖取回王位的惟眞。」

「如果他回來的話。」我憂鬱地說道。

「當他回來時，古靈會和他一道。」切德酸酸地看著我。「試著相信些事情，小子，看在我的份上。」毫無疑問，蓋倫指導我的時期是我在公鹿堡最痛苦的日子，但和切德那夜會晤後的一週幾乎只比那段痛苦的日子好一點。我們像被踢開的蟻塚，無論我身在城堡何處，事事都提醒著我的人生基礎已經粉碎了，的確今非昔比。

一大群來自內陸公國的人前來見證帝尊成爲王儲的過程，要不是馬廄早已空空蕩蕩的，博瑞屈和阿手可眞會忙不過來。城堡裡到處都是內陸人，有高大且髮色淡黃的法洛人，還有強壯的提爾司農人和牧人，他們和公鹿堡裡削髮哀悼的憂愁士兵們形成強烈的對比，衝突也不時發生。來自公鹿堡城的抱怨，演變成比較內陸人入侵和外島人劫掠的譏諷，幽默中蘊含苦澀。

與湧進公鹿堡城的人潮和商機形成對比的，是不斷從公鹿堡流出去的貨物。公鹿堡每個房間都遭人厚顏無恥地掠奪一空，織錦掛毯和地毯、家具和工具，以及所有的補給品全都流出城堡，被裝上駁船運往上游的商業灘，而這一些總被說成是「爲了安全起見」和「讓國王舒適」。城堡中的家具有一半都給裝運到駁船上了，這可讓急驚風師傅傷透腦筋，不知該如何安置滿屋的賓客。接下來幾天，帝尊看來似乎嘗試在臨行前毀了那些他所無法帶走的東西。

在此同時，他大肆鋪張地讓自己的王儲繼任儀式盡可能華麗奢靡。我眞不知他爲何如此大費周章，至少對我來說，他很顯然想讓六大公國的其中四個公國自生自滅。但誠如弄臣警告過我的，用我的方式去衡量帝尊的行爲是毫無意義的，只因我們毫無共通標準可言。或許，堅持讓畢恩斯、瑞本和修克斯的王公貴族們目睹他繼任惟眞的王位，是個我無法理解的巧妙報復。他根本不在乎沿海公國們正處於受困的艱苦時期，和讓他們來此是如何艱難，所以我也不意外他們姍姍來遲。他們在抵達後也被公鹿堡裡的大搬家給嚇到了。除了謠言之外，帝尊、國王和珂翠肯離開此地的計畫並沒有被正式告知沿海大公國。

但早在沿海公國的公爵們抵達前，我便忍受著這龐大的混亂局面，而我的日子可說已是支離破碎、窘迫不安。端寧和擇固開始陰魂不散地纏著我，我警覺到他們常跟蹤我，也在我的意識邊緣技傳，像啄禽般緊追著我鬆散的思緒，試圖奪取我偶發的白日夢和生活中未提高警覺的時刻。那已經夠糟了，但如今他們只想使我分心，好讓我察覺不到欲意更狡黠的追蹤。所以，我盡最大的力量防衛內心，雖然知道或許我也會因此而阻隔了惟眞。我害怕這是他們眞正的意圖，卻不敢對任何人揭露這份恐懼。我時常注意身後有沒有人跟蹤，用盡夜眼和我所擁有的一切感知，並發誓要更機警地查出其他精技小組成員的計謀。曾駐守商業灘的博力表面上幫忙安頓黠謀國王，但我不知道愒儒在哪裡，也無法私下詢問任何人。我只知道他早就不在**堅媜號**戰艦上，因此感到擔憂。我也因無法察覺欲意是否跟蹤著我而憂慮地快要發狂。他知道我感覺到他了嗎？或者他技高一籌讓我無從察覺？我開始戰戰兢兢地生活，好像一舉一動都被監視著。

不光是馬匹和育種動物從馬廄中消失，博瑞屈有天早上告訴我阿手走了，而且沒時間向任何人告辭。「他們昨天把最後一批優秀的動物都帶走了。最好的早就不見了，但這些可是上好的馬匹，他們會經由陸路將馬兒帶到商業灘去，阿手也獲知他得跟著走。他到我這裡抗議，但我要他去，至少這會讓馬兒們在新家得到妥善的照顧。況且，他在這兒也沒事情做，沒有馬廄哪來的馬廄總管。」

我沉默地跟隨他踏上從前的晨巡路線，產房只剩下年老或受傷的鳥兒，喧嘩的狗叫聲如今也僅剩欷噓的吠聲，而留下來的馬匹不是不健康，就是沒什麼出頭的希望，要不就是過氣的老馬，還有殘存一絲育種希望的受傷馬兒。當我來到煤灰空蕩蕩的廄房前，我的心都僵掉了，半句話都說不出來。我靠在牠的馬槽邊用雙手摀住臉，此刻博瑞屈把手放在我的肩上，而當我抬頭看著他時，只見他露出匪夷所思的笑容，搖一搖他那剪短頭髮的頭。「他們昨天來找牠和紅兒，我就說他們眞傻，馬兒們上週就被帶走了。他們還眞是傻子，竟然相信我的話。不過他們把你的馬鞍拿走了。」

「牠們在哪裡？」我設法問出來。

「你還是不要知道得好。」博瑞屈神祕地說道。「我們其中一個人當盜馬賊就已經夠了。」之後他就不再對我提起這件事情。

在傍晚拜訪耐辛和蕾細可不如預期中平靜。我敲敲門，在一陣不尋常的停頓之後門才打開。我發現起居室裡的東西傾倒散落一地，比我以往所見的還要糟糕，蕾細也無精打采地整理，堆在地上的東西比平常還多出許多。

「這算新計畫嗎？」我大膽說著，嘗試表現得輕鬆一點兒。

蕾細陰沉地看著我。「他們今早來把夫人的桌子搬走了，還有我的床，說什麼他們需要這些家具來招待賓客。唷，我還眞不該因此感到驚訝的，反正那麼多東西都已經運往上游了，但我眞的很懷疑我們是否還會再見到任何一件物品。」

「嗯，或許它們早在商業灘等著妳了。」我空洞地說道，沒想到帝尊如此肆無忌憚。

過了好一會兒的沉默，蕾細才開口。「那它們可有得等了，蜚滋駿騎。我們並不在前往商業灘的人員名單中。」

「不，我們是被留下來的一批古怪傢伙中的成員，和這些殘破的家具一樣。」耐辛突然進房，紅著雙眼臉色發白，我頓時明白原來她剛才在我敲門時躲了起來，等到控制住她的眼淚之後才出現。

「那您可以回細柳林去呀！」我提出建議。我的頭腦快速運轉著，起初假設帝尊要把整個王室搬到商業灘，現在可納悶還會有誰將被遺棄在此。我讓自己榮登榜首，加上博瑞屈和切德，那弄臣呢？或許這就是爲何他最近像帝尊的寵兒一樣，也許他能因此獲准跟隨國王到商業灘去。

奇怪了，我竟然沒想到不但切德無法看顧國王和珂翠肯，連我也不能了。帝尊重新下令把我限制在公鹿堡中，而我也不想抗命給珂翠肯添麻煩。畢竟，我已經答應切德不興風作浪。

「我不能回細柳林，國王的外甥威儀統治那裡。他在那場意外之前可是蓋倫精技小組的首領，他一點兒也不喜歡我，而且我也無權要求回到那兒。不，我們要留在這裡盡可能好好生活。」

我費勁兒地盡一切所能安慰她。「我還有一張床。我會把它搬下來給蕾細用，博瑞屈會幫我搬。」

蕾細搖搖頭。「我打了地舖，這對我來說就夠舒適了。把床留在原處吧，我想他們不敢從你那兒拿走它。如果放在這裡的話，不用說明天一定就被搬走了。」

「難道黠謀國王一點兒都不關心這些事情嗎？」耐辛夫人憂傷地問我。

「我不知道。最近沒有人能進他房裡，因爲帝尊說他的病情不宜會客。」

「我還以爲他只是不見我。噢，這麼說來，他眞是個可憐人，不僅失去了兩個兒子，還得眼睜睜看著他的王國衰敗至此。告訴我，珂翠肯王后還好嗎？我沒機會去探望她。」

「算是好了，至少我上回見到她的時候是如此。當然仍在哀悼亡夫，不過……」

「那麼，她沒有因跌倒而受傷？我眞怕她會流產。」耐辛別過頭去，凝視著原本懸掛織錦掛毯的空牆壁。「我太膽小了，不敢親自去探望她，如果你想知道實情的話。我太瞭解還來不及把孩子擁入懷中，就失去這個新生命的痛苦。」

「她跌倒了？」我傻傻地發問。

「你沒聽說嗎？就是從王后花園通往下方的那些可怕的階梯。傳言花園裡的一些雕像被移走了，她就親自上去瞧瞧，結果在下樓梯時跌倒。雖然沒有滾下樓梯，但狀況也頗嚴重，因爲她背朝地跌在石階上。」我聽到這消息之後，就沒有心思在和耐辛的對話上了。她大多訴說圖書館裡的書幾乎都給搬光了，是一件我連想都不願想的事情，於是我盡快得體地告退，承諾會直接找王后問個明白，然後轉告她，但心裡明白這是個站不住腳的承諾。

我在珂翠肯的房門外碰了個釘子。幾位仕女要我別苦惱也別擔心，她好得很，只是需要休息，噢，但當時的情況可眞糟糕……我忍著直到確定她沒流產，然後就離開了。

但我沒回頭找耐辛，時候未到。接著我手提油燈十分謹愼地爬上樓梯前往王后花園。我在烽火台頂端目睹了預料中的慘狀，小型的珍貴雕像被搬走了，而大型雕像純粹因爲太重而倖免於難，這我可以確定。遺失的雕像破壞了珂翠肯精心創造的平衡感，讓這冬季花園更加淒涼。我小心帶上門走下樓梯，極度謹慎地緩慢行走，然後就在下樓第九個階梯處找到了禍根。我幾乎像珂翠肯一樣發現了它，但我保持平衡然後蹲下來端詳這階梯，只見一層和油脂攪拌在一起的煤煙，失去光澤地融入這個久經踩踏的階梯。這剛好是最容易落腳之處，尤其當下樓梯的人情緒激動時，而此處也夠接近塔頂，可將滑倒歸咎於融雪或沾在鞋子上的泥巴。我用手指將這團黑揉下來，然後嗅著它的味道。

「這可是上好的豬油。」弄臣說道。我跳了起來，差一點跌下樓去，然後慌亂地伸出手臂轉圈似的恢復平衡。

「很有趣。你想你能教我做那個嗎？」

「一點兒也不好笑，弄臣。我最近都被跟蹤，弄得我神經緊張。」我窺探樓梯下的一片漆黑。如果連弄臣都可以如此偷偷地跟蹤我，難道欲意就不會嗎？「國王的清況如何？」我平靜地問道。如果這個陷阱是針對珂翠肯而來，那麼我對黠謀的安全可是一點信心也沒有了。

「你告訴我吧！」弄臣從陰影中走出來，一身華服已不復見，換上的是藍紅相間的舊花斑點裝。這身打扮可真搭配他一側臉頰上的雜色新傷，只見他右臉頰皮肉綻開，一隻手臂在胸前扶著另一隻手臂，而我懷疑他的肩膀也脫臼了。

「又來了。」我倒抽一口氣。

「就像我告訴他們的一樣，他們卻不怎麼注意聽。有些人就是不懂談話的訣竅。」

「發生什麼事情？我以為你和帝尊——」

「沒錯。這麼說吧，就連弄臣似乎也不夠蠢到能取悅帝尊。因為今天他們一直追問國王宴會當晚發生了什麼事，我就建議他們用別的方法自娛，我的幽默或許過了頭，但我不過是不想離開黠謀國王身邊才這麼建議呀，想不到就被他們給攆出來了。」

我的心頭一沉。我很確定是哪名侍衛把他摔出門外的，就像博瑞屈一直警告我的一樣，沒有人知道帝尊下一步會做什麼。「國王怎麼說？」

「啊！不問國王是否無恙，也不問他是否康復了，只關心他告訴他們什麼？害怕你的小命不保嗎，小王子？」

「不。」我感受不到他問題中的怨恨，也不在乎他的語氣，只因我罪有應得。我最近沒有好好關照我們之間的友誼，但他仍在需要幫助時找我。「不是這樣的。只要國王不說出惟真還活著，帝尊就沒有理由——」

「國王總是……沉默寡言。原本是父子間的愉快對話，帝尊還說國王會因么兒當上王儲而滿心歡喜。但黠謀國王就像平常一樣恍惚，接著帝尊就不耐煩了，進而指控他根本不開心，甚至還反對這檔事。最後，他開始堅稱有人密謀要讓他無法當上國王。無法決定自己該恐懼什麼的人最可怕，而帝尊就是這樣的危險人物，連瓦屁斯也被他的咆哮嚇到。他把自己釀的一瓶酒拿給國王，好讓他因酒精和病痛喪失心智，但是當他把酒靠近國王時，帝尊忽然用力摔開酒瓶，轉而指控渾身顫抖可憐的瓦屁斯也是策畫陰謀的一分子，他宣稱瓦屁斯故意對國王下藥，讓他無法說出自己知道的事情，然後就叫瓦屁斯離開房間，等國王能正常和他兒子對談之後再過來。他當時也命令我出去，我卻不願意離開，還不是那幾個笨重的內陸莊稼漢把我給攆了出來。」

一股恐懼自我心中竄起。我記得自己分擔國王內心痛苦的時刻，但帝尊卻狠心眼睜睜看著他的父親承受藥癮退去後的無限痛楚，真無法想像有人會如此殘忍，不過帝尊本來就有這本事。「這是什麼時候的事情？」

「大約一小時之前。你可眞不好找。」

我更靠近看著弄臣。「下樓到馬廄找博瑞屈，看看他會怎麼幫你。」我知道此地的療者碰都不會碰弄臣，因爲他和城堡的人一樣懼怕弄臣那怪異的外表。

「那你要做什麼？」弄臣平靜地問道。

「我不知道。」我據實以答。這就是我警告過切德的狀況之一，我知道自己無論行動與否，終將招致嚴重後果。我得讓帝尊分神，好阻止他進行手邊的事，我也確信切德已經注意到事情的發展。如果能把帝尊和其他人引開一陣子的話……我只能想到一個對帝尊來說可能滿重要、且讓他遠離黠謀的新聞。

「你不會有事吧？」

弄臣整個人陷下去坐在冰冷的石階上，並且把頭靠在牆上。「我想沒事。走吧！」

我於是走下樓去。

「等一等！」他忽然喊出來。

我停了下來。

「當你把國王帶走時，我會跟他一起走。」

我只是抬頭瞪著他。

「我是認眞的。因爲帝尊給我那個承諾，我才戴上他的項圈，但如今這對他來說已毫無意義。」

「我無法做出任何承諾。」我平靜地說道。

「但我可以。我保證若是國王被帶走，而我卻沒有跟隨他，我就會洩漏你所有的祕密，每一個祕密。」弄臣顫抖地說道，又把頭靠回牆上。

我匆忙轉身。他臉頰上的淚珠因傷痕而略帶粉紅，實在令我不忍目睹，只得衝下樓去。

陰謀

麻臉人來到你的窗前，
麻臉人來到你的門前，
麻臉人帶來災禍連連，
將你打倒在地面。

當你的蠟燭滅熄藍焰，
你知道巫婆已搶你好運念。

別在壁爐底石上讓蛇受煉，
否則災禍將削你孩子至骨片。

你的麵包不脹，你的牛奶酸變，
你的奶油不攪拌。

你的箭桿在風乾時轉彎，
你的刀掉頭切割你身面，
你的公雞月下啼唸——
看到這些，一家之主就自知遭詛念。

「我們得想辦法弄些血來。」珂翠肯聽我說完之後，彷彿要一杯酒喝般鎭靜地提出這個要求，也向耐辛和蕾細徵求意見。

「我會去找一隻雞來，」蕾細終於勉強說道。「我需要一個麻袋裝著好讓牠不出聲——」

「那麼去吧！」耐辛告訴她。「快去吧！把牠帶回我房裡，我會找一把刀和臉盆，就在那兒處理，然後把一杯雞血帶回這裡。我們在這裡做得愈少，就愈不需要隱瞞。」我會先去找耐辛和蕾細，是因爲我知道自己無法獨自通過隨侍王后的仕女們那一關。我迅速回房片刻，讓她們先我一步探望王后，表面上給她送上特殊的藥草茶，實際上悄悄要求她和我私下會談。她讓所有的仕女們離開，表示有耐辛和蕾細陪她就夠了，然後派迷迭香把我找來。此刻，迷迭香正在壁爐邊玩耍，專心替洋娃娃打扮。

當蕾細和耐辛離開房間時，珂翠肯就朝我看來。「我會把血灑在我的外衣和床單上，然後叫瓦樂斯來，告訴他我怕自己會因那次的跌倒事件而流產，但我只能做到這樣了，蜚滋。我不會讓那傢伙碰我，更不會愚蠢到服用他所調製的任何東西。我這麼做只是爲了分散他對國王的注意力，我也不會說自己已經流產，只會說我擔心如此。」她狠狠地說道。她這麼輕易就接受帝尊所幹的好事，以及我建議她必須採取的對抗手段，眞令我毛骨悚然，卻也極度企盼她能衷心信任我。她隻字不提背叛和罪惡，只是像將軍策畫戰術般冷酷地討論策略。

「這樣就夠了，」我向她保證。「我瞭解帝尊王子。瓦樂斯會跑去告訴他這消息，然後他會跟著瓦樂斯過來這裡；無論這麼做會有多麼不得體，他都無法抗拒，他會迫不及待瞧瞧自己到底是如何地成功。」

「我的仕女們總因爲惟眞的死不斷向我表達同情憐憫，可眞讓我受夠了。她們說的好像我的孩子也死了似的。我所能承受的也僅止於此了。但是我會忍耐，如果我必須這麼做的話。倘若他們派人看守國王，該怎麼辦？」珂翠肯問道。

「他們一來找您，我就會去敲國王的房門好轉移目標，我會處理任何留在他房裡的守衛。」

「但是，如果你必須引開守衛，又怎能指望做好任何事情？」

「我有……另外一個人幫我。」我如此希望。我再度因切德從未讓我在此緊要關頭和他取得連繫而咒罵著。「相信我，」他每次都這麼說。「我盡量觀看聆聽事情的發展，在安全無虞的情況下才召見你。只有一個人知道的祕密，才稱得上是祕密。」我不會向任何人吐露我的計畫，但已洩漏給我房裡的壁爐了，希望如此一來切德多少能聽到，更希望他能利用這僅有的時間去見國王，好緩和國王的病痛，進而抵擋帝尊的糾纏。

「這等於是折磨，」珂翠肯平靜地說道，似乎讀出了我的思緒。「就那樣遺棄一位老人家，讓他飽受病痛之苦。」她直盯著我看。「難道你不夠信任你的王后，不肯說出你的助理是誰？」

「這不是我可以與人分享的祕密，而是國王自己的祕密。」我溫和地告訴她。「我相信您很快就能知道。目前的話——」

「走吧！」她讓我離開，不怎麼舒適地在臥榻上動了動身子。「我已經傷痕累累，至少用不著假裝可憐兮兮，只須忍受一個想殺了他未出世的親戚和折磨年老父親的狠心人。」

「我這就去。」我脫口而出，感覺她愈來愈憤怒，而我可不想火上加油。這場化妝舞會的每個細節都得令人心悅誠服才行，她絕不能洩露她知道原來自己摔的那一跤並非出於她自己的笨拙。我走出房間和蕾細擦身而過，她用托盤捧著一個茶壺，而耐辛尾隨於後。茶壺裡裝的可不會是茶。當我經過前廳裡一群仕女的身邊時，刻意讓自己露出擔憂的神情，而她們對於王后要求國王的私人療者前來此地的反應也夠眞誠。我希望這足以把帝尊從他的巢穴裡引出來。

我溜進耐辛的房裡，只留一道門縫。我等待著。當我在等待時，想到一位老人將在藥效退除後再度承受病痛。我曾經歷過那種痛苦，如果考慮到那一點，再加上有個人毫不體貼地問東問西，我還能保持沉默和昏迷嗎？接著，感覺彷彿過了好幾天似的，終於聽到走廊傳來裙襬晃動聲和啪答啪答的腳步聲，還有慌亂叩著點謀國王房門的聲響。我不用知道談話內容，光聽語調就知道是一位驚恐的女士在懇求守門人，然後是帝尊憤怒的質問，但突然間轉變爲假惺惺的關懷。我聽到他把不知流放何處的瓦樂斯叫來，也聽到他語帶興奮地派人立刻趕去照料王后，因爲她流產了。

這群仕女再度經過我的門邊。我站著不動屏住呼吸，接著聽到一陣小跑步和嘀咕聲，毫無疑問瓦樂斯正帶著各式藥方趕過去。我就這麼等待，輕緩安靜地呼吸，試著耐心直到確定自己的計謀失敗爲止。接著，我聽到帝尊從容不迫地大步行走，然後另一個人的跑步聲蓋過了他。「這是瓶好酒，你這白癡，別撞到了。」帝尊責備那人，接著他們就走遠了。我繼續等待，確定他已經獲准進入王后的住所後，我強迫自己再默數到一百，然後溜出門找國王。

我輕叩著門，不是很用力地敲，只是持續不斷地叩著，稍候就聽到門裡的人問是誰在敲門。

「蜚滋駿騎，」我大膽地說道。「我請求晉見國王。」

一陣沉默，接著：「誰都不許進來。」

「是誰的命令？」

「帝尊王子。」

「我有國王賜予的信物，而且他親口告訴我只要我拿著它，就隨時都能見他。」

「帝尊王子特別交代不能讓你進來。」

「但那是以前……」我降低聲調，含糊地說了些毫無意義的音節。

「你說什麼？」

我又是一陣嘀咕。

「說出來。」

「這件事可不能讓整個城堡裡的人都聽到！」我憤慨地反駁。「現在可不是散布恐慌的時刻。」果然奏效。他打開一道細細的門縫。「到底是什麼事？」他斷聲問道。

我靠近門並張望走廊四周，然後盯著門縫裡的人看。「你一個人在？」我疑神疑鬼地問道。

「沒錯！」他很不耐煩。「現在可以說了吧？最好說出像樣點兒的話。」

我靠向門，並把手舉到嘴邊，不願讓我的祕密透出半點風來。守衛也更靠近門縫，我迅速吹了一口氣，他的臉上立刻布滿白粉。只見他跌跌撞撞向後退，狂亂地抓著眼睛，就要窒息了。沒多久，他就倒在地上。夜霧：快又有效的致命毒粉。我發現自己安然無恙，但對我這位因中毒而雙肩扭曲的朋友而言，那就非同小可了。這名守衛不可能站在黠謀房間的前廳裡，卻完全不知道裡面發生了什麼事，所以我還是先下手爲強。

我從門縫溜進房裡，大費周章將門上的鍊條拆下，然後聽到熟悉的吼聲。「離開這裡，別管那道門了，快走吧！別拉開門閂，你這傻子！」我瞥見一張痲子臉，然後房門就在我眼前重重地關上。切德說得沒錯，最好讓帝尊看到緊緊鎖上的門，然後勞神費事地讓他的手下把門劈開進房。只要帝尊在門外多待一分鐘，切德就多一分鐘的時間陪伴國王。

接下來的差事可比我剛才做得事情還困難。我下樓走到廚房和廚娘親切地交談，然後問她樓上鬧哄哄的是怎麼回事。王后該不會是流產了吧？她立刻丟下我，尋找知道詳情的人問個明白。我走到廚房對面的守衛室喝了一點兒酒，也強迫自己吃些東西，但吞下去的食物就像碎石般躺在我的胃裡。沒什麼人和我交談，但我確實在場。關於王后跌倒的謠言在我周遭傳來傳去。高壯且動作遲緩的提爾司和法洛侍衛也在此地，多半是這些外地公爵的隨從，他們在這兒和公鹿堡的侍衛們親切地交談。聽著他們熱切談論失掉孩子就表示帝尊將獲取王位，這感覺好像他們在賭馬似的，帶給我的痛苦遠甚不悅。

唯一能與這個謠傳相抗衡的是，有位男孩在城堡庭院的古井邊看到痲臉人，而且聽說這小子是在接近午夜時看到他的。沒有人想知道男孩在那裡做什麼，或者他是如何在黑暗中目睹此一不祥預兆，他們發誓將遠離那口井裡的水，因爲毫無疑問這惡兆已經破壞井裡的水質了。所以這些人都只喝啤酒，但依我看來，他們並不需要擔心這井水水質眞的被破壞了。於是我留在這裡直到帝尊派人傳話下來，說他需要三名壯丁立刻拿著斧頭到國王的房間去。那可又引起大家熱烈談論這個新的話題，我也趁機悄悄離開此地走向馬廄。

我本來想找博瑞屈，順便看看弄臣有沒有找到他，卻在準備上樓時看到莫莉從他房前陡峭的樓梯走下來。她低頭看到我一臉驚訝的表情就笑了出來，但隨即收起笑容，眼神中的笑意亦不復見。

「妳爲什麼找博瑞屈？」我問她，接著立刻發現我這個問題實在是太魯莽了。我一直擔心她是去求援的。

「他是我的朋友。」她簡潔地回答之後，就想推開我繼續走，我也不假思索地站穩。「讓我走！」她凶狠地吼著。

但我反而一把抱住她。「莫莉，莫莉，求求妳。」我嘶啞地說著，她卻毫不留情地推開我。「讓我們找個地方談談，就算短短幾分鐘也好。我無法承受妳那樣看著我，況且我發誓沒做出對不起妳的事情。妳表現出來的樣子好像我把妳給拋棄了，但妳一直都在我心裡。我無法陪妳，這也非我所願啊！」

她忽然停止掙扎。

「求求妳？」我哀求她。

她瞥了瞥陰暗的穀倉。「我們就站在這兒說話，趕快說完。就在這裡。」

「妳為什麼對我生這麼大的氣？」

她幾乎快要回答我的問題。我看著她咬牙把話吞回去，頓時冷淡了起來。「你憑什麼認為我會把你當成我生命的中心支柱？」她反駁我。「你憑什麼覺得我只關心你，而沒別的事情好操心？」

我張口結舌地望著她。「或許因為這也就是我對妳的感覺。」我沉重地說道。

「不是這樣的。」她十分惱怒，像糾正堅持天空是綠色的孩子般糾正我。

「就是這樣的。」我很堅持，試著將她抱的更緊，但她只是僵硬地待在我懷裡。

「你的王儲惟真對你來說更重要，黠謀國王也是，珂翠肯王后和她的孩子更不用說了。」她屈指一點名，好像在計算我的過錯。

「我知道自己的責任。」我平靜地說道。

「我知道你的心在哪裡，」她冷冷地說道。「而你並沒有把我擺在第一位。」

「惟真已經……不在這裡保護他的王妃、孩子和父親，」我試著講道理。「所以，此時此刻我一定要把個人生死和我最鍾愛的人事置之度外，將他們擺在最優先的位置。不是因爲我比較愛他們，而是……」我無用地掙扎著該說什麼。「我是吾王子民。」我無助地說道。

「但我不屬於任何人，」莫莉讓這句話成了這世上最寂寥的聲明。「我將照顧自己。」

「不會永遠是這樣的，」我提出抗議。「總有一天我們會成爲自由身，可以結婚，然後——」

「你還是得服從國王的命令，」她幫我把話說完。「不，蜚滋。」她的語氣充滿決絕和痛苦，接著就推開我走下樓梯。當她走下兩個階梯時，冬季所有的寒氣似乎充斥在我們之間，然後她開口了。

「我必須告訴你一件事，」她幾乎溫柔地說道。「我的生命中出現了另一個人，如同國王對你而言般重要，比我個人的生命和我最鍾愛的人事還重要。就像你之前的說法一樣，你可不能怪我。」她回頭仰望我。

我不知道自己看起來像什麼，只見她別過頭去，彷彿不忍心繼續看我。

「爲了那個人，我要離開這裡，」她告訴我。「到一個比這裡安全的地方。」

「莫莉，求求妳，他無法像我這麼愛妳。」我哀求她。

她沒看我。「你的國王也不能像我……以前那麼愛你。但是，這和他對我的感覺無關，」她緩緩說道。「而是我對他的感覺。他必須是我生命中最重要的人，他也需要我這麼做。瞭解這一點。並非是我不再關心你，而是我無法把那份感受擺在他的福祉之前。」她又走下兩個階梯。「再見，新來的。」她沒再多說什麼，但這些話卻深深烙印在我心中。

我站在樓梯上看著她離去，頓時覺得這感覺太熟悉了，這痛苦也太刻骨銘心了。我飛奔下樓追上她，抓住她的手臂將她拉到樓梯下的暗處。「莫莉，」我說道，「求求妳。」

她一句話也不說，甚至沒有反抗我。

「我該給妳或告訴妳什麼，才能讓妳瞭解妳對我有多重要？我就是不能讓妳走！」

「你再怎麼說也無法留住我。」她低聲說著。我感覺她抒發了一些情緒，些許憤怒、勇氣和決心，但我找不到適當的字眼形容。「求求你，」她說道，這些話令我痛心，只因她在哀求我。「就讓我走吧！別爲難我，也不要逼我哭出來。」

我放開她的手，她卻沒走。

「很久以前，」她謹愼地說道，「我說過你就像博瑞屈一樣。」

我在黑暗中點點頭，也不在乎她看不到我。

「你在某些方面很像他，其他方面又不像。我要像他爲耐辛和他自己做決定般爲我們做決定，那就是我們毫無未來可言。你的心裡已經有別人了，我們的處境也相距太遠了，遠到無法用任何的愛意銜接起來。我知道你很愛我，但是你的愛……和我的愛不同。我希望彼此分享生命中的一切，你卻希望把我關在盒子裡和你的生活分離。我不是當你沒有更重要的事情可做時，轉而打發時間的對象，我甚至不知道你不在我身邊時到底在做什麼，你根本從不和我分享那些。」

「妳不會想聽的，」我告訴她。「妳也不會想知道的。」

「別再對我那樣說，」她生氣地輕聲說道。「難道你看不出來我就是無法忍受這點，你甚至不讓我替自己做那個決定？那麼你也不能爲我做那個決定，因爲你無權這麼做！如果你連自己在做什麼都不說，我怎能相信你愛我？」

「我在殺人，」我聽到自己說了出來。「爲了國王而殺人。我是刺客，莫莉。」

「我不相信你！」她輕聲說道，幾乎是脫口而出，語氣中的恐懼和輕視同樣深刻，她終於有些感覺到我對她說實話了。最後，在她等待我承認這是道謊言時，一陣短暫卻陰森可怕的寂靜在我們之間擴散

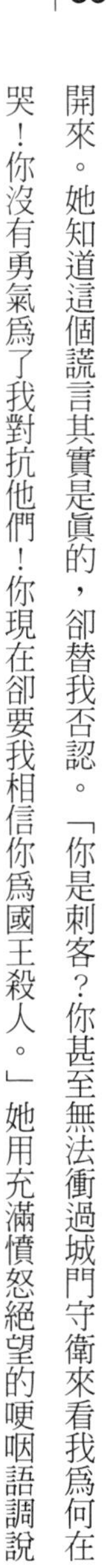

開來。她知道這個謊言其實是眞的，卻替我否認。「你是刺客？你甚至無法衝過城門守衛來看我爲何在哭！你沒有勇氣爲了我對抗他們！你現在卻要我相信你爲國王殺人。」她用充滿憤怒絕望的哽咽語調說道。「你爲什麼現在才說這些？爲何偏偏是此刻？想讓我印象深刻？」

「如果我想這麼做，或許早就告訴妳了。」我承認，而且這也是眞的。我害怕莫莉因我說實話而離開我，所以才滴水不漏地保守祕密，而我的顧慮是對的。

「謊言，」她彷彿自言自語地說道。「謊言，全都是謊言，打從一開始就是。我眞蠢。人們都說如果有人打了你一次，就會打第二次，說謊也是同樣的道理，而我卻留下來聽信謊言，眞是無可救藥的傻子！」最後一句殘忍的話對我重重一擊，讓我退了幾步，而她也站得離我遠遠地。「謝謝你，蜚滋駿騎，」她用一板一眼的口吻冷冷地說道。「你讓事情變得容易多了。」她掉頭就走。

「莫莉。」我一邊哀求，一邊伸手拉住她的手，但她甩開了，然後舉起手賞了我一個耳光。

「別碰我，」她低聲警告。「看你還敢不敢再碰我！」

接著她離開了。

過了一會兒我才想起自己正站在博瑞屈房間樓梯下的暗處裡，不僅僅因寒冷而發抖。不，沒什麼別的了。我緊閉雙唇，不是微笑也不是發怒。我一直害怕自己的謊言會讓我失去莫莉，但眞相卻在一瞬間將我用一整年的謊言支撐起的一切打碎，而我納悶自己必須從中學到什麼？我非常緩慢地上樓，然後敲敲博瑞屈的房門。

「是誰？」這是博瑞屈的聲音。

「是我。」他開門讓我進去。「莫莉來這裡做什麼？」我開口發問，不在乎自己的語氣聽起來像什麼，也顧不得綁著繃帶坐在博瑞屈桌上的弄臣。「她需要幫助嗎？」

博瑞屈清了清喉嚨。「她為了藥草而來，」他為難地說道。「但我幫不上忙，因為我沒有她要的東西，然後弄臣來了，她就留下來幫我照顧他。」

「耐辛和蕾細有很多藥草。」我說道。

「我也那樣告訴她，」他轉身清理為了幫弄臣療傷而拿出來的物品。「但她不想找她們。」他的語氣透露著玄機，似乎在刺激我，迫使我提出下一個問題。

「她要離開了，」我小聲說道。「她要離開了。」我坐在博瑞屈爐火前的椅子上，握緊擱在兩膝之間的雙手，然後發現自己正前後搖晃著，便試著想讓自己停下來。

「你成功了嗎？」弄臣平靜地問道。

我停止搖晃。我發誓自己剛開始不知道他指的是什麼。「沒錯，」我平靜地說道。「沒錯，我想我是成功了。」我也成功地失去莫莉，成功地耗盡她的忠誠和愛情，把她的愛視為理所當然，更成功地始終如一做好刺客該做的事，而且為了效忠國王而失去任何讓自己擁有自我人生的機會。我看著博瑞屈。「你愛耐辛嗎？」我突然問道。「你何時決定離開她？」

弄臣可愣住了，兩眼瞪的大大的。所以，原來還是有他不知道的祕密。我從沒見過博瑞屈的臉色如此凝重，他雙手交叉在胸前，似乎在克制自己。我覺得他可能會殺了我，但或許他只是想隱藏內心的痛苦。「求求你，」我繼續說著，「我一定得知道。」

他瞪著我，接著謹慎地開口。「我不是個善變的人，」他告訴我。「如果我曾經愛她，就會一直愛著她。」

這就是了。這樣的感情永遠不會消逝。「然而，你還是決定——」

「總要有人做決定。耐辛辦不到，所以一定得有人為我們終止這場折磨。」

就像莫莉為我們做決定一樣。我試著思考接下來該怎麼做，腦袋卻空空如也，只得看著弄臣。「你好一點兒了嗎？」我問他。

「比你好多了。」他眞誠地回答。

「我是說你的肩膀，我以為——」

「只是扭傷了，並沒有骨折，比你受傷的心好多了。」

好個急智善意的戲謔，我眞不知道他居然能如此滿懷同情地嘲弄我，這份好意幾乎讓我崩潰。「我不知道該怎麼做，」我心碎地說道。「我要怎麼活下去？」

博瑞屈輕輕把一瓶白蘭地放在桌子中央，並在酒瓶周圍擺了三個酒杯。「我們得喝一杯，」他說道。「慶祝莫莉在別處找到了幸福，我們將衷心祝福她。」

我們一飲而盡，接著博瑞屈又倒了滿滿三杯酒。

弄臣搖晃杯中的白蘭地。「剛才這麼做明智嗎？」他問道。

「就在剛才，我受夠了當個聰明人，」我告訴他。「我寧願當傻子。」

「你不知道自己在說什麼。」他告訴我，卻仍與我一同舉杯，為所有的傻子乾杯；而第三次是為了我們的國王乾杯。

我們的確很努力想要喝醉，但命運可不讓我們有充足的時間。博瑞屈的房門傳來一陣堅定的敲門聲，一定是提著籃子的蕾細，只見她迅速進門並趕緊關上門。「幫我把這東西處理掉，好嗎？」她提出要求，然後當著我們的面把籃子裡的死雞放在桌上。

「晚餐！」弄臣滿心歡喜地宣布。

蕾細好一會兒才發現我們當時所處的狀況。看來這可讓她怒不可遏。「當我們用自己的生命和名譽下賭注時，你們卻在這兒喝個爛醉！」她把矛頭轉向博瑞屈。「為什麼你二十年來都沒學會這麼做並不能解決事情！」

博瑞屈一點兒也不退縮。「有些事情是無法解決的，」他滿腹哲理地指出。「喝酒讓我更容易忍受那些事情。」他輕而易舉地起身穩穩站在她面前，長年飲酒似乎讓他學到處理這類事情的訣竅。「妳需要什麼？」

蕾細抿著雙嘴，稍候便決定接續他的對話。「我要處理掉那玩意，而且需要治療瘀傷的藥膏。」

「這兒的人都不找療者了？」弄臣自顧自地發問，蕾細並不予理會。

「我來這裡的理由就是這個，所以最好帶著藥回去，免得有人想看。其實我是來找蜚滋，問問他是否知道有侍衛拿著斧頭劈開黠謀國王的房門。」

我沉重地點點頭，並不打算像博瑞屈那樣優雅地站立，倒是弄臣跳起來大喊，「什麼？」他突然責罵我。「我以為你說你成功了！這是哪門子的成功？」

「我在極短的時間內所能達到的最佳境界。」我反駁。「不是成功就是失敗，我們已經盡力了。況且，你好好想想吧，那是一扇結實的橡木門，他們得花上一段時間才能破門而入，就算進去了也會發現國王臥室的內門也同樣鎖得死死的。」

「你是怎麼辦到的？」博瑞屈平靜地問道。

「不是我。」我脫口而出，接著看著弄臣。「我言盡於此，我們現在需要的是彼此信任。」我轉頭面對蕾細。「王后和耐辛還好吧？我們的化妝舞會進行得如何？」

「順利得很。王后因跌倒而受傷，而我自己也不確定她是否能保住肚子裡的孩子，因為摔跤導致的流產有時不會立刻發生，不過我們就別再操心了。但瓦樂斯可白忙了一場，這傢伙自稱是療者，對藥草

的學問卻懂得太少。至於王子嘛……」蕾細表現出一副嗤之以鼻的模樣，不再說什麼了。

「除了我之外，難道沒有人擔心讓流產的謠言傳開來會很危險？」弄臣輕快地問道。

「我沒時間想別的辦法，」我反駁。「大約一天之後，王后就會否認這個謠傳，並且表示孩子看來應該沒事。」

「所以，我們一時之間還挺安全的，」博瑞屈說道。「但接下來會發生什麼事情？就眼睜睜看著國王和珂翠肯王后被送到商業灘去？」

「信任。我只要一天的信任。」我謹慎地說道，希望這就足夠了。「還有，我們現在得各自分散，盡可能按部就班過日子。」

「沒有馬的馬廄總管和沒有國王的弄臣，」弄臣說道。「博瑞屈和我可以繼續喝下去，我想這就是非常時期的正常生活。至於你嘛，蜚滋，我不知你這陣子給自己取了什麼封號，更別說你平常都在做些什麼。所以說——」

「沒有人會繼續坐著喝酒，」蕾細未卜先知般地吟頌著。「誠如蜚滋所言，把酒瓶放到一邊去，保持頭腦清醒，然後各自解散。我們在這裡的言行舉止足以讓我們因叛國而遭吊刑處決。當然除了你之外，蜚滋駿騎，你會被毒死，因爲有王室血統的人不容接受吊刑。」

她這番話產生了毛骨悚然的效果。博瑞屈拿起軟木塞把酒瓶重新封好，而蕾細則帶著裝有博瑞屈給的藥膏的籃子先行離去，弄臣稍候也跟隨她離開。當我告別博瑞屈的時候，他已經處理好這隻家禽，正拔著最後幾根牢固的羽毛，可見此人確實物盡其用。

我外出閒晃了一陣，並且回頭看看是否有人跟蹤我。珂翠肯應該在休息，而我不認爲自己受得了耐辛的嘮叨，或者她剛才所洞悉的一切。如果弄臣在他自己的房裡，就表示他不想有人陪他，若是在別的地方，那我就不清楚是哪裡了。來自內陸的人像瘟疫般入侵整個公鹿堡，眞可媲美病犬身上的跳蚤。我散步到廚房偷拿了些薑餅，接著陰鬱地到處亂晃，試著不思考並表現出漫無目的樣子，同時回頭走到我曾經藏匿夜眼的小屋。屋裡現在空空如也，裡裡外外都荒涼得很。夜眼很久沒藏身此處了，而選擇牠偏愛的密林山丘，就在公鹿堡後頭。但是，不一會兒我就看到牠的影子經過門檻，穿越敞開的大門進到屋裡。

或許原智牽繫最令人心安的一點就是永遠不用解釋。我不需要對牠重述前一天發生的事情，也無須尋找字句描述看著莫莉離我而去是什麼滋味，牠更不用發問或滿懷憐憫地與我交談。人類的事情對牠來說意義不大，牠只依照我的感受強度行動，而不問原因。只見牠走過來陪我坐在骯髒的地板上，讓我用一隻手抱住牠，然後我就把臉靠在牠的頸毛上坐著。

人類組成的群體還眞不中用啊！過了一會兒牠對我這麼說。當你們都朝不同的方向奔跑時，怎麼還能一起狩獵？

我沒回答這個問題，只因我不知道答案，而牠也不指望得到解答。

牠俯身啃著前腳的搔癢處，然後坐起來抖動全身，接著發問，你現在會爲伴侶做些什麼？

不是所有的狼都有伴侶。

首領都有，不然狼群將如何繁衍？

我的首領有一位伴侶，而且她懷孕了。或許狼群的作法是對的，倒是人類需要注意些。或許只有首領需要配偶，這是獸群之心多年前所做的決定，也就是說他無法同時擁有配偶和他全心效忠的首領。

那個傢伙更像狼，只是他嘴硬不向任何人承認罷了。牠稍作停頓。薑餅？

我拿給牠，只見牠在我眼前貪婪地狼吞虎嚥。

我錯過了你在夜晚的夢。

這不是我的夢，而是我的人生。我隨時歡迎你來，只要獸群之心不對我們發怒。共同分享生活比較好。我停了一下。你或許寧願分享女性的生活。

我的弱點就是過於渴求。

牠眨了眨深沉的雙眼。你愛太多人了，而我的生活可單純多了。

牠只愛我。

你說得沒錯，而我唯一的難題是知道你永遠無法相信事情就是那樣。

我重重地嘆了一口氣。夜眼忽然打了個噴嚏，然後又抖動全身。我不喜歡這老鼠灰塵，但在我離開之前，可否用你那靈巧的雙手抓抓我的耳朵。若是我自己搔抓的話，還眞難不留下爪痕。

於是我幫牠搔耳朵、喉嚨下方和頸背，直到牠像小狗般側身倒在地上。

「獵犬。」我滿懷深情地告訴牠。

那份羞辱將讓你付出代價。牠翻身站起來，透過我的袖子狠狠咬了我的手，接著飛奔出門消失無蹤。我捲起袖子審視皮肉上深深的白色齒痕，並沒眞正流血。這是狼的幽默。

短暫的冬日已經結束。我回到城堡強迫自己走進廚房，讓廚娘告訴我所有的八卦。她用一大堆梅子蛋糕和羊肉餵飽我，同時告訴我王后可能會流產，還有那群人如何在國王的一名侍衛因中風喪命之後，用斧頭劈開國王臥房的外門。「他們也砍破了第二道門。帝尊王子從頭到尾都很擔憂，也一直催促他們動作快，因爲他怕國王遭遇不測。但是，當他們進門之後，國王卻沒被震耳欲聾的劈門聲驚醒，反而像嬰兒般熟睡，他們也無法喚醒他，更別提對他解釋爲什麼要把門劈開。」

「眞有意思。」我表示同意，然後她繼續說著城堡中其他比較無關緊要的八卦。我發現這些謠傳大

多圍繞著誰會和誰不會在遷居商業灘的名單上打轉，而廚娘會搬過去，因爲她的醋栗餡餅和千層蛋糕實在太可口了。她不知道誰會在此接掌廚師一職，但毫無疑問將是其中一名侍衛。帝尊讓她帶走所有最好的鍋子，她也因此心懷感激，而最讓她懷念的卻是西側的壁爐，因爲它的通風設備恰到好處，肉架的高度也剛剛好，這可是她所用過最好的壁爐。我聆聽她滔滔不絕地訴說，努力只想著她說的話，並且對她極爲重視的生活細節表達興趣。我發現王后的侍衛會留在公鹿堡，還有少數仍身穿國王貼身侍衛制服的人。自從他們失去進入國王房裡的特權之後，各個看起來都垂頭喪氣的，但帝尊堅持這些人必須留下來，好維持公鹿堡的王室風範。迷迭香和她的母親也會離開，若知道她們服侍的人是誰就一點兒也不覺意外，然而費德倫和芳潤都不會走。如此一來，她會非常想念芳潤的歌聲，不過她或許很快就會習慣內陸歌者的顫音唱腔。

她沒有想到要問我是否也會離開。

當我上樓回房時，試著想像公鹿堡會變成什麼樣子。用餐時主桌會空蕩蕩的，端上來的食物將是軍隊廚師最熟悉的行軍餐，只要還有存糧可以烹調的話。我想我們在春季前會吃到許多野生獵物和海草，這對我來說無所謂，倒是替耐辛和蕾細擔心。我早已習慣陋室和粗茶淡飯，但她們可不習慣，不過至少芳潤還會留在這兒歌唱，只要他那多愁善感的個性不讓他陷入遭遺棄的愁苦深淵中。費德倫已經沒什麼孩子可教了，所以或許他就能陪伴耐辛研究造紙的方法。我鼓起勇氣試著爲大家描繪一個未來。

「你到哪裡去了，小雜種？」

端寧忽然從一道門裡走出來，她希望看到我受驚嚇的模樣，但我的原智早就警覺到那兒有人，我讓自己表現出無動於衷的樣子。「走開！」

「你聞起來像隻狗一樣。」

「至少我先前的確是狗兒在一起。但我們剩下的狗都關在馬廄裡了，外面應該不會有狗亂跑才是啊！」

她立刻察覺我禮貌回答中的羞辱。

「你聞起來像隻狗一樣，因為你和狗簡直沒什麼兩樣，野獸巫師。」

我幾乎忍不住想要「問候」她母親。不過我倒真的突然想起她的母親。「還記得我們第一次學寫字的時候，妳母親總是讓妳穿上黑罩衫，因為妳都會把墨水濺到衣服上？」

她繃著臉瞪我，在心中細細咀嚼這評語，試著找出羞辱、輕視或弔詭之處。

「那又怎樣？」她終於心有未甘地問了。

「沒怎樣，我只不過突然想起曾經有段時間都是我幫妳收拾殘局的。」

「那和現在一點兒關係都沒有！」她憤怒地宣稱。

「妳說得對，是沒有關係。這是我的房門，難道妳想跟我進房嗎？」

她吐了吐口水，不完全對著我，不過還是落在我腳邊的地板上。我想，如果她沒辦法和帝尊一同離開公鹿堡，就不會這麼做了。這裡已經不是她的家了，因此她任意玷污這片土地，我也因此明白她根本不認為自己會再回到這裡。

我進房小心翼翼上好門閂並鎖好門，然後再加上一根厚重的木條卡住門，接著檢查房裡仍緊閉的窗戶，看看床底，最後坐在壁爐邊的椅子上假寐，等待切德召見我。

當我聽到微弱的叩門聲，就從瞌睡中醒來。「是誰？」我喊著。

「我是迷迭香。王后想見你。」

等我把門閂和鎖全部鬆開之後，這孩子早就不見了，雖然她只是個小女孩，但她那透過房門傳進我

耳中的訊息仍令我膽顫心驚。我匆忙梳理整齊之後就衝到王后的房間，在途中注意到黠謀國王的橡木門殘骸，只見一位我不認得的粗壯內陸侍衛守在缺口處。

珂翠肯王后斜倚在壁爐邊的躺椅上，她的仕女們三三兩兩散落在房裡各個角落交頭接耳，王后自己卻孤寂地閉上雙眼，看起來異常疲憊，不禁使我懷疑迷迭香的訊息是否有誤。接著，瑞望夫人帶我到王后身邊，搬了一張矮凳子讓我坐下，然後端了一杯茶給我，我也一口氣喝完。當瑞望夫人走回去泡茶之後，珂翠肯就睜開眼睛。「接下來呢？」她用微弱低沉的語調詢問，我得更靠近才聽得到她說了什麼。

我狐疑地望著她。「黠謀現在睡著了，但總不會永遠睡下去。他服用的藥草藥效快消退了，到時候我們又將回到原點。」

「王儲的繼任典禮即將來臨，或許王子會因此忙上一陣子。毫無疑問地，他將試穿新衣，以及安排所有他引以爲榮的細節，也許他就沒時間糾纏國王。」

「在那之後呢？」

瑞望夫人把我那杯茶端回來，我喃喃道謝然後接過茶杯。當她將一把椅子搬到我們身邊時，珂翠肯虛弱地微笑問她是否也能幫她倒杯茶，瑞望夫人就立刻遵照王后的吩咐轉身離去，她如此迅速的反應可讓我覺得挺羞愧的。

「我不知道。」我喃喃回答她之前的問題。

「我知道國王待在我的群山王國裡會很安全，且會受到尊敬和保護，或許姜萁知道——喔，謝謝妳，瑞望。」珂翠肯王后接過這杯奉茶啜飲著，瑞望夫人同時坐下來。

我對著珂翠肯微笑，接著字句斟酌地開口，相信她能體會我的意思。「但是，群山畢竟路途遙遠，吾后，而且正當氣候酷寒的時刻，等信差到了那裡尋求您母親的藥方時，就快入春了。或許別的地方也有您需要的處方，像是畢恩斯或瑞本，如果我們開口，他們應該就會提供。您知道，那些尊貴的公爵們不會拒絕您的任何要求。」

「我知道，」珂翠肯虛弱地微笑。「但是現在他們自己的麻煩已經夠多了，讓我遲遲不敢提出要求，況且我們稱爲長壽的根莖植物只在群山裡生長。我想，意志堅定的信差應該能夠抵達那兒。」她又啜了一口茶。

「那麼要派誰執行這項任務，嗯，將是最大的難題。」我指出。她當然明白讓一位年老的病人在冬季前往群山是多麼艱辛，而且他也無法一人成行。「踏上這趟旅途的人必須相當可靠且意志堅強。」

「聽起來這樣的人會是一名女性。」珂翠肯的妙語讓琺望夫人開心地笑了，雖然是個極妙的諷喻，但她更高興看到王后的心情好轉。珂翠肯稍作停頓，茶杯還在嘴邊。「或許我得親自出馬好讓事情順利進行。」她微笑補充道。我則瞪大了眼睛，但她的神情可是很嚴肅的。

然後我們就談論輕鬆的話題，我也答應盡全力幫珂翠肯尋找一帖藥方，大多是她杜撰出來的藥草，而我相信自己明白了她的意思。當我起身告退回到自己的房裡時，不禁納悶該如何趕在切德進行計畫之前阻止她行動。這可眞是個絕佳難題。

我還來不及帶上所有的門閂、鎖好門，就感覺背後一陣風，一回頭就看到切德房間的入口敞開。我疲憊地爬上樓梯，雖然極度渴望好好睡一覺，卻也明白就算躺下了我也無法闔眼。

我一進切德的房裡就聞到誘人的食物香味，頓時發覺自己餓壞了，而切德早就坐在小桌旁等待著。「坐下來吃東西，」他簡短說道。「我們得共商對策。」

我咬了兩口肉派，他便溫和地問道，「你想我們能讓黠謀待在這房裡多久，並且不被發現？」

我一邊嚼一邊呑食物。「我從來沒發現要從哪兒進入這房間。」我平靜地指出。

「喔，但它們確實存在，食物和其他日常用品也常進進出出的，有些人因此就察覺到了，但他們卻不太清楚自己到底知道了什麼。我的房間和城堡中的一些房間相通，那兒經常存放我所需要的物品。當百里香夫人依然健在的時候，爲她而備的糧物和衣物補給可讓我的日子比現在好過多了。」

「你在帝尊前往商業灘之後將如何過日子？」我問道。

「恐怕無法像現在這樣了。毫無疑問，有些差事無法按照既定程序進行，如果其他的例行公事依然存在的話。但是，目前的存糧已經愈來愈少了，人們也會想知道爲何要在城堡的廢墟中囤積補給品，但我們現在談的是黠謀的福祉，而不是我的。」

「這就要看國王要如何消失無蹤了。如果帝尊認爲他以尋常的方式離開城堡，那麼你或許可以讓他在這裡躲一陣子，但如果帝尊知道他人還在公鹿堡，就會不惜一切找到他。我懷疑他會先派人拿鐵鎚敲毀國王臥房的牆。」

「很直接，卻挺有效。」切德表示贊同。

「你有幫國王在畢恩斯或瑞本找到安全之處嗎？」

「那麼快？當然沒有。我們得先把他藏在這裡，因爲可能要花上幾天，甚至幾週才能準備好在那兒的落腳處，然後再把他從城堡偷渡出去。這表示我們要找些接受賄賂的人，並且知道他們何時會在城門守衛。不巧的是，受賄做這件事的人，稍候也將受賄把事情公諸於世，除非他們遭遇意外。」他看著我。

「先別擔心那件事情，還有其他方法溜出公鹿堡。」我告訴他，心中想著我的狼同伴所用的方式。

「我們還有另外一個問題，那就是珂翠肯。如果她不盡快知道我們的計畫，就會擅自行動，她的想法和你的計畫不謀而合，今晚她提議把黠謀送往群山以策安全。」

「一位孕婦和年老的病人在冬至踏上旅途？荒唐。」切德稍作停頓。「不過，這不失為一個出其不意之計，帝尊他們絕不可能跑到那條路上找人。再說，帝尊所製造的遷徙人潮都朝公鹿河前進，多一位婦女和她生病的父親也挺難引起注意的。」

「但還是很荒唐。」我提出抗議，一點兒也不喜歡看到切德饒富興致的眼神。「誰會陪他們一道？」

「博瑞屈。這可以防止他因為無聊而酗酒，把自己的命都喝掉了，也可以幫他們看管馬匹和打理其他事情。他會去嗎？」

「你知道他會。」我勉為其難地回答。「但黠謀可禁不起這麼艱困的旅途。」

「對他來說，熬過這段旅程可比和帝尊周旋容易多了。無論他身在何處，侵蝕著他的東西仍會持續毀了他的生命。」他的眉頭皺得更緊了。「但是，我可說不上來這侵蝕著他的玩意兒最近為何變本加厲了。」

「寒冷的氣候和艱困的旅程對他來說可毫無益處。」

「部分路段會有客棧，我可以幫他們張羅這些費用。黠謀的外表變了很多，所以我們幾乎不用擔心他會被認出來。但王后就比較難處理了，因為只有少數女性的膚色、身高和她一樣，不過讓她穿上厚重的衣服就可以增加她的腰圍，然後包上頭巾，還有——」

「你不是認真的吧？」

「明天晚上，」他回答。「我們到了明晚就一定得行動，因為那時我給黠謀服用的催眠劑藥效就會消退。至於帝尊打算謀害王后的計謀，或許要等她踏上前往商業灘的旅途後才會展開，不過一旦帝尊掌控了她，那麼，旅途中將發生的意外可多著呢！在冰凍的河上翻覆的駁船、脫韁的馬匹，還有腐壞的肉食。如果他的刺客有我們一半高明的話，他的計謀就能得逞。」

「帝尊的刺客？」

切德用憐憫的眼神看著我。「你該不會認為我們的王子肯紆尊就駕，親自在階梯上抹豬油和煤煙吧？你想這會是誰做的？」

「端寧。」我脫口而出。

「那麼，很顯然並不是她。不，應該是個害羞、溫文儒雅且生活穩定的人。如果我們真能找出他可就好辦了。噢，這樣吧！我們現在先把這擱在一旁，儘管潛近另一名刺客可是極大的挑戰。」

「欲意。」我平靜地說道。

「欲意什麼？」他問道。

我迅速且悄悄地對他提及欲意這個人，他一邊聆聽一邊睜大了眼睛。

「確是高招，」他佩服地說道。「會精技的刺客，真奇怪從來沒有人想到。」

「或許黠謀想到了，」我平靜地說道。「不過，或許他的刺客沒學會……」

切德靠在椅背上。「我對此存疑，」他推測似地說道。「黠謀的口風很緊，連我都不知道他是否如此想過。不過我自己倒認為欲意目前不過是個間諜。他絕對很難纏，你一定要特別提高警覺，但是我想我們用不著擔心他會是刺客。」他清了清喉嚨。「噢，這樣吧！當務之急是加速進行逃脫之計，他們一定要從國王的房裡逃走，而且你一定要再度把所有的守衛引開。」

「在王儲繼任典禮時——」

「不，我們可不能等那麼久。明天晚上就得動身，不能再拖了。你不用花很多時間和他們周旋，我只需要幾分鐘的時間。」

「我們一定要等！否則整個計謀根本無法進行。你希望我在明天晚上之前讓王后和博瑞屈準備就緒，就等於讓他們知道你的存在，而博瑞屈也需要時間備妥馬匹和補給品——」

「不要準備任何好馬，只要一些老而無用的馬就可以了，不然他們很快就會引起注意。另外我們還得替國王備妥轎子。」

「老馬是很多，因爲這些是我們僅存的馬匹了。但是，博瑞屈可不願讓國王和王后騎著這些老馬上路。」

「他自己得騎一頭騾子。他們要打扮成尋常百姓的模樣，身上也不能帶什麼錢往內陸走。我們可不想引來強盜攔路打劫。」

我嗤之以鼻地想像博瑞屈騎騾子的模樣。「不能這樣，」我平靜地說道。「時間根本不夠。一定要等到王儲繼任典禮當晚，那時候所有的人都會在樓下參與盛會。」

「該做的事情就一定能做到。」切德強調，然後坐著深思片刻。「或許你說得沒錯，帝尊不能讓國王在典禮中缺席。如果他不在場，就沒有一位沿海公爵會相信的，所以就算沒有其他東西，帝尊也一定會讓黠謀服用止痛藥草好馴服他。那麼，非常好，就後天晚上吧！還有，如果你明天非找我說話不可，就在你的壁爐裡放點兒苦樹皮。別放太多，我可不想被燻出來，但分量要充足，我一聞到味道就會開門。」

「弄臣會想要跟隨國王一起走。」我緩慢地提醒自己。

「不成，」切德果斷地說道。「他無法喬裝成別人，他跟著去只會增加風險。況且，他必須留下來幫我們進行這個遁隱之計。」

「我不認爲這會讓他改變主意。」

「把弄臣交給我，我會讓他明白國王必須乾淨俐落地從此處消失，方能保全性命。我們一定要製造

某種『氣氛』，讓國王和王后的消失看起來不像……喔，就這樣吧！把那個部分交給我，我會讓他們不想把牆壁打碎。至於王后就簡單多了，她只需要早早從典禮上告退，宣稱要好好睡一覺，把服侍她的仕女們都打發走，並且表示除非她召見她們，否則任何人都不許打擾她。如果一切都順利的話，我們就可以讓黠謀和珂翠肯在當晚走上好一段路。」他和藹地對我微笑。「很好，我想這就是我們所能計畫的了。不，不，我知道沒有一件事情是固定不變的，不過如此一來反而比較好，我們會更有轉圜的餘地。現在盡可能補充睡眠吧，小子，你明天可有得忙了。我現在也得趕緊準備。我一定要調製充足的藥方並仔細包裝，好讓黠謀國王一路服用到群山。博瑞屈能識字，對吧？」

「行得很。」我讓他放心，接著稍作停頓。「你昨天一整晚都待在城堡裡嗎？午夜時呢？麻臉人似乎現身了。有人說這表示那口井給糟蹋了，其他人則將此現象視爲帝尊繼任典禮的惡兆。」

「哦？這麼說來，可能是囉！」切德自顧自地咯咯笑了出來。「他們是該獲致預示和惡兆，小子。到了那時，國王的消失和王后的失蹤就會被視爲一件再自然也不過的事了。」他像男孩似的露齒而笑，神情看起來年輕多了，綠色的雙眼閃爍著昔日的淘氣神采。「去休息吧，別忘了讓博瑞屈和王后知道我們的計畫，我來通知黠謀和弄臣，其他人就休想知道。在某些方面，我們得碰點兒運氣，但其他的就包在我身上！」

雖然他笑出聲來，但這跟著我下樓的聲音卻似乎沒那麼有信心。

28 叛變和賣國賊

帝尊王子是黠謀國王和欲念王后唯一在出生後存活下來的孩子。有人說產婆從未好好照顧王后，也未竭盡所能讓她的嬰孩保住性命；其他人則表示焦慮的產婆爲了讓王后不再承受生產的劇痛，就給她服用太多止痛藥草。然而，只有兩位死產的胎兒在她的子宮裡待了七個月以上，大部分的產婆也將此歸咎於王后的濫用麻醉藥品，還有她老是把腰刀繫在身上，刀刃還朝著她的腹部，因爲眾所周知這對分娩的孕婦來說可是個厄運。

我睡不著。每當我將擔憂黠謀國王的思緒推開時，莫莉就占據了我整個心頭。我的心思穿梭在這群人之間，同時替自己編織了愁苦憂慮的外衣，而我答應自己一旦黠謀國王和珂翠肯脫離險境，就會想個辦法贏回莫莉的芳心，從搶走她的人身邊把她贏回來。我做了這樣的決定之後，便翻身凝視這片黑暗。

當我起床時，夜色仍深。我偷偷摸摸地經過空蕩蕩的廄房和沉睡的動物，靜悄悄地上樓前往博瑞屈的房間。他聽到了我的腳步聲，於是溫和地問道，「你確定自己沒有做惡夢？」

「如果有的話，我這輩子恐怕無法擺脫這個夢魘。」我平靜地指出。

「我也開始那麼覺得。」他同意我的說法。我們在黑暗中交談，他仍躺在床上，而我坐在床邊的地板上和他說悄悄話。我不勞駕博瑞屈起床生火或點蠟燭，因爲我不想讓任何人對他這突如其來的作息改變存疑。「若要照他說的在兩天之內完成所有任務，就表示我們第一次就要把每一件事情做到盡善盡美，所以我就先來找你。你辦得到嗎？」

他沉默不語，而我在黑暗中也看不到他的臉。「三匹健壯的馬、一隻騾子、一頂轎子，加上三人份的補給品，還得不讓任何人發現。」又是一陣沉默。「我可不能讓國王和王后就這樣騎馬步出公鹿堡城門。」

「你知道那隻大狗狐狸曾經藏身的那片赤楊樹林嗎？讓馬兒等在那裡，國王和珂翠肯會在那兒與你會合。」我不情願地補充道，「那匹狼會幫他們帶路。」

「他們一定得像我一樣知道你在做什麼嗎？」他可被這想法嚇呆了。

「我手頭有什麼資源就會用上。況且我的見解和你的不同。」

「牠不過是一匹抓舔身子、在髒東西裡頭打滾、在母狼發情時發狂，而且只想著下一餐的狼，你才花多久的時間就接受牠的價值觀？那你這樣算是什麼東西？」

「一名衛兵？」我大膽提出。

儘管滿心不贊同，博瑞屈還是噗嗤一笑。「我是認眞的。」他稍候說道。

「我也同樣重視國王和王后。我們必須專注於如何完成任務，況且我也不惜犧牲自己達成使命。」

他沉默了片刻。「所以，我要設法把四隻動物和一頂轎子弄出公鹿堡，而不引起任何人的注意？」

我在黑暗中點點頭，然後問他，「辦得到嗎？」

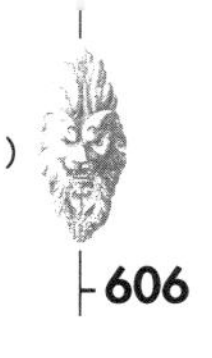

他勉強說道，「是有一兩位馬廄幫手挺得我信任，但我不想讓別人幫這個忙，我不想看到有人吹噓我吩咐他做的事情。不過我想可以讓這些馬看起來像那些被鍊在一起即將運往上游的動物。但是，我的小伙子們可不笨；我不會讓傻小子在馬廄裡幹活。一旦國王失蹤的消息走漏，他們很快就會發現。」

「找那些敬愛國王的人。」

博瑞屈嘆了一口氣。「還有糧食。沒辦法帶很足夠的糧食，只能帶著像行軍軍糧般的食物。那麼，我也要準備冬衣嗎？」

「不，準備你自己的就好了。珂翠肯會自己準備，而切德會幫國王打點。」

「切德。這名字聽起來很熟悉，我好像很久以前聽說過。」

「他原本好多年前就應該不在人間了，在那之前人們都可以在城堡周遭看到他。」

「這些年都像影子般過活。」他對此感到驚訝。

「他還打算繼續這樣過下去。」

「你不用擔心我會背叛他。」博瑞屈的語氣聽起來似乎有些受傷。

「我知道。我只是——」

「我知道，那麼，走吧！你告訴我的已經夠多了，我知道該怎麼做。我會帶著馬匹和補給品在那裡等候。什麼時間？」

「晚上吧，當宴會還在進行的時候。我不知道，我會想辦法通知你。」

他聳聳肩。「天一黑我就走到那兒等著。」

「博瑞屈，謝謝你。」

「他是我的國王，而她是我的王后，我盡我的本分，不需要你來感謝我。」

我離開博瑞屈，躡手躡腳地走下樓梯。我在陰影中行走，延伸每一個知覺試著確定沒人監視我。一離開馬廄之後，我輕快地穿過倉庫、豬欄和關了家禽的畜欄，從一道陰影跳到另一道陰影，直到我來到在老地方的小屋，夜眼就氣喘吁吁地跑來與我會合。怎麼了？你爲什麼在我打獵時把我叫過來？

明天晚上天黑時，我可能需要你。你能待在這裡，不要離開城堡的範圍，在我找你的時候趕來嗎？

當然。但是爲什麼把我找來這裡說？你犯不著爲了這點小忙如此靠近我。

我在雪中蹲下，牠就走過來把喉頭靠在我的肩上。我緊緊抱住牠。

傻小子，牠聲音粗啞地說著。現在走吧，我會一直待在這裡，你需要我的話可以來找我。

謝謝你。

我的兄弟。

我躡手躡腳急忙回到城堡，一進房就趕緊鎖門然後躺在床上。一股興奮感隆隆地通過全身。我想，等到所有的任務都完成之後，我才能眞正休息。

我在上午攜帶了幾幅有關藥草的卷軸，獲准進入王后的房間。珂翠肯斜倚在壁爐前的躺椅上，看起來就像一位失落的妻子和焦慮的新科母親。我看得出來她心力交瘁，跌倒也帶給她出乎意料的痛苦。她看起來只比昨天好一些，但我仍親切地和她打招呼，並鉅細靡遺地詳細解釋每一種藥草，好像在場的每一個人都將獲益匪淺似的。我成功地讓她的仕女們因感覺乏味而告退，接著她終於打發剩下的三位仕女去端茶和拿枕頭，還有到惟眞的書房找另一幅有關藥草的卷軸，而小迷迭香早就在壁爐邊的一個溫暖的角落打起瞌睡來。當一陣裙襬的沙沙聲逐漸遠離時，我知道自己時間不多，便趕緊說出計畫。

「您將在明晚王儲繼任典禮之後離開。」我告訴她，不等她開口發問就繼續說下去。「穿暖一點兒，也別忘了帶禦寒用品，但不要帶太多。盡量從宴會上早早告退，單獨回到您的臥房，就說這場典禮和您心中的哀傷早已讓您精疲力竭。還有把服侍您的仕女們也打發走，就說您一定得好好睡一覺，並且交代她們，除非您吩咐，否則不用再回來。把門鎖好。不，聽我說，時間不多，您得趕緊準備好離開，然後待在房裡，稍候會有人來找您。相信麻臉人。國王會和您一起走。相信我。」我急切地告訴她，然後就聽到一陣往房裡走回來的腳步聲。「其餘的都會安排妥當，相信我。」

相信？我可不相信事情會樣樣順利。黃水仙把枕頭拿來了，過了一會兒茶也端來了。我們親切地交談，一位年輕的仕女甚至對我調情。珂翠肯王后交代我把藥草卷軸留下來，因爲她還在背痛，所以決定今晚要早點兒休息，或許這些卷軸能讓她在睡前打發時間。我殷勤地道別之後就離開了。

切德說把弄臣交給他。我竭盡所能計畫這個逃脫之計，現在我只須設法讓國王在典禮後獨自待在房裡。切德只需要幾分鐘，我卻納悶自己是否得爲了他們犧牲自己的性命，接著就不去想它了。只要幾分鐘。兩扇殘破的門可敗事亦可成事，而我不確定是成是敗。我想盡各種可能的橋段。我也許可以假裝喝醉把侍衛引出來打鬥，不過，除非我手持斧頭，否則他們兩三下就可以擺平我。我一向不善用拳。不，我得保持機動性。我連續推翻了不下一打的計謀，因爲實在有太多我無法控制的因素。會有多少侍衛在那兒？他們會是我認得的人嗎？瓦樂斯會在場嗎？帝尊會順便來聊聊嗎？

在我稍早前去造訪珂翠肯的途中，我注意到國王的房門已經釘上了代用門簾，大部分的殘骸也移除了，但橡木門的碎屑仍散落在走廊上，也沒叫工匠來修理，再次顯示帝尊不打算回公鹿堡了。

我得試著找藉口讓自己進入那個房間。城堡的樓下比以往還忙碌，因爲來自畢恩斯、瑞本和修克斯的公爵們將率領隨從出席見證帝尊的王儲繼任儀式。他們被安排在城堡對面的次等客房裡。我此刻也納悶他們對於國王和王后的突然失蹤將作何感想。這將被視爲叛國，或者帝尊會設法瞞住他們？這對他即將開展的王權會算是怎樣的兆頭呢？我不去想它，因爲這無法幫助我讓國王獨自待在房裡。

我離開房間在城堡中四處走動，希望藉此得到靈感，但卻愈來愈困惑。每個階級的貴族都前來參加帝尊的繼任典禮，蜂擁而來的賓客、用品和僕人，與那些如帝尊之意要離開公鹿堡送到內陸去的物品及人潮相互摩肩接踵。我的腿不聽使喚地朝惟眞的書房走去。房門微開，我便走了進去。我看見了冰冷的壁爐，也聞到陣陣霉味，還有空氣中一股強烈的鼠臭味。牠們把房裡的卷軸當成窩了，而我希望被牠們當成窩的卷軸並非無可替代。我很確定先前已將惟眞視爲至寶的那些卷軸收到切德房裡。我在書房裡走來走去並觸摸他的物品，忽然非常想念他。他那堅毅不屈的穩重和他的冷靜，以及他的力量；要是他在的話，他絕不會讓事情演變成如今的地步。我坐在他的地圖桌前的工作椅上，桌上滿是他的筆跡所留下來的磨痕和墨水漬，還有兩支廢棄的鵝毛筆，筆刷的毛都掉光了。桌上的盒子裡有幾罐顏料，如今早已乾燥龜裂。這些東西的味道聞起來就像惟眞，就好像毛皮和韁繩的味道會讓我想起博瑞屈一樣。接著，我趴在桌上手捧著頭。「惟眞，我們現在需要你。」

我不能回來。

我跳起來，雙腿絆到椅腳，整個人跌在地毯上。我發狂似的跌跌撞撞地站起來，建立了這個連繫之後令我更加慌亂。惟眞！

我聽到了。什麼事，小子？他停頓了一下。你已經可以不假他人之力和我取得連繫？太好了！

我們需要你立刻回家！

爲什麼？

思潮翻攪的速度比言語還快，比他想要知道的細節多出許多。我感覺他因這些訊息感到憂傷，也更加疲憊。回家吧！如果你在這裡，情況就會好轉，帝尊也無法自封爲王儲，更不會如此掠奪公鹿堡裡的一切，甚至還要把國王帶走。

我不能。你冷靜下來好好思考。我無法即時趕回來阻止這些事情發生，也因此感到哀傷。但是，我已經如此接近目標了，不能就這麼放棄。況且，如果我就要當爸爸了——他的思緒因爲這份全新的感受而充滿暖意——成功對我來說就更重要了。我一定要讓六大公國的領土完好無缺，不讓海盜侵犯海岸，好讓這孩子繼承。

我該怎麼做？

就按你的計畫進行。我的父親、我的妻子，還有我的孩子；這是我賦予你的重責大任。他的語氣突然間充滿了不確定。

我會盡力而爲，我告訴他，深恐對他做出更多承諾。

我對你有信心。他稍作停頓。你感覺到了嗎？

什麼？

另一個人試著闖進來偷聽我們技傳，就是蓋倫那群奸詐惡毒的間諜之一。

我想這不可能吧！

蓋倫找到了方法，並且培育他這群狠毒的學徒這麼做。現在停止和我技傳。

這感覺有點熟悉，類似他上次爲了保存黠謀的精力而切斷我們的技傳，但卻強硬多了。惟眞那股外流的波濤把這人推開來，我想自己也感受到他費了很大的力氣。於是我們的精技接觸就這麼中斷了。他來得急去得也快。我在彼此的接觸後試驗性地暗中探索，卻一無所獲。他表示有人偷聽我們交談，這可讓我膽顫心驚，但我內心卻交織著恐懼和勝利的感覺，只因我剛才技傳了。我們被監視，但我已不需他人幫助即可自行技傳！但他們偷聽到了多少？我從桌邊拉出椅子，坐下來咀嚼內心澎湃的思潮。技傳其實不難，雖然我不知是如何開始的，但總之這很容易。我感覺自己像個玩拼圖盒子的孩子，卻怎麼也想不起來每個步驟的順序，也因此想立刻再試一次，但堅持不受誘惑，因爲我還得執行更重要的任務。

我跳起來衝出書房，差點就被擇固絆倒。他雙腿外開靠牆坐在地上，看起來像喝醉了；其實不然，我知道他是被惟眞推倒成半昏迷狀態。我低頭瞪著他，知道自己應該殺了他，我老早替瓦樂斯準備好的毒藥還在我袖口的小袋子裡，我可以強迫他吞下去，但那不是用來導致快速死亡的毒藥。他似乎猜到了我的想法，就從我身邊爬開，跌跌撞撞地沿著牆離去。

我又凝視了他好一會兒，努力地冷靜思考。我承諾切德在行動之前先和他商量，惟眞也沒要我找到間諜後就要殺了他。頓時我想到他應該交代我這麼做，只因我無法做決定；而放過擇固一馬對我來說可是最困難的事情之一。當我在走廊上跨出六步之後，忽然聽到他大喊，「我知道你做了些什麼！」

我轉身面對他。「你在說什麼？」我低聲問道。我的心劇烈地跳動著，我希望他能讓我殺了他，但也因自己的極度渴望而毛骨悚然。

他臉色發白卻不退縮，讓我想起一個虛張聲勢的孩子。「你自以爲是國王般神氣地走著，非但瞧不起我，還在我的背後冷嘲熱諷，別以爲我不知道！」他扶著牆壁站起來，卻還是站不穩。「但你可沒那麼了不起。你只技傳了一次就自認是大師，不過你的技傳就像你的狗把戲一般拙劣！別以爲你可以一直昂首闊步。總有一天你會被打倒，而且就快了！」

我心中的狼吵著要我立即報復，但我控制住不發脾氣。「擇固，你敢偷聽我和惟眞王子技傳？我想你沒這勇氣。」

「你知道我敢，小雜種。我根本不怕你，所以也不用閃躲你。我就是敢，小雜種！比你想像中的還敢。」他站立的樣子顯示出他愈來愈大膽。

「我猜如果是不忠和叛變，你恐怕就不敢了。喔，你這宣誓效忠的精技小組成員，你可告訴我，惟眞王子的死訊不都公諸於世了嗎？你卻監視我和他技傳，難道你一點兒也不覺得驚訝？」

擇固站在那裡，可眞是嚇呆了，過了一會兒又大膽開口。「想說什麼就說吧，小雜種。如果我們否認，就沒人會相信你。」

「至少懂得該沉默的時候不要開口。」端寧說道。她像一艘揚帆航行的船似的走在走廊上。我沒讓路，迫使她和我擦肩而過，接著她就像撿起掉在地上的籃子般抓住擇固的手。

「沉默是另一種形式的說謊，端寧。」她讓擇固轉過身子，然後帶著他漸行漸遠。「妳知道惟眞國王還活著！」我在他們身後吼叫。「難道妳認爲他不會回來了嗎？妳以爲永遠不須解釋自己的謊言嗎？」

他們經過轉角之後就消失了，留下我獨自大發雷霆，我同時詛咒自己竟如此大聲喊出這個機密。不過，這件事情確實迫使我激發內心的衝勁。我離開惟眞的書房，在城堡中暗自尋覓。廚房裡的人都在忙，廚娘也沒時間招呼我，只問我有沒有聽說一條大蛇躺在大壁爐前面，我就說那條蛇一定是爲了避寒才爬進柴火堆裡；接著我拿了一根木柴進來，表示這股暖氣應該能讓牠恢復生機。廚娘只是搖搖頭說她可從沒這麼聽說，還表示這是厄運的預兆。她又對我重複了井邊痲臉人的故事，但這次的劇情是痲臉人喝了水桶裡的水，而當他放下水桶時，水就像血一般從他布滿斑點的臉上流下來。她吩咐廚房的侍童從洗衣井裡打水來烹調所有的餐點，因爲她可不想看見有人死在她的餐桌上。

我帶著那令人愉快的評註離開廚房，手上滿是順手牽羊而來的甜蛋糕。走沒多久就看到一位侍童站在我面前。「您是蜚滋駿騎，駿騎的兒子嗎？」他謹愼地稱呼我。

由他寬闊的頰骨看來，他可能是從畢恩斯來的，然後我就在他滿是補綴的衣服上找到了代表畢恩斯的黃花。以他的身高來說，這是一位異常削瘦的小伙子。於是，我嚴肅地點點頭。

「大人，畢恩斯的普隆第公爵希望您能盡快和他會面。」他小心翼翼地說出每一個字，我不禁懷疑他是個新手。

「那就是現在了。」

「那麼，我可以帶您去見他嗎？」

「我知道怎麼走。這些東西給你，我不該把這些拿上去的。」我把甜蛋糕交給他，只見他一臉狐疑地接過去。

「我該幫您留著嗎，大人？」他認眞地問道。這個男孩如此寶貝食物，眞讓我感到難過。

「或許你可以幫我吃掉，而且如果你覺得好吃的話，不妨到廚房告訴我們的廚娘莎拉你是多麼欣賞她的手藝。」

無論廚房裡有多忙碌，一位瘦小子的讚美必能爲他贏得至少一碗燉肉。

「是的，大人！」我的指令可讓他容光煥發，接著他匆忙跑開，嘴裡已經含著半塊蛋糕。

次等客房在大廳的另一側，對面國王的房間。我猜因爲這些房間的窗戶面山而非面海，採光欠佳，所以才稱爲次等客房。但次等客房的大小和氣派卻無異於任何一間豪華客房。

我記得之前曾經走訪的一間次等客房，可裝潢得相當體面。畢恩斯的侍衛讓我進起居室，裡面只有三把椅子和房間中央一張搖晃的桌子。妡念挺正式地招呼我，然後就通知普隆第公爵我來了。曾掛滿牆上讓滿室生輝的織錦掛毯和吊飾早已不存在了，整個房間就像地牢一樣，僅有溫暖的爐火燃燒著。我站在房間中央直到普隆第公爵從臥房走出來招呼我。他請我坐下，然後我們就尷尬地拉了兩張椅子到壁爐邊。桌上原本應該要有麵包、糕點，以及茶具和泡茶的藥草，還有一瓶瓶的好酒迎接公鹿堡的貴賓才對，但此刻桌面卻空空如也，著實令我感到難堪。妡念獵鷹般地徘徊在我們身後，我不禁納悶婕敏到哪兒去了。

我們彼此交換了些無關緊要的幽默小語，接著普隆第如同跳進積雪的馬匹般直接切入話題。「我明白黠謀國王病了，病情嚴重到無法接見任何公爵，帝尊當然也忙著為明天作準備。」這嘲諷猶如厚厚的一層奶油般沉重。「所以，我希望能晉見珂翠肯王后。」他若有所思地宣布。「你也知道，她曾慷慨解囊助我度過難關。但她的仕女們卻把我擋在房門外，說她玉體違和所以不接見訪客。我聽說她懷孕了，還因騎馬到瑞本而流產，目前正處於哀悼時期。是真的嗎？」

我吸了一口氣，絞盡腦汁思考該如何回答。「國王正如您所言病得不輕，所以我想您只能在典禮上看到他。王后也不太舒服，但我相信如果有人告訴她您親自來到她的房門口，她一定會接見您的。而且她並沒有流產。她為了保衛潔宜灣而騎馬前去禦敵，如同她送您珍貴的蛋白石籌措經費般，因為她深恐自己若不立刻行動，就無人會伸出援手。況且，她這一趟到潔宜灣對她的胎兒並未造成威脅，而是她前幾天在烽火台的樓梯上跌倒了，還好這意外只是虛驚一場。儘管王后傷得不輕，還是保住了胎兒，並沒有流產。」

「我明白了。」他靠在椅背上思索片刻，我們之間的沉默似乎生了根似的，我愈等就愈覺得時間漫長。最後，他終於把身子往前傾，並且示意我照著做。當我們的頭靠得很近時，他平靜地問道，「蜚滋駿騎，你有任何的雄心壯志嗎？」

這就是了。黠謀國王多年前就預知了，切德最近也做了相同的表示。普隆第見我沒立即回覆，於是繼續說下去，每個字聽起來都像他精雕細琢的石子，磨好了之後才交給我。「瞻遠家族的繼承人是個尚未出世的胎兒，一旦帝尊自封為王儲，難道你不認為他會盡快篡奪王位？我們可不希望如此。這些話雖然出自我的口中，不過這也是瑞本和修克斯公爵們的意思。黠謀已年老體衰，不過是個有名無實的元首，而我們也想像得到帝尊會成為什麼樣的國王。我們為何要苦等惟真的孩子成年，同時放任帝尊胡作非為？我不認為孩子能順利出世，更別提當上國王了。」他稍作停頓清了清喉嚨，然後誠懇地注視我。姤念站在門邊看守不讓別人聽見我們交談，而我繼續保持沉默。

「你是我們認識的人，而我們也認識你的父親。你和他非常神似，名字也相去不遠，如同許多曾戴過王冠的人一樣，你有資格稱呼自己為皇族。」他又停頓下來等待。

我仍保持沉默，並告訴自己這不是個誘惑。我只會聽他說完，如此而已，即使他還沒建議我背叛國王。

他絞盡腦汁斟酌字句，然後抬頭看著我的雙眼。「時局艱困。」

「確實如此。」我平靜地贊同。

他低頭注視他的雙手。那是一雙粗糙的手，一位飽經風霜的人的雙手。他的襯衫很乾淨也縫補過，卻不是特別為這個場合所縫製的新衣。公鹿堡或許時局艱困，但畢恩斯的情況更糟。接著，他平靜地說道。「如果你想反抗帝尊，宣稱你自己是王儲，那麼畢恩斯、瑞本和修克斯都會支持你，我相信珂翠肯王后也會支持你，公鹿公國亦將起而效尤。」他再度抬頭看著我。「我們談得夠多了。我們相信對於惟真的孩子來說，由你攝政總比讓帝尊攝政安全多了。」

所以，他們早就將黠謀排除在外了。「為什麼不是珂翠肯？」我謹慎地問道。

他凝視著爐火。「她如此真誠地表現出自我，讓我很難說出這原因。但不管怎麼說，她總是個外國人，在某些方面來說也未經考驗。這不表示我們對她存疑，其實我們一點兒也不懷疑她，更不會忽略她。她是王后，而且永遠都是，而她的孩子也將在她之後掌權，但這段期間裡，我們同時需要王儲和王后。」

我的腦中醞釀著一個問題。一位邪魔希望我問，「那如果我在孩子成年時不肯讓出權位，又該如何？」他們得問問自己，找出一個達成共識的答案好回覆我。有好一段時間我坐著不動並保持沉默，幾乎感受得到這個可能性彷彿漩渦般繞著我打轉。難道，這就是弄臣總是嘀咕的事情嗎？這就是他所說的霧氣瀰漫的交叉路口，而我總是站在中央？「催化劑。」我靜靜地自嘲。

「你說什麼？」普隆第更接近我。

「駿騎，」我開口了。「如您所言，我幾乎擁有和他相同的名字，畢恩斯公爵。您是一位意志堅定的人，我也知道您冒著風險告訴我這些，而我亦將同樣對您坦承，我的確有雄心壯志，但我不希望取得王位。」我吸了一口氣凝視爐火，首次認眞思考一旦黠謀和珂翠肯忽然消失，會對畢恩斯、瑞本和修克斯造成什麼樣的影響。沿海大公國會像一艘無舵且甲板遭浪潮沖打的船。普隆第清楚表示他們將不會跟隨帝尊，但我此刻無法再多說什麼，因爲若是我悄悄告訴他惟眞還活著，無異要求他們明天就起而推翻帝尊，剝奪他自封王儲的機會。警告他們黠謀和珂翠肯將雙雙消失可讓他們安心，但這會讓太多人在事情眞正發生時反而不感驚訝。或許，等他們安全抵達群山王國之後，沿海大公國將獲悉所有的眞相，但可能要等上幾週。我試著思考此刻還能對他說什麼、要如何讓他放心，還有該給他什麼希望。

「男子漢知其所重，我和您同道。」我謹愼地說道，深恐自己的言談聽起來像叛變。「我效忠黠謀國王，同時也效忠珂翠肯王后和她腹中的繼承人。我能預見我們未來要面對的黑暗日子，沿海大公國也必須團結起來對抗劫匪。我們沒有時間擔心帝尊王子在內陸做什麼。就讓他去商業灘吧！我們在這裡過生活，所以一定要在此勇敢作戰。」

我的這番話帶給我一股全新感受。如同脫下斗篷或破繭而出的昆蟲般，我感覺自己挺身而出。帝尊把我留在公鹿堡，他以爲他把我遺棄在艱困的險境裡，和我最關心的一群人留守此地。那麼，就隨他去吧！當國王和珂翠肯王后安全地藏身群山之後，我就再也不怕帝尊了。莫莉因我而遠去，但博瑞屈曾經怎麼說？他說我或許看不到她，她卻可能看到我。那麼，就讓她看吧！讓她瞧瞧我展開行動，盡一己之力扭轉大局。耐辛和蕾細留在這裡讓我照顧，總強過成爲帝尊的內陸人質。此刻，我的心猛烈地跳動。難道我能將公鹿堡據爲己有，然後等待惟眞回來嗎？誰會跟隨我？博瑞屈即將遠離，我無法藉助他的影響力。那麼就只剩下極力鞏固公鹿堡、防止這冰冷的石城崩塌的公鹿堡士兵了。有些人看著我長大，另一些人和我同時學習劍術。我認識珂翠肯的侍衛，身穿黠謀國王侍衛制服的老兵也認識我，而我早在成爲黠謀國王的吾王子民之前就是他們的一分子，但他們會記得嗎？

儘管爐火非常溫暖，我依舊不寒而慄，如果我是一匹狼的話，恐怕早就汗毛直豎了。此刻我心中卻忽然靈光一閃。「我不是國王，也不是王子，只是一名私生子，卻是深愛公鹿公國的私生子。我不想和帝尊正面衝突，更不想引發流血事件。我們不能浪費時間了，況且我也不想殺害六大公國的同胞。就讓帝尊逃到內陸，等他和他那群跟屁蟲全走了之後，我就是您的人馬，我所能召集的公鹿公國人民亦然。」

話一出口就形同做出承諾。叛變和賣國賊，我腦海裡小小的聲音如此說著，但我心裡知道我做得很對。切德或許不這麼認爲，但我當時覺得若要宣誓自己效忠黠謀、惟眞和珂翠肯的孩子，唯一的方法就是忠於不跟隨帝尊的人。不過，我還是得確定他們清楚瞭解我的這份忠誠，於是望著普隆第疲憊的雙眼繼續說道。「這就是我的目標，畢恩斯的普隆第公爵。我坦承將不會支持其他人，也希望看到團結的六大公國，以及不受劫匪侵擾的海岸，讓珂翠肯和惟眞的孩子戴上皇冠，而我必須聽您表示您也抱持相同的信念。」

「我發誓我的信念與你一致，蜚滋駿騎，駿騎的兒子。」我震驚不已的讓這位飽經戰火的長者握住我的雙手放在他的額頭上，這是表達忠誠的古老方式，我也只能努力不把手縮回來。效忠惟眞，我告訴自己，我是如此開始，也將始終如一。

「我將告訴其他人，」普隆第平靜地繼續。「我會告訴他們這是你所希望的。事實上我們也不想引發流血事件，如你所言，就讓帝尊這小狗崽子挾著尾巴逃到內陸去吧，這裡可是狼群奮勇作戰之處。」

他的遣詞用字可眞令我頭皮發麻。

「我們會出席他的繼任典禮，甚至站在他面前再度宣誓效忠瞻遠家族中的國王，但他可不是國王，也永遠別想當上國王。我明白他在典禮結束當天就會動身前往內陸，那我們就讓他走吧！即使依照傳統，新任王儲理應站在他的公爵面前聽取他們的建言。我們可能必須在此多留一兩天，至少帝尊走了之後，公鹿堡就是你的了，而我們在離開之前得確認此事。還有許多事情等著我們討論，像是該如何配置我們的戰艦。對了，船塢裡應該還有其他未完工的戰艦吧？」

我迅速點點頭，普隆第於是露出了滿意的狡黠笑容。「我們將看著它們啓航，你和我。大家都知道帝尊把公鹿堡的補給品劫掠一空，而我們得設法在你們的倉庫裡重新補充貨源。公鹿公國的農夫和牧人必須瞭解他們得尋找更多糧食，也得交出他們囤積的存糧，好讓士兵們有足夠的體力防衛海岸。這對我們來說會是個難捱的冬季，但是精瘦的狼戰鬥力可是最強的，就像他們說的。」

我們是很精瘦，我的兄弟。喔，我們的確很精瘦。

一股恐怖的不祥預感自我體內升起，眞想知道自己到底做了些什麼。我得設法在珂翠肯離開之前讓她放心，告訴她我並沒有和她對立，然後我必須盡快和惟眞技傳，但他能明白嗎？他一定會的，他當然會瞭解我的用意。黠謀國王呢？很久很久以前，當他第一次收買了我的忠誠時，曾對我說，「如果任何人，無論男女，想藉由賜予你更多的東西好讓你和我對立，就來告訴我他們要給你什麼，我會給你一樣多的東西。」您會將公鹿堡交到我手中嗎，老國王？我不禁納悶。

我發覺普隆第沉默了下來。「不要害怕，蜚滋駿騎。」他平靜地說道。「不要懷疑我們所做的事情的正確性，否則我們就等於沒做。如果你不伸出手接收公鹿堡，其他人就會接手。我們無法讓公鹿公國沒有人來統治，所以就和我們一起為你自己感到高興吧！我們可不會跟隨帝尊，就讓他逃回內陸躲在他母親的床底下。我們必須自立自強，所有的預兆和跡象都為我們指出那個方向。他們說痲臉人在公鹿堡的井邊喝血，還有一條大蛇蜷縮在大廳的壁爐前並大膽地攻擊一個孩子。而我自己在騎馬南下前來這裡的途中，看到一隻年幼的老鷹遭一群烏鴉圍攻。正當我在想牠一定會衝進海裡閃躲牠們時，牠卻在半空中轉身咬住一隻從上方攻擊牠的烏鴉，緊咬之後就把那隻血淋淋的烏鴉丟進海裡，其他的烏鴉就振翅一邊嘎嘎叫一邊逃離。這些都是徵兆，蜚滋駿騎，如果我們忽略它們，可就真的是傻瓜了。」

姑且不論我對這些徵兆的懷疑，我還是打了個寒顫，手臂上的汗毛也因此而豎了起來。普隆第別過頭去瞥著房間的內門，我順著他的視線望過去，看到婕敏站在那裡，一頭深色短髮襯托出充滿自信的臉龐，藍色的雙眼也炯炯有神。「女兒，妳的抉擇相當正確，」這位長者告訴她。「我一度還懷疑妳到底看上文書的哪一點，或許我現在看出來了。」

他點頭示意讓她進房，她就在一陣沙沙作響的裙襬聲中走了過來，站在她父親的身邊勇敢地看著我。我頭一次瞥見這位害羞的孩子隱藏在內心裡那股鋼鐵般的意志，這真令人膽怯。

「我要求你等待，而你也做到了，」普隆第公爵對我說。「從這件事情可以看出你是個值得尊敬的人。今天我把我的忠誠交給了你，不知你是否也願意接受我的女兒，讓她成為你的妻子？」

我可真是踉蹌地步入這窘境。我看著婕敏的雙眼，她可一點兒也不遲疑。如果我從未認識莫莉，就會覺得她真是位美女。但是，當我注視她的時候，心中卻毫無這份感受。我心裡早已容不下其他的女子，更別提在此艱困的時期了。我轉頭看著她的父親，決定堅決地說出自己的立場。

「您賜予我的榮耀遠超過我應得的，大人。但是，普隆第公爵，正如您剛才所言，目前時局艱困，也充滿了不確定性。您的女兒和您在一起安全無虞，但在我這裡，她只會面對更多不確定性。我們今天在此討論的事情，對某些人而言形同叛變，因此我不會讓別人說我迎娶您的女兒好將您綁住，以便嘗試一個值得懷疑的努力，也絕不讓別人認爲您是因此才將女兒許配給我。」我強迫自己轉頭注視婕敏的雙眼。「身爲普隆第的女兒，比成爲蜚滋駿騎的妻子安全。在我的地位還不確定之前，我不會用任何方式對任何人許諾。然而我非常重視妳，婕敏女士。我不是公爵，甚至也非爵士，如同我的名字般，我不過是一位王子的非婚生子。在我脫離這個身分之前，將不會娶妻，也不會和任何女士交往。」

婕敏顯然很不高興，但她的父親卻緩緩點頭同意我的說法。「我瞭解你話裡的智慧，而我的女兒恐怕只看到了事情被耽擱。」他看到婕敏板著一張臉，就開心地笑了。「總有一天她會明白，試圖保護她的人正是關心她的人。」他像看著一匹馬似地端詳著我。「我相信，」他平靜地說道，「公鹿公國將重新站起來，惟眞的孩子也將繼任爲王。」

我向他告辭，腦海中仍縈繞著那些話，我一次又一次地告訴自己並沒做錯什麼事情。如果我不挺身站出來接收公鹿堡，別人就會捷足先登。

「什麼？」幾個小時之後，切德生氣地問我。

我坐著低頭注視自己的腿。「我不知道，無論是不是我，他們一定都會找到一個人，那個人很可能會在王儲繼任典禮上引發流血事件，阻撓我們讓珂翠肯和黠謀脫離這一團混亂。」

「如果沿海的公爵們像你所報告的那樣瀕臨叛變邊緣，或許我們應該重新思考那個計畫。」

我打了一個噴嚏，我用了太多的苦樹皮，讓整個房間到現在都還聞得到那個味道。「普隆第並不是跟我談論叛變的事，而是他要效忠一位眞誠且合法的國王，這也是令我產生共鳴的精神。我不想推翻國王，切德，我只是想確保合法的繼承人取得王位。」

「那個我知道，」他簡短說道。「否則我會直接告知黠謀國王這個……瘋狂計畫。我不知道該怎麼稱呼它，這不怎麼算是叛變，不過……」

「我可不是國王的叛徒。」我有點憤怒地說道。

「不是？那麼我問你，如果我們盡了一切努力，卻讓黠謀、珂翠肯和她腹中的胎兒都喪生，而惟眞也沒回來，又將如何？你到時候還會急切地把王位交給合法的國王嗎？」

「帝尊？」

「依照繼位的順序，是的。」

「他不是國王，切德，他是個自我沉溺的王子，永遠都是。而我和他一樣都有瞻遠家族的血統。」

「你到時候也可以這麼說珂翠肯的孩子。你可看到當我們將自己置於應有的地位之上，將是多麼危險的一條路？你和我都宣誓效忠瞻遠家族，而我們不過是隨機發生的意外罷了。我們不僅效忠黠謀國王，也不只是效忠一位明智的國王，還要維護瞻遠家族的合法君主，即便那個人是帝尊。」

「你會爲帝尊效勞？」

「我看過許多愚蠢的王子在年歲漸長時變得睿智，而你打的如意算盤只會引發內戰。法洛和提爾司——」

「沒興趣參與任何戰事。他們會對我們說恭喜恭喜，然後就讓沿海大公國自生自滅，帝尊不總是這麼說。」

「他可能認為自己相信這點。但是，當他發現再也買不到上好的絲綢，繽城的好酒也不再如他所願流經公鹿河好讓他品嚐時，他就會再想想。他需要他的港口城市，也將為了它們而回來。」

「所以我們該怎麼辦？我該怎麼做？」

切德在我對面坐了下來，緊握放在骨瘦如柴雙膝間布滿斑點的雙手。「我不知道。普隆第確實很著急，如果你斷然拒絕並責備他叛變，我想……我不敢說他會殺了你，不過別忘了當女傑形成對他的威脅時，他的處理方式可眞是當機立斷，而這對於一位老刺客來說實在擔待不起。我們需要一位國王。」

「沒錯。」

「你可以和惟眞再度技傳嗎？」

「我害怕嘗試。我不知道如何抵擋擇固和端寧，或是欲意。」我嘆了口氣。「不過，我會試試看，況且如果他們偷聽我們之間的技傳，惟眞一定能察覺。」我突然想起另一件事。「切德，當你明晚帶著珂翠肯逃離此地時，一定要找機會告訴她發生了什麼事，並且讓她相信我的忠誠。」

「哦，當她逃回群山時，那些將是讓她安心的訊息。不過，不能在明晚。我會在她的處境安全之後再把話傳給她，你也必須試著和惟眞連繫看看，但小心有人偷聽你們技傳。你確定他們還不知道我們的計畫？」

我只得搖搖頭。「但我相信這計畫目前為止還挺安全的。我在一開始和惟眞技傳時就告訴他了，直到結束時他才說有人試著監聽我們。」

「或許你應該殺了擇固。」切德自顧自地抱怨，然後就因為我盛怒的表情笑了出來。「不，不，冷靜下來，我不會因為你的自制而責備你。你對普隆第所說的計畫可得謹愼，一旦消息走漏，帝尊就有足夠的理由扭斷你的脖子。若是他沉不住氣而且魯莽行動，更會嘗試吊死他的公爵們。噢，不，我們就別再想了！公鹿堡的廳堂在那之前就會被鮮血染紅。如果你當時設法在他提出要求前轉移話題就沒事了，除非如你所言，他們可能另有人選。噢，好了，我們不能把老年人的頭擺在年輕人的肩上。不幸的是，帝尊卻可以輕易地把你那顆年輕的頭從你年輕的肩上移除。」他蹲下來再添一塊柴火，吸了一口氣之後嘆了出來。「你都準備好了嗎？」他突然問道。

我可眞是滿心歡喜地轉移話題。「我盡力而為。博瑞屈會準時在赤楊樹林那兒等候，就在狗狐狸從前的窩那兒。」

切德眼睛溜溜轉著。「我要怎麼找到那個地方？問從身邊經過的狗狐狸嗎？」

我不經意地微笑。「很接近了。你會在公鹿堡何處出現？」

他固執地沉默片刻，這隻老狐狸依然痛恨洩露底細。最後，他終於開口，「我們會從稻穀棚裡走出來，從馬廄數過來的第三個棚子。」

我緩緩點頭。「有匹灰狼會在那裡與你會合，然後帶你不經由城門走出公鹿堡的城牆。」

切德有好一會兒只是注視我，而我也等著他露出譴責或厭惡，甚至好奇的表情。不過，這位老刺客確實經驗老到，早已學會隱藏自己的感受。他終於開口說道，「如果我們不知善加利用手邊的武器，那可眞是傻瓜了。牠會對我們……造成危險嗎？」

「牠的性情和我一樣。你不用披著驅狼草或餵牠羊肉，牠就會讓你通過。」我和切德同樣熟悉這古老的傳說。「你一出現，牠就會出來幫你帶路，帶領你通過城牆走到赤楊林，博瑞屈會備好馬匹在那兒與你會合。」

「會走很久嗎？」

我知道他掛慮國王。「不會花太久的時間，但也不是一下子就能到得了，而且積雪很深，路面也崎幅不平。要從城牆的洞裡爬出去可不容易，但這也不是不可能。我可以讓博瑞屈在城牆內等你，但我不希望引起別人注意。或許弄臣能幫你？」

「事情到了這步田地，看來他非得如此不可。我不想再讓其他人參與這個計謀，只因我們的處境似乎愈來愈難以防守。」

我低頭表示贊同，他說的可是眞的。「那你呢？」我進一步問道。

「我會盡力趕在時限之前完成任務。弄臣可幫了我很大的忙，他已經神不知鬼不覺地爲國王張羅好衣物和盤纏。黠謀勉爲其難同意我們的計畫，雖然明知這是個絕佳妙計，但每個細節都還是令他感到焦躁，畢竟帝尊是他的兒子，蜚滋，而且是他最寵愛的幼子。即使他感受到帝尊的殘酷無情，卻依然很難說出王子對他的生命安全造成威脅。你看看他的處境：承認帝尊造反等同承認他錯看了自己的兒子。逃離公鹿堡就更糟糕了，因爲這不但證實帝尊確實造反，還顯示了這開溜之計是他唯一的選擇。國王從來就不是個膽小鬼，如今讓他逃離原本最應該忠於他的人，簡直讓他痛苦不堪，但是他非這麼做不可。至於我是如何說服他的？我承認自己大多表示如果缺乏他的認可，珂翠肯的孩子就很難繼任王位。」切德嘆了口氣。「我盡全力準備就緒，也備妥了藥劑，而且全都打包好了。」

「弄臣明白他不能和國王同行嗎？」

切德揉揉額頭。「他想再過幾天後出發跟上國王。我很難勸阻他，頂多讓他分頭出發。」

「那麼，我就得設法清空國王的房間，不留任何人證，好讓你迅速而神祕地帶走國王。」

「噢，是的，」切德陰鬱地說道。「除了眞正的行動之外，一切都準備就緒。」

我們一同凝視爐火。

29 俘虜

黠謀國王執政的末期，沿海和內陸大公國之間所爆發的衝突並非新興的分裂事件，而是舊有歧見再度引起的糾紛。四個沿海大公國畢恩斯、公鹿、瑞本和修克斯早在六大公國組成之前就已經是個王國，當恰斯國統一戰爭的策略使得威德國王確信征服它們並無利可圖時，他就把野心轉向內陸。他所領導的嚴明部隊很快就攻下游牧部落散布的法洛地區，而人口更多且較爲安居的提爾司，在它昔日的國王發現領土遭包圍、商業路線也被斷絕了之後，也不情願地投降。

有一整個世代的時間，古老的王國提爾司和日後的法洛皆被視爲被征服的領土，他們豐裕的穀倉、果樹園和畜群因沿海大公國的利益而遭大肆利用，而威德國王的孫女嫝凱王后早就明智地看出來這將在內陸地區醞釀不滿情緒，所以極度包容且睿智地將法洛人民的部落長老，和提爾司前任王室的地位提升爲貴族，並運用婚姻和土地授予促成沿海和內陸結盟，也首次將她的王國稱爲六大公國。然而，她所有的政治手腕仍無法改變不同地區相異的地理條件和經濟利益，因爲內陸大公國的氣候、居民和生活方式實在和沿海人民大相逕庭。

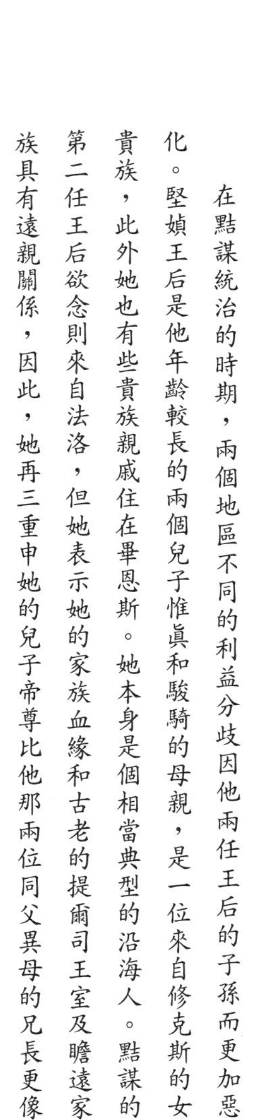
在黠謀統治的時期，兩個地區不同的利益分歧因他兩任王后的子孫而更加惡化。堅媜王后是他年齡較長的兩個兒子惟眞和駿騎的母親，是一位來自修克斯的女貴族，此外她也有些貴族親戚住在畢恩斯。她本身是個相當典型的沿海人。黠謀的第二任王后欲念則來自法洛，但她表示她的家族血緣和古老的提爾司王室及瞻遠家族具有遠親關係，因此，她再三重申她的兒子帝尊比他那兩位同父異母的兄長更像皇族，也更有資格當上國王。

王儲惟眞失蹤和死亡的謠傳，以及黠謀國王顯而易見的失能，使得沿海大公國認爲權力和頭銜將落入擁有內陸血統的帝尊王子手中。他們寧願和惟眞王子未出世的孩子結盟，只因他將是沿海人的王子，可想而知他們竭盡所能爲保障沿海的血統鞏固權力。時值沿海大公國遭受劫匪和冶煉之際，這確實是他們所能做出唯一合理的選擇。

王儲繼任典禮過於冗長。群眾老早就集合完畢，好讓帝尊正式進場，按照階級位置一路走到主位，昏昏欲睡的黠謀國王則在那兒等他，而臉色猶如細蠟燭般慘白的珂翠肯則站在黠謀的左後方。黠謀身穿毛領長袍，所有代表王權的皇家首飾妝點一身，珂翠肯則堅決抗拒帝尊的建議和慫恿，僅穿著樸素的紫色長袍，高大筆直地站著，在隆起的腹部上方繫上一條腰帶，還有一個簡單的金色飾環固定住她的一頭短髮。要不是她額旁的那圈金屬，她看起來可就像站在一旁準備服侍黠謀的僕人。我知道她仍將自己視爲犧牲獻祭而不是王后，但她卻無法理解那身僵硬的服飾讓她在宮廷中更顯得格格不入。

弄臣也在場，身穿一件磨損的黑白花斑點裝，鼠兒又出現在他的權杖頂端。他也把臉塗上黑白兩色，而我納悶這是用來掩蓋他的傷，還是僅爲了搭配他的花斑點裝。他比帝尊早出現，緩緩地漫步在走道上，顯然很享受自己一手醞釀的場面。他揮舞鼠兒權杖表達祝福之意，接著向與會者行屈膝禮後就優雅地跳到國王的腳邊。侍衛原本想攔住他，但引頸觀望且咯咯發笑的人們卻擋住了去路。當他走到主桌上坐下時，國王心不在焉地弄亂了弄臣稀疏的頭髮，看來他也很難穩穩地待在他原來的位置上。群衆因弄臣的表演或憤怒或歡樂地面面相覷，端看各自對於帝尊的效忠程度，我自己則深恐這將是弄臣的最後一場鬧劇。

城堡裡一整天的氣氛好比鍋裡的沸水般熱烈。我誤以爲畢恩斯公爵的口風很緊，沒想到我卻不斷遇到太多忽然對我點頭致意、或是鎖定我的雙眼想與我交換眼神的那些位階較低的貴族。我怕這情況無法逃過帝尊那群爪牙的監視，因此下午大部分的時間我只好待在房裡或躲在惟眞的烽火台中，徒勞無功地對他技傳。我本來希望在那兒清理自己的思緒以喚起對他的記憶，卻白忙一場，反而極力捕捉欲意在烽火台樓梯間輕微的腳步聲，或是感受擇固或端寧細微地觸及我的精技感知。

當我放棄技傳之後，就坐下來花了很長的時間認眞思索該如何把國王房裡的侍衛全都引開，這可是一道未解的謎題。我聽到外面的海浪拍打聲及風聲，而當我短暫地打開窗戶時，突然一陣強風直接把我吹到房間的另一頭去。多數人覺得這是個舉行典禮的好日子，逐漸增強的暴風雪或許能將劫匪困在他們目前的停泊處，確保我們不會受到新一波的劫掠。我望著冰冷的雨水在積雪上凍結成冰，使得道路異常滑溜，然後就想像博瑞屈將和王后以及轎子裡的國王在那樣的路況下連夜趕路。這可不是我所喜愛的任務。

人們談論到重大的跡象顯示大事即將發生。現在除了痲臉人和壁爐之蛇的故事外，廚房又增添了新

的恐慌。當天烘焙的麵包沒有發酵膨脹起來、桶子裡的牛奶也在去脂前就凝結了，這讓可憐的廚娘莎拉嚇得半死，並聲稱她的廚房裡從來沒發生過這等怪事。養豬的人甚至不讓豬隻飲用發酸的牛奶，因為他們確信牛奶已遭詛咒。製作麵包所遭遇的挫折迫使廚房的僕人們以雙倍的速度趕工，縱使他們早已因忙著餵飽所有的觀禮賓客而累壞了。我如今能擔保，只要一個不悅的廚房工作人員就能擾亂整個城堡的氣氛。

守衛室的糧食配給已經不多，燉肉也太鹹了，啤酒喝起來更沒味道。提爾司公爵抱怨他房裡的酒喝起來簡直像醋，這反而讓畢恩斯公爵對修克斯和瑞本公爵表示，即使送一點兒醋到房裡都會是挺好的待客之道。不幸的是，這些評語不知怎地傳到了急驚風師傅耳裡，使得她大聲責罵所有的宮廷內侍和僕人，指責他們沒有好好地把公鹿堡僅存的一絲歡樂氣息帶到次等客房中。一些次級的僕人也抱怨有人下令將迎賓的費用降到最低，卻找不到願意承認下達這個命令的人，甚至連傳話的人都找不到。所以，這一天終將過去，我也全然放心地把自己孤立在惟眞的烽火台裡。

但我可不敢錯過王儲繼任典禮，否則將會引起過多揣測。所以，就算我穿著令我渾身不適的衣裳，襯衫的袖子過長，綁腿也讓我的皮膚發癢，我仍得站著耐心等候帝尊進場。我並沒有把心思放在他的鋪張和典禮上，我整個腦袋裡反而不斷盤旋著自己的疑問和顧慮。我煩惱著博瑞屈是否能把馬匹和轎子偷渡出城。天已經黑了，此刻他或許已經坐在暴風雪中那片稀疏得可憐的赤楊林蔭下等候。他毫無疑問會給馬兒披上毯子，卻很難抵擋持續落下的雨雪。他告訴我煤灰和紅兒藏身的那個鐵匠舖，好讓我每週定期賄賂相關人員，順便看看牠們是否得到良好的照顧，也沒忘了要求我絕不能將此任務假手他人。王后能獨自在她的房裡休息嗎？我一次又一次地自問，到底該如何清空黠謀國王的房間，好讓切德迅速而神祕地帶走國王？

一陣喃喃的驚嘆聲把我從白日夢裡喚醒。每個人似乎都瞪著主桌看，於是我也瞥向那兒，只見一陣短暫的閃爍，不一會兒其中一根白色細蠟燭就燃燒起忽隱忽現的藍色火焰，然後另一根蠟燭也噴出一道火花，並立刻迸出藍色的火焰。接著又是一陣低語，這些難以捉摸的蠟燭卻在稍候平穩且旺盛地燃燒。珂翠肯和國王都沒注意到有什麼不對，反而是弄臣揮舞著鼠兒權仗指責這些作怪的蠟燭。

經過長久的等候，帝尊終於出現了。他一身燦爛的紅色天鵝絨和白色絲綢，一位小女僕則走在他前面揮舞著正發出檀香的吊爐。帝尊一邊微笑地走向主桌，一邊注視著大家並點頭打招呼，接著就坐上了主位，但我確定典禮並沒有依他原先的計畫般順利進行。結巴的黠謀國王一臉困惑地看著送到他手中讓他宣讀的卷軸，最後珂翠肯從他顫抖的手中把卷軸接過去。而國王就在她大聲朗誦內容時抬頭對她微笑，但這些字句一定深深刺傷了珂翠肯的心。這是黠謀國王的子嗣名單，鉅細靡遺地列出他所有的孩子，包括一位幼年逝世的女兒；依照出生和死亡的順序排列，結論皆顯示帝尊是唯一活著且合法的繼承人。當她看到惟真的名字時並沒有猶豫，反而大聲唸出關於他的簡短陳述：「在前往群山王國執行任務的途中不幸喪生」，如食材清單般的寥寥數語，完全沒提到她腹中的孩子。這未出生的胎兒是繼承人，卻非王儲，也就是說這孩子至少要等到十六歲才能取得這頭銜。

珂翠肯早先從惟真的衣櫃中取出造型簡約且鑲著藍寶石的銀色飾環，這就是王儲的皇冠，上面有純金垂飾和跳躍的公鹿造型綠寶石。她把這皇冠交給黠謀國王，他卻低著頭彷彿十分困惑地注視它，也沒把它賜給帝尊。最後帝尊就伸出手來，黠謀也讓他取走手中的皇冠，然後帝尊就把皇冠戴在自己的頭上，讓純金吊飾滑落頸部，在衆目睽睽之下宣布自己成為新的六大公國王儲。

切德的時間安排出了點兒狀況。等到公爵們走上前再度宣誓效忠瞻遠家族之後，蠟燭才當眞燃燒起藍色的火焰。帝尊試著不去理會這現象，直到衆人的談話聲幾乎淹沒提爾司公羊公爵的宣誓時，才不得不去注意。然後，帝尊轉身若無其事地捻熄惱人的燭火。我可眞佩服他這份泰然自若，尤其當第二根蠟燭緊接著燃起藍色火焰時，他仍重複之前的動作。當大門邊牆上燭台的火把突然嘶嘶地燃起一縷藍火，並淌出黑色的蠟淚，然後散發出污濁的惡臭時，我心想這惡兆也未免太誇張了些。所有的人都轉頭觀看，帝尊也在等著，但我卻看到他緊咬牙關，額側的小血管也不斷地跳動著。

我不知道他原本計畫要如何結束典禮，但他接著就突兀地爲典禮劃上句點。當他簡略比完手勢之後，忽然間就湧出一群吟遊歌者，而當他再次點頭示意之後，大門就打開了，只見一列拿著餐桌板的人走進來，後面跟著手持支架的侍童。至少他對這場宴會還挺慷慨的，精心烹調的肉類和糕點也贏得大家一致的讚賞，更沒人想抱怨看來短缺的麵包。小廳裡的餐桌和桌巾都爲貴賓布置好了，在那裡我看到珂翠肯緩慢地護送黠謀國王，後面跟著弄臣和迷迭香。而我們這群沒什麼身分地位的人，手上都有簡單卻豐盛的餐點，還有空出來跳舞的地面。我原本計畫在宴席上大快朵頤，卻不斷有人接近我攀談，不是太用力拍我肩膀的男士，就是過於蓄意接觸我眼神的女士。沿海公爵們和其他尊貴的貴族同桌，虛應故事地和帝尊共餐，以鞏固他們和他之間新建立的關係。有人告訴我三位沿海公爵都知道我參與他們的計畫，但事實證明就連位階較低的貴族也知道這件事，眞令我感到膽怯。婕敏雖然沒有公開宣稱我是她的男伴，卻像獵犬般靜靜地跟隨我，讓我心中不禁產生一股緊繃的自覺。我無法轉身，不過還是察覺到她離我僅有六步之遙。很明顯地，她希望我和她交談，但我可不相信自己能說出什麼得體的話來。當一位修克斯的次等貴族不經意地問我是否會派駐任何戰艦至南方的僞灣時，我幾乎要崩潰了。

我的心一沉，頓時明白了自己的錯誤。他們沒有一個人恐懼帝尊，也看不到任何危險。他們眼中的帝尊不過是一位被寵壞的花花公子，只想穿上華服、戴上飾環，還有爲自己贏得一個頭銜。他們相信在他離開之後就能忽略他。但我更明白事實的眞相。

我知道帝尊的本事，無論是爭權奪利或突發奇想，或只是因爲自己可以逍遙法外，他一向爲達目的不擇手段。他將離開公鹿堡，也不想要這塊土地，但他如果認爲我想接管的話，就會盡其所能阻止我。我原本應該像野狗般被丟在這裡，忍受飢荒或遭受劫掠，而非在他所留下的這片廢墟中攀登權力高峰。如果我不小心謹愼點，他們就會殺了我。或更糟的是，帝尊或許也會視情況而想出更殘忍的計謀。

我嘗試偷偷溜出去兩次，兩次都被想和我單獨談話的人給攔下來。最後我不得不謊稱頭疼，公開宣稱自己要就寢了；而在我告退之前，可有至少一打的人祝我有個愉快的夜晚。就在我自認已脫離人群時，婕敏羞怯地觸摸我的手祝我晚安，我從她沮喪的聲音得知自己傷了她的心，而我想這比當晚的任何一件事更令我窘迫不安。我感謝她的關懷，接著做出了那晚最怯懦的舉動，就是大膽親吻她的指尖。她眼中再度浮現的光彩讓我感到一陣羞愧，於是我趕緊逃到樓梯間。當我爬上樓梯時，不禁納悶惟眞或我的父親是否也遇過相同的狀況。倘若我曾思考或夢想擺脫私生子的身分成爲一位眞正的王子，我當晚就放棄了這個夢想，因爲這是個過度公開的職位。我的心一沉，然後就明白這將會是我在惟眞回來前的生活。權力的幻影此刻仍緊抓住我不放，太多人也會因此目眩神迷。

我走回自己的房間如釋重負地換上實用的衣服，在拉著襯衫時感覺到那一小包爲瓦樂斯準備的毒藥仍縫在袖口上，於是苦澀地想著這或許能帶給我好運。當我離開房間的時候，做出了當晚最愚蠢的一件事，那就是上樓進莫莉的房間。僕人的廳堂空空如也，只有兩根火光微弱的火把朦朧地映照著整個走廊。我叩了門卻沒有回應，就試著輕輕鬆開門閂，但門沒鎖，我伸手一推門就打開了。

眼前一片黑暗空虛，小小的壁爐中也沒有爐火。我找了一小段蠟燭到外頭用火把點燃，然後回到她房裡把門關上。我站在那兒，荒涼的景象終於成眞，這眞的太像莫莉的作風了。空蕩蕩的床和乾淨的壁爐，還有一小堆替下一位房客準備好的柴火，可見她不想讓這房間留下任何關於她的痕跡。沒有緞帶和

細蠟燭，甚至也沒有半點兒蛛絲馬跡顯示一名女子曾在此度過僕人的生涯。水槽邊的大口水壺為了防塵而倒放著。我坐在她的椅子上，在冰冷的壁爐前打開她的衣櫥瞧瞧。感覺上，這些不是她的椅子、壁爐或衣櫥，只不過是她在這兒短期停留時所觸碰過的物品罷了。

莫莉走了。

她不會再回來了。

我拒絕想她好穩住自己，但這空蕩蕩的房間猛然掀起那蒙蔽我雙眼的屏障。我洞察著自己，對自己所見感到厭惡，也希望收回我留在婕敏指尖的吻。這是安慰一位自尊受損的女孩？還是我討好她和她父親的誘餌？我不想知道這到底是什麼，只因我都無法為了兩者自圓其說。如果我相信自己已將心中所有的愛都許諾給莫莉，那麼這兩個舉動都是不對的。光是親吻婕敏的指尖就讓我符合了她的每一項指控，瞻遠家族對我來說確實總是比她重要。我曾以婚姻為餌讓莫莉失去自尊和對我的信任。她藉著離開我來傷害我，但她卻無法擺脫我讓她喪失自信的所作所為。這個念頭將永遠跟隨著她，讓她相信一位自私扯謊且沒膽為了她而奮鬥的小伙子耍了她。

孤寂哀傷能激發勇氣嗎？或者只會引發魯莽的行動和自我毀滅？我冒冒失失地下樓直接進入國王的房裡。房門外牆上燭台的火把都在燃燒，惱人的藍色火光可眞令從旁經過的我心煩。太誇張了些，切德。我懷疑他是否把城堡裡所有的蠟燭和火把都點燃了。我推開垂掛的簾子進房，裡面沒有半個人，起居室、甚至國王的臥房都空空如也。這房間看起來空蕩乏味，所有的好東西都被帶走運往上游，讓我想起平庸客棧的客房。剩下來的東西一點兒偷竊價值也沒有，否則帝尊就會派人守衛。此情此景，讓我莫名其妙地想起莫莉的房間。國王房裡還留著一些東西，像是床單、衣物，還有一些其他的東西，但已非國王的房間。我走到一張桌子前面站好，這正巧是我年幼時站的地方。每當黠謀國王吃早餐的時候，我都會站在這裡接受他的機智問答，讓他看看我是否有學好每週的課業，也在言談中不時提到我是他的從屬，而他是我的國王。如今那個人已經消失了，不在這個房間了。他曾是一位行動力很強的人，房裡滿是凌亂的物品、樹一般高的皮靴堆、出鞘的刀和散落一地的卷軸，如今卻被焚燒藥草的香爐和裝過藥茶黏乎乎的茶杯所取代。黠謀國王老早就離開了這房間，而今晚我將帶走的是一位生病的老人。

我一聽到腳步聲便詛咒自己的大意，於是躲在簾子後頭靜止不動。我聽到起居室傳來一陣喃喃低語，是瓦樂斯的聲音，嘲諷似的回覆則來自弄臣。我從藏身處鬼鬼祟祟地溜到臥房去，透過臨時搭起的簾子窺探。珂翠肯坐在國王身旁的躺椅上和他輕聲交談。她看起來滿臉疲憊，眼睛四周布滿了黑眼圈，卻仍對國王微笑。我也因他喃喃回答珂翠肯的問題而感到欣喜。瓦樂斯蹲在壁爐前過度關切地添加柴火，而迷迭香在壁爐的另一頭倒成一團，身上的新衣也鼓了起來。當我看著她昏昏欲睡地打呵欠，鼓起肥幫子嘆了一口氣，不禁對她產生無限憐憫。冗長的典禮也讓我和她一樣累壞了。弄臣站在國王的椅子後面，突然間轉過頭來直直瞪著我，似乎簾子根本無法擋住我。除此之外，我沒看到其他人在房裡。

弄臣忽然轉身面對瓦樂斯。「是啊，吹吧，瓦樂斯大人，狠狠地吹吧！搞不好我們根本不需要生爐火，你那溫暖的呼吸就夠驅走房裡的寒氣了。」

蹲下來的瓦樂斯沒有起身，卻回頭瞪著弄臣。「去生點木頭給我，行嗎？這兒的木頭燒不起來。爐火是點燃了，但無法讓木頭燃燒，況且我需要熱水幫國王泡安睡茶。」

「我去生木頭給你？木頭？我去生？我又不是木頭，叫我去哪生？好個瓦樂斯，就算你把我丟進爐裡又哈又吹的，我也燒不起來。侍衛！喔，侍衛！如果你們願意的話，就把木頭拿進來吧！」弄臣雀躍地從國王身後跳到門邊，誇張地把簾子當成真正的門，最後終於把頭伸出去大聲呼喚侍衛，過了一會兒又把頭縮回來，垂頭喪氣地回到房裡。「沒有侍衛，也沒有柴火。可憐的瓦樂斯。」他一臉嚴肅地端詳瓦樂斯，只見他伏在地上憤怒地撥弄爐火。「或許你該轉身讓臀部面對壁爐，然後朝爐火放個屁，或許火焰就會爲你舞個痛快。從嘴巴到屁股都能弄出一陣風來，眞是了不起呀，瓦樂斯。」

房裡一根正在燃燒的蠟燭忽然閃爍藍色火光，就連弄臣也被這嘶聲嚇壞了，瓦樂斯同時笨重地移動步伐。我不認爲他是個迷信的人，但他眼中短暫浮現的驚恐充分顯示他多麼不喜歡這個預兆。「火就是生不起來。」他對大家宣布，隨後彷彿領悟到這句話裡的意義而停了下來，臉上一副目瞪口呆的神情。

「我們被施巫術了。」弄臣仁慈地說道。壁爐邊的小迷迭香下巴擱在膝蓋上頭，睜大眼睛望著四周，臉上的睡意一掃而空。

「爲什麼沒有侍衛？」瓦樂斯憤怒地問道，並大步走到門邊看向走廊。「火焰都變藍了，全都變藍了！」他氣喘吁吁慌亂地四處張望。「迷迭香，快去找侍衛並帶著木頭來，他們說過會立刻跟上我們的。」

迷迭香搖搖頭拒絕移動，然後緊緊抱住雙膝。

「侍衛會跟上我們？木頭也會跟上我們？我們讓木頭跟上了？這可煩了！木頭侍衛燒得起來嗎？」

「別嘮叨了！」瓦樂斯斥責弄臣。「去把侍衛跟木頭找來。」

「把侍衛木頭找來？他一開始把我當成木頭，現在我又變成他的小狗。噢！去把木頭找來；你說的是木棍吧？木棍在哪裡？」弄臣開始像一隻小狗般吠著，嘻皮笑臉地在房裡假裝尋找丟出來的木棍。

「去把侍衛找過來！」瓦樂斯只是咆哮。

王后語氣堅定地開口。「弄臣，瓦樂斯，夠了。你們的胡鬧可讓我們累壞了，還有瓦樂斯，你可嚇壞了迷迭香。如果你那麼想找侍衛來，就自己去吧，我可要靜一靜。我累了，待會兒就要休息。」

「吾后，今晚就是有些不對勁，」瓦樂斯很堅持，並且謹愼地看了看自己的四周。「偶爾出現的預兆對我來說不算什麼，最近卻層出不窮，我們最好別忽視。我會找侍衛來，既然弄臣沒有勇氣——」

「他吵吵鬧鬧喊著要侍衛來，幫他鎮壓不著火的木頭，而我，我卻是沒膽的那個人？噢，竟然是我！」

「弄臣，安靜，請安靜！」王后的請求聽來十分誠懇。「瓦樂斯你出去吧，用不著帶侍衛過來，倒是帶些別的木柴回來。國王只想休息，可禁不起這樣的嘈雜。現在就去，去吧！」

瓦樂斯在門邊徘徊，就是不敢獨自走在藍色火焰照耀的走廊上。

弄臣朝他傻笑。「我應該牽你的手，陪你走過去嗎，勇敢的瓦樂斯？」

這句話終於讓他踏出房門。等他的腳步聲漸行漸遠之後，弄臣再度朝我的藏身處看過來，很明顯他要我出來。「吾后。」我輕聲說道。她看到我出現在房裡，只是迅速地倒抽了一口氣，這可是她被我嚇到的唯一跡象。「如果您想休息，弄臣和我會安頓國王就寢。我知道您很累了，也想在今晚早點兒休息。」只見壁爐邊的迷迭香睜大眼睛看著我。

「或許我真該去休息了。」珂翠肯說道，異常敏捷地起身。「過來吧，迷迭香。晚安，國王陛下。」她迅速離開房間，迷迭香也趕緊小跑步跟在後面，還不時回頭瞥著我們。當她們走出房門之後，我就走到國王身邊。「國王陛下，時候到了。」我溫和地告訴他。「我會在這裡看守，好讓您離開。您需要帶什麼特別的東西嗎？」

他嚥下口水，然後專注地凝視我。「不，不需要了，這裡可沒什麼我的東西，沒東西可留，也沒東西能留住我。」他閉上眼睛之後輕聲說道。「我改變主意了，蜚滋。我想我今晚應該留下來，然後死在自己的床上。」

弄臣和我瞬間都呆住了。

「噢，不！」過了一會兒弄臣輕聲喊了出來，我接著說，「國王陛下，您只是累了。」

「而且我只會變得更疲憊。」他的眼神分外清醒。曾與我一同技傳的年輕國王，此刻從衰弱的病體中看著我。「我的身子不行了，我的兒子也成了一個狡猾的人。帝尊知道他哥哥還活著，也知道自己不該戴上皇冠。我不認爲他會……我想他到最後還會再好好地考慮清楚……」淚水從他那蒼老的雙眼流了下來。我原本想從不肖的王子手中救出國王，但也早該想到我無法將一位父親從兒子的背叛中拯救出來。他對我伸出了一隻手，昔日持劍的那隻粗壯的手如今卻成了枯黃的爪子。「我要向惟眞告別。我應該讓他知道我並不默許這一切發生，讓我至少對效忠我的兒子保持忠誠。」他指了指他腳邊。「過來吧，蜚滋，帶我去找他。」

我沒有拒絕這道指令，毫不遲疑地跪在他面前。弄臣站在他身後，臉上的淚水在他塗滿黑白顏色的臉上留下一道道灰色的痕跡。「不，」他急忙地輕聲說道。「國王陛下，起來吧，讓我們現在就離開，您到了那兒再想也不遲，不必急著現在就爲此下決定。」

點謀沒有理會他。我感覺點謀把手放在我的肩上，我也爲他開啓自己的力量，對於自己能靠意志力學會這本領，不禁感到一股憂傷的驚訝。我們一同跌入精技的黑河中，並轉身迎接那股激流，同時我也等待他指引方向，但他卻忽然擁抱我。我的孫子，我的骨肉，我用自己的方式愛你。

國王陛下。

我的年輕刺客。我到底把你塑造成什麼樣子？我到底是怎麼揉捏自己的血肉？你根本不知道自己還很年輕。駿騎的兒子，再度頂天立地可一點兒也不遲。抬起頭來看清這一切背後的眞相。

我窮盡一生成爲他希望我成爲的人。而今這些話語卻讓我滿懷困惑，以及來不及做答的疑問，因爲我感覺到他的精力正在逐漸消退。

惟眞，我輕聲提醒他。

我感覺他伸出意識探尋，我也幫他穩住意識。我感覺到惟眞拂過我心頭，接著國王忽然消失了，我盲目地摸索著他，彷彿潛入深海拯救溺水的人般。我緊握住他的意識，卻像捕風捉影似的不牢靠，只見他像個男孩般在我懷裡驚恐地掙扎，不知道在害怕什麼。

接著，他就駕崩了。

就像一個破了的氣泡。我回想起當我把那位斷了氣的小女孩抱在懷裡時，我以為自己瞥見了生命的脆弱，但此時此刻才眞正明白了生命的無常。原本還在這裡，然後就消失了。就算熄滅的蠟燭仍留有一縷細煙，但我的國王卻徹底的走了。

但我可不是孤伶伶地一個人。

我想每一個孩子都曾在樹林裡將鳥的屍體翻過來，然後驚訝地發現貼在地上的一側早已布滿忙碌的蛆群，而死狗身上的跳蚤和虱子也是最豐厚的。端寧和擇固如同遺棄魚屍的水蛭般試著纏住我，而我就在這裡感受到他們逐漸增強的力量和國王緩慢的衰竭。迷霧蒙蔽了他的心智，讓他的人生充滿疲乏。他們的師傅蓋倫以惟眞為目標，但他失去殺死惟眞的機會，自己也因此喪生。他們到底纏了國王多久，到底從他身上汲取了多少精技能量，我永遠無法得知，而他們應該也知道他透過我和惟眞技傳的所有內容。太多事情一時之間都明朗了，但也太遲了。他們不斷靠近我，我卻不知該如何躲開他們。我感覺他們此刻正盯住我不放，不斷攻擊我，努力汲取我的力量，如果沒有外力攔阻，不一會兒他們就可以把我給殺了。

惟眞，我喊了出來，但早已過於虛弱，怎麼樣也接觸不到他。

放開他，你們這群無賴！一陣熟悉的咆哮，接著夜眼透過我抗斥他們。我覺得這招不會奏效，但如

同往常一般，牠透過精技所開啓的通道強行運用原智這武器對付他們。原智和精技完全是兩回事，彼此的差異可不等同於閱讀和歌唱，或是游泳和騎馬的差別。然而，當他們用精技連結上我的同時，必將無力抵抗這另類的魔法。我感覺他們從我的身上被擊退，但他們倆同時抵抗夜眼的攻擊力，牠不太可能打倒他們倆。

起身快跑！躲開那些你無法對抗的人！

我發現這眞是個明智的建議。我驚恐地回到自己的軀體中，猛然豎起心中的防衛阻絕他們的精技碰觸。當我回過神後便睜開眼睛，躺在國王書房的地板上喘氣，卻瞥見弄臣倒在國王身上大聲哭嚎。我感覺一絲毛骨悚然的精技感知摸索著我，於是就縮回心靈深處，慌張地依照惟眞教我的方法屛障自己，卻仍感覺他們的存在，手指彷彿鬼魂般正拉扯我的衣服，幾乎要撕破我的皮膚，使我滿懷嫌惡的反感。

「你殺了他！你殺了他！你殺了國王陛下，你這卑劣的叛徒！」弄臣朝我尖叫。

「不！不是我！」我幾乎無法喊出這些話。

我驚恐地發現瓦樂斯站在門邊，因眼前的景象而瞪大了眼睛，接著他抬頭震驚地大喊，手中的木柴也掉落一地，弄臣和我都轉過頭去。

只見麻臉人站在國王臥房的門邊。即使我明知他就是切德，卻仍感到一陣毛骨悚然的恐懼感。他身穿滿布泥巴和霉漬的破舊灰衣，一頭長而污穢的灰髮一撮撮地散落在臉上，而且身上也塗滿了煙灰，讓青紫色的疤痕更加明顯。他緩緩舉起手指向瓦樂斯，只見這人尖叫之後就逃到走廊上，整個城堡迴盪著他叫喊侍衛的吼聲。

「這裡是怎麼了？」切德在瓦樂斯逃走後問道。他跨了一大步走到他弟弟的身邊，用細長的手指撫摸國王的喉頭，我知道他將發現什麼，不禁痛苦地爬起來站好。

「他死了，但我沒有殺他！」我的叫聲蓋過了弄臣的哀泣聲，而精技的手指仍緊抓住我。「我要殺了殺害國王的人。把弄臣帶到安全的地方。你找到王后了沒有？」

切德睜大了雙眼瞪著我，好像從來沒見過我似的。房裡所有的蠟燭突然間都燃燒起藍色的火焰，配合此情此景眞是再貼切不過了。「帶她到安全的地方，」我對自己的主人下令。「讓弄臣跟隨她。如果他留在這裡，可保不住性命，帝尊不會放過今晚在這房裡的任何人。」

「不！我不會離開他！」弄臣睜大了空洞的雙眼，像個發瘋的玩意。

「盡可能把他帶走，切德！他的生命就全靠你了！」我抓住弄臣的肩膀用力搖晃，他那細瘦頸子上的頭也隨之前後搖擺。「跟切德走並且保持安靜。安靜下來，如果你想爲國王的死復仇，因爲這正是我要做的。」我忽然全身顫抖，整個世界都在搖晃，邊緣一片漆黑。「精靈樹皮！」我喘著氣。「我得向你要精靈樹皮，然後逃走！」我把弄臣推到切德的懷裡，而這位老人也伸出粗壯的手抓住他，感覺上彷彿眼看他走進死神的懷抱。切德推著啜泣的弄臣離開了房間，稍候當我聽到細微的石頭撞擊的摩擦聲，就知道他們走遠了。

我跪在地上卻仍搖搖欲墜，於是我伸手抓住國王的大腿，而他那逐漸冰冷的手也從椅子上滑落到我的頭頂。

「現在可不是哭泣的蠢時候。」我對著空蕩的房間大喊，卻仍無法讓他們停止。黑暗仍盤旋在我的視線邊緣，鬼魂般的精技手指依舊猛抓著我心中的牆，刮著牆上的灰泥，撫摸著每一塊石頭。我想起切德注視我的眼神，頓時納悶他是否會回來，但我仍吸了一口氣。

夜眼，帶領他們到狐狸的窩。我讓牠看到他們會出現在哪個棚子，以及他們將走向何處，我所能做的僅止於此。

我的兄弟？

帶領他們，我的摯愛！我微弱地推開牠，感覺到牠離開了，臉上卻仍傻傻地流出淚水。我伸展四肢穩住自己，把手放在國王的腰上，睜開眼睛強迫自己釐清視線。這是他的刀，並非一把鑲了珠寶的匕首，而是每個人都會繫在腰上的普通刀刃，用來做些簡單的日常活兒。我吸了一口氣然後拔刀出鞘，放在我的腿上凝視著。這是一把好刀，刀面因長年使用而變薄，刀柄上原來可能有雕飾，卻因他經常握著而顯得平滑。我用手指輕觸這把刀，也觸摸到了肉眼無法再辨識的東西，那就是浩得的標誌。武器師傅爲了國王鑄造這把刀，而他也妥善運用。

一樁往事暗自撩撥著我的心房。「我們是工具。」切德這麼告訴我。我是他爲國王鑄造的工具，而剛才國王不也看著我然後納悶，我把你塑造成什麼樣子？我無須納悶，只因我在許多方面都是國王的工具，而我剛才也如他所願最後一次爲他效勞。

有人蹲在我身旁，是切德。我緩緩轉頭注視他。「卡芮絲籽，」他告訴我。「沒時間準備精靈樹皮。來吧，我帶你去躲起來。」

「不。」我接過用蜂蜜壓縮製成的卡芮絲籽塊，一口塞進嘴裡咀嚼著，用後齒磨咬釋放出所有的汁液，然後吞下去。「走吧！」我對他說。「我有任務在身，而你也是。博瑞屈還在等，警報也快要響了。趕緊把王后帶走，你現在還有時間趕到小屋去，讓我來引開他們。」

他放開我。「再會了，小子。」他生硬地說道，然後彎腰親吻我的額頭。這就是道別，因爲他不指望看到我活下去。

我們倆都是。

他把我留在那兒，而我在聽到石頭相互碰撞的摩擦聲之前，就感受到卡芮絲籽發揮效用了。我曾在春季慶和每個人一樣嚐過它，在甜蛋糕上撒上一點點就能引起心中一陣眩目的歡愉。博瑞屈警告過我，部分不肖馬販餵馬吃淋了卡芮絲籽油的穀粒，目的是讓馬在賽跑中獲勝，或是讓病馬在拍賣會上容光煥發。他也警告我經常服用它的馬匹就算活了下來，也不再是原來的樣子了。我知道切德偶爾服用它，也見過他在藥效消退後像石頭般跌在地上，我卻仍不遲疑。或許，我短暫地承認，或許博瑞屈對我的看法沒錯，精技的狂喜，還有狩獵的狂烈激動和火熱。我是在揶揄這番自我毀滅，或者我根本渴望著它？我沒想多久，卡芮絲籽就讓我增強了十倍的力量，我的心也彷彿展翅高飛的老鷹般振奮起來，於是我跳起來走向門邊，接著又轉回身子。

我在已逝的國王面前跪下，把他的刀子舉在我的額前向他宣誓。「這把刀將爲您復仇。」我親吻他的手之後，就把他留在爐火前。

如果我覺得蠟燭上的藍色火焰令我毛骨悚然，那麼走廊上明亮閃耀的藍色火把可稱得上是驚心動魄，彷彿俯身透視平靜深沉的海。我奮力跑到走廊上自顧自地咯咯發笑，也聽到樓下一陣喧嘩，瓦樂斯的尖叫聲蓋過了其他人的聲音，他正喊著藍色火焰和麻臉人。我原本以爲時間不多，現在卻覺得時間在等我。我風一般地衝到走廊上，然後開了一扇門溜進去等待。他們許久許久之後才上樓，甚至花了更長的時間才經過我的門前。我就這麼讓他們走進國王的房裡，在聽到拉警報的叫聲之後就從藏身處跳出來飛奔下樓。

有人在我逃跑時喊了一聲，但沒有人來追我，等我到達樓梯底下才聽見我的追緝令。我不禁放聲大笑，好像他們眞能逮到我似的！公鹿堡對於在這兒長大的男孩來說，不過是一道道擁擠的迴廊和僕人的通道，我知道自己該往哪兒走，卻沒有直接往那裡去。我像隻狐狸似的奔跑，在大廳短暫現身，衝過鋪滿鵝卵石的洗衣廳，在狂亂衝進廚房時嚇壞了廚娘。然而，精技的手指一直持續不停地緊抓我，渾然不

覺我來了。我過來了，我親愛的伙伴們，我過來找你們了。在法洛出生成長的蓋倫一向痛恨大海，我想他害怕海，因此他在城堡的房間是面山的。他去世之後，我聽說這房間已經成了他的祀奉處，端寧也搬進來住，卻仍保留起居室作爲精技小組的聚會場所。我從未到過他的房間，但我知道該怎麼走，於是箭一般地飛奔上樓，接著衝到走廊上，經過一對緊緊相擁的情侶，然後在一扇布滿鐵條的門前停下來。不過，這扇厚重的門並沒有鎖好，我輕輕一推就打開了。

排成半圓形的椅子圍繞著一張高腳桌，桌子中央有根燃燒的粗蠟燭，我想是用來集中心智用的，而且只有兩張椅子有人坐。擇固和端寧肩並著肩閤掌閉眼坐著，頭部因技傳的劇痛而向後垂。卻不見欲意的蹤影。我原本希望在這裡也可以找到他。我火速看著他們的臉，只見他們汗流浹背，對於他們如此費力擊垮我的心防，我的確感到十二萬分的榮幸。他們抖動的嘴唇露出些許微笑，抗拒著精技使用者的狂喜，集中心智在他們的對象身上，卻不專注於這項追逐的喜悅，我也毫不遲疑。「嚇到了吧！」我悄聲說道，然後把端寧的頭向後猛扯，將國王的刀劃在她的脖子上。她抽動了一下，接著我讓她倒在地上，只見大量鮮血湧了出來。

擇固尖叫一聲跳起來，我也伸手抵擋他的突襲，但是他卻騙過了我。他一邊發出長而尖的叫聲，一邊逃下樓，我就拿著刀子跑到走廊上追他。他不玩什麼陰險的把戲，反而一路尖叫直接衝到大廳，而我則一邊跑一邊大笑。如今回想起來眞覺得不可思議，我無法否認自己當時確實很大膽。難道他認爲帝尊會持劍保護他？難道他覺得他們在殺了我的國王之後，這世界上還有什麼事情會擋在我和他之間？

樂師們在大廳中彈奏樂器，人們也在跳舞，但擇固一衝進門就讓這一切停了下來。我已經很靠近他了，不過幾步之遙，接著他就撞上一張滿是食物的桌子。驚訝的群眾站在一旁看我撲到他身上把他推倒，然後用刀刺了他不下六次，也沒人敢制止。當帝尊的法洛侍衛朝我這兒走來時，我把他扭曲的身體丟給他們，找到身後一張桌子跳上去，手上仍握住滴血的刀。「這是國王的刀！」我告訴他們之後就向四周的群眾展示手上的匕首。「行刺國王的罪必須以血償還，如此而已！」

「他瘋了！」有人喊了出來。「惟眞的死讓他發狂了！」

「黠謀！」我發出一聲怒吼。「黠謀國王今晚因叛變的陰謀而死！」

帝尊的內陸侍衛把我的桌子撞得搖晃起來，我沒想到他們會是這麼一大群人。我們隨著一堆食物和陶器跌在地上，群眾都嚇得驚聲尖叫，但也有不少人衝過來看，然後因恐懼而退卻。我可眞會讓浩得引以爲傲，因我用國王的腰刀對付三名持短劍的人，不但舞著跳著，還踮起腳尖旋轉。我的速度對他們來說眞的太快了，而他們在我身上留下的劍痕我也不覺得痛。我狠狠劃了其中兩個人各一刀，只因他們認爲我不敢拿刀衝過去刺他們。

人潮中的某處有人大喊著。「有人動武了！護住私生子！他們要殺了蜚滋駿騎！」一場打鬥於是展開，但我看不清楚到底有誰參與，也完全不在意，然後手中的刀就刺進了其中一名侍衛的手，他手中的刀也因此滑落。「黠謀！」有人在一陣喧囂中喊了出來。「黠謀國王遇刺！」另一場打鬥有聲有色地展開，也有愈來愈多人加入。我根本看不清每個人的臉孔，只聽到又有一張桌子砰一聲倒在地上，一聲尖叫劃過整個大廳。接著，公鹿堡侍衛衝進大廳，我從一陣喧囂中聽到凱夫的聲音。「把他們分開！冷靜下來！不要在國王的廳堂裡濺血！」我看到我的攻擊者包圍著我，也看到布雷德用驚愕的神情望著我，然後抬頭大喊出聲，「是蜚滋駿騎！他們想殺了蜚滋！」

「把他們分開！拿下他們的武器！」凱夫用劍柄撞擊帝尊一名侍衛的頭，這人就倒下來了，而他身後的公鹿堡侍衛和帝尊的貼身侍衛也三三兩兩地打了起來，一時刀光劍影亂成一團。我趁著空檔呼吸，從自己的這場打鬥中抬眼望去，的確有許多人互毆，而且不只是侍衛，就連賓客也揮舞拳頭參與鬥毆，

地牢

如果照顧獵狗的人懷疑看狗的侍童運用原智竭盡所能褻瀆和轉移獵犬的注意力，他就得留意以下這些徵兆：如果這侍童不對朋友喋喋不休的話，就要小心；如果獵犬在看到侍童之前就興奮地跳起來，或在他離開之前發出哀鳴，就要留意；如果一隻獵犬爲了發情的母狗而怠忽職守，或聽從侍童的話遠離血跡斑斑的小徑，那麼就無庸置疑了。把這侍童吊起來，盡可能吊在水面上，並且遠離馬廏，然後燒了他的屍體。把他訓練過的每一隻獵犬、還有這些遭褻瀆狗兒的幼犬都淹死，只因明瞭原智的獵犬不會懼怕或尊敬任何主人，卻一定會在原智使用者離去後變得邪惡墮落。無論獵犬有多大年紀，運用原智的侍童無法毆打不守規矩的獵犬，也不忍心看著他的原智獵犬被賣掉或用來當成熊的誘餌，還會將他主人的獵犬據爲己有，對主人絕不會有眞正的忠誠，只對他的原智獵犬忠心。

我醒來了。在我最近遭遇的種種殘酷命運的嘲弄之中，我認爲這次甦醒算是最殘忍的了。我躺著不動，同時將各種不適分門別類。卡芮絲籽狂潮退去後的疲乏，和我與擇固以及端寧的精技對決所帶來的虛脫巧妙結合。我的右前臂有挺嚴重的劍傷，還有我已經不記得的左大腿傷。傷口都沒有敷藥，袖子和長褲因血水乾了而黏在皮膚上。無論是誰把我打得喪失意識，一定還有其他人又多賞了我幾拳。除此之外我倒還挺好的。我多次地告訴自己忽略左腿和右手的顫抖，接著睜開眼睛。

我在一間狹小的石頭房間裡，角落有一個便盆。當我終於可以移動時，我便抬起頭來，我看到一扇門和上了鐵條的小窗戶，外面走廊上火把的光線從窗戶透進來。噢，是的，這就是地牢。當我滿足了自己的好奇心之後，就再度闔眼睡覺。從鼻子到尾巴，我安穩地在冰雪覆蓋的獸穴深處中休息，而這份安全的幻覺也就是夜眼所能給我的了。我實在虛弱極了，就連夜眼的思緒都很朦朧。安全，這是牠僅能傳達的。

我再度醒來，因爲愈來愈口渴而察覺時光飛逝。除此之外，一切都挺明顯地依然照舊。我此刻判斷出來自己正躺在石板凳上，除了我身上穿的衣服外，我和這石頭之間什麼也沒有。「喂！」我大聲叫喊。「守衛！」無人回應。每件事情似乎都有些模糊不清，後來我就不記得是自己喊了出來，或只是我振作精神想要這麼做。過了一會兒，我判斷自己已經沒力氣了，就再度入眠，我實在想不出還能做什麼事情。

耐辛爭論的聲音將我喚醒。無論她與誰起爭執，那人都不怎麼回話，態度也很強硬。「這太荒謬了。你害怕我會做什麼？」一陣沉默。「我從他還小的時候就認識他了。」又一陣沉默。「他受傷了。至少讓我看看他的傷勢，這對我會有什麼傷害嗎？你可以輕而易舉地把他整個人吊起來，就像你可以傷害他一樣，不是嗎？」又一陣沉默。

稍候我覺得自己可以移動了。我身上有一大堆我無法解釋的瘀傷和擦傷，大概是從大廳到這兒的途中弄來的。移動身子最糟糕的一點，就是在結痂傷口上的衣服會磨擦傷口，讓人疼痛不堪，但我決定忍下來。儘管房間很小，從床鋪到門口對我來說可是一段漫長的路途。當我走到門邊後，發覺自己只能從小小的鐵窗看外面，只見狹窄走廊對面的一道石牆，於是用沒受傷的左手抓住鐵條。

「耐辛？」我嘶啞地說道。

「蜚滋？喔，蜚滋，你還好嗎？」

眞是個好問題。我笑了出來，但卻成了咳嗽，咳完後嘴裡一陣血味，也不知該說什麼。我並不好，但最好別讓她太關心我，即使我現在腦筋一團亂，我也仍知道那一點。「我還好。」我終於嘶啞地說出來。

「喔，蜚滋，國王駕崩了！」她從走廊上對我喊著，顫抖的字句顯示她亟欲告訴我所有細節。「還有珂翠肯王后也失蹤了，而王儲帝尊說這都是你一手策畫的。他們說——」

「耐辛夫人，您現在就得離開。」守衛試著插嘴，但她不予理會。

「——你因爲惟眞的死而哀傷得發了狂，還殺害國王、端寧和擇固，他們也不知道你對王后做了些什麼，更沒有人能夠——」

「您不能和囚犯說話，夫人！」他堅定地說道，她卻毫不在意。

「——找到弄臣。瓦樂斯，就是他，他說看到你和弄臣在國王的屍體旁爭論，然後就看到麻臉人來帶走國王的魂魄。這人眞是瘋了！還有，帝尊也指控你運用低劣的魔法，擁有野獸的靈魂！他說那就是你殺害國王的方式。接下來——」

「夫人！您現在就得離開，否則我就得強行把您帶走。」

「那就動手吧！」耐辛斥責他。「我看你敢不敢。蕾細，這人在騷擾我。噢！你好大的膽子想碰我！我可是駿騎的王妃！蕾細，別傷害他。他只是個小伙子，雖然是個無禮的小伙子，但總是個小伙子。」

「耐辛夫人，我求求您……」守衛改變語氣。

「你要是眞想把我帶走，就得離開你的工作崗位。難道你認爲我蠢到不懂這一點嗎？那你會怎麼做？拿著你的劍攻擊兩位年長的女士？」

「切斯特！切斯特，你在哪裡？」値班的守衛吼了出來。「你眞該死，切斯特！」我聽到他用充滿挫折的聲音呼喚他正在休息的同伴，或許對方正在樓上廚房對面的守衛室喝著冷啤酒，吃著燉肉。我覺得一陣暈眩。

「切斯特？」守衛的聲音漸行漸遠。其實，他還眞傻，把耐辛夫人留在他的崗位旁，自己卻跑去找同伴。不一會兒我就聽到門外傳來她便鞋啪答啪答的輕微聲響，感覺到她的手指觸摸著我抓住鐵條的手。她的個子不夠高，看不到裡面，走廊也過於狹窄，讓她無法退後讓我看到她，但她手的撫觸可眞像陽光般令人愉快。

「注意他回來沒有，蕾細。」她下達命令，然後對我說話。「你到底覺得如何？」她低聲說話只讓我聽到。

「口渴、飢餓、寒冷、痛苦。」我實在想不出爲何要騙她。「城堡裡發生了什麼事？」

「完全亂成一團。公鹿堡的侍衛在大廳大打出手，接下來帝尊帶來的內陸人和公鹿堡侍衛也在外面發生爭執。王后的侍衛就在他們中間排成楔形隊伍，他們的長官也要他們的部隊退後排成一排。不過，情勢依然很緊張，而且不光是士兵打架，就連許多賓客都鼻青臉腫或仍跛著腳走路，好在沒有賓客受重傷。布雷德的傷勢最嚴重，他們這麼說。他爲了抵擋法洛人傷害你而受傷，肋骨斷了，眼睛又青又腫，

手臂也出了狀況，但博瑞屈說他不會有事的。雙方已經劃清了界線，公爵們走來走去像狗一般怒髮衝冠對著彼此。」

「博瑞屈？」我嘶啞地問道。

「他可沒加入打鬥，」她語氣肯定地說道。「他沒事，如果對所有的人發脾氣和表現粗魯是很得體的話，不過我想這對他來說稀鬆平常。」

我的心猛烈地跳動。博瑞屈？他為什麼還在這裡？但我不敢多問。問一個問題都嫌多了，耐辛可會因此而好奇不已。就這樣吧！「那帝尊呢？」我問道。

她嗤之以鼻。「現在眞正煩擾他的是，他再也沒有理由遺棄公鹿堡。在這之前，你知道，他聲稱他打算帶黠謀國王和珂翠肯王后到內陸避難，把城堡裡的東西掠奪一空，假託要讓他們在那兒有自己熟悉的東西。不過他現在可沒藉口了，沿海的公爵們要求他留下來防衛城堡，或者至少讓他們的人選接掌。他提議由他的表弟，也就是法洛的銘亮爵士守衛城堡，但沿海公爵們並不喜歡他。現在帝尊忽然發現自己是國王，但我想他可不像自己預期地那般享受這滋味。」

「那麼，他自封為王了？」我的耳邊轟然作響。我站著抓住鐵條，並告訴自己千萬不能暈倒。守衛快回來了，我也只能在此刻聽聽到底發生了什麼事。

「我們都忙著埋葬國王和尋找王后。當有人發現國王駕崩時，我們被派去叫醒王后，但她的房門鎖著，我們再怎麼敲門也沒有人應門，最後帝尊要他的手下再拿斧頭來把門劈開。內側的房門也鎖得好好的，但王后失蹤了，這對我們所有的人來說可眞是個天大的謎。」

「帝尊怎麼說？」我的頭腦現在可清醒了。噢，眞是痛的不得了。

「沒說什麼，他只是表示她和她的孩子一定也遭遇到不測了，而你也脫離不了關係。他提出有關野獸魔法的荒謬指控，說你運用原智殺了國王。所有的人都要求他提出證據，而他也一直表示快了，就快了。」

這麼說來，並沒有提到在大小路上尋找珂翠肯的事。我原本冒險假設他的精技間諜還沒發現我們的全盤計畫，卻也提醒自己注意，如果他派人出去搜尋，我還眞懷疑他們是否奉命將她毫髮無傷地帶回來。

「那欲意做了什麼？」我問道。

「欲意？」

「欲意，馬伕的兒子，精技小組的成員之一。」

「喔，他啊！我只記得沒看到他。」

「哦。」另一陣暈眩似將發生。我突然間失去了邏輯，也自知應該多問些問題，但想不出該問什麼。博瑞屈還在這裡，但王后和弄臣卻失蹤了。是哪裡出錯了？問耐辛可不見得安全。「有別人知道您在這裡嗎？」我還是問了。當然，如果博瑞屈知道她要來，就會託她捎來訊息。

「當然沒有！這可不是一件容易計畫的事情，蜚滋。蕾細在一位守衛的食物裡偷加催吐劑，所以只留下一名守衛在此看守，然後我們還得等待他離開。喔，蕾細替你帶了這些。她可聰明得很呢！」她把手收回去又伸過來，笨手笨腳地將一顆，接著是兩顆小蘋果從鐵窗丟進來。我沒能接住，它們就掉到地上，但我克制自己不立刻一把抓住它們的強烈慾望。

「他們是怎麼說我的？」我平靜地問道。

她沉默了一會兒。「人們大多說你發瘋了，有些人則說麻臉人對你施巫術，讓你在那天晚上把死亡帶給我們。還有些流言說你計畫領導叛變，只因爲端寧和擇固發現眞相而殺了他們。另外有一小部分的

人同意帝尊所言，說你有野獸的魔法，尤其是瓦樂斯，他就是說了這些。他宣稱國王房間裡的蠟燭在你進來之後才燃燒出藍色的火焰，還說弄臣喊著你殺了國王，但弄臣如今也失蹤了。實在有太多邪惡的徵兆，而且有許多恐懼……」她的聲音逐漸微弱。

「我沒有殺害國王，」我平靜地說道。「是擇固和端寧殺的，這就是我之所以用國王自己的刀子殺了他們的原因。」

「守衛回來了！」蕾細吼了一聲，耐辛卻不予理會。

「但是，擇固和端寧甚至還沒——」

「我沒有時間解釋，這是運用精技所造成的。不過確實是他們做的，耐辛，我發誓。」我停頓了一下。「他們計畫怎麼處置我？」

「事實上，還沒決定。」

「我們沒有時間粉飾太平了。」

我其實聽到她在哽咽。「帝尊想吊死你。要不是布雷德擋住他的侍衛，不讓他們接近你直到暴亂平息，那天晚上帝尊本來就想在大廳把你殺了。然後，沿海公爵們爲你挺身而出，像是瑞本的賢雅夫人就提醒他，瞻遠家族的人不能用劍或吊刑處死。他不想承認你有王室血統，但他否認之後卻有太多人嚷嚷。如今，他發誓他能證明你擁有原智，而運用野獸魔法的人必須遭吊刑處決。」

「耐辛夫人！您現在一定要離開，一定要！否則被處以吊刑的就會是我了！」守衛回來了，很明顯和切斯特一道，因爲我聽到不只一個人的腳步聲。他們正朝牢房走來，耐辛也趕緊放開我的手指。

「我會盡量幫你。」她輕聲說道，極力不讓自己的語氣帶著恐懼，但此刻卻在那些話中透露出來。

接著她就離開了，就在切斯特或另外那個不知名的守衛陪伴她出監牢時，她就像隻松鴉般一路不停斥責守衛。當她一離開時，我吃力地彎腰撿起地上的蘋果，雖然它們不大，也因爲冬季儲存而有些枯槁，我卻覺得好吃極了，甚至連梗都吃下去，不過蘋果中少許的汁液仍無法爲我解渴。我在石凳上坐了一會兒，然後雙手抱住頭強迫自己保持警覺。我知道自己該想什麼，卻感覺極度困難，只因我無法集中心智。我很想把襯衫從手臂上的傷口上拉開，卻強迫自己不去管它，只要傷口沒有化膿潰爛，就不用操心，因爲我可不能再流血了。我用盡所有的力氣蹣跚地走回門邊。「守衛！」我嘶啞地喊著。

他們不理我。

「我需要水，還有食物。」

你在哪裡？另一個聲音回答我的要求。你找不到我，我的朋友。你還好嗎？

還好。但是我和你失去連繫。你睡得很沉，我幾乎以爲你死了。我也幾乎認爲自己死了，在那天晚上。你帶他們找到馬匹了嗎？

是的，然後他們就走了。獸群之心告訴他們我是你馴服的一隻雜種，好像我是隻耍把戲的野狗似的。

他想保護我，並非要激怒你。爲什麼獸群之心沒和他們一道走？

我不知道。我們現在該怎麼辦？

等待。

「守衛！」我盡可能又大聲吼了一次，但卻不怎麼大聲。

「別站在門邊。」這人的聲音透過牢房的門傳進來。我把心思都放在夜眼身上，完全沒聽到他的腳步聲。我跟原來健康的我判若兩人。牢門下方的小嵌板滑動了一下。他們把一壺水和半條麵包放進來，接著小嵌板又關上了。

「謝謝你。」

沒有回應。我拿起它們仔細檢查，水的味道聞起來像擺了很久，但聞起來或嚐起來都不像被下過毒。我把麵包掰成幾個小塊，看看麵粉中的顆粒是否變色。雖然麵包不新鮮，卻也沒察覺出來有被下毒的跡象，不一會兒我就吃光了。然後我又回到我的石板凳上，試著躺出最舒服的姿勢。

牢房裡很乾燥但卻很冷，如同公鹿堡任何一間在冬季暫停使用的房間。我很清楚自己身在何處。監牢離酒窖不遠，我知道自己可以聲嘶力竭地大吼，但除了守衛之外沒有任何人會聽到。我小時候曾經到這裡來探險過，很少看到有犯人，更不用說看管犯人的守衛了。公鹿堡的執法效率讓犯人極少需要此待上幾個小時，因為犯法的人通常會被處死或獲判勞役刑。如今帝尊當上了國王，我懷疑牢房將因此經常派上用場。

我試著睡一覺，卻無法不讓自己沒有感覺。我在冰冷的硬石頭上翻身思索，嘗試說服自己如果王后已經離開，那我就贏了。畢竟，獲勝就是達到目的，不是嗎？但我卻突然想起黠謀國王是如何迅速地死去，如同破了的氣泡。我發現自己在想，如果他們吊死我，那麼生命的消失對我而言也會那麼快嗎？或者，我將掙扎懸擺好一陣子？為了讓自己不再思考這些不悅的事情，我轉而思考著惟真得花多少時間和帝尊內戰，才能讓六大公國在地圖上維持原本的樣子，而且必然是在惟真回來把紅船逐出海岸的前提之下。帝尊遺棄公鹿堡時（我相信他一定會這麼做），我懷疑到時候將由誰出來接收。耐辛剛才說他們不想讓銘亮爵士接手，而公鹿堡本身還有些位階較低的貴族，但我想沒有任何人斗膽接收公鹿堡。或許三位沿海公爵的其中一位會接收？不，他們之中的任何一位如今都已不過問他們自己國境之外的事。除非帝尊留在公鹿堡。既然王后失蹤，國王也駕崩了，他畢竟算是合法的國王。那麼，沿海大公國現在會承認帝尊是國王嗎？當惟真回來的時候，他們還會承認他是國王嗎？或者，他們將嘲笑這個離開他們進行愚蠢任務的人？

在這一成不變的地方，時間過得緩慢極了。除非我提出要求，才可能得到食物和水，有時就算問了也吃不到，所以三餐不在每日的作息之內。在清醒的時候，我就處於內心思緒和煩憂的牢獄中。我曾試圖和惟真技傳，卻導致視線黑暗和漫長劇烈的頭痛，讓我沒有力氣再試第二次。我也常感到飢餓，而這股飢餓感如同冰冷的牢房般冷酷無情。我聽見守衛兩度將耐辛打發走，也拒絕給我她帶來的食物和繃帶。我沒喚她，只希望她放棄，將她自己和我劃清界線。唯一可以讓我獲得暫時性的舒緩，便是在夢中和夜眼一同狩獵，試著運用牠的知覺探索公鹿堡所發生的一切，但牠只站在狼的立場挑自己認為重要的事情注意，而當我和牠在一起時，也就分享了牠的價值觀。狼的時間不是以日夜來劃分，只是一場接著一場的殺戮。我和牠狼吞虎嚥下肚的肉並無法維持我飢餓的身軀，但這一頓囫圇吞棗卻仍帶來滿足感。我透過牠的感知得知氣候變化，而在某一天早晨醒來的時候，就知道晴朗的冬日即將來臨，也正是劫匪來襲的大好時機。沿海的公爵們即使想留在公鹿堡，可能也無法久留。

如同要證明我的想法無誤一般，我聽到守衛崗哨傳來的談話聲和石板地上的腳步聲。我聽到帝尊憤怒的聲音和守衛安撫的招呼聲，然後他們就從走廊那頭走過來，也讓我在這牢房裡首次聽到鑰匙插進鎖孔的聲音，接著門就搖晃地被打開來了。我緩緩坐起身，看到三位公爵和一位叛國王子正盯著我看。我勉強站起來，見到他們身後一排手持長矛的士兵，似乎準備要讓一頭發狂的野獸做困獸之鬥；還有一名侍衛手持出鞘的劍站在敞開的門邊，剛好就在帝尊和我中間，可見他並沒有低估我的仇恨。

「你們看到他了，」帝尊冷酷地宣布。「他還活得好好的。我還沒處置他，但我知道自己有權這麼做。他就在我的廳堂中殺了一個人，也就是我的僕人，以及樓上一名待在自己房間的女子。單憑那些罪狀，我就有權要了他的命。」

「帝尊王儲，你指控蜚滋駿騎運用原智殺了國王，」普隆第說道，然後以他冗長的邏輯繼續補充。「我從沒聽說過會有這種可能發生，但如果這是眞的，那麼議會就能優先決定他的生死，因爲他先殺了國王。議會應該先開會決定他是否有罪，然後做出判決。」

帝尊惱怒地嘆了一口氣。「那我現在就宣布議會開始，讓我們趕緊解決這件事情。我的加冕典禮竟然因爲處決殺人犯而拖延，眞是太荒謬了。」

「大人，國王之死從不荒謬。」修克斯的歇姆西公爵平靜地指出。「我們得先爲一位國王料理後事，才能讓另一位國王登基，帝尊王儲。」

「我的父王都入土爲安了，你還有什麼好料理的？」帝尊愈來愈魯莽，他的反駁毫無一絲哀傷或敬意。

「我們要知道他的死因，還有是誰下的毒手。」畢恩斯的普隆第公爵告訴他。「你的手下瓦樂斯說蜚滋駿騎殺了國王，而您也相信他運用原智殺害國王。但是，我們許多人都認爲蜚滋駿騎只效忠他的國王，根本不會做出這種事情，而且蜚滋駿騎也說是精技使用者下的毒手。」普隆第公爵首次直接看著我，我也看著他的雙眼對他說話，好像此地只有我們倆在交談。

「擇固和端寧殺了他，」我平靜地說道。「他們變節，殺了國王。」

「安靜！」帝尊咆哮著，舉起手好像要揍我，我卻毫不退縮。

「所以我殺了他們，」我繼續說道，並且只看著普隆第。「拿著國王的刀子殺了他們。否則我爲何要選擇這樣的武器動手？」

「發了瘋的人總是會做出奇怪的事情。」瑞本的克爾伐公爵如此說道，帝尊臉色發白強忍著怒氣。我鎮靜地注視克爾伐的雙眼，記得我上次還和他在潔宜灣同桌交談。

「我沒有發瘋，」我平靜地堅持自己的立場，「我那天晚上沒有發瘋，誠如我那夜在衛灣堡的城牆外揮舞斧頭般。」

「也許正是如此，」克爾伐深思熟慮地斷言。「人們都說他作戰時會變得相當狂暴。」帝尊的眼神亮出一道光芒。「人們也說他作戰結束後滿嘴是血，成爲和他一起長大的牲畜之一。他擁有原智。」

這項評論引來一陣沉默。公爵們面面相覷，而當歐姆西公爵回頭看我的時候，眼神充滿了厭惡。最後，普隆第終於回覆帝尊，「您提出了一項很嚴重的指控，那麼您有證人嗎？」

「看到他滿嘴是血？證人可眞不少。」

普隆第搖搖頭。「任何人的臉在作戰之後都可能滿布鮮血，況且持斧頭打鬥本來就容易把臉弄髒，這點我可以作證。不，我們需要比那更有力的證據。」

「那麼，就讓我們召開會議，」帝尊不耐煩地重述。「聽聽瓦樂斯說明是誰殺害了我的父王。」三位公爵面面相覷，然後將眼神移回我這裡，一副深思熟慮的模樣。普隆第公爵現在主導大局，而我也確定他將是發言人。「帝尊王儲，讓我們開門見山地說吧！您指控蜚滋駿騎，駿騎的兒子運用原智，也就是野獸的魔法來殺害黠謀國王，這的確是一項嚴重的罪名。爲了讓我們心服口服，我們要求您證明他不僅擁有原智，並且還能運用它來傷害別人。我們全都看到黠謀國王的身上沒有傷痕，更沒有死前掙扎的痕跡。要不是您提出這項指控，我們或許會認爲他因年老重病而去世。有人甚至說您只是找藉口想除掉蜚滋駿騎。我知道您已經聽說了這些謠傳，我大聲地說出來，我們就可面對它們。」普隆第稍作停頓，似乎在和自己辯論，接著又瞥了瞥其他兩位公爵。當克爾伐和歐姆西公爵都沒有表示反對時，他就清了清喉嚨繼續。

「我們有項提議，帝尊王儲。如果能證明蜚滋駿騎不但擁有原智，還運用它來殺害國王，那麼我們就讓您按照自己的意思將他處死，然後見證您繼位爲六大公國的國王，也將進一步接受銘亮爵士代表您掌管公鹿堡，好讓您撤退到商業灘的宮廷去。」

帝尊的臉上閃爍著短暫的勝利光彩，接著一陣疑雲籠罩。「那麼如果，普隆第公爵，我的證據無法讓你們滿意呢？」

「這樣的話，蜚滋駿騎就該活下來，」普隆第平靜地裁定。「然後將公鹿堡的治理權和公鹿公國的武力，在您離開後由他來接管統治。」三位公爵都抬起頭看著帝尊的雙眼。

「這是叛變和賣國！」帝尊吼了出來。

歐姆西幾乎要伸手出劍了，而克爾伐卻滿臉脹紅不發一語，這群人之間的氣氛頓時劍拔弩張了起來。只有普隆第公爵保持不動。「大人，您還有更多指控嗎？」他平靜地問道。「讓我們再度聲明，我們將要求您證明所有的指控，而這只會讓您的加冕典禮一再拖延。」

過了一會兒，他們堅定的眼神和沉默讓帝尊只得平靜地回答，「我話說得太快了，我的公爵們。這段期間對我來說非常難熬。我忽然間喪失父親的指引，也失去了兄長，我們的王后和她腹中的孩子也雙雙失蹤……這些事情足以讓任何人不假思索的說話。我……這樣好了，我將默許你們在我面前提出的……協議，我將證明蜚滋駿騎擁有原智，否則我就放他一條生路。這樣你們滿意嗎？」

「不，帝尊王儲，」普隆第平靜地說道。「這可不是我們開出來的條件。如果獲判無罪，蜚滋駿騎將掌管公鹿堡；如果您證明他有罪，我們就接受銘亮，這才是我們開的條件。」

「那麼擇固和端寧的死又如何？他們是不可多得的僕人和精技小組成員，而我們至少可依此將他定罪，況且他也都承認了。」帝尊看著我的眼神幾乎當場殺了我，我想他一定十分後悔指控我謀殺黠謀。

如果不是因爲帝尊一直支持瓦樂斯毫無根據的指控，光靠擇固的死，他就可將我處以水淹之刑。人們都目睹了我親手殺死擇固。諷刺的是，他想用來栽贓我的罪名卻成了讓我此刻免受處刑的理由。

「您大可證明他擁有原智並且殺了您的父王，只有這兩項罪名成立，您才能將他處以吊刑。至於其他的人……他聲稱他們是謀殺國王的凶手，所以如果罪不在他，我們將接受他所殺的人罪有應得。」

「這無法接受！」帝尊啐了一口。

「大人，那些就是我們的條件。」普隆第鎮定地回答。

「如果我拒絕呢？」帝尊激動地問道。

普隆第聳聳肩。「此刻天空一片晴朗，大人。對我們這些有海岸要顧守的人來說，這正是劫匪來犯的大好時機，而我們也得各自回到自己的城堡盡全力防衛我們的沿海。不召開全體議會，您就無法被加冕爲王，也不能合法指派人選代替您接管公鹿堡。您必須在公鹿堡過冬，甚至得和我們一同對抗海盜。」

「你總是拿傳統和一些雞毛蒜皮的法律來阻撓我，強迫我如你所願同意一切。我到底是不是國王？」帝尊大刺刺地問道。

「您不是國王，」普隆第平靜卻堅定地指出。「您是王儲帝尊。在這些指控和事情解決之前，您還是得繼續等下去。」

帝尊的臉色都發黑了，可見這多麼不稱他的意。「很好，」他冷冷地說道，實在太快開口了。「我想我必須接受這項……協議。記住是你們決定這麼做，可不是我。」然後他就轉身看著我，而我當時已明白他不會信守承諾，也知道自己將葬身於此。那突然得知自己死期將至的反胃感，讓眼光四周遽縮，視野昏暗起來，使我無法站穩。我覺得好似揀回走了兩步那麼短的壽命，一陣寒冷在我體內漸漸產生。

「那麼，我們達成了協議。」普隆第公爵流暢地說道，然後將眼神移回我身上，皺了皺眉頭。我的表情一定顯現出我內心的一些感覺，只因他很快就問我，「蜚滋駿騎，這些人有好好對待你嗎？有給你東西吃嗎？」在問我的同時，他也鬆開肩上的領針。他的斗蓬看來頗為破舊，但好歹是純羊毛的，接著他把斗蓬丟給我，而它的重量也讓我承受不住地撞上牆壁。

我心懷感激地抓住這尙存他溫暖體溫的斗蓬。「水，麵包。」我簡短說道，然後低頭看著這件羊毛衣物。「謝謝您。」我更輕聲地說道。

「這可比許多人的待遇好多了！」帝尊憤怒地反駁。「時局艱困。」他心虛地補充，好像在場的人都不比他瞭解似的。

普隆第看了我半晌，我卻沒有開口。最後，他冷冷地看了帝尊一眼。「時局艱困到只能讓他睡在石板上？不能至少給他一些稻草嗎？」

帝尊回瞪他一眼，但普隆第可不畏縮。「我們需要他的罪證，王儲帝尊，這樣我們才會同意將他處死，這段期間希望您讓他活下去。」

「至少給他行軍的配糧，」克爾伐提議。「這樣就不會有人說您對他太好，況且我們也需要留個活口，讓您施以吊刑或為我們指揮公鹿公國。」

帝尊雙手交叉在胸前不發一語。我知道自己只能得到水和半條麵包，帝尊也可能試著拿走普隆第給我的斗蓬，卻不知我會為了留下它而反抗到底。帝尊揚起下巴示意守衛關上我牢房的門。在門關上的時候，我用力撲向前抓住鐵條瞪著他們的背影，想要大聲告訴他們帝尊不會讓我活下去，他會想盡辦法在這裡殺了我，但我沒有說。他們不會相信我，因為他們依然沒有眞正瞭解帝尊。如果他們和我一樣瞭解帝尊，就知道他不會履行這項協議中的任何承諾。他會殺了我。我深陷他的掌握中，無法抵抗他要結束我的生命。

我放開門然後僵硬地走回自己的石凳上，不假思索就反射性地將普隆第的斗蓬覆蓋在肩上，但身上的羊毛衣物卻再也無法讓我感到溫暖。如同漲潮衝激海邊的洞穴般，我更清楚自己的大去之期不遠。我覺得自己又要昏倒了，而我一邊排拒一邊微弱地抗斥自己思索帝尊要如何殺掉我的念頭。方法很多，而我懷疑他會設法逼我認罪，若有足夠的時間他很可能就會得逞。這想法眞令我作嘔，而我也試著將自己從崩潰邊緣拉回來，不想如此徹底地領悟自己將痛苦地死去。

我心中奇妙地靈光一閃，讓我深思後明白自己可以矇騙帝尊。我那沾滿血跡的袖口內側的小袋子裡，依然放著我老早就替瓦樂斯準備好的毒藥，如果吃下去會死得比較不慘，我當時差點就要服下它了。但是，我所調製的毒藥並不會讓人毫無痛苦地在睡夢中死去，反而會引發痙攣、充血和高燒。稍候，我想到也許帝尊的賜死方式會好一些，但心裡可一點兒也不覺得安慰。我躺在石板凳上將普隆第寬大的斗蓬緊緊裹在身上，希望他不致太想念它，因為這可能是任何人對我做的最後一件好事了。我沒有睡著，反而刻意讓自己沉浸在狼的世界裡。

我稍候從一個人類的夢境中清醒。我夢到切德責備我沒有提高警覺。我在普隆第的斗蓬內把身子縮得更小。我的牢房裡淌進火把的光點，我無法分辨現在到底是白天或是夜晚，但總覺得應該是深夜了。我試著再次入睡，切德急迫的聲音卻仍對我懇求……

我緩緩坐起身。這模糊的節奏和語調很顯然是切德發出來的，但在我起身時似乎微弱了下來。我再度躺下，音量又增強了，但還是聽不清楚他在說些什麼，於是我把耳朵貼在石板凳上。不。我緩緩起身在狹小的牢房裡走動，反覆繞著牆壁和各個角落，然後發現其中一個角落的聲音最大，但仍無法聽清楚字句。「我聽不懂你在說什麼。」我對空蕩的牢房說著。

那低沉的聲音停了下來，接著又重新開始，語調卻轉成質疑的語氣。

「我聽不懂你在說什麼！」我更大聲地說道。

切德的聲音重新響起，比剛才激動卻沒有更大聲。

「我聽不懂你在說什麼！」我慌亂地吼了出來。

牢房外一陣腳步聲。「蜚滋駿騎！」

守衛的個頭很矮小，她無法看進來。「什麼？」我疲倦地發問。

「你剛才在喊什麼？」

「什麼？哦，一場惡夢。」

腳步聲漸行漸遠。我聽到她笑著對另一位守衛說，「眞難想像對他來說什麼樣的夢會比醒來更恐怖。」她操著內陸口音。

我回到石板凳上躺下。切德的聲音消失了。我也挺贊同那位守衛的說法。我有好一陣子都不再入睡，卻納悶切德急著想告訴我什麼。我想應該是個好消息，我不想往壞處去想。我將葬身於此，至少讓我因爲幫助王后逃亡而死。我納悶她走了多遠的旅程。我想到了弄臣，不禁納悶他將如何承受艱困的冬季旅程。我不讓自己思索博瑞屈爲何沒跟隨他們，反倒想起了莫莉。

我一定是在打瞌睡，因爲我看到她了。她正辛苦地爬上坡，肩膀挑著一擔水桶，一臉蒼白而憔悴的病容。山丘上有個快要塌下來的小木屋，牆邊滿是積雪。只見她停在門口將水桶放下來，站在門外俯視海洋。她對著好天氣和讓海浪覆蓋一層白的微風皺眉頭，風就像我從前那樣揚起了她的秀髮，接著就輕拂她溫暖的頸部和下巴。她頓時睜大了雙眼，然後淚流滿面。「不！」她大聲說道。「我不要再想你了，不。」她彎腰提起沉重的水桶走進小木屋，並用力把門關上。茅草鋪蓋的屋頂一點兒也不牢固，而

我也讓逐漸增強的風勢把我吹走。

我落入一陣激流中，俯身下潛好讓它沖走我的傷痛。我想潛得更深，潛到最激烈的水流中讓它把我沖走，好讓我遠離自己和我所有微不足道的憂慮。我將手垂到更深的激流中，而它就像一條湍急的河流般猛拉住我。

如果我是你的話就會退後。

您會嗎？我讓惟眞思索我的處境片刻。

或許不會。他嚴肅地回答，挺像個嘆息，我應該猜到事情會演變到如此糟糕的地步。看來巨大的痛苦、嚴重的疾病或是極端的束縛，才能打破你的心防好讓你技傳。他停下來好一陣子，而我們也都沉默了下來，什麼都不想卻也什麼都想。所以，我的父王去世了。擇固和端寧，我早該猜到了。他的疲憊和日漸衰弱的體力；過度頻繁地耗竭體力是吾王子民的特徵。我懷疑這件事已經進行了很長一段時間，或許從蓋倫……死去之前就開始了。只有他想得到這種事，更不用說策畫如何進行了。多麼令人憎惡的精技運用！他們有監聽我們嗎？

有。我不曉得他們知道了多少。還有一個人也讓我們不安，就是欲意。

我這十分該死的傻子！看吧，蜚滋，我們早該知道了。戰艦本來都好好的，後來當他們知道你和我在做什麼時，就設法擋住我們。精技小組早在組成時就已經落入帝尊的掌握中，所以我們有的訊息才會遲來或是消失；而援軍總是來得太遲，或者根本沒有出發。他心中充滿仇恨，猶如吸飽血的壁蝨，而且他贏了。

不盡然，國王陛下。我控制住不去想珂翠肯是否已經安全踏上返回群山的路途，但腦海中卻仍一直重複地想著這件事，還有欲意、博力和愒懦。我們一定要謹慎小心。

一道溫暖的陰影浮現。我會的。但是，你知道我對你的感激有多深。或許我們付出了極高的代價，但一切都是值得的，至少對我而言是如此。

對我來說也一樣。我察覺到他的疲倦，然後覺得他快放棄了。您要放棄嗎？

還沒有。但是就像你一樣，我的前途看來不太樂觀。其他人都死了或逃走了，但我會繼續走下去。然而，我不知道自己還必須走多久，或者我到了那裡之後該怎麼做，而且我也很累了。要放棄容易多了。

我知道惟眞能輕易閱讀我的思緒，但我卻必須延伸知覺方可觸及他沒有傳達給我的訊息。我感覺到圍繞在他四周的酷寒、讓他痛苦呼吸的傷勢以及他的孤寂，還知道爲他賠上生命的人已爲了他葬身遙遠的異鄉。浩得，我自己的思緒和哀悼與他的產生共鳴，恰林，也永別了，還有另一些他不太能夠傳達的東西。這是一股蹣跚地游走邊緣的誘惑，也是一股壓力、一陣拉扯，和我從端寧與擇固身上所感受的精技拉扯類似。我試著將他推開好看得更清楚，但他制止了我。

有些危險在面對時會變得更加險惡，他警告我。這就是其中之一，但我確信這是我應該跟隨的道路，如果我要找到古靈的話。

「犯人！」

我從出神恍惚中清醒。一把鑰匙插進了我牢房的門鎖中，門一開只見一位女孩站在門邊。帝尊在她身旁，一隻手舒適地搭在她肩上。兩名身穿內陸服飾的侍衛站在他們兩側，其中一位俯身向前在我的牢房裡插上一根火把。我不經意地向後退縮，坐下來因尙未適應光線而眨眼。「是他嗎？」帝尊溫和地問那女孩，只見她恐懼地盯著我，我也回看她一眼，試著回想她爲何看起來如此眼熟。

「是的，大人，王子大人，國王，大人。就是他。我那天早上走到井邊，一定，一定要打水，否則

嬰兒會渴死，就像劫匪一定會殺了他一樣。然後，有好一陣子潔宜灣只是一片死寂，所以我才一大早到井邊，穿越霧氣匍匐前進，大人。然後這匹狼就在那裡，就在井邊，還瞪著我，而當風吹散霧氣之後，狼就消失了，變成一個人。就是那個人，大人，國王陛下。」她繼續睜大眼睛瞪著我。

現在我可想起來了。就在潔宜灣和衛灣堡之役的隔天早上，夜眼和我停下來在井邊休息。我想起牠在女孩接近時逃走，然後把我驚醒。

「妳是個勇敢的女孩。」帝尊誇讚她，然後又拍拍她的肩膀。「侍衛，帶她上樓回到廚房裡，讓她好好吃一頓，還有設法幫她找張床。不，留下火把。」他們一退出門之後，守衛就用力在他身後關上門。我聽到離去的腳步聲，門外卻仍是一片光亮。當腳步聲消失時，帝尊再度開口。

「好了，小雜種。看來這場遊戲快玩完了，我也懷疑你的擁護者一旦明白你到底是什麼，很快地他們就會遺棄你。當然還有其他證人會說出你在潔宜灣作戰時，滿地的狼腳印和敵人屍體上的咬傷到底是怎麼回事；甚至我們公鹿堡的一些侍衛要宣誓時，也必須承認當你對抗被冶煉的人之後，一些屍體就帶著咬痕和爪印。」他沉重地嘆了一口氣，卻是滿心歡喜。我聽到他將火把插進牆上燭台的聲音，接著他就走回門口。他的個頭兒不高，剛好能夠從那兒盯著我看。我孩子氣地站著，然後走到門前低頭注視他，他於是往後退了退，這可讓我覺得十分滿意。

但卻激怒了他。「你還眞容易騙，好個傻子。你兩腿夾著尾巴從群山一跛一瘸地回家，以爲惟眞對你的偏愛就能讓你苟活。你和你所有的愚蠢詭計，我都知道，全都知道了，小雜種。你和王后之間的所有閒談，在王后花園賄賂普隆第好讓他對抗我，甚至還有她離開公鹿堡的計畫。帶著保暖衣物，你告訴她，『國王會和您一起走』。」他踮起腳尖好讓我看到他的微笑。「她什麼也沒帶就走了，小雜種。沒有國王，也沒有她事先打包好的禦寒用品。」他停了一下。「就連一匹馬也沒有。」他的聲音在說出最後幾個字的時候特別柔和，彷彿他把這些話悶在心裡太久了。只見他熱切地看著我的臉。

我頓時明白自己簡直愚蠢到了極點。迷迭香，甜美又安靜的孩子，總是在角落點著頭打瞌睡。如此冰雪聰明，所以人人都信任她去做任何差事，而且如此年幼，讓大家幾乎忘了她的存在。然而，我還是早就該知道了。切德一開始教我刺客的本領時，我就和她差不多年紀。我覺得想吐，而我的表情一定也顯現出來了。我不記得在她面前說了或沒說些什麼，也不知珂翠肯對這個深色捲髮的小腦袋吐露了什麼祕密。她看到了哪些和惟眞的對談，還有哪些和耐辛的閒聊？王后和弄臣都失蹤了，那是我唯一確定的事情，但他們是否活著離開公鹿堡？帝尊露齒而笑，對他自己可滿意透了，而唯有在我們之間的鐵條門，讓我沒有毀棄對黠謀的誓言。

他微笑著離開了。

帝尊得到我擁有原智的證據，而潔宜灣的女孩就是罪證確鑿的人證。接下來，他所要做的不過是讓我承認自己殺害黠謀，而且他還有很充裕的時間那麼做。無論要花多長的時間，對他來說都不是問題。

我頹然坐倒在地上。惟眞說得沒錯，帝尊已經贏了。

31 酷刑

然而，任何事情都無法滿足這位任性公主，她仍騎著花斑點種馬狩獵。她所有的仕女都警告過她，但是她別過頭去不聽勸。所有的爵士也都警告過她，但她卻嘲笑他們的恐懼。甚至連馬廄總管也出面勸阻，告訴她，「公主殿下，這匹種馬將浴血焚燒，因爲牠是由狡詐的原智種所訓練出來的，而且只對他忠誠！」然後，任性公主怒氣沖沖地說道，「這難道不是我的馬廄和馬匹嗎？難道我不能挑選要騎哪匹馬嗎？」接著，所有的人都因爲她發脾氣而沉默了下來，於是她下令在花斑點種馬身上披上馬鞍，準備騎著牠外出狩獵。

於是他們就出發了，帶著一大群不斷吠叫的獵犬以及隨風飄揚的彩旗。然後，花斑點穩穩地載著她，快速地將她帶到前方的原野，離整個隊伍遠遠的，直到其他獵人都看不到他們爲止。稍候，當任性公主來到遙遠的山丘綠林下面時，花斑點則載著她一下往這兒走，一下往那兒走，直到她失去方向，獵犬的吠聲也成了山丘上的迴響爲止。最後，她停在一條溪流邊啜飲清涼的溪水。但是你瞧！她回來的時候，花斑點就不見了，只看到狡猾的原智種站在馬兒的位置，如同牠的原智馬兒般

全身布滿雜色斑點，然後他們就像種馬和母馬般交配，所以她在多年後歸來時就已經大腹便便了。當目睹她生下孩子的人看到這嬰兒從臉到肩膀都布滿了雜色斑點，於是眾人嚇得大叫出來。當任性公主看到他的兒子時也立刻驚聲尖叫，接著就在鮮血和恥辱中發瘋了，因爲她生下狡猾原智種的兒子。所以，花斑王子在恐懼和恥辱中誕生，而他也將這些帶到這個世界。

——「花斑王子之傳奇」

帝尊留下來的火把讓鐵條的影子舞動了起來。有好一會兒我望著這些陰影，沒有任何思緒，也沒有希望，而知道自己死期將至也令我麻木。我逐漸恢復心智，卻仍理不出頭緒。難道這就是切德一直想告訴我的嗎？她沒有騎馬；帝尊對馬的事情知道多少？他知道目的地嗎？博瑞屈如何逃過偵查？他到底逃過了嗎？我有可能在酷刑室裡遇到他嗎？帝尊認爲耐辛和逃亡計畫有關嗎？如果他認爲有的話，仍會甘願把她遺棄在這裡，或是採取更直接的報復行動？當他們來抓我的時候，我要反抗嗎？

不。我將慷慨赴死。不，我要盡可能徒手殺光他那群內陸野狗。不，我將靜靜地走出去伺機突襲帝尊，我知道他會在那兒看著我死去。那麼，我曾經答應過黠謀不會殺害他的親生骨肉的承諾呢？這不再能束縛我了，不是嗎？沒有人救得了我，那就別再想著切德是否會採取行動，或耐辛是否會想辦法。當帝尊嚴刑拷打讓我逼供之後……他會讓我活到被吊死示眾的那一刻嗎？他當然會了，爲何不好好享受那番樂趣呢？耐辛會來看著我死去嗎？我希望不會，或許蕾細會阻止她。我犧牲性命卻毫無所獲，但是我至少殺了端寧和擇固。這一切都值得嗎？我的王后逃走了嗎？還是藏身在城堡護牆中的某處？這就是切德試著告訴我的嗎？不。我的心在種種思緒間七上八下地搖擺著，彷彿一隻落入雨水桶的老鼠。我渴望和某個人交談，任何人都好，同時強迫自己冷靜理智，最後我終於想起來了。夜眼。夜眼曾說牠帶領他們和博瑞屈會合。

我的兄弟？我尋找夜眼。

我在這裡，我一直都在這裡。

告訴我那天晚上的情況。

哪天晚上？

就是你從城堡帶人們去和獸群之心會合的那個晚上。

喔。我感覺牠正在費力思索。牠用狼的方式做事，做完的事情就不需再費心，頂多計畫到下一場獵殺，幾乎不記得一個月或一年前發生的事情，除非和牠自己的生存直接相關。因此，牠記得我從哪個籠子把牠救出來，卻記不住四個晚上之前曾在哪兒打獵。牠記得些一般的事情：足跡遍布的獵兔小徑和一道沒有結冰的泉水，但永遠想不起來三天前殺了多少隻兔子。我屏住呼吸，希望牠能帶給我希望。

我帶領他們去和獸群之心會合，眞希望你當時也在場。我嘴唇上有一根用腳爪拔不下來的豪豬刺，好痛。

你是怎麼弄到的？即使身處其他混亂的事件之中，我仍忍不住微笑。牠雖然很清楚不該這麼做，卻還是無法抗拒那隻肥胖且蹣跚而行的動物。

一點兒也不好笑。

我知道。眞的，這眞的不好笑。一根有倒鉤的刺只會愈刺愈深，傷口會一路化膿潰爛，傷勢將嚴重到讓牠無法打獵。我把注意力轉移到牠的問題上，解決了牠的難題之後，牠才不會分散注意力。獸群之心會幫你把刺拔出來，如果你好好請求他的話。你可以信任他。

他在我對他說話時把我推開。但他對我說話了。

他有嗎？

牠緩慢地整理思緒。那天晚上，當我帶領他們去和他會合時，他告訴我，「把他們帶到這裡來，不要去什麼狗狐狸的地方。」

描繪一下你去的地方。

這對牠來說更困難，牠卻仍試著回想雪中空蕩蕩的路邊，除了博瑞屈騎著紅兒牽著煤灰之外。從牠的思緒中，我瞥見一位女性和無味者。牠對切德倒是記得挺清楚的，主要是因爲他在離開時丟給牠一根粗肥的牛骨。

他們有互相交談嗎？

說太多了，在我離開的時候他們還互相叫喊著。

我已經盡力了，不過牠就只能告訴我這些。單憑這些敘述，我就知道計畫在最後的緊要關頭有了重大轉變。眞是奇怪，我願意爲了珂翠肯犧牲生命，但是最後想想，卻不確定對於放棄自己的坐騎該作何感想。接著，我想到自己或許永遠無法再騎馬了，除了載我到接受吊刑的樹上的那匹馬。至少煤灰和我所關心的人一道走了，還有紅兒。爲什麼是這兩匹馬？而且只有兩匹馬？博瑞屈無法從馬廄把其他的馬弄出來嗎？所以他沒有跟著走？這根刺弄得我好痛。夜眼提醒我。痛得不能吃東西。

我希望能過去幫你，但我沒辦法。你一定要請求獸群之心幫忙。

你不能請求他嗎？他不會推開你的。

我自顧自地微笑。他推開過我一次，這就夠了；我也得到教訓。但如果你到他那兒求助，他不會抗斥你的。

你不能求他幫幫我嗎？

我不能像我們說話般對他說話，而且他離我太遠，我無法對他喊。

好吧，我會試試看。夜眼滿懷疑惑地說道。

我讓牠走了。我原本想讓牠明白我目前的狀況，卻決定不這麼做。牠將無計可施，而且這只會讓牠更悲痛。夜眼會告訴博瑞屈是我要他去的，博瑞屈也會知道我還活著；牠知道這些就夠了。

一段漫長而緩慢的時間過去了。我從各種小地方計算時間。帝尊留下來的火把熄滅了，守衛也換班了，然後有人把食物和水放進我的門裡，但我並沒有要求這些東西。我納悶這是否表示我許久未進食了。然後守衛再度換班。這是一對聒噪的守衛，一男一女，但他們只是小聲交談，而我也只能聽到喃喃的聲調。我猜測這兩個人在猥褻地調情，然後談話因某個走過來的人而中斷。

這友善的閒聊忽然停止了，變成低聲且謙恭有禮的聲調。我的腸胃冰冷地攪成一團。接著我悄悄地站起來偷偷走到門邊，透過牢房門看向守衛崗哨。

他像個影子般無聲地來到走廊上，但不是偷偷摸摸潛入，他融入四周的一切，根本不需要擔心自己看起來是否鬼鬼祟祟。這是我前所未見的精技運用。而當我看到欲意停在我的門外看著我時，我感覺自己頸背的汗毛都豎了起來。他沒有說話而我也不敢出聲，就連看著他都會讓我過度暴露自我，但我也不敢將眼神移開。精技彷彿一道充滿警覺的光環閃耀地圍繞著他，我的內心也因此而蜷縮得愈來愈緊，將所有感覺和思緒都拉回來，盡可能迅速建立心防；但不知怎地我卻也明白就算那些心防之牆也能讓他充分瞭解我的內心，我的自我防衛甚至都是讓這傢伙讀懂我的一種方式。儘管我因恐懼而口乾舌燥，卻還是想起了一個問題。他之前去了哪裡？有什麼事情會重要到讓帝尊派欲意去處理，而非把他留在此地以鞏固王位？

白船。

這個答案自我的內心深處竄起，如此深沉的連接讓我無法確定它來自何處，但我卻對此毫不質疑。我看著他，同時思索他和白船的關連。他皺一皺眉頭。我感覺彼此之間的緊張氣氛升高了，是一股要推倒我心防的精技力量。他不像端寧和擇固般亂抓一通，而比較像是一場刀劍之戰，就像一個人測試著對手的攻擊力道般。我平衡自己好抵抗他，深知如果我一動搖，稍不留神沒防護好，他就會刺穿我的心防、串起我的魂魄。他的眼睛睜得大大的，然後出乎我意料之外短暫地露出不確定的神情，但稍候就露出彷彿鯊魚吻般歡迎的微笑。

「噢，」他嘆了一口氣，看來十分高興，接著從我的門邊退後，像懶貓一般伸展四肢。「他們低估你了，但我可不會犯相同的錯誤。因爲我知道，當你的對手低估你時，你將獲得什麼樣的優勢。」他就這麼不疾不徐地走了，像微風中飄離的一縷輕煙，原本還在這裡，然後就消失了。

他離開之後，我回到石板凳上坐下來，深呼吸一口氣然後嘆了出來，藉以平靜體內的顫抖。我感覺自己已經通過一項考驗，這次至少我穩住了自己，於是靠在冰冷的石牆上再度瞥著我的門。

欲意半睜的雙眼深入我的心中。

我頓時跳了起來，腿上滿是結痂的傷口又裂了開來。我怒視著窗戶，卻看不到任何人，他已經走了。我的心跳如雷貫耳，於是強迫自己走到窄小的窗邊向外窺伺，看到門外沒有任何人。他的確已經走了，但我卻無法讓自己相信他眞的離開了。

我蹣跚地走回自己的座位再度坐了下來，將普隆第的斗蓬裹在身上，凝視窗戶同時注意是否有任何動靜，從守衛火把陰暗的光線變化，到欲意是否在我的牢房門外潛伏，卻毫無所獲。我渴望用原智和精

技向外探索，看看我是否能在那兒找到他，卻不敢這麼做，只因我無法保證當我在向外探索的同時，不讓另一個人有機可趁。

我守衛著自己的思緒，稍候就重新啓動它們。我愈努力試著讓自己鎮定，心中升起的焦慮就就愈來愈強烈。我害怕肢體上的酷刑，而當我一想到欲意若是穿透了我的心防，將會如何對付我的時候，這股發酵的恐懼就像汗水般慢慢地滴在我的肋骨上和臉龐兩側。一旦他進入我的腦海中，我就會站在所有的公爵面前解釋我是如何殺了黠謀國王。帝尊爲我創造出了比單純死去更糟糕的景況。我會以一個自稱爲膽小鬼和叛徒的身分赴死，也會在大庭廣衆面前跪在帝尊的腳邊求饒。

我想這段已經過去的時間應該是夜晚。我根本沒有入睡，只是假寐，然後便從看見窗上出現一對眼睛的夢中驚醒。我不敢尋求夜眼的慰藉，也希望牠不要嘗試將思緒傳遞給我。我從瞌睡中驚醒，認爲自己聽到了走廊上的腳步聲。我的視線迷濛，腦袋因爲警戒而發疼，肌肉也因爲緊張而糾結在一起。我待在石板凳上保存自己每一絲尚存的力氣。

門又打開了。一名守衛在我的牢房裡插上一根火把，然後小心翼翼地隨著火光走進來，另外兩名守衛也隨後跟上。「你，站起來！」手持火把的人操著法洛口音大喊。

我知道拒絕服從是毫無意義的。我站起來讓普隆第的斗蓬落在石凳上。他們的帶頭者簡略地比了一個手勢，另外兩名守衛就把我架起來，還有其他四名守衛站在我的牢房外等候。帝尊一點也不敢冒險。我不認得這些人，只見他們身穿帝尊侍衛的服飾。我從他們的面部表情獲悉他們的指令，所以我絲毫不辯解。他們把我帶到走廊上走了一小段路，經過無人的崗哨，來到另一間原是守衛室的大房間，裡頭除了一張舒適的椅子外，沒有任何家具。每座燭台都插上火把，對我畏光的雙眼來說實在過於明亮。接著，守衛讓我站在房間中央，然後要其他人靠牆排成一列。我出於習慣，不抱希望地評估自己的狀況。

我數一數總共有十四名侍衛，人數對我來說實在是太多了。通往房間的兩扇門都關著，我們也繼續等待。

我就這樣等著、站著，在明亮的房間裡被一群不友善的人包圍住，在折磨的效果上一直被人所低估。我試著平靜地站好，隱約變換自己的重心，不一會兒就累了。我驚恐地發現飢餓和欠缺活動讓我迅速衰退，而在門打開時幾乎感到一陣解脫。帝尊走了進來，身後跟著輕聲規勸他的欲意。

「……沒有必要，我只要再一個晚上左右的時間就夠了。」

「我寧願這麼做。」帝尊尖酸刻薄地說道。

欲意沉默地低頭贊同。於是帝尊坐了下來，欲意則站在他的左後方。帝尊看了我一會兒，然後不經意地靠在椅背上，他仰起頭轉向一側從鼻孔呼氣，然後舉起手朝一個人指去。「波爾特，就是你。我不要打斷他身上的任何東西，因爲當我們得到我們想要的之後，我想讓他可以再度見人，你明白的。」

波爾特微微點點頭，脫下身上的冬季斗蓬讓它落在地上，然後也脫下了襯衫，其他人則冷酷無情地注視著。我想到很久以前和切德的一場討論，然後便想起他一段小小的忠告。「你如果集中注意力在你將說出口的話，而非你不會說出口的話，就能在酷刑中支撐更久。我曾聽過有人不斷重複同樣的一句話，就這樣持續重複，即使當他們再也聽不到問題，也還是一直說。把注意力集中在你將說出口的話，你就比較不容易說出你不希望說的。」

然而，他這理論性的忠告對我來說可能不怎麼管用，因爲帝尊似乎不怎麼發問。

波爾特的個子比我高，體重也比我重，看來除了麵包和水之外，他似乎還吃了不少東西。他暖暖身並伸展四肢，彷彿我們將爲了一項冬季慶的賞金比賽摔角似的。我站著注視他，他也用那皮笑肉不笑的神情看著我。他手上戴了一副無指的皮手套，原來他早已有備而來。接下來，他向帝尊鞠躬，帝尊也點點頭。

現在是什麼情況？

安靜！我要夜眼安靜，但是當波爾特滿懷決心走向我的時候，我感覺上唇一陣咆哮般的抽動。我躲過他的第一拳，然後上前擊出一拳，等他再度揮拳時又退回來。絕望反而讓我更敏捷。我不指望有保衛自己的機會，我一直以為時候到了會是自己被五花大綁接受拷打。當然，時間多得很，帝尊有很充裕的時間折磨我，就不要想那個了。我從來不擅長這樣的打鬥，但也不去想這個了。波爾特的拳頭掠過我的臉頰，要留意。我引誘他舒展身子並出招，但此時卻被精技裹住。我在欲意的突襲中搖搖晃晃，波爾特就輕而易舉地揍了我三拳，分別落在下巴、胸膛和臉頰上方，迅速且力道十足。這樣的身手顯示此人是位老手，而他臉上也浮現出樂在其中的微笑。

接下來是一段永無止盡的拷打，我無法同時躲開欲意和波爾特。我試圖推論，但一個人在這種情況下的思考不知是否可稱為推論；我的身體有抵抗生理痛苦的防禦機制，我會昏過去或送命，而死亡或許是我在此唯一勝出的希望。所以，我選擇防衛我的心智而非我的身體。

我轉移注意力不去想那頓拳打腳踢。我象徵性的防衛著，讓自己遠離他的拳頭，強迫他追逐我，雙眼注視著他盡可能抵擋他的攻擊，並且不影響到我抵擋欲意精技壓力的警戒。我聽到守衛嘲弄我那想像中的無精打采，只因我很少反擊。當他一拳讓我搖搖晃晃地退到圍著我們的士兵那兒時，他們就又推又踢的把我擠回波爾特那裡。

我無法集中思緒在戰術上。當我搖晃的時候，就搖晃得很猛烈，而我少數幾次揮出的拳力，也小的可憐。我渴望解放自己，釋放我的憤怒並撲到波爾特身上使勁搥打他，不過如此一來就會鬆懈對欲意的防衛。不，我必須保持冷靜忍下來。當欲意加強對我施壓時，波爾特就能好整以暇地攻擊我。最後，我

只剩下兩種選擇：我可以用手擋住我的頭或身體，但他總是會把攻擊轉向另一個罩門。恐怖的是，我知道這人沒有施展全力，他出手只爲了讓我感覺痛苦或造成皮肉傷。但當我把手放下來的時候，卻和欲意凝視的眼神碰個正著，看著他滿臉是汗給我帶來了片刻的滿足，波爾特卻在此時用力揍了我的鼻子。

布雷德曾經對我描述他在打鬥中聽見自己鼻子被打斷的聲音，眞是個難以置信的感覺。一陣令人作嘔的聲音配上極端的痛苦，強烈得讓我只能感受到這份苦楚，然後就暈了過去。

我不知道自己暈了多久。我在意識的邊緣顫抖，並在那兒徘徊。這時，有人把我的身子翻過來讓我背部貼地仰躺著。不管這人是誰，他檢查完我的傷勢後就站了起來。「鼻子被打斷了。」他宣布。

「波爾特，我叫你不要打斷任何東西！」帝尊憤怒地對他抗議。「我必須讓他看起來毫髮無傷。給我一些酒。」他暴躁地悄悄對另一個人下令道。

「這不是問題，帝尊國王。」有人對他保證。那人在我面前彎下身子，狠狠抓住我的鼻樑將它拉直。那個殘酷的舉動比打斷鼻子還傷人，我也再度喪失意識，苟延殘喘地聽著他們談論我的聲音；過了一會兒這些聲音變成我聽得懂的話語，而我稍候才瞭解他們談了些什麼。

帝尊的聲音。「所以說他可以做到這樣？那他爲什麼還不行動？」

「我只知道端寧和擇固告訴我的，陛下。」欲意的語氣充滿疲憊。「他們宣稱他因技傳而疲乏，擇固就趁機強行進入他心中，然後這小雜種……就用某種方式反擊，而擇固表示他相信自己遭到一匹大狼攻擊，端寧也說她確實在擇固身上看到爪痕，但這些痕跡卻立刻消失了。」

我聽到帝尊坐回椅子上的木頭嘎吱聲。「那麼，就讓他表現表現吧！我希望親眼目睹這原智。」他稍作暫停。「還是你的能力不夠強大？或許擇固才是我的儲備人選。」

「我的能力比擇固強大多了，國王陛下。」欲意平靜地聲稱。「但是蜚滋知道我的意圖，而他當初並沒有料到擇固會攻擊他。」接著，他更輕聲地補充，「他的力量比我想像中要強大多了。」

「那你就動手啊！」帝尊憎惡地下令。

所以，帝尊想看看原智？我吸了一口氣，匯聚殘留體內的精力，試著將自己的憤怒集中在帝尊身上，想用力抗斥他讓他整個人穿透牆壁，但卻無法這麼做，只因我渾身痛苦，根本無法集中心智。我自己的心防打敗了我。只見帝尊突然跳起來，然後更靠近地注視著我。

「他還是清醒的。」他說道，然後又慢吞吞地舉起手指。「維第，你來處理他，但是小心他的鼻子，也別傷到他的臉，身體其他部分倒挺容易遮蓋。」

維第不一會兒就把我拖起來站好以便再一次擊倒我。我比他先對那重複的攻擊程序感到疲憊，而地板對我的傷害也不亞於他的拳頭。我似乎無法站穩，也無法舉起手來防護自己。我又退回自己的心中，愈縮愈小，然後在那兒擠成一團，直到純粹的肢體痛苦迫使我再度警覺和掙扎。但快地，我就會又暈了過去。我開始注意到另一件事情，那就是帝尊的樂趣。他不想綁住我藉以造成我的痛苦，而且眼睜睜地看我掙扎、嘗試反擊而後失敗。他也看著他的侍衛們，毫無疑問在注意誰將眼光從這項運動中移開，同時利用我來衡量他們。我強迫自己不在意他從我的痛苦中獲取樂趣，而我眞正關切的是維持豎起的心防，以及不讓欲意竄進我的腦海中，那才是我必須打贏的戰爭。

當我第四度醒來的時候，發現自己躺在牢房的地板上，感覺到嚴重的鼻塞，而且是氣喘的聲音將我喚醒，這就是我呼吸的聲音。我就這樣躺在他們把我丟下來的地方，稍候才舉起手將凳子上普隆第的斗篷拉下來，有一部分就落在我身上，於是我又躺了一會兒。帝尊的侍衛們果然聽話，他們眞的沒打斷我身上的任何東西。雖然我全身疼痛，卻沒有半根骨頭斷裂。他們帶給我的只是痛苦，並不能讓我失去生命。

我緩慢地爬到我的水邊。我無法算計自己得費多大的痛苦才能舉起水壺喝水。我原本嘗試防護自己的抵擋動作反而讓雙手腫脹疼疼，只得白費力氣地試著不讓水壺的壺口撞到嘴巴。最後，我終於喝到水了，這不僅讓我重獲體力，也讓自己更清楚察覺每一處傷痛。我的半條麵包也還在。我抓住它剩餘部分的末端將它浸泡在剩下的水中，然後吸吮著因浸泡而變軟的麵包，嚐起來就像血一般。波爾特最初的那幾拳把我的牙齒打鬆，嘴巴也破皮了。但我注意到鼻子其實才是陣痛的來源，也無法讓自己伸手觸摸它。吃東西一點兒樂趣也沒有，不過是解除了一部分伴隨痛苦而來的飢餓。

過了一會兒我坐起來，將斗蓬裹在身上思索自己知道了些什麼。帝尊會一直讓我遭受皮肉之苦，直到我運用原智攻擊好讓他的侍衛們見證，或瓦解我的心防好讓欲意侵入我的心中，並且驅使我招供。我納悶哪一種方式會讓他獲勝，而我也不懷疑他將獲勝，只因我唯有一死方可步出這牢籠。還是有選擇的。我可以讓他們在我運用原智或對欲意放棄心防前把我打死，或者服下我爲瓦樂斯準備的毒藥，如此一來我必死無疑，加上我目前虛弱的狀態，我可能會比爲瓦樂斯計畫的時間還早中毒，但會很痛苦，十分悲慘地痛苦。

一種痛苦似乎和另一種痛苦同樣劇烈。我費勁地捲起右手沾滿血跡的袖子，縫住暗袋的線輕輕一拉就會斷，但乾掉的血把開口黏起來了。我小心翼翼地撥開它，一定不能讓裡面的粉末灑出來，而且要等到他們給我更多的水之後才能服用，否則我只會因粉末的苦澀而作嘔反胃。我持續撥著線，直到聽見走廊傳來聲音。

他們這麼快就回來找我似乎不太對勁。我聆聽著，這不是帝尊，但無論是誰，一定和我脫離不了關係。這是很濃重的聲音，一陣低沉顫抖的漫談，守衛以不友善的語氣簡略回應。接著是另一個居中協調的聲音，然後那低沉的說話聲又開始了，而且愈來愈大聲，語氣中有明顯的火藥味，突然間變成了吼

叫。

「你死定了，蜚滋！在水面上被吊死，然後你的屍體會被燒的一乾二淨！」是博瑞屈的聲音，怪異地混合憤怒、威脅和痛苦。

「把他趕出去。」一名守衛直接了當地大喊出來，她很顯然是內陸人。

「我會的，我會的。」我認得那聲音，是布雷德。「他只是喝太多了，如此而已。他一向都有這個問題，而牢裡那小子有好幾年都是他的馬廄學徒。每個人都說他應該早就要知道那小子的狀況，又說或許他根本就知道卻不做任何處置。」

「是……的。」博瑞屈憤怒地贊同。「害我現在也失業了，小雜種！我再也不會有公鹿的繡飾了！唉呀，去埃爾的，這根本沒什麼大不了。馬兒都不見了，都是我所訓練過最該死的好馬，卻全給送到內陸去了，給一群傻子看管！狗不見了，老鷹也不見了！只剩下沒用的動物和幾頭騾子，這裡沒有一匹馬是我的！」他的聲音愈來愈接近這裡，語氣充滿狂怒。

我掙扎地爬到門邊，抓住鐵條往外看，卻看不到守衛崗哨，只有他們在牆上的影子。博瑞屈的影子嘗試從走廊移過來，守衛和布雷德則試著把他拉回去。

「等等，現在，等一等。」博瑞屈醉醺醺地抗議。「等等，看著，我只想跟他說話，如此而已。」一群人衝到走廊上，然後又停了下來。守衛站在博瑞屈和我的牢房門之間，布雷德則抓住博瑞屈的手臂，他身上仍有那場打鬥留下來的傷疤，一隻手臂也還吊著繃帶，所以他不怎麼能阻止博瑞屈。

「只是在帝尊處置他之前跟他說話，如此而已，就這樣了。」博瑞屈的聲音因酒醉而低沉且含糊不清。「別這樣，只要一下子就好，這有什麼關係嗎？他現在就像死了一樣。」他稍作暫停。「看著吧，這對你們來說是值得的，看著這裡。」

守衛們面面相覷。

「嗯，布雷德，你身上有銅板嗎？」博瑞屈伸手在口袋中摸索，然後不屑地把整個口袋裡的東西掏出來握在手中，一堆銅板如下雨般穿過他的手指掉落下來。「這裡，這裡。」接著是一陣銅板鏗鏘跌落翻滾在石板通道上的聲音，只見他展開雙手擺出慷慨解囊的姿勢。

「嘿，他不是這個意思。博瑞屈，你不能那樣子賄賂守衛，否則連你也得坐牢。」布雷德匆忙彎腰道歉，並急忙將散落一地的銅板集合起來，而守衛們也在一旁跟著彎腰幫忙，然後我就看到一隻手鬼鬼祟祟地從地板縮回口袋中。

突然間，博瑞屈的臉出現在我的窗前，我們就這樣站著透過鐵窗互望。他臉上的哀傷和盛怒相互衝撞，雙眼因喝醉而布滿血絲，呼吸也充滿酒味。他的衣服上有個破洞，可見他拔掉那兒的公鹿繡飾。他怒目注視我，同時吃驚地睜大雙眼。我們的凝視定住了片刻，我發覺某些帶著理解和告別的意味在彼此之間交流，接著他就退後狠狠地在我臉上吐了口口水。

「那個，是賞你的，」他怒吼著。「爲了我的人生，爲了你從我手中奪走的人生，那是我花在你身上的每一個鐘頭和每一天。你最好和野獸們一同躺下死去，別等著接受這刑罰。他們會把你吊起來，小子。帝尊把吊刑台都搭好了，在水面上，就像古訓所說的，他們會切開你的屍體，焚燒到只剩骨頭，焚燒到完全沒有可以埋葬的東西餘留，或許他怕野狗又把你挖出來。你就快要變成那樣了，喂，小子？像骨頭一樣被埋進去，稍候讓狗挖出來？最好就在這裡躺下死了吧！」

我在他朝我吐口水時退後。此刻我搖搖晃晃地遠離門口站著，只見他抓住鐵條瞪著我，睜大的雙眼滿是盛怒和醉意。

「他們說你對原智很在行，那你爲什麼不變成一隻老鼠從那兒溜走？嗯？」他把額頭靠在鐵條上幾乎哀愁地對我說道。「總比吊死好，小子，變成一隻野獸然後挾著尾巴逃跑，如果你能……我聽說你能……他們說你能變成一匹狼。這樣吧，除非你有這本事，否則你就等著上吊。你的脖子會被吊起來，喉嚨也會噎住，腳還猛踢……」他的聲音變微弱了，接著充滿醉意的淚眼又直盯著我看。「最好就在這兒倒地死去，也不要被吊死。」突然間，他又發怒了。「或許我可以幫你在這裡倒地而死！」他咬牙切齒地威脅我。「死在我手下總比死在帝尊手下好！」他開始扭動鐵條，抓住門前後搖晃想鬆開門鎖。

守衛立刻抓住他，一邊用力猛拉一邊咒罵，他卻不予理會，老布雷德則在他們面前上下跳著說道，「別這樣，來吧，博瑞屈，你該說的都說了。別這樣，伙伴，就別惹麻煩了。」

他們沒有放開他，但他自己卻忽然放棄了，雙手滑落到身體兩側。這可出乎守衛的意料之外，然後他們就一同向後絆倒，而我上前抓住鐵窗。

「博瑞屈。」我的傷讓我很難開口。「我從來不想傷害你，我很抱歉。」我吸了一口氣，試著用言語終結他眼中的些許折磨。「沒有人會怪你，你對我已經盡了最大的努力了。」

他對著我搖搖頭，臉上因哀傷和憤怒而扭曲。「就倒地死去吧，小子。就倒地死去吧！」他轉身走遠，布雷德卻倒退，向跟隨他的兩位氣急敗壞的守衛道歉了不下百次。我看著他們離去，然後望著博瑞屈傾斜的身影消失，布雷德則多待了一會兒和守衛講和。

我擦乾腫脹臉頰上的唾液，慢慢走回我的石板凳，坐在上頭花了很長一段時間回想。他從一開始就警告我遠離原智，無情地把第一隻和我有牽繫的狗從我身邊帶走，而我也為了那隻狗對抗他，用盡一切力氣抗斥他，然後他就讓這股力道轉向對準我，力量之強使得我在那之後好多年都沒有嘗試抗斥任何人；後來他也就包容了我，就算沒有接受我和那匹狼的牽繫，也不予理會，卻因此弄巧成拙。就是原智。他過去不斷警告我，而我也總是自認清楚自己在做什麼。

你確實知道。

夜眼。我對牠打招呼，已經沒精神再多說什麼了。

過來我這裡，過來和我一同狩獵，我能帶你遠離這一切。

或許等一下吧！我不怎麼帶勁兒地回答，根本沒力氣和牠周旋。

事實上我坐了好一會兒。我和博瑞屈的會面深深傷害了我，和那場毒打所帶來的痛苦不相上下。我試著回想自己在生命中是否沒有辜負過一個人，或者沒有令任何一個人感到失望，卻想不出有這樣的一個人。

我低頭瞥著普隆第的斗蓬，雖然冷得想把它披在身上，卻全身痠痛到無法將它撿起來，它旁邊地板上的小卵石卻吸引了我的目光，也讓我一頭霧水。我看著這片地板的時間已經夠久了，根本沒看過有個深色的小卵石在這裡。

好奇心是股令人心神不寧的強大力量。我終於傾身拾起遠處的斗蓬和一旁的小卵石。我花了一段時間才披上斗蓬，接著檢查那顆小卵石，卻發現它並不是卵石，而是個漆黑潮濕的東西。是一團什麼樣的東西？葉子。是一小團捲起來的葉子，在博瑞屈對我吐口水的時候敲到我的下巴？我謹慎地把它舉到從鐵窗照進牢房裡的微弱光線中，發現有一層白色的東西固定住外層的葉片，於是把它撥開。我看到白色的豪豬刺末端，而黑色的倒鉤頂端正好固定住葉片，一打開來就看到裡面黏黏的一團棕色玩意兒，然後把它舉到鼻子下小心嗅著。是一些混合藥草，但其中一股味道特別明顯，我也立刻辨識出這令人作嘔的氣味。帶我走。一種群山的藥草，也是強力的止痛劑和鎮定劑，有時用來安樂死。珂翠肯當時在群山就是試著用這種藥草殺了我。

跟我來吧！

還不是時候。

這是博瑞屈的訣別禮物？他想讓我毫無痛苦地結束生命？我思索他剛才說的話，「最好在此躺下死去」。這是教我一場搏鬥在贏家產生前是不會結束的人給我的嗎？這也太自相矛盾了。

獸群之心說你應該跟我走。就是現在，今晚就走。躺下來，他這麼說。變成一把骨頭，稍候讓野狗挖出來，他這麼說。我感覺到夜眼努力轉達這個訊息。

我沉默地思索。

他把這根刺從我的嘴唇上拔出來，兄弟。我想我們可以信任他。就跟我來吧，就是現在，今晚就走。

我端詳手中的三樣東西：葉子和刺，還有這一小團藥草。我把這團藥草包回葉片中，用刺固定住。

我不明白他要我做什麼。我抱怨著。

靜靜躺下來，穩住你自己，然後跟我走，把你當成我自己。夜眼在腦中思索某件事情，因而停頓了好一會兒。必要的時候才吞下他給你的東西，只有在你無法自己過來我這裡的時候。

我可不知道他在打什麼算盤，但是我和你一樣，我想我們可以相信他。我在一片陰暗中疲累地撥弄袖子上的線，當它終於鬆開的時候，我慢慢將裡頭的小袋粉末取出來，然後把包著葉片的藥草推進去，迫使那根刺將它固定住。我看著手中的小紙袋，忽然靈機一動，卻拒絕再思考下去。我將它緊握在手中，接著把身子裹進普隆第的斗蓬裡，慢慢地在石板凳上躺下來。我知道自己應該保持警戒，免得欲意會回來，但我太絕望也太累了。我和你在一起，夜眼。

我們一同迅速跑走，穿越一片銀白的積雪進入狼的世界。

處決

眾所皆知，馬廄總管博瑞屈在公鹿堡任職期間，向來是一位優異的馬匹、獵犬及獵鷹的訓練師，而他掌管動物的技藝在當代幾乎算是個傳奇。

他剛開始只是一位普通的士兵。據說他來自遷居修克斯的移民群中，有些人則說他的祖母原是奴隸，因爲表現優異，住在繽城的主人就賜予她自由之身。

當他擔任士兵的時候，作戰的勇猛讓當時年輕的駿騎王子相當注意。謠傳他因爲一起小酒館打架事件的紀律問題，而首次會見他的王子。他曾擔任駿騎武器練習的搭檔，但駿騎發現了他對動物方面的天分，於是派他管理他的侍衛隊坐騎，過沒多久他也開始負責照顧駿騎的獵犬和獵鷹，最後掌管公鹿堡的整個馬廄。他對動物醫療和體內各器官的瞭解還延伸至牛羊豬隻，偶爾也醫治家禽。他對動物的瞭解程度無人能及。

由於一次獵熊事件所導致的嚴重意外傷害，讓他這輩子都將跛腳行走，但這似乎也緩和了他年輕時聞名的火爆急性子。儘管如此，事實仍顯示很少會有人願意跟他共度餘生。

在血瘟流行之後的幾年，他的藥草療法遏止了羊隻疥癬在畢恩斯公國爆發，進而防止羊群集體死亡，更讓此疾病無法散播到公鹿公國。

清朗的夜空星光閃閃。一個矯健的身影奔騰在積雪的山丘上，生氣蓬勃地跳躍前行。我們行經的路徑上滿是從樹叢上瀑布般落下的雪，我們就在這裡獵殺飽食，塡飽所有的飢餓。夜晚清新開敞，並且透出陣陣寒氣。沒有籠子關住我們，也沒有人打我們，共同體驗全然的自由。我們來到一道泉水猛烈地湧出且幾乎毫不結凍之處，圍繞冰冷的水面。夜眼徹底抖動我們的全身，然後在空氣中深呼吸。

天亮了。

我知道，但我不願去想它。早晨，當夢境結束，現實仍存之時。

你一定要跟我走。

夜眼，我已經和你在一起了。

不，你一定要跟我走，放掉一切跟我走。

所以，牠就如此告知我不下二十次了，我也不會誤解牠想法的急迫。牠的堅持十分明顯，而牠的一意執著也令我感到神奇。緊抓住和食物無關的想法向來不是夜眼的作風，可見這是牠和博瑞屈決定好的事情。我必須跟牠走。

我無法揣測牠到底要我做什麼。

我一次又一次對牠解釋自己的身體被監牢困住了，就像牠從前被困在籠子裡一樣，雖然我的心至少能與牠同行一陣子，卻無法如牠催促般眞的跟牠走。每次牠都告訴我牠瞭解那個，是我不瞭解牠的意思，所以我們此刻又回到了之前的狀況。

我感覺牠嘗試耐著性子。你一定要跟我走，就是現在。放下一切，在他們把你叫醒之前跟我走。

沒辦法，因爲我的身體被鎖在一個監牢裡。

離開它！牠殘酷地說道。放掉它！

什麼？

離開它，放掉它，跟我走。

你是說，死嗎？服毒自盡？

只有在必要的時候。但是，現在就快點兒行動，別讓他們再傷害你。離開它跟我走，放掉它。你曾經做過一次，記得嗎？

爲了理解牠的話所做的努力，讓我意識到彼此的牽繫。我自己飽受折磨的痛苦肢體困擾著我，有些部位因寒冷而僵硬疼痛，有些部位則透過每一口呼吸從肋骨傳來劇痛。我蹣跚地爬離那些傷痛，回到狼兒健壯的身體中。

沒錯，沒錯，現在就離開它。放掉它，放掉它。

我頓時知道牠要我做什麼了。我不很清楚要怎麼做，也不確定自己是否做得到。有一次，是的，我記得自己曾經放掉我的身體讓牠照顧，幾個小時之後卻在莫莉身旁醒來，但我不確定自己是如何做到的，而且當時的情況也不同。我當時讓狼兒在我前往該去的地方時守護我，牠現在卻要我讓意識脫離自己的身體，解除身心的連結。即使我發現該怎麼做，卻不知自己是否有這股意志力行動。

就只要躺下來死去，博瑞屈這麼告訴過我。

是的，沒錯。必要的時候就死了吧，然後跟我走。

我倉促地做了一個決定。信任。信任博瑞屈，信任狼兒。我又有什麼損失？

我深呼吸一口氣，在內心穩住自己，猶如潛入冰冷的水中。

不，不，放掉它就好。我正在做，我正在做。我在心中探索將我束縛在軀體中的東西，減緩呼吸運用意志力放慢心跳，拒絕痛苦、寒冷和僵硬的感覺，脫離這所有的一切沉入內在深處。不！不！夜眼拚命吼叫。是我這裡，過來我這裡！離開那軀體，過來我這裡！

但我聽到來來回回的腳步聲和喃喃的說話聲。一陣恐懼的顫抖自我體內竄起，任憑自己更深地縮進普隆第的斗蓬裡，一隻眼睛略微睜開一條縫，只見這一成不變的陰暗牢房和小鐵窗。我的體內有一股深沉寒冷的痛苦，是比飢餓還隱伏的痛苦，雖然沒弄斷我的骨頭，但他們卻打碎了我內心的某種東西。我很清楚。

你又回到籠子裡了！夜眼喊了出來。離開它！離開你的身體過來我這裡！

太遲了，我輕聲說道。快跑吧，快跑吧！不要和我分擔這份痛苦。

難道我們不屬於同一個狼群嗎？這股絕望彷彿狼兒拉長的嗥叫般顫抖。

他們來到我的門前，門就這麼打開了。恐懼彷彿張開血盆大口般緊緊咬住並搖晃我，我也差點將袖口舉到嘴邊從袖子裡咬出那一小團藥草來；但最後我卻用拳頭緊握那個小紙袋，下定決心忘掉一切。

還是同一位持火把的人，也還是那兩名守衛，還有相同的命令。「你，站起來。」

我推開普隆第的斗蓬。其中一位守衛尚存一絲人性，見到我的模樣就嚇得臉色蒼白，其他兩個人早就麻木了，而且當我無法如他們所願迅速移動時，其中一人就抓住我的手臂猛地把我拉起來站好，我也忍不住無言地痛苦呼喊；就是無法忍受，那個反應卻令我恐懼地顫抖。如果我無法阻止自己喊出來，又將如何阻擋欲意的攻擊？

他們把我從牢房裡帶到走廊上。我沒說自己是走出去的。我身上所有的瘀傷都在晚上變得僵硬，那一頓毒打更讓我右前臂和大腿上的舊劍傷裂開，那些痛苦也重新恢復。痛苦如今就像空氣般，我就在穿梭在其中，讓身體內外浸浴著這一切。在守衛室的中央，有人把我推倒側躺在地上，我卻覺得沒有必要掙扎或坐起來，只因我無須保留自己的尊嚴了，最好讓他們以爲我站不起來。當我可以站起來的時候，我會靜止不動好整頓自己僅存的體力。我緩慢費力地清理思緒，然後開始築起心防。我三番兩次穿越痛苦的薄霧察看我豎起來的精技心牆，堅強地鞏固這道牆，然後遁入牆壁之後。我必須防禦我心中的牆，而非我的血肉之軀。房間裡，人們沿著牆壁在我周圍排排站，移來移去並互相輕聲交談和等待。我幾乎沒有注意他們，只因我的世界就是心中的牆和我的痛苦。

敞開的門軋軋地響了起來，也起了一陣風。帝尊走進來，欲意則跟在他身後，漫不經心散發精技力量。我察覺到他，我以前從未如此察覺到一個人，就算眼睛不看也感覺得到他的形象，以及他內心燃燒的精技。他非常危險，帝尊卻認爲欲意僅是一個工具。我斗膽感到一絲滿足，只因我知道帝尊並不明白像欲意這種工具的危險性。

帝尊坐在椅子上，有人爲他搬來一張小桌子。我聽到開瓶倒酒的聲音，接著聞到酒的味道。痛苦已將我的感覺轉變成一股難以消受的敏銳，我就這麼聆聽帝尊喝酒的聲音，拒絕承認自己有多想喝。

「我的老天，看看他。你覺得我們做得太過分了嗎，欲意？」我從帝尊興致盎然的聲音中，知道他今天可不只喝了酒，或許還吸了燻煙？這麼早？狼兒說過在現在是凌晨，但帝尊從來沒在凌晨就醒來過……我的時間感出了些問題。

欲意慢慢地走向我，然後站在我跟前。我沒有試著移動好看到他的臉，只是緊握住自己僅存的力量。我在他用腳狠狠踢我時倒抽了一口氣，而他也幾乎同時用精技力量猛烈撞擊我的內心。在那裡，我

至少穩住了自己，只見欲意經由鼻子短促呼吸，再用鼻息把氣噴出來，然後走回帝尊身邊。

「國王陛下，您已經無所不用其極地折磨他的身體，且未引發從現在起一個月仍明顯可見的損害。但是，他的內心依然堅強抵抗，雖說痛苦可以分散他的心防，卻無法根深柢固地減弱他的精技力量。我不認為您能夠用這樣的方式擊垮他。」

「我沒叫你那麼做，欲意！」帝尊嚴厲斥責他，而我聽到他移動身子好坐得舒服些。「噢，這太浪費時間了。我的公爵們已經不耐煩了，今天一定得將他擊垮。」他幾乎焦慮地詢問欲意，「我已經無所不用其極地，就像你剛才說的，折磨他的身體？那你建議下一步該怎麼做？」

「把他交給我，我能夠得到您想從他身上得到的東西。」

「不。」帝尊冷酷地拒絕。「我知道你想從他身上得到什麼，欲意。你把他視為充滿精技力量的滿滿的酒囊，而且想從那裡汲取這股力量。或許你最後有辦法吸光他的精力，但時候未到。我要讓他站在公爵們面前承認自己是個叛徒，還要逼他跪在王位面前哀求寬恕。我要讓他當眾譴責那些反對我的人，逼他自己控告他們，而且沒有人會懷疑他說他們是叛徒。讓普隆第親眼目睹自己的女兒遭指控，讓整個宮廷都知道原先要求大聲疾呼正義的耐辛夫人卻反而背叛了國王，還有特別為了他……那個製燭女孩，那個莫莉。」

我的內心突然間猛地一動。

「我還沒找到她，大人。」欲意繼續說道。

「安靜！」帝尊發出怒吼，語氣幾乎和黠謀國王一樣。「別用那個振奮他的心。我們不用急著找到她，他也不必親口宣稱她是個叛徒，我們大可慢慢來。就讓他接受死刑，同時讓他知道她將因他所說的話被出賣而與他共赴黃泉。我要從公鹿堡的糞坑堆到塔頂徹底剷除異己，除掉所有想背叛和反抗我的人！」他舉起酒杯對自己乾杯，然後狠狠灌下這杯酒。

我在心中想著，他的口氣很像欲念王后喝酒時的樣子，一部分是虛張聲勢，另一部分則是嗚咽般的膽怯。他恐懼自己無法控制的人，隔天就更恐懼他已掌控的那些人。

帝尊把酒杯砰一聲放下，接著靠回椅背上。「這樣吧！讓我們繼續，好嗎？科爾費，替我們把他撐起來。」

科爾費是個稱職能幹的人，並不是那種會從這種工作中取樂的人。他不溫和，卻也不會在非必要的時候太過粗魯。他站在我身後抓住我的上臂好讓我站直。他並沒有接受過浩得的訓練，而我知道自己若是迅速把頭向後撞，就能打斷他的鼻樑，或許連部分前齒都會打下來。然而，快速把頭向後撞這個動作只比把我腳下的地板撿起來容易些。我站好用雙手護住我的腹部，將痛苦推到一旁好集中力量，稍候我抬起頭看著帝尊。

我用舌頭舔著口腔內部，活動活動我的嘴，然後開口。「你殺死了你自己的父親。」

帝尊在椅子上僵住了。我身後的人渾身一緊，我也靠在他的手臂上強迫他支撐我的體重。

「是端寧和擇固執行的，但卻是你下的指令。」我平靜地說道，只見帝尊站起來了。

「但我們已經和惟眞技傳了。」我提高音量，這股力道讓我汗流浹背。「惟眞還活著，而且什麼都知道了。」帝尊和欲意一前一後地走向我，我把眼神轉向欲意，語氣充滿威脅。「他也知道你，欲意，他什麼都知道。」

守衛緊抓住我好讓帝尊反手打我。一次，然後又是另一個耳光。我感覺臉上腫脹的皮膚因這力道而破裂。帝尊收回拳頭準備狠命揮出，我做好挨打的準備，推開所有的痛苦，保持平衡做好準備。

「當心！」欲意叫了出來，然後跳起來把帝尊撞到一旁。

我太渴望這麼做，而他用精技感受到我的意圖。當帝尊揮拳時，我掙脫守衛躲開帝尊的那一擊，然後上前單手抓住帝尊的後頸，把他的臉拉到我抓住毒藥粉破紙袋的另一手。我想把粉末塗在他的鼻子和嘴上，希望讓他嚐到足以致死的量。

欲意可搞砸了一切。我腫脹的手指無法抓緊帝尊的脖子，欲意卻從我僵硬的手中抓走帝尊，把他甩到一旁脫離我。當欲意的肩膀撞到我的胸膛時，我反而抓住他的臉，將破掉的紙和細白的粉末抹進他的鼻子、口中和眼睛裡。大部分的粉末飛了起來，在我們之間形成一片細微的雲層。我看到他因苦澀的味道而喘氣，然後我們都被帝尊的一群守衛扳倒在地。

我想潛入昏迷的境界，它卻躲開了我。衆人在帝尊面前揍我踢我，並且掐住我的喉嚨，然後我聽到他狂亂地大吼，「不要殺了他！不要殺了他！」，除了我之外這似乎對其他人都奏效了。我感覺他們放開了我，把欲意從我身體下方拉出去，我卻看不見。我的臉上覆蓋著鮮血，還混雜著我的淚水。這是我最後一次的機會，我卻失敗了，連欲意都沒害到。噢，他或許會難過個幾天，但我懷疑他是否會因此送命，甚至此刻還聽到他們喃喃地談論他。

「把他帶到療者那裡吧！」我聽到帝尊終於下令。「看看他知不知道這傢伙是怎麼了。你們有人踢到他的頭嗎？」

我以爲他說的是我，直到我聽到欲意被抬出去的聲音。所以，若非我弄進去的藥粉比想像中的還多，就是有人踢了他的頭。或許他的喘氣將毒粉狠狠地吸進肺部，我卻不知它將在那兒產生什麼作用。當我感覺他的精技逐漸消退時，不禁感到鬆了一口氣，甚至感覺有幸讓痛苦中止，於是就謹慎地放鬆對他的防衛，可眞是如釋重負。另一個思緒保佑著我。他們不知道。沒有人看到紙袋和藥粉，事情對他們來說發生得太快，他們沒想到這是毒藥，等他們知道了，對欲意來說卻爲時已晚。

「小雜種死了嗎？」帝尊憤怒地問道。「如果他死了，我發誓你們每個人都會被吊死！」

有一個人匆忙在我身旁彎下腰，將手指放在我的喉頭感覺脈搏。「他還活著。」一名士兵語氣僵硬地說道，幾乎繃著臉。有一天帝尊會學到千萬別威脅自己的侍衛，而我希望他在背後中箭時得到這個教訓。

稍候，有人在我身上潑了一桶冷水，震醒了我身上所有的痛苦，讓我的疼痛達到新的高峰。我睜開一隻眼睛，最先出現眼前的是地上的水和血。如果這些都是我的血，我就麻煩大了。我昏昏沉沉地試著思索這還會是誰的血，自己的心智卻不怎麼管用，只感覺時間跳躍式地飛逝。帝尊站在我的面前擋住我的視線，神情憤怒，頭髮也亂成一團，接著就忽然坐回自己的椅子上。進進出出，忽明忽暗，然後又是一片光明。

有人跪在我身旁，用幹練的雙手觸摸我的身體。博瑞屈？不。那是很久以前的夢了。這個人的藍色雙眼和鼻音顯示出他是法洛來的人。「他流了很多血，帝尊國王，但我們可以止血。」有人按住我的額頭，把一杯加了水的酒放在我裂開的嘴唇前面，就這麼把酒倒進我的嘴裡，我也因此而嗆到。「您看，他還活著。今天我就不再治療了，國王陛下。但我懷疑他明天之前是否能回答更多問題，因爲他只會暈倒而已。」一個冷靜且專業的見解，然後這位不知名的人又在地板上伸展我的四肢就離開。

我忽然全身痙攣，就快發病了。還好欲意已經不在這裡，不然我不認爲在我發病時還能維持心防對抗他。

「噢，把他帶走吧！」帝尊的語氣充滿厭惡和失望。「眞是浪費我今天的大好時光。」椅子的腳在他離去時摩擦著地面，而我在他邁步離去時，聽到了他的皮靴踩在石板地上的聲音。

有人抓住我的衣襟猛然把我拉起來站好，讓我痛得連叫都叫不出來。「眞是個愚蠢的窩囊廢，」他

對我怒吼。「你最好別死，我可不打算爲你這種人的死而挨鞭子。」
「了不起的威脅，維第，」有人嘲笑他。「等他死了以後你要怎麼處理他？」
「閉嘴。你背後的皮將會被剝掉只剩骨頭，我的也差不多。讓我們把他從這裡弄出去，然後把這裡清理清理。」
牢房。一片空蕩蕩的牆。他們把我背對著門丟在地上，他們這樣待我似乎太不公平了。我只要翻個身子，就可以看到他們是否有給我水。
不，這太麻煩了。
你要來了嗎？
我眞的很想，夜眼，但我不知該怎麼做。
改變者。改變者！我的兄弟，改變者。
怎麼了？
你沉默了好長一段時間，要過來了嗎？
我都沒……出聲？
沒錯。我以爲你死了，還沒先過來我這裡就死了，我都無法和你取得連繫。
或許是發病了。我不知道發生了這件事，不過現在我就在這裡，夜眼，就在這裡。
那麼，就過來我這裡吧！趕快，在你死之前。
等一下，讓我們先確定到底要不要這麼做。
我試著想出拒絕牠的理由。我知道曾有些理由，卻記不起來了。改變者，牠這麼叫我。我自己的狼

如此稱呼我，就像弄臣或切德叫我催化劑一樣。就這樣吧，該爲帝尊扭轉情勢了。我至少能在他擊垮我之前死去，況且如果我必須一死，也要獨自進行。我的話將不會連累任何人，我也希望公爵們會要求看我的屍體。

我花了好長一段時間才把手臂從地上抬到胸前。我的雙唇破裂腫脹，整個牙齒、牙齦也很痛，不過我還是把袖口靠近嘴邊，然後找到了布塊裡面的葉片藥丸，就用力地咬下來吸吮著。過了一會兒，帶我走的味道淹沒了我的嘴，可一點兒也不好受，是一股刺鼻的辛辣味。我口中的藥草止住了我的疼痛，而我也可以更用力咀嚼袖子，同時笨拙地試著小心避開豪豬刺，可不想讓它插在我的嘴上。

那發生時眞的會很難受。

我知道，夜眼。

過來我這裡。

我正在試，給我一點兒時間。

一個人要如何才能丟下自己的身體離去？我試著忽略它，像夜眼般察覺我自己。敏銳的鼻子，躺在我身旁，努力咀嚼著積在我腳趾空隙的一團雪。我品嚐雪和自己的腳爪，一點一點地啃著然後舔乾淨。我抬頭仰望，夜幕即將低垂，過不久就是狩獵的好時機，於是我站起來抖動全身。

那就對了，夜眼鼓勵我。

但那條線還在那裡，那對於躺在冰冷石板地上僵硬疼痛的軀體的一絲察覺，只要想到它感覺就更眞實了。一陣顫抖通透著它，讓它的骨頭和牙齒咯咯作響。就要發病了，而且這次很嚴重。

一切在突然間變得輕而易舉，眞是個容易的抉擇。就讓那軀殼承受這次的病發吧，反正它已經不再有什麼用處了。困在監牢中。沒有必要留著它，完全沒必要當一個人。

33 狼群生涯

集中自我的練習是一件輕而易舉的事。停止思考你想做的事情，停止思考你已經做的事情，然後停止思考你已經不再思考的那些事情。接著，你將發現當下，時間無限延伸至永恆，然後你終將在那個地方找到時間做你自己。

當你只是狩獵、進食和睡眠的時候，生活就變得純淨清澈，到了最後就別無所求了。我們這些狼獨自奔跑，一無所缺。當我們看到兔子出現時就不渴望鹿肉，也不吝惜讓渡鴉挑撿我們吃剩的東西。我們有時回想起另一段時間和另一種方式，同時卻納悶這到底有什麼重要。我們不殺不能吃的獵物，也不吃我們殺不了的獵物。黃昏和清晨是狩獵的最佳時機，其他時間則適合呼呼大睡。除此之外，時間並沒有任何意義。

對於狼群和狗兒來說，生命是比人生還短暫的事情，如果你用數日子和季節變換的次數來衡量的話。但是在兩年之內，小狼就可以做完人類需要二十年才做完的事情。牠的精力和體格在此時完全發育成熟，並且學習所有成為狩獵者、配偶和首領的本事。牠那生命的蠟燭燃燒得比人類的還短暫，卻更加

耀眼，在十年的光陰就做完人類需要五六倍時間才完成之事。狼的一年等於人的十年。當一個只人活在當下時，時間對他是絕不吝嗇的。

所以我們瞭解黑夜和白天、飢餓與飽足，以及狂野的樂趣和驚喜。抓起一隻老鼠用力向上拋，然後一口吞下去，感覺眞好。開始獵一隻兔子，在牠閃躲和繞圈子時追逐著，接著突然大步向前抓住這一團毛茸茸的雪球，喀嚓一聲折斷牠的頸骨，然後悠閒地享用，剝開牠的肚皮之後嗅著溫熱的內臟和腰部厚實的肉，然後輕鬆地咀嚼背骨。暴飲暴食之後就呼呼大睡，醒來之後再度狩獵。

在結冰的池塘上追逐母鹿，明知無法在這種情況下殺害牠，卻仍欣喜萬分。當牠走在冰上時，我們就持續繞著圈子包圍牠，只見牠的蹄搏鬥似的在冰上前行，最後終於疲累地爬出來，以致無力避開咬斷牠腿筋和喉嚨的利齒。我們不只一次，而是兩度享用牠的屍體。一場滿是雨雪的暴風雪來臨，把我們趕到洞穴中。我們鼻子貼著尾巴舒適地睡覺，風在洞穴外猛烈吹送冰雨和雪。透過在一層積雪閃爍的微弱晨光中甦醒。挖開積雪爬出來迎接清朗的冬季黃昏。母鹿的身上還有肉，冰凍且鮮紅甜美，從雪中挖出來之後即可享用。還有什麼比等著讓你來吃的肉更令人滿足的事情？

過來。

我們停了下來。不，肉還在等著。我們繼續慢跑。

現在就過來，過來我這裡，我這邊有肉給你吃。

我們已經有肉了，而且比較接近。

夜眼，改變者。獸群之心在召喚你們。

我們又停下來抖動全身，這可一點兒也不舒服，況且獸群之心對我們來說是什麼呢？他不是狼群，只會推開我們。肉比較接近我們，就這麼決定。我們來到池塘邊。這裡，就在這裡的某處。噢，把牠從雪裡挖出來。一群烏鴉看著我們，等待我們用完餐。夜眼，改變者。過來，現在就過來，等下就太遲了。

肉依然冰凍且鮮嫩血紅，我們於是轉頭用後齒將肉從骨頭上咬下來。一隻烏鴉飛下來停在一旁的雪地上跳著、跳著，翹起牠的頭。我們爲了活動筋骨而撲向牠，結果又讓牠給飛走了。這肉全都是我們的，日日夜夜都有肉吃。

過來，請過來。過來，請過來。快點過來，現在就過來。回到我們這裡，我們需要你們，過來，過來。

他沒有離開。我們收起耳朵就當沒聽見，卻仍聽到他說著過來，過來，過來。他的嘀咕奪走了我們吃肉的樂趣。夠了。我們目前吃夠了，只是要走過去讓他住嘴。

很好，那很好。過來我這裡，過來我這裡。

我們穿越一片黑暗慢跑，只見一隻兔子突然坐了起來，在雪地一蹦一跳跑遠了。我們呢？不，已經吃飽了。繼續慢跑。橫越夜空下一條狹長的人類道路，快速穿越消失在路上，繼續快步穿越沿路的樹林。

過來我這裡，過來。夜眼，改變者，我在召喚你們，過來我這裡。

我們走到森林的盡頭，下方是個光禿禿的山崖，後面有個空曠的平坦之處，在夜空下毫無遮掩，太開闊了。積雪上沒有足跡，山崖底下卻有人類，一共兩個人。獸群之心在雪地上挖掘，另一個人在旁邊看他。獸群之心迅速用力地挖著，他的呼吸在夜裡成爲一縷縷白煙，另一個人則手持一盞燈，明亮的光線太過刺眼。接著，獸群之心停止挖掘，抬頭看我們。

過來，他說。過來。

他跳進剛才挖的洞裡，一塊塊冰凍的黑色泥土堆在純淨透明的雪上。他跳進洞裡彷彿一對鹿角撞到樹般發出砰的聲響，等他一蹲下來就響起了撕裂的聲音。他用一種工具用力又敲又扯，我們就坐下來注視他，將尾巴繞在前腿上保暖。這和我們有什麼關係？我們吃飽了，現在就可以去睡覺了。只見他突然間抬起頭透過夜色看我們。

等等，再等一下，等等。

他對另一個人吼叫，那個人就拿燈照亮這個洞。獸群之心彎下腰來，另一個人就伸出手幫他。他們合力把一個東西從洞裡拉出來，這股味道讓我們的頸毛都豎起來了。我們轉身跳起跑開，繞著圈子卻無法離開。那兒有一股恐懼，一個危險，一個痛苦的威脅，屬於孤單，屬於終結。

過來，下來我們這裡，下來。我們需要你們，時間到了。

這不是時間，時間總是無所不在。你們或許需要我們，但我們未必想被需要。我們有肉和溫暖的地方可以睡，稍候甚至還有更多肉。我們塡飽了肚子，也有一個溫暖的窩，還需要什麼？不過，我們會走近嗅一嗅，看看到底是什麼東西威脅和引誘我們。於是，我們腹部貼著雪地並且放低尾巴，就這麼溜到山丘下。

獸群之心坐在雪地上抱住那個東西，揮手叫另一個人走開，那人就後退，後退，後退然後拿起他那盞刺眼的燈。再靠近一點兒。山丘目前在我們的後方，此地卻光禿禿的一無屏障，如果遭威脅想逃回去躲起來，可有得跑了。但是，沒有東西移動，只有獸群之心和他抱著的東西，聞起來像放了很久的血。他像撕咬一塊肉般搖晃它，然後就摩擦它，彷彿母狗從小狗身上咬掉跳蚤般移動他的雙手。我們知道這味道，於是愈來愈靠近，靠近到只剩一個跳躍的距離。

你想要什麼？我們問他。

回來。

我們這不就過來了。

回來這裡，改變者。他很堅持。回到這裡面來。他舉起一隻手臂然後握起一隻手，讓我們看垂在那人脖子上的頭，然後把頭轉過來讓我們看他的臉，但我們並不知道他是誰。

回到那個裡面去？

這個。這是你的，改變者。

他聞起來好臭。這是一塊腐肉，我們可不要，池塘邊的肉都比那個好。

過來這裡，靠近一點。

這可不是個好主意，我們不會再接近。他看著我們，並且用他的雙眼吸引住我們，帶著那個東西朝我們步步趨近，它就倒在他的手臂中。

沒事，沒事。這是你的，改變者。再靠近一點兒。

我們怒視著他，他卻沒有別過頭去。我們從尾巴到肚子都在抖縮也想要離開，但是他的態度實在很強硬，只見他舉起那個東西的手放在我們的頭上，還抓住我們的頸背讓我們靜止下來。

回來，你一定要回來。他這麼地堅持。

我們抖縮著趴下，爪子都伸進雪地裡了，然後拱起背嘗試逃開並且使勁向後退一步，他卻仍抓住我們的頸背，於是我們就集中力量掉頭逃開。

讓他走，夜眼，他不是你的。他不是你的。他的語氣有些咬牙切齒，眼神狠狠地瞪著我們。

他也不是你的。夜眼說道。

那麼，我是誰的？

片刻搖晃。兩個世界相互制衡，是兩個現實，也是兩個肉體。稍候，一匹狼掉頭跑開，縮起尾巴穿越雪地獨自逃走，遠離這過多的陌生。牠在一座山丘頂上停下來揚起鼻子仰天長嘯，爲了這一切的不公平而嗥叫。

我對自己的那個冰凍的墳墓已毫無記憶，只覺得做了一場夢。我全身悲慘地冰冷又僵硬，像白蘭地燒焦的怪味，不光在嘴裡，而且全身都是。博瑞屈和切德沒離開我，也不在乎他們讓我有多痛，只是不斷摩擦我的手腳，也不管那些舊傷和手臂上的結痂。每當我閉上眼睛的時候，博瑞屈都會抓住我，把我當成一塊破布般搖晃我。「留在我身邊，蜚滋。」他一直說著。「留在我身邊，留在我身邊。來吧，小子，你還沒死，你還沒死。」接著，他忽然緊緊抱住我，臉上的鬍子掠過我的臉龐，一滴滴熱淚落在我的臉上，然後就坐在雪地上，在我的墳墓邊緣前後搖晃我。「你還沒死，孩子，你還沒死。」

尾聲

這是博瑞屈聽説過的事情，是他的祖母告訴他的故事。一個關於擁有原智的人脫離軀體後，大約一天左右就回到他的身體裡的故事。然後，博瑞屈將這故事告訴切德，好讓切德調製令我瀕死的毒藥。他們説我沒死，我的身體只不過降低速度顯現出死亡的樣子。

我可不相信那個。

所以，我又在人類的軀體中活了過來，不過我可花了好一段時間才記得我曾經是個人，有時卻仍對此存疑。

我沒有重新過自己的生活。我身爲蜚滋駿騎的生涯已成過往雲煙，而這個世界上只有博瑞屈和切德知道我沒死，而那些還記得我的人之中，很少人想起我仍會微笑。帝尊以人類的方式無所不用其極地殺了我，如果我出現在愛我的人眼前，讓我的血肉之軀站在他們面前，這等於是向他們證明我擁有讓自己墮落的魔法。

在最後一場毒打的一兩天之後，我在牢房中死去。公爵們因我的死而怒氣沖沖，帝尊卻握有足夠的證據和證人證明我擁有原智，好在他們面前保住面子。我相信他的侍衛們作證我用原智攻擊欲意，因而讓他們自己免於鞭刑，那也就是欲意為何躺在床上病了這麼久的原因。他們還說當時必須打我，好破除我那抓住他的原智。公爵們不但在這許多證人的面前摒棄了我，也親眼目睹帝尊的登基典禮，以及看著他任命銘亮爵士出任公鹿公國和所有沿海公國的守護者。耐辛哀求別燒了我的屍體，而是完整地埋葬起來，賢雅夫人也不顧她丈夫的厭惡替我說話。只有這兩個人在帝尊面前為我挺身而出，但我不認為他因為考慮到她們而放棄我，而是我的提早死亡破壞了他在大庭廣眾面前吊死我和焚屍的好戲。帝尊因為復仇計畫全盤失敗而喪失興致。然後他離開公鹿堡前往內陸的商業灘。而耐辛則認領我的屍體並埋葬了它。

博瑞屈喚醒我過著目前的人生，一個對我來說一無所有的人生。只剩下我的國王。六大公國也將在接下來幾個月分崩離析，劫匪可以恣意占領我們的良港，我們的人民也將流離失所，或在外島人來犯時淪為奴隸。冶煉興盛了起來，我卻一如我的王子惟眞般拋下這一切遠走內陸。然而，他去當國王，我則跟隨我的王后去尋找他。接下來就是苦日子了。

然而就連現在，每當我痛苦至極卻找不到可止深沉痛苦的藥草、當我覺得身體困住了我的精神時，我就會想起那一段身而為狼的時光，也明白這是個短如一季的生涯。它們的回憶是個安慰，也是個誘惑。過來，和我一同狩獵，這項邀請在我的心中呢喃。遠離痛苦，讓你再擁有自己的生活。有個地方的時間只在當下，這些選擇既簡單而且總是你自己的。

中英譯名對照表

A

Antler Island 鹿角島

August 威儀

Averia 艾薇瑞雅

B

bayberry 月桂樹果

Bayguard 衛灣堡

Bearns 畢恩斯

Beebalm Chandlery 香蜂草蠟燭店

berserks 狂暴戰士

Besham 貝歇島

Bingtown Traders 繽城商人

Blade 布雷德

Blood Plague 血瘟

Blood will tell流著什麼樣的血，就會變成什麼樣的人

Blue Lake 藍湖

Bolt 波爾特

bond 牽繫

Bounty 慷慨

Brawndy 普隆第

Bright 銘亮

Brinna 布瑞娜

Buck 公鹿

Buck Point 公鹿岬

Buckkeep 公鹿堡（城）

Buckriver 公鹿河

Burl 博力

Burrich 博瑞屈

C

carris seed 卡芮絲籽

Carrod 愒懦

carryme 帶我走

catalyst 催化劑

catmint 貓薄荷

Celerity 婕敏

Chalced States 恰斯國

Changer, The 改變者

Charim 恰林

Cheffers 歇佛斯

Chester 切斯特

Chestnut 阿栗

Chickweed 繁縷

Chivalry 駿騎
Chyurda 齊兀達人
Cliff 峭壁
Coastal Duchies 沿海大公國
Cold Bay 冷灣
Constance 堅媜
Cook 廚娘
Crossfire Coterie 火網小組
Cub 小狼

D

Daffodil 黃水仙
Death 死神
death's cap 死神之帽
Dem 甸恩
Den 丹
Desire 欲念
Devil's-club root 帶刺人參根
Duchy 大公國

E

Eda 艾達
Egg Bluffs 蛋崖
El 埃爾
elderberry 接骨木
Elderling 古靈
elfbark 精靈樹皮
Ember 餘燼
Eyod 伊尤

F

Faith 奷念
Fallstar · Chade 切德 · 秋星
False Bay 僞灣
Farmer 農人
Farrow 法洛
Farseer 瞻遠
Fedwren 費德倫
Ferry 渡輪鎮
Fighter 戰士
Fitz 蜚滋
Fletch 弗列區
Flint 福林特
Forge 冶煉鎮
Forged Ones 被冶煉的人
Foxglove 狐狸手套

G

Galen 蓋倫
Ginna 吉娜
goosegrease 鵝脂
Grace 賢雅

great hall 大廳
Great Hearth 大壁爐
Greydin 葛瑞汀
Grief 悲愴
Gulls 群鷗鎮

H

Hands 阿手
hangers-on 食客
harbinger 通報者
Harek 哈瑞克
Hasty 急驚風
Heart of the Pack 獸群之心
Heather 海樂
Hedge Magics 鄉野術法
High Table 主桌
Hisspit 嘶荳
Hod 浩得
Holder 侯德
Honeysuckle 忍冬
Hook Island 鉤島
Hope 琋望
Hostler 侯斯特

I

Ice Town 冰城
Inland Duchies 內陸大公國

J

Jade 阿玉
Jhaampe 頡昂佩
Jharck 傑瑞克
Jofron 喬馮
Jonqui 姜萁
Justice 正義
Justin 擇固

K

Kebal Rawbread 科伯・羅貝
Keef 凱夫
Keen 敏瑞
Keera 崎瑞
Kef 柯夫
Kelfry 科爾費
Kelpy 科琵
Kelvar 克爾伐
Kerf 凱夫
Kerry 凱瑞
Kettricken 珂翠肯
King's Man 吾王子民
Korriks 科瑞克人
Korrikska 科瑞克斯卡

L

Lacey 蕾細

Lance 藍斯

Leon 力昂

Lesser Hall 小廳

lowland 低地

M

Madja 麥迪嘉

Man 成人

Master/Mistress 師傅

Mastfish 檣魚

Mellow 芳潤

merrybud 含笑葉

methinks 依我看

Miles 麥爾斯

Mindful 琉馨

minstrel 吟遊歌者

mirthleaf 歡笑葉

Modesty 芊遜

Molly 莫莉（Nosebleed 小花臉／Chandler 製燭商／小花束Nosegay）

Motley 花斑點

Mountain Kingdom 群山王國

Munificence 嫌凱

N

Near Islands 近鄰群島

Neatbay 潔宜灣

Nighteyes 夜眼

Nightmist 夜霧

Nonge 諾居

Nosy 大鼻子

O

Oakdell 橡谷

Others 異類

Outislander 外島人

P

Patience 耐辛

Piebald 花斑

Placid 靜寧

plantain 車前草

Pluck 阿勇

Pocked Man 麻臉人

prophetess 女先知

Q

Queen's Garden 王后花園

R

Rain Wilds 雨野原
Ram 公羊
Ratsy 鼠兒
Red 瑞德
Red Tower 紅塔
Red-Ship Raiders 紅船劫匪
Red-Skirts 紅裙
Regal 帝尊
Relltown 瑞爾城
repel 抗斥
Revenge 復仇
Rife 瑞福
Ripplekeep 漣漪堡
Rippon 瑞本
rose-hip 玫瑰實
Rosemary 迷迭香
Ruddy 紅兒
Rurisk 盧睿史

S

Sacrifice 犧牲獻祭
sage 山艾
Sal Flatfish 比目魚販
Sara 莎拉
scroll 卷軸
sea pipes 海笛
Sealbay 海豹灣
Sennick 席尼克
Serene 端寧
Shell 貝兒
Shemshy 歇姆西
Shoaks 修克斯
Shrewd 黠謀
Sidekick 夥伴
Silk 絲綢
Siltbay 泥濘灣
Six Duchies 六大公國
Skill 精技(n.)；技傳(v.)
Skillmaster 精技師傅
Slink 偷溜
Sly o' the Wit 狡詐的原智種
Smithy 鐵匠
Smoke 燻煙
snowdrop 雪花蓮
Snowflake 雪花
Softstep 輕步
Solicity 殷懇
soothsayer 預言家
Sooty 煤灰

Southcove 小南灣
Springfest 春季慶
Stag 牡鹿
Steady 坐穩
stipple-leaf 點彩葉

T

Taker 征取者
tearfish 淚珠魚
Thyme 百里香
Tilth 提爾司
Tradeford 商業灘
Truth 眞理
Turlake 涂湖

U

Upriver 上河

V

Valerian 纈草鎮定劑
Varta 瓦塔
Verde 維第
Verity 惟眞
Vin river 酒河
Virago 女傑
Vixen 母老虎；英勇王后

W

Wall Ass 瓦屁斯
Wallace 瓦樂斯
Whalejaw 鯨顎鎮
Whistle 哨兒
white ship 白船
Wielder 威德
Will 欲意
Willful Princess 任性公主
Winterfest 冬季慶
winter green 冬綠樹
Winterheart 冬之心
Wisdom 睿智
Wisemen 智者
Wit 原智
Withywoods 細柳林
Wolfsbane 驅狼草

B
E
S 嚴
T 選 015

刺客正傳2
皇家刺客（下）（經典紀念版）

國家圖書館出版品預行編目資料

刺客正傳2：皇家刺客（下）（經典紀念版）
羅蘋・荷布（Robin Hobb）著;姜愛玲 譯
-二版- 台北市：奇幻基地出版：
城邦文化發行：2009(民98) 面：公分. -
(BEST嚴選：15)

ISBN 978-957-2845-79-0 （平裝）

874.57 92006580

ISBN 978-957-2845-79-0
Printed in Taiwan.

奇幻基地部落格
http://ffoundation.pixnet.net/blog/

原著書名／The Farseer 2：Royal Assassin
作　　者／羅蘋・荷布（Robin Hobb）
譯　　者／姜愛玲
企劃選書人／黃淑貞
責任編輯／楊秀眞

資深行銷企劃／周丹蘋
業務主任／范光杰
行銷業務經理／李振東
副總編輯／王雪莉
發 行 人／何飛鵬
法律顧問／元禾法律事務所　王子文律師
出版／奇幻基地出版
城邦文化事業股份有限公司
台北市104民生東路二段141號8樓
電話：(02)25007008　傳眞：(02)25027676
網址：www.ffoundation.com.tw
e-mail：ffoundation@cite.com.tw
發行／英屬蓋曼群島商家庭傳媒股份有限公司城邦分公司
台北市104民生東路二段141號11樓
書虫客服服務專線：(02)25007718・(02)25007719
24小時傳眞服務：(02)25170999・(02)25001991
服務時間：週一至週五09:30-12:00・13:30-17:00
郵撥帳號：19863813　戶名：書虫股份有限公司
讀者服務信箱E-mail：service@readingclub.com.tw
歡迎光臨城邦讀書花園 網址：www.cite.com.tw
香港發行所／城邦（香港）出版集團有限公司
香港灣仔駱克道193號東超商業中心1樓
電話：(852)25086231　傳眞：(852)25789337
馬新發行所／城邦（馬新）出版集團【Cité (M) Sdn. Bhd.】
41, Jalan Radin Anum, Bandar Baru Sri Petaling,
57000 Kuala Lumpur, Malaysia.
電話：(603)90578822 傳眞：(603)90576622
e-mail:cite@cite.com.my

封面設計／黃聖文
印刷排版／鴻霖印刷傳媒股份有限公司
■2003年(民92)7月24日初版
■2019年(民108)3月29日二版12.5刷

售價／320元

廣　告　回　函
北區郵政管理登記證
台北廣字第000791號
郵資已付，免貼郵票

104台北市民生東路二段141號2樓

英屬蓋曼群島商家庭傳媒股份有限公司城邦分公司 收

請沿虛線對摺，謝謝

每個人都有一本奇幻文學的啓蒙書

網站：http://www.ffoundation.com.tw
http://ffoundation.pixnet.net/blog

書號：1HB015　　書名：刺客正傳2皇家刺客（下）（經典紀念版）

請於此處用膠水黏貼

讀者回函卡

謝謝您購買我們出版的書籍！我們誠摯希望能分享您對本書的看法。請將您的書評寫於下方稿紙中（100字為限），寄回本社。本社保留刊登權利。一經使用（網站、文宣），將致贈您一份精美小禮。

姓名：＿＿＿＿＿＿＿＿ 性別：□男 □女

生日：西元＿＿＿＿年＿＿＿＿月＿＿＿＿日

地址：＿＿＿＿＿＿＿＿

聯絡電話：＿＿＿＿＿＿＿＿ 傳真：＿＿＿＿＿＿＿＿

E-mail：＿＿＿＿＿＿＿＿

您是否曾買過本作者的作品呢？□是 書名：＿＿＿＿＿＿＿＿ □否

您是否為奇幻基地網站會員？□是 □否（歡迎至http://www.ffoundation.com.tw免費加入）

請於此處用膠水黏貼